MEURTRES
EN MAJUSCULES

Sophie Hannah

MEURTRES
EN MAJUSCULES

Traduit de l'anglais par Valérie Rosier

ÉDITIONS DU MASQUE
17, rue Jacob 75006 Paris

Titre original
The Monogram Murders
publié par HarperCollins*Publishers*

ISBN : 978-2-7024-4148-0

Pour Agatha Christie

1

Jennie la fugueuse

— Tout ce que je dis, c'est qu'elle ne me plaît pas, chuchota la serveuse aux cheveux fous, assez fort néanmoins pour que sa remarque parvienne aux oreilles de l'unique client du Pleasant's Coffee House. Je ne suis quand même pas obligée de l'aimer, hein ? Chacun est libre de ses opinions.

— Elle m'avait l'air assez gentille, avança la deuxième serveuse, quoique d'un ton moins assuré.

— Ça, c'est quand sa fierté en a pris un coup. Dès qu'elle reprend du poil de la bête, elle retrouve tout son fiel, répliqua la première. Ça marche à l'envers. J'en ai connu des tas, comme elle... Et je ne leur ai jamais fait confiance.

— Qu'est-ce que tu veux dire par « ça marche à l'envers » ? demanda sa collègue, qui était plus petite et avait un visage poupin.

Hercule Poirot, seul dîneur du café-restaurant en ce jeudi soir de février, car il n'était que 19 h 30, comprenait fort bien ce que voulait dire l'Ébouriffée, comme il l'avait surnommée, et il sourit intérieurement. Ce n'était pas la première fois qu'il constatait sa finesse et son esprit d'observation. Il se demanda si

9

la femme dont parlaient les deux serveuses était une autre employée ou une habituée des lieux, comme lui.

— Ça arrive à tout le monde de dire une vacherie quand on traverse une mauvaise passe, expliqua l'Ébouriffée. Moi la première, quand je suis mal lunée, je ne suis pas à prendre avec des pincettes. En revanche, quand je suis contente, j'ai envie qu'autour de moi les gens le soient aussi. C'est dans l'ordre des choses, non ? Mais il y en a d'autres, comme elle, qui vous traînent plus bas que terre quand tout va bien pour eux. Et ceux-là, faut s'en méfier.

Bien vu, songea Hercule Poirot. De la vraie sagesse populaire.

La porte du café s'ouvrit en grand et alla claquer contre le mur. Une femme en manteau marron clair et chapeau marron foncé apparut sur le seuil. Poirot ne pouvait distinguer ses traits, juste ses cheveux blonds, car elle regardait par-dessus son épaule, comme si elle attendait que quelqu'un la rattrape.

Quelques secondes de courant d'air glacial suffirent à chasser toute chaleur de la petite salle. En temps normal, cela l'aurait ulcéré, mais Poirot était intrigué par l'arrivée quelque peu théâtrale de cette inconnue, apparemment indifférente à l'effet qu'elle pouvait produire.

Il posa la main à plat sur sa tasse de café pour lui conserver un peu de chaleur. Situé dans Gregory's Alley, un quartier de Londres plutôt insalubre, ce petit établissement ne payait pas de mine avec ses murs gondolés, mais il faisait le meilleur café que Poirot ait jamais goûté. D'ordinaire, il ne buvait pas de café avant le dîner ni après, une idée qui l'eût horrifié en temps normal, mais chaque jeudi, lorsqu'il arrivait à 19 h 30 précises au Pleasant's, il enfreignait ses principes, tant et si bien que cette exception était devenue un petit rituel.

D'autres rituels en vigueur dans le café-restaurant lui plaisaient beaucoup moins : la façon dont on dressait les tables, par exemple, en disposant n'importe comment les couverts, serviettes et verres, sans aucun souci d'ordre et de symétrie. Pour les serveuses, l'essentiel c'était que le couvert soit mis, et le reste importait peu, visiblement. Poirot n'était pas de cet avis. À peine arrivé, il s'empressait de tout réorganiser.

— Hé, mademoiselle, vous pourriez pas fermer la porte ? lança l'Ébouriffée à la femme en marron, qui restait cramponnée au montant, toujours tournée face à la rue. Alors, on entre ou on sort ? Faut vous décider ! Ça gèle ici !

Enfin la femme franchit le seuil. Elle ferma la porte, sans s'excuser de l'avoir laissée ouverte aussi longtemps. Sa respiration haletante s'entendait jusqu'à l'autre bout de la salle. Elle ne sembla pas remarquer les autres personnes présentes. Poirot l'accueillit posément par un « Bonsoir ». Elle se tourna un peu vers lui, mais ne répondit pas. Ses yeux agrandis exprimaient une indicible angoisse, assez puissante pour que ceux qui croisaient son regard en restent saisis.

L'humeur placide de Poirot en prit un coup.

La femme se précipita à la fenêtre. Elle ne risque pas de voir grand-chose à scruter la nuit noire depuis cette salle bien éclairée, avec le reflet que la vitre en renvoie, se dit Poirot. Pourtant la femme s'obstinait à surveiller la rue.

— Oh, c'est vous, dit l'Ébouriffée avec une pointe d'impatience. Qu'est ce qui vous arrive ?

La femme en marron se retourna.

— Rien..., répondit-elle avec un sanglot dans la voix, puis elle réussit à se maîtriser. Puis-je prendre celle du coin ? demanda-t-elle en désignant la table qui était la plus éloignée de la porte donnant sur la rue.

— Vous avez le choix. À part celle qu'occupe ce monsieur, elles sont toutes libres, remarqua l'Ébouriffée, qui se tourna du même coup vers Poirot. Votre plat mijote, monsieur, l'informa-t-elle avec aménité.

Poirot fut ravi de l'apprendre. La cuisine du Pleasant's était presque aussi bonne que son café. Ce qui ne manquait pas de l'étonner, car il savait que tous les marmitons étaient anglais. Incroyable mais vrai.

L'Ébouriffée revint à la femme en détresse.

— Vous êtes sûre que tout va bien, Jennie ? À voir votre tête, on croirait que vous êtes tombée nez à nez avec le diable.

— Je vais bien, merci. J'ai juste besoin d'une bonne tasse de thé bien fort et bien chaud. Comme d'habitude, s'il vous plaît.

Puis ladite Jennie gagna la table du coin, si vite qu'elle passa devant Poirot sans lui jeter un regard. Il déplaça discrètement sa chaise afin de pouvoir l'observer à son aise. De toute évidence, cette femme était aux abois, mais elle ne souhaitait pas pour autant discuter des raisons de son inquiétude avec les serveuses du café-restaurant.

Sans ôter son manteau ni son chapeau, elle prit place sur une chaise dos à la porte d'entrée mais, à peine assise, se tourna aussitôt pour regarder par-dessus son épaule. Poirot en profita pour l'examiner plus en détail. Elle avait la quarantaine. Ses grands yeux bleus étaient fixes et ne cillaient pas, comme stupéfiés par quelque vision d'horreur. Un face à face avec le diable, ainsi que l'avait suggéré l'Ébouriffée. Pourtant il n'y avait rien d'alarmant dans ce qui l'entourait, autant que Poirot puisse en juger, seulement la salle carrée avec ses tables, ses chaises, son porte-manteau en bois placé dans un coin, et ses étagères croulant sous le poids d'une collection de théières disparates.

Ces étagères… il y avait de quoi vous donner des frissons ! Pourquoi donc ne pas changer une étagère vrillée quand il serait si facile de la remplacer par une droite ? Et pourquoi, sur une table carrée, ne pas placer une fourchette à angle droit par rapport au bord de la table, comme cela s'impose ? s'indignait

Poirot. Cependant, tout le monde n'avait pas les idées d'Hercule Poirot, tant s'en faut, et il s'y était résigné depuis longtemps, avec les avantages et les inconvénients que cela lui apportait.

Tordant le cou, Jennie fixait toujours la porte d'entrée du café-restaurant d'un air farouche, comme craignant que quelqu'un en surgisse à tout instant. Elle tremblait... Peut-être de froid, se dit Poirot. Mais non. La salle s'était réchauffée et il y régnait maintenant une douce tiédeur. À voir la posture de Jennie, son regard rivé vers l'entrée alors qu'elle s'était placée dos tourné, aussi loin que possible de la porte, une seule conclusion s'imposait.

Poirot se leva et s'avança vers elle, emportant avec lui sa tasse de café. Il remarqua qu'elle ne portait pas d'alliance.

— Me permettrez-vous de me joindre à vous un petit moment, mademoiselle ?

Un instant, il fut tenté de remédier à l'asymétrie révoltante des couverts disposés sur la table, mais il se retint.

— Pardon ? Oui, je vous en prie, répondit-elle avec un désintérêt manifeste, car seule la porte d'entrée retenait son attention et elle la scrutait toujours avec angoisse, en se tortillant sur sa chaise.

— Laissez-moi me présenter. Je m'appelle...

Poirot hésita. S'il lui révélait son vrai nom, l'Ébouriffée et sa collègue l'entendraient, et il ne serait plus leur « monsieur de l'étranger », ce policier retraité venant du continent. Le nom d'Hercule Poirot exerçait sur certaines personnes un puissant effet. Ces dernières semaines, depuis qu'il était entré en hibernation – un état des plus agréables –, Poirot goûtait pour la première fois depuis des lustres au plaisir et au soulagement de n'être qu'un simple quidam.

Mais visiblement, Jennie n'était intéressée ni par son nom, ni par sa personne. Une larme perla à sa paupière et roula sur sa joue.

— Mademoiselle Jennie, dit Poirot en espérant qu'en l'appelant par son prénom, il aurait plus de chances de capter son attention. De mon métier, j'étais policier. À présent je suis à la retraite, mais auparavant, j'ai rencontré au cours de mes enquêtes pas mal de gens se trouvant dans un état d'agitation fort semblable au vôtre. Je ne parle pas des gens malheureux, qu'on trouve à foison dans tous les pays du monde. Mais de personnes qui se croyaient en danger.

Enfin, il avait fait mouche. Jennie fixa sur lui ses grands yeux effrayés.

— Un... un policier ?

— *Oui*. À la retraite depuis bien des années, mais...

— Donc, à Londres, vous ne pouvez rien faire ? Je veux dire... vous n'avez aucune autorité ? Pour arrêter des criminels, par exemple ?

— Aucune, en effet, confirma Poirot en lui souriant. À Londres, je suis un vieux monsieur qui profite de sa retraite, déclara-t-il en constatant avec plaisir qu'elle avait cessé les dix dernières secondes de regarder vers la porte. Suis-je dans le vrai, mademoiselle ? Vous croyez-vous en danger ? Redoutez-vous que la personne dont vous avez peur vous ait suivie jusqu'ici et puisse à tout moment faire irruption ?

— Oh, pour être en danger, je le suis ! s'exclama-t-elle, et elle allait en dire plus quand elle se ravisa. Vous êtes bien certain que vous n'êtes plus du tout, du tout policier, ni rien d'approchant ?

— Plus du tout, la rassura Poirot, mais comme il ne voulait pas lui laisser croire qu'il avait perdu toute influence, il ajouta : j'ai un ami qui est inspecteur à Scotland Yard, si vous avez besoin de recourir à la police. Il est très jeune, guère plus de trente ans, mais il est bien parti pour faire une belle carrière. Il serait tout prêt à s'entretenir avec vous, j'en suis sûr. Pour ma part, je puis vous prodiguer...

Poirot s'interrompit en voyant la serveuse au visage

poupin approcher avec une tasse de thé. Après l'avoir déposée devant Jennie, elle se retira dans les cuisines, où l'Ébouriffée se cantonnait aussi. Sachant combien cette dernière aimait commenter le comportement de ses clients réguliers, Poirot se douta qu'elle devait en ce moment même animer une vive discussion sur la surprenante désinvolture avec laquelle le monsieur de l'étranger s'était invité à la table de Jennie. Car Poirot était en général fort réservé avec les autres clients du Pleasant's. À part les soirs où il y dînait avec son ami Edward Catchpool, l'inspecteur de Scotland Yard qui habitait la pension où lui-même logeait temporairement, il se contentait de sa propre compagnie, fidèle en cela à l'esprit d'hibernation.

Poirot se souciait fort peu des commérages des serveuses et se félicitait au contraire de leur absence. Il espérait ainsi amener Jennie à lui parler plus librement.

— Je serais heureux de vous prodiguer quelques conseils, si je le puis, mademoiselle, reprit-il.

— Vous êtes très gentil, mais personne ne peut rien pour moi, répondit Jennie en essuyant ses larmes. J'aimerais tant qu'on m'aide, oh oui, plus que tout ! Mais il est trop tard. Je suis déjà morte, comprenez-vous, ou cela ne tardera guère. Je ne pourrai pas toujours me cacher.

Déjà morte... Ces mots jetèrent à nouveau un froid sur l'atmosphère de la salle.

— Alors, comprenez-vous, personne ne peut me venir en aide, continua-t-elle, et même si c'était possible, je ne le mériterais pas. Mais... je me sens un peu mieux, avec vous assis à ma table.

Elle avait croisé les bras sur sa poitrine, pour se réconforter ou pour tenter, en vain, d'empêcher son corps de trembler, et n'avait pas touché à son thé.

— Je vous en prie. Restez. Il ne m'arrivera rien tant que je parlerai avec vous. C'est déjà ça, avoua-t-elle.

— Mademoiselle, ce que vous dites là est fort inquiétant. Vous êtes en vie, et nous devons faire le nécessaire pour que vous le demeuriez. Je vous en prie, racontez-moi...

— Non ! protesta-t-elle, les yeux écarquillés, en se recroquevillant au fond de sa chaise. Non, vous ne devez pas intervenir ! Rien ne doit être tenté pour empêcher l'inévitable. Quand je serai morte, justice sera faite, enfin.

Elle regarda à nouveau par-dessus son épaule, vers la porte.

Poirot fronça les sourcils. Si Jennie se sentait un peu mieux depuis qu'il s'était assis à sa table, c'était loin d'être le cas pour lui.

— Si je vous comprends bien, vous suggérez que quelqu'un vous poursuit pour vous tuer ?

Jennie le considéra de ses grands yeux bleus remplis de larmes.

— Cela comptera-t-il pour un meurtre si j'abandonne la partie ? dit-elle enfin. Je suis si fatiguée de fuir, de me cacher, d'avoir peur continuellement. Puisque cela doit arriver, autant en finir une bonne fois pour toutes. C'est ce que je mérite.

— Voyons, il ne peut en être ainsi, dit Poirot. Sans connaître précisément votre situation, je ne puis qu'être en désaccord avec vous. Jamais le meurtre ne peut se justifier. Je reviens à mon ami, l'inspecteur... Laissez-le vous venir en aide.

— Non ! s'exclama-t-elle. Vous ne devez pas lui en parler. Pas un mot, vous m'entendez ? Ni à lui, ni à quiconque. Promettez-le moi !

Mais Hercule Poirot n'avait pas pour habitude de faire des promesses qu'il ne pourrait tenir.

— Qu'avez-vous donc fait qui mérite d'être puni de mort ? Auriez-vous tué quelqu'un ?

— Si je l'avais fait, cela reviendrait au même ! Le meurtre n'est pas l'unique acte impardonnable, vous savez. Je suppose que vous n'avez jamais rien fait qui le soit, n'est-ce pas ?

— Tandis que vous, oui ? Et vous croyez devoir le payer de votre vie ? Non. Ce n'est pas juste. Si je pouvais vous convaincre de m'accompagner jusqu'à la pension où je loge, elle est à deux pas d'ici. Mon ami de Scotland Yard, M. Catchpool...

— Non ! s'écria Jennie en bondissant de sa chaise.

— Allons, mademoiselle, asseyez-vous.

— Non. Oh, j'en ai trop dit ! Quelle idiote ! Si je vous ai parlé, c'est seulement parce que vous aviez l'air gentil, et que vous ne pouviez rien faire. Si vous n'aviez pas dit que vous étiez retraité et d'un autre pays, je ne vous aurais pas adressé la parole ! Promettez-moi que si l'on me retrouve morte, vous persuaderez votre ami policier de ne pas rechercher mon assassin. Oh, je vous en prie, implora-t-elle en fermant les yeux, les mains jointes. Que personne ne leur ouvre la bouche ! Ce crime ne doit jamais être résolu. Promettez-moi de dire cela à votre ami policier et de l'en convaincre ! Si la justice compte pour vous, faites ce que je vous demande, je vous en supplie.

Elle se rua vers la porte. Le temps que Poirot se lève pour la suivre, elle était déjà loin. Il se rassit en soupirant. À quoi bon ? Jennie avait disparu dans la nuit. Il ne la rattraperait pas.

L'Ébouriffée sortit des cuisines en lui apportant son dîner, une côte de bœuf accompagnée d'un gratin soufflé aux vermicelles, une perspective qui l'avait fait saliver et lui retournait maintenant l'estomac ; il avait perdu tout appétit.

— Où est passée Jennie ? lui demanda l'Ébouriffée, comme s'il était responsable de sa disparition.

Et en effet, il se sentait responsable. S'il y était allé plus en douceur avec elle, et s'il était plus vif dans ses mouvements, il aurait pu la retenir...

— Ça alors, c'est le bouquet ! s'indigna l'Ébouriffée

en posant avec fracas le plat sur la table de Poirot et en retournant au pas de charge vers les cuisines. Cette Jennie est partie sans payer ! hurla-t-elle en poussant les deux battants de la porte.

— Mais que doit-elle donc payer de sa vie ? marmonna Poirot dans sa barbe, ou plutôt, sous ses légendaires moustaches.

Une minute plus tard, après un essai infructueux, Poirot renonçait à entamer sa côte de bœuf et allait frapper à la porte des cuisines du Pleasant's. L'Ébouriffée ne fit que l'entrouvrir, obstruant de sa mince silhouette tout ce qui se trouvait au-delà, caché dans le saint des saints.

— Vous ne trouvez pas votre plat à votre goût, monsieur ?

— Permettez-moi de vous régler le thé de Mlle Jennie, proposa Poirot. En échange, pourriez-vous être assez aimable pour répondre à une ou deux questions ?

— Ainsi vous connaissez Jennie ? Je ne vous avais jamais vu lui adresser la parole, jusqu'à aujourd'hui.

— Non. Je ne la connais pas. C'est pourquoi je me permets de faire appel à vous.

— Alors pourquoi êtes-vous allé vous asseoir à sa table ?

— Elle avait peur, et sa détresse était telle que cela m'a troublé, je l'avoue. J'espérais pouvoir lui être de quelque secours.

— On ne peut aider les gens comme Jennie, décréta l'Ébouriffée. Bon, je veux bien répondre à vos questions, mais laissez-moi d'abord vous en poser une : où exerciez-vous donc comme policier ?

Poirot ne lui fit pas remarquer qu'elle venait déjà de lui poser trois questions. Elle le scruta en plissant les yeux.

— Ça serait pas un pays où on parle français mais qui n'est pas la France, par hasard ? J'ai bien vu que vous tiquiez chaque fois que les autres filles parlaient de vous en disant « le Français », ajouta-t-elle.

Poirot sourit et estima qu'il n'y avait rien de mal à se présenter.

— Je m'appelle Hercule Poirot, mademoiselle. Et je suis de Belgique. Enchanté, dit-il en lui tendant la main, qu'elle serra sans plus de façon.

— Fee Spring. En vrai, je m'appelle Euphemia, mais c'est un peu longuet, alors tout le monde m'appelle Fee, histoire d'en venir plus vite au fait.

— Connaissez-vous le nom de famille de Mlle Jennie ?

D'un hochement de tête, Fee indiqua la table du coin, où elle avait déposé devant lui son assiette, qui fumait encore.

— Allez donc manger votre dîner. J'arrive.

Sur ce, elle se retira brusquement en lui fermant la porte au nez.

Poirot revint donc à la table. Peut-être suivrait-il le conseil de Fee Spring et ferait-il encore un essai ? Comme c'était réconfortant de parler avec quelqu'un d'aussi observateur, qui avait le souci des détails. Hercule Poirot ne rencontrait pas souvent ce type de personne.

Fee réapparut vite avec une tasse à la main, sans soucoupe. Elle but bruyamment une gorgée de son thé tout en s'asseyant sur la chaise que Jennie avait quittée.

— Je ne sais pas grand-chose sur Jennie, déclara-t-elle. Juste quelques trucs que j'ai glanés ici et là dans ce qu'elle disait. Elle travaille pour une lady dans une grande maison. Et elle y habite. C'est pour ça qu'elle vient régulièrement ici chercher du café et des pâtisseries pour les réceptions et les soirées que donne sa patronne. Il lui faut traverser toute la ville, elle me l'a dit, une fois. Remarquez, ce n'est pas la seule. Parmi nos habitués, y en a pas mal qui viennent de loin pour manger chez nous. Jennie reste toujours le temps de prendre son thé. « Comme d'habitude, s'il vous plaît », qu'elle dit en arrivant, en faisant sa distinguée. Mais je ne suis pas dupe, et je suis bien certaine qu'elle n'est pas née dans de la soie. C'est peut-être bien pour ça qu'elle ne cause pas beaucoup, elle craint de ne pas pouvoir donner le change trop longtemps, malgré ses airs de grande dame.

— Pardonnez-moi, dit Poirot, mais comment savez-vous que Mlle Jennie n'a pas toujours parlé de cette manière ?

— Vous avez déjà entendu une domestique s'exprimer comme ça ? Moi pas, en tout cas.

— Bien, mais... c'est donc juste une supposition ?

Fee Spring admit à contrecœur qu'elle ne pouvait en être certaine. Depuis qu'elle la connaissait, Jennie avait toujours parlé « comme une vraie lady ».

— Bon, c'est une buveuse de thé, et là, elle marque un point. Ça prouve qu'elle a quand même un peu de jugeote.

— Une buveuse de thé ?

— Parfaitement, confirma Fee en considérant avec dédain la tasse de café de Poirot. Faut avoir un grain pour boire du café quand on peut boire du thé, si vous voulez mon avis.

— Vous ne connaissez pas le nom de la patronne de Jennie, ni l'adresse de cette grande maison ? demanda Poirot.

— Du tout. Je ne connais pas non plus son nom de famille à elle. Je sais qu'elle a eu le cœur brisé, il y a des années de ça. Elle en a parlé, une fois.

— Le cœur brisé ? Et vous en a-t-elle dit la raison ?

— C'est toujours la même, non ? répartit Fee avec aplomb.

— Hé bien, les causes peuvent être multiples : un amour sans retour, la perte d'un être cher disparu prématurément...

— Oh, nous n'avons pas eu le fin mot de l'histoire,

dit Fee avec une pointe d'amertume. Et nous ne l'aurons jamais. Le cœur brisé, c'est tout ce qu'elle a daigné nous dire. Vous comprenez, l'ennui avec Jennie, c'est qu'elle ne cause pas. Alors pas de regret. Même si elle était restée assise là sur cette chaise, au lieu de prendre la poudre d'escampette, vous n'auriez rien pu faire pour elle. Cette fille est fermée comme une huître et elle garde tout pour elle.

Fermée comme une huître... À ces mots, Poirot se rappela soudain Fee parlant d'une cliente un certain jeudi soir au Pleasant's, quelques semaines plus tôt.

— Elle ne pose jamais de questions, *n'est-ce pas ?* Elle ne se mêle pas à la conversation, et tout ce qui peut arriver aux uns ou aux autres l'indiffère complètement ?

— C'est exactement ça ! confirma Fee, visiblement impressionnée. Elle n'a pas un brin de curiosité. Elle est en permanence plongée dans ses pensées, comme si le reste du monde n'existait pas, nous compris. Vous croyez qu'elle nous demanderait comment ça va, quoi de neuf, quand elle débarque ou qu'on vient la servir ? Jamais de la vie ! Dites... vous pigez vite, hein, ajouta Fee en penchant la tête de côté.

— Tout ce que je sais, je l'ai récolté en vous entendant parler avec les autres serveuses, mademoiselle, lui répondit Poirot.

— Ça m'étonne que vous preniez la peine de nous écouter, remarqua Jennie, toute rougissante.

Ne souhaitant pas l'embarrasser davantage, Poirot garda pour lui combien il attendait avec avidité ses descriptions et commentaires sur les « personnages du Pleasant's ». Car il en était venu à penser à eux collectivement. M. Non-Finalement, par exemple, qui passait chaque fois commande pour aussitôt se raviser.

Mais ce n'était pas le moment de s'enquérir du surnom que Fee donnait à Hercule Poirot en son absence... peut-être avait-il trait à la façon dont il prenait soin de ses moustaches.

— Donc, Mlle Jennie ne s'intéresse nullement aux affaires d'autrui, reprit-il d'un air songeur, pourtant, contrairement aux gens indifférents aux autres et ne parlant que d'eux-mêmes, elle est extrêmement réservée... n'est-ce pas ?

— Là encore, vous avez mis dans le mille, confirma Fee en haussant les sourcils. Ça, Jennie n'est pas du genre à se confier. Si on lui pose une question, elle y répond, mais sans s'étendre. Elle est tellement absorbée dans ses pensées qu'elle n'aime pas qu'on l'en distraie trop longtemps. Son petit jardin secret, comme on dit. Sauf qu'elle n'y est pas heureuse du tout, même si elle y passe tout son temps. Ça fait belle lurette que j'ai renoncé à essayer de la comprendre.

— Elle ressasse son chagrin, murmura Poirot. Et elle se sait en danger.

— Elle a dit qu'elle était en danger ?

— Oui, mademoiselle. Je regrette de n'avoir pas été assez rapide pour la retenir. Si quelque chose lui arrivait...

Poirot secoua la tête. L'humeur paisible qu'il ressentait en début de soirée s'était décidément envolée. Prenant sa décision, il tapa sur la table du plat de la main.

— Je reviendrai ici demain matin. Vous dites qu'elle passe souvent, n'est-ce pas ? Je la trouverai avant que le danger ne la rattrape. Cette fois, Hercule Poirot sera plus rapide !

— Que vous vous pressiez ou non, ce sera du pareil au même. À quoi bon ? Même quand on l'a devant son nez, Jennie n'est pas vraiment là, alors pour la trouver... Personne ne peut l'aider, remarqua Fee, puis elle se leva et prit l'assiette de Poirot. Ça ne méritait pas de laisser refroidir un bon petit plat, conclut-elle en l'emportant.

2

Meurtres en trois chambres

Ce fut ainsi que l'histoire commença, au soir de ce jeudi 7 février 1929, avec Hercule Poirot, Jennie, Fee Spring dans les rôles principaux, et pour décor les étagères croulant sous les théières disparates du Pleasant's Coffee House.

Ou plutôt, elle sembla débuter ainsi. Je ne suis pas persuadé que les histoires vraies aient un début et une fin. Quel que soit l'angle sous lequel on les aborde, force est de constater qu'elles remontent indéfiniment dans le passé et s'étirent inexorablement vers le futur. Personne n'est jamais en mesure de tirer un trait en décrétant que « c'est terminé ».

Par chance, les histoires vraies ont des héros et des héroïnes. N'étant pas moi-même un héros, et n'ayant aucun espoir de le devenir, je suis d'autant plus conscient qu'ils existent bel et bien.

Je n'étais pas présent ce jeudi soir au café-restaurant. Mon nom y fut mentionné : Edward Catchpool, jeune policier de Scotland Yard ami de Poirot, pas beaucoup plus de trente ans (trente-deux pour être exact), mais je n'y étais pas. J'ai néanmoins décidé de combler les lacunes de ce que j'en connais afin de rédiger un rapport écrit sur l'histoire de Jennie ; fort heureusement, j'ai le témoignage d'Hercule Poirot pour m'y aider, et il n'existe pas de meilleur témoin.

Si j'écris ceci, c'est uniquement pour ma gouverne. Quand mon compte rendu sera complet, je le lirai et le relirai jusqu'au jour où je serai capable d'en parcourir les pages sans ressentir le trouble que j'éprouve à présent à mesure que je les écris... Jusqu'à ce que le « Comment cela a-t-il pu advenir ? » ait cédé la place à « Oui, c'est bien ce qui s'est passé ».

Il me faudra à un moment donné trouver un meilleur titre que « L'histoire de Jennie ».

J'ai rencontré Hercule Poirot pour la première fois six semaines avant ce fameux jeudi soir, quand il prit une chambre dans la pension où je logeais moi-même, pension tenue impeccablement par Mme Blanche Unsworth, sa propriétaire. C'est un immeuble spacieux à la façade carrée assez austère, mais dont l'intérieur est empreint d'une touche féminine très affirmée : il y a des franfreluches un peu partout, au point que je vérifie chaque matin en allant au bureau si quelque bout dc dentelle mauve ne s'est pas accroché par mégarde à mes vêtements.

Contrairement à moi, Poirot ne fait pas partie des meubles ; il n'est qu'un pensionnaire occasionnel.

— Je compte m'accorder au moins un mois de bienfaisante inactivité, me déclara-t-il lors de sa première soirée en ces lieux, d'un ton décidé, comme s'il craignait que je puisse l'en empêcher. J'ai l'esprit surchauffé, m'expliqua-t-il. Une foule de pensées se bousculent dans ma tête. Ici, je présume qu'elles ralentiront le rythme.

Je lui demandai où il vivait en temps normal, supposant que c'était en France (je découvrirais par la suite qu'il n'était pas français, mais belge). En réponse à ma question, il avança vers la fenêtre, écarta le rideau en dentelles et désigna une grande maison élégante, qui se trouvait à presque trois cents mètres.

— Vous habitez là ? m'étonnai-je, croyant à une plaisanterie.

— Oui. Je souhaite ne pas trop m'éloigner de chez moi. Ce point de vue me convient à merveille !

Il contempla l'hôtel particulier avec fierté, si bien que je me demandai un bref instant s'il n'avait pas oublié ma présence.

— Certes voyager est une expérience enrichissante, stimulante, mais guère reposante, reprit-il. Cependant, si je ne change pas de décor, adieu les vacances ! En restant chez moi, je serais fatalement dérangé par une chose ou une autre. Un ami ou un inconnu porteur d'une affaire d'une extrême importance, comme toujours. Et les petites cellules grises recommenceraient à s'agiter, incapables de se réfréner. Donc, officiellement, Poirot a quitté Londres pour un moment, et pendant ce temps, il se repose en un lieu qu'il connaît bien, protégé de toute irruption intempestive.

Je m'étais contenté d'approuver ses propos en hochant la tête comme si cela tombait sous le sens, tout en me demandant si les gens ne deviennent pas de plus en plus originaux, avec l'âge.

Les jeudis soir, Mme Unsworth fait relâche pour rendre visite à la sœur de son défunt mari, et ne sert donc pas à dîner. Poirot vint me consulter. Puisqu'il était censé avoir quitté la ville, il ne pouvait risquer de se montrer dans aucun des lieux qu'il fréquentait d'habitude. Il souhaitait savoir si je pouvais lui recommander « un établissement modeste, mais où l'on mange bien ». Je lui parlai alors du Pleasant's, un café-restaurant exigu qui ne payait pas de mine, en lui disant que l'essayer, c'était l'adopter, et qu'il ne serait pas déçu.

En ce jeudi soir, celui de sa rencontre avec Jennie, Poirot rentra à 22 h 10, bien plus tard que d'habitude. J'étais dans le salon, assis près du foyer, mais incapable de me réchauffer. J'entendis la porte d'entrée s'ouvrir, se refermer, puis des chuchotements : Blanche Unsworth avait dû guetter l'arrivée de Poirot dans le vestibule.

Je ne pus entendre ce qu'elle lui disait, mais le devinai aisément : elle s'inquiétait pour moi. Elle était rentrée de chez sa belle-sœur à 21 h 30, et avait décrété que je n'allais pas bien du tout. J'avais une tête à faire peur, comme si je n'avais pas mangé ni dormi depuis trois jours... D'où tirait-elle cette déduction ? Peut-être avais-je minci depuis le petit déjeuner ?

Elle m'avait scruté sous tous les angles, puis proposé les remèdes habituels : un petit remontant, un casse-croûte, une oreille amicale. Quand j'eus rejeté ces trois propositions aussi courtoisement que possible, elle passa à des offres plus insolites : un oreiller bourré d'herbes médicinales, une bouteille bleu foncé remplie d'un liquide nauséabond aux propriétés bénéfiques, dont je devrais mettre quelques gouttes dans l'eau de mon bain ; offres que j'avais poliment déclinées.

Elle devait en ce moment même insister auprès de Poirot pour qu'il me pousse à accepter l'un de ses remèdes miracle.

En temps normal, le jeudi à 21 heures, Poirot est revenu du Pleasant's et déjà installé dans le salon. Quant à moi, j'étais rentré de l'hôtel Bloxham à 21 h 45, résolu à ne plus penser à ce que j'y avais vu, et impatient de trouver Poirot dans son fauteuil préféré afin d'échanger avec lui d'amusantes futilités, comme nous le faisions souvent.

Or il n'était pas là. En constatant son absence, je me sentis soudain étrangement détaché de tout et déstabilisé, comme si le sol s'était dérobé sous mes pieds. Poirot est quelqu'un de très régulier dans ses habitudes et il n'en change pas facilement. « La routine quotidienne est excellente pour le repos de l'esprit, Catchpool », m'avait-il déclaré une fois, et voilà qu'il avait plus d'un quart d'heure de retard sur son programme.

Lorsque j'entendis la porte d'entrée s'ouvrir à 21 h 30, j'espérai que c'était lui, mais c'était Blanche Unsworth. Ma déception fut telle que je laissai échapper un grognement. Quand on a de réelles préoccupations, on n'a pas du tout envie qu'une personne qui passe son temps à faire des montagnes d'un rien vous tienne compagnie.

Je redoutais d'avoir à retourner à l'hôtel Bloxham le lendemain, tout en sachant pertinemment que j'y serais obligé. Voilà à quoi j'évitais de penser. Du moins m'y efforçais-je. Poirot est enfin là, me dis-je, mais à cause de Mme Unsworth, lui aussi va s'inquiéter pour moi et s'enquérir de ma santé. Tout espoir de me changer les idées en discutant avec lui de choses et d'autres s'était envolé. Dans ce cas, autant me passer de leur présence à tous deux, décidai-je.

Poirot fit son entrée dans le salon sans avoir ôté son chapeau ni son manteau et referma la porte derrière lui. Je m'attendais à un tir nourri de questions, or il déclara d'un air distrait : « Il est tard. J'ai marché dans les rues en furetant partout et je n'ai abouti à rien, sauf à me mettre en retard. »

Il était inquiet, visiblement, mais pas à mon sujet, ce dont je fus grandement soulagé.

— Que cherchiez-vous ?

— Une femme, Jennie, que j'espère encore en vie, et non victime d'un meurtre.

— Un meurtre ?

À nouveau je sentis le monde vaciller autour de moi. Je savais que Poirot était un célèbre détective.

Il m'avait parlé de certaines des affaires qu'il avait élucidées. Pourtant, il était censé justement faire une pause, rompre avec cet univers de violence. J'avoue que l'entendre prononcer ce mot-là, à ce moment-là, me fit un sale effet.

— À quoi ressemble-t-elle, cette Jennie ? demandai-je. Décrivez-la moi. Je l'ai peut-être vue, surtout si elle a été tuée. Car j'ai vu deux femmes assassinées ce soir, plus un homme, alors vous pourriez être en veine. L'une d'elles est peut-être Jennie...

La voix posée de Poirot interrompit mes divagations :

— Attendez, mon ami, dit-il, puis il ôta son chapeau et se mit à déboutonner son pardessus. Mme Blanche a raison, vous êtes dans un drôle d'état. Ah mais, comment cela a-t-il pu m'échapper ? J'avais la tête ailleurs... comme souvent quand je vois notre logeuse m'approcher. Comme vous êtes pâle ! Voyons, racontez à Poirot : que se passe-t-il ?

« Trois meurtres, rien que ça, répondis-je. Des meurtres ne ressemblant à rien de ce que j'ai pu voir jusqu'à présent. Deux femmes et un homme. Chacun dans une pièce différente. »

Certes, j'avais rencontré de nombreux cas de mort violente, étant à Scotland Yard depuis presque deux ans et policier depuis cinq, mais la plupart de ces meurtres avaient été perpétrés dans un accès de folie, de perte de contrôle dû à la colère ou à l'abus d'alcool. Cette affaire de l'hôtel Bloxham était bien différente. L'auteur de ces trois meurtres avait soigneusement préparé son coup, peut-être même en s'y prenant des mois à l'avance. Chacune des scènes de crime était une œuvre d'art macabre indéchiffrable, dont le sens caché m'échappait. Cela me terrifiait de songer que cette fois, je n'avais pas affaire à une brute épaisse comme j'en avais l'habitude, mais à un esprit froid, méthodique, calculateur, qui ne se laisserait pas vaincre et que j'aurais le plus grand mal à confondre.

Sans doute voyais-je les choses en noir, mais je ne pouvais me défaire d'un mauvais pressentiment. Trois cadavres parfaitement assortis : l'idée seule me faisait frémir. Je m'exhortais à ne pas développer de phobie ; il me faudrait traiter cette affaire comme n'importe quelle autre, même si elle se présentait sous un jour bien différent.

— Trois meurtres, chacun dans une pièce différente de la même maison ? demanda Poirot.

— Pas une maison particulière. À l'hôtel Bloxham, en haut de Piccadilly Circus. Cela vous dit-il quelque chose ?

— Non.

— Moi-même je n'y étais jamais entré avant ce soir ; ce genre de palace n'est pas dans mes moyens.

— Trois meurtres, dans trois chambres différentes du même hôtel ? s'enquit Poirot, assis très droit dans son fauteuil.

— Oui, et tous commis plus tôt dans la soirée en un court laps de temps.

— Ce soir même ? Mais alors, pourquoi n'êtes-vous pas à l'hôtel ? Le tueur a-t-il déjà été appréhendé ?

— Hélas non, ce serait trop beau. Non, je...

Je m'interrompis, mal à l'aise. C'était une chose de lui rapporter les faits, mais je n'avais aucune envie d'expliquer à Poirot combien ce que j'avais vu à l'hôtel Bloxham m'avait bouleversé, ni de lui avouer qu'au bout de cinq minutes passées sur les lieux, j'avais éprouvé l'irrésistible besoin de m'en échapper.

Ces trois cadavres allongés sur le dos, bras ramenés le long du corps, mains à plat sur le sol, jambes réunies...

Le corps est exposé dans la chambre mortuaire. Cette phrase s'immisça dans mon esprit, avec l'image d'une pièce obscurcie où l'on m'avait contraint d'entrer alors que j'étais gamin. Une image que j'avais cru chasser de mon imagination pour le restant de mes jours.

Mains inertes, posées à plat.

« Tiens-lui la main, Edward. »

— Ne vous inquiétez pas, ça grouille de policiers, là-bas, répondis-je avec force, pour bannir la vision abhorrée. Demain matin, il sera bien temps pour moi d'y retourner… J'ai eu besoin de m'éclaircir les idées, ajoutai-je, voyant bien qu'il attendait une réponse plus fournie. Franchement, de toute ma vie, je n'ai jamais rien vu d'aussi bizarre que ces trois meurtres.

— En quoi étaient-ils bizarres ?

— Chacune des victimes avait quelque chose dans la bouche, le même objet.

— Non, mon ami, contesta Poirot en agitant le doigt dans ma direction. Ce n'est pas possible. Le même objet ne peut se trouver en même temps dans trois bouches différentes.

— Trois objets distincts, mais identiques, précisai-je. Trois boutons de manchette en or massif, à première vue. Gravés d'un monogramme. Les mêmes initiales sur les trois : PIJ… Poirot ? Que vous arrive-t-il ?

Il s'était levé et arpentait la pièce.

— Mon Dieu ! Vous ne voyez donc pas ce que cela signifie, mon ami ? Non, vous ne le voyez pas, parce que vous n'avez pas entendu l'histoire de ma rencontre avec Mlle Jennie. Il me faut vite vous la raconter pour que vous puissiez comprendre.

Vite me la raconter, disait-il… Chez Poirot, la rapidité du récit est toute relative. Chaque détail compte également pour lui, que ce soit un incendie dans lequel trois cents personnes ont péri, ou une fossette sur le menton d'un enfant. On ne saurait l'inciter à aller plus vite que sa musique, aussi m'installai-je dans mon fauteuil en lui laissant le champ libre. Quand il eut terminé, c'était comme si j'avais vécu moi-même les événements, avec une précision dans les détails dont j'aurais été incapable en pareil cas.

— Comme c'est extraordinaire, dis-je. La même nuit que les trois meurtres de l'hôtel Bloxham. Quelle coïncidence.

— Je ne pense pas que ce soit une coïncidence, mon ami, soupira Poirot. La connexion est évidente.

— Vous voulez dire, meurtres d'un côté, et de l'autre, cette Jennie craignant d'être assassinée ?

— Non. C'est là un lien en effet, mais je parle d'autre chose, répondit Poirot, qui cessa de déambuler dans le salon et se tourna face à moi. Vous dites que dans les bouches des trois victimes on a trouvé trois boutons de manchette en or gravés du monogramme PIJ ?

— C'est cela.

— Or Mlle Jennie m'a dit très précisément, je la cite : « Promettez-moi que si l'on me retrouve morte, vous persuaderez votre ami policier de ne pas rechercher mon assassin. *Je vous en prie, que personne ne leur ouvre la bouche !* Ce crime ne doit jamais être résolu. » À votre avis, qu'a-t-elle voulu dire par là ?

— Eh bien, cela me paraît clair, non ? Elle craignait d'être assassinée, mais ne voulait pas qu'on punisse son assassin et espérait que personne ne dirait rien qui puisse l'incriminer. Elle semble croire que c'est elle qui mérite d'être punie.

— Vous choisissez le sens le plus évident à première vue, dit Poirot, avec une pointe de déception qui me vexa un tantinet. Demandez-vous si ces mots ne peuvent signifier autre chose. Réfléchissez à vos trois boutons de manchette, me conseilla-t-il.

— Ce ne sont pas les miens, repartis-je, sans beaucoup de finesse, mais alors je n'avais qu'une envie, chasser cette vision de mon esprit. D'accord, je vois où vous voulez en venir, mais...

— Que voyez-vous ?

31

— Eh bien… *Que personne ne leur ouvre la bouche !* pourrait, en poussant un peu, signifier : « *Ne laissez personne ouvrir la bouche des trois victimes de l'hôtel Bloxham.* »

Je me sentis complètement idiot d'énoncer à haute voix cette grotesque théorie.

— Exactement ! « Ne laissez personne leur ouvrir la bouche et trouver ainsi les boutons de manchette en or gravés des initiales PIJ. » Si c'était ce que Jennie a voulu dire ? Parce qu'elle avait connaissance des trois victimes de l'hôtel, et qu'elle savait que l'auteur de ces meurtres, quel qu'il soit, avait l'intention de la tuer elle aussi ?

Sans attendre ma réponse, Poirot poursuivit ses élucubrations :

— La personne à laquelle correspondent ces initiales PIJ joue un rôle central dans l'histoire, n'est-ce pas ? Jennie le sait. Elle sait que si vous trouvez ces trois lettres, vous serez en bonne voie de découvrir l'assassin, et elle veut l'empêcher. Alors, vous devez l'attraper, avant qu'il soit trop tard pour Jennie, sinon Hercule Poirot ne se le pardonnera jamais !

Cela ne fit que renforcer mes appréhensions. En plus d'enquêter sur ce crime, il me faudrait porter le poids des remords éternels de Poirot si jamais j'échouais. Me croyait-il vraiment capable d'appréhender un meurtrier assez retors pour enfoncer des boutons de manchette monogrammés dans les bouches de ses victimes ? J'étais quelqu'un de plutôt simple et direct, doué pour résoudre des affaires simples et directes, à mon image.

— Vous devriez retourner à l'hôtel, conclut Poirot d'un ton impératif, qui signifiait « immédiatement ».

Je frémis au souvenir de ces trois chambres.

— Ça peut attendre demain matin, répondis-je en évitant de croiser son regard insistant. D'ailleurs laissez-moi vous dire que je n'ai nullement l'intention de me rendre ridicule en amenant cette Jennie sur le tapis. Cela jetterait le trouble dans tous les esprits. Vous avez déduit de ses propos une certaine hypothèse, et moi une autre. La vôtre est la plus intéressante, j'en conviens, mais la mienne a vingt fois plus de chances d'être juste.

— Non, répliqua-t-il sans ambages.

— Eh bien, disons que nous ne sommes pas d'accord sur ce point, dis-je fermement. Si nous en référions à cent personnes, je soupçonne fort qu'elles iraient dans mon sens et non dans le vôtre.

— Là, je suis d'accord avec vous, reconnut Poirot en soupirant. Pourtant, permettez-moi de tenter de vous convaincre. Tout à l'heure, vous m'avez dit à propos des meurtres de l'hôtel : « Chacune des victimes avait quelque chose dans la bouche », n'est-ce pas ?

J'en convins.

— Vous n'avez pas dit « dans leur bouche », parce que vous avez de l'instruction, et que vous avez employé le singulier, non le pluriel. Mlle Jennie est une domestique, mais elle s'exprime elle-même comme quelqu'un d'instruit. Par conséquent, conclut Poirot, qui s'était levé à nouveau, si vous avez raison et que Jennie craignait que quelqu'un donne des informations à la police, pourquoi a-t-elle dit « que personne ne *leur* ouvre la bouche ? » en employant le pluriel ? Dans ce cas, elle aurait dû dire « Que personne n'ouvre la bouche ».

Trop perplexe et agacé pour réagir, je me contentai de le fixer, sentant une douleur s'infiltrer dans ma nuque. Ne m'avait-il pas dit lui-même que Jennie était complètement paniquée ? Une certaine incohérence dans ses propos pouvait donc aisément s'expliquer. D'après mon expérience, les gens en proie à la terreur ne s'embarrassent pas de scrupules grammaticaux.

J'avais toujours tenu Poirot en haute estime. Et si je m'étais trompé à son sujet ? À l'entendre débiter de pareilles sornettes, je ne m'étonnais plus qu'il ait jugé bon d'accorder à son esprit une cure de repos. Mais il poursuivait son absurde raisonnement :

— Vous me direz que Jennie était aux abois, et que dans son état, on ne se soucie guère de grammaire. Pourtant, dans tous ses propos, c'est la seule phrase qui soit incorrecte. À moins que j'aie raison et vous tort, auquel cas Jennie s'est exprimée correctement du début à la fin ! conclut-il en frappant dans ses mains, si satisfait de sa brillante démonstration que je ne pus m'empêcher de lui répliquer avec une certaine hargne :

— Merveilleux, Poirot. Un homme et deux femmes sont assassinés et c'est à moi d'élucider ce crime, mais je suis fort aise d'apprendre que cette Jennie parle un anglais impeccable.

— Moi aussi, j'en suis fort aise, répondit Poirot sans se laisser démonter, car nous avons un peu progressé et fait une petite découverte, n'est-ce pas ? Non, assura-t-il d'un air plus grave, et son sourire s'effaça. Mlle Jennie n'a pas fait de faute de grammaire. Le sens de ses paroles était bien : « Ne laissez personne ouvrir les bouches des trois victimes assassinées. »

— Si vous le dites, marmonnai-je.

— Demain, sitôt après le petit déjeuner, vous retournerez à l'hôtel Bloxham, décréta Poirot. Je vous y rejoindrai plus tard, après avoir cherché Jennie.

— Vous ? dis-je, décontenancé.

J'allais protester, mais quelque chose me retint. Malgré sa réputation de brillant détective, ses idées sur l'affaire avaient été jusque-là d'un ridicule achevé, pourtant je ne pouvais refuser sa compagnie si Poirot me la proposait. Force était de constater qu'il était très sûr de lui, contrairement à moi. Et l'intérêt qu'il prenait à cette affaire m'était déjà d'un grand soutien.

— Oui, confirma-t-il. Les trois meurtres qui ont été commis ont un point commun on ne peut plus insolite : le bouton de manchette enfoncé dans la bouche de chaque victime. Certes, j'irai à l'hôtel Bloxham.

— N'êtes-vous pas censé éviter toute stimulation afin de vous reposer l'esprit ? m'étonnai-je.

— Justement, répliqua Poirot en me jetant un regard peu amène. Ce n'est pas du tout reposant pour moi de rester assis dans ce fauteuil en sachant que vous omettrez de mentionner à quiconque ma rencontre avec Mlle Jennie, une information de la plus haute importance ! Ce n'est pas du tout reposant pour moi de savoir que Jennie court les rues de Londres en donnant à son assassin l'occasion de la tuer et de lui enfoncer son quatrième bouton de manchette dans la bouche, continua-t-il avec force en se penchant vers moi. Cela vous aurait-il aussi échappé ? Les boutons de manchette vont par paire... Or trois se trouvent déjà dans les bouches des morts de l'hôtel Bloxham. Où est donc le quatrième, sinon dans la poche du tueur, qui s'empressera de le glisser dans la bouche de Mlle Jennie après l'avoir tuée ?

Je ne pus réprimer un ricanement.

— Poirot, mais c'est absurde. Les boutons de manchette vont par paire, soit. En l'occurrence, le tueur a décidé de supprimer trois personnes, et donc il n'a utilisé que trois boutons de manchette. C'est aussi simple que ça. Cette idée farfelue d'un quatrième bouton de manchette ne prouve absolument rien, certainement pas que les meurtres de l'hôtel sont liés d'une quelconque manière à cette mystérieuse Jennie.

Mais je vis à son air entêté que rien ne pouvait entamer sa conviction.

— En utilisant des boutons de manchette de cette façon, c'est le tueur lui-même qui induit le fait qu'ils vont par paire. C'est le tueur qui fait surgir devant nous cette idée du quatrième bouton de manchette, et de la quatrième victime, pas Hercule Poirot !

— Mais... à ce compte-là, qu'est-ce qui nous prouve qu'il a en tête non pas quatre, mais six ou huit victimes ? Qui peut dire que la poche de notre assassin ne contient pas cinq paires de boutons de manchette gravés du monogramme PIJ ?

— Là, vous marquez un point, mon ami, reconnut Poirot, à ma grande stupéfaction.

— Non, Poirot, je ne marque pas un point en sortant de nulle part ce genre de déduction abracadabrante. Si mes tours de passe-passe vous plaisent, je doute fort que mes supérieurs les apprécieront.

— Vos supérieurs de Scotland Yard n'apprécient donc pas que vous envisagiez toutes les possibilités ? Non, évidemment, répondit Poirot à sa propre question. Mais ce sont bien eux qui ont mission d'arrêter cet assassin. Eux et vous. Voilà pourquoi Hercule Poirot doit se rendre demain à l'hôtel Bloxham.

3

À l'hôtel Bloxham

Le lendemain matin, au Bloxham, je ne pus m'empêcher de me sentir mal à l'aise, sachant que Poirot pouvait arriver à tout moment pour nous démontrer à nous, simples policiers devant l'Éternel, notre manque de jugeote dans notre façon d'aborder l'enquête sur les trois meurtres. J'étais le seul au courant de sa venue, ce qui me mettait un peu à cran. Sa présence serait de ma responsabilité, et je craignais qu'il ne démoralise mes troupes, moi le premier, à vrai dire. À la lumière d'un jour de février exceptionnellement clair, et après une nuit de sommeil qui s'était avérée réparatrice, contre toute attente mon optimisme avait repris le dessus, et je me demandais bien pourquoi je ne lui avais pas interdit de s'approcher du Bloxham.

Qu'importe, au fond, car le connaissant, je savais qu'il ne m'aurait pas écouté.

Quand Poirot arriva, je me trouvais dans le hall luxueux de l'hôtel et m'entretenais avec M. Luca Lazzari, le gérant. C'était un homme avenant, serviable, plein d'entrain, avec des cheveux noirs bouclés, un parler musical, et des moustaches bien modestes, comparées à celles de Poirot. Lazzari semblait décidé à ce que mes collègues policiers et moi-même passions au Bloxham un séjour en tous points aussi agréable que celui de ses clients... enfin, ceux qui ne se faisaient pas assassiner.

Je le présentai à Poirot, qui hocha courtoisement la tête. Il ne semblait pas dans son assiette, et j'en appris vite la raison.

— Je n'ai pas trouvé Jennie, avoua-t-il. J'ai passé la moitié de la matinée à l'attendre au café-restaurant ! Mais elle n'est pas venue.

— La moitié, n'exagérons rien, Poirot, lui fis-je remarquer.

— Mlle Fee n'était pas là non plus. Quant aux autres serveuses, elles n'ont rien pu me dire.

— Pas de chance, répondis-je, mais cela ne me surprenait guère.

Je n'avais pas imaginé un seul instant que Jennie puisse revenir au café, et je m'en voulus un peu de n'avoir pas cherché à en persuader mon ami, alors que cela tombait sous le sens : elle avait fui le Pleasant's et Poirot, en regrettant après coup de s'être confiée à lui, estimant que c'était une erreur. Dans ces conditions, pourquoi diable y serait-elle retournée le lendemain pour se mettre sous sa protection ?

— Alors ! me lança Poirot avec avidité. Qu'avez-vous à me dire ?

— Je suis ici pour vous fournir toutes les informations dont vous aurez besoin, intervint le gérant avec un sourire épanoui. Luca Lazzari, à votre disposition. Avez-vous déjà visité l'hôtel Bloxham, monsieur Poirot ?

— Non.

— N'est-il pas magnifique et digne d'un palace de la Belle Époque tel que le Majestic ? J'espère que vous aurez remarqué toutes les œuvres d'art admirables qui nous entourent !

— Certes, il est plus distingué que la pension de Mme Blanche Unsworth, mais la vue que j'y ai de ma fenêtre est bien meilleure, répondit Poirot d'un ton brusque.

Sa sombre humeur semblait tenace.

— Comment ? Ah, c'est que vous n'avez pas encore visité notre hôtel ! s'exclama Lazzari en joignant les mains. D'un côté, les chambres donnent sur de magnifiques jardins, et de l'autre, on jouit d'un point de vue absolument splendide sur Londres ! Un ravissement pour les yeux. Vous verrez, je vous le ferai découvrir.

— Je préférerais que vous nous montriez les trois chambres où les meurtres ont été commis, lui répondit Poirot.

Le sourire de Lazzari se figea un bref instant.

— Trois meurtres en une nuit, c'est à peine croyable ! Monsieur Poirot, soyez assuré qu'un crime pareil ne se reproduira jamais plus au Bloxham, un hôtel de renommée internationale !

Poirot et moi échangeâmes un regard entendu. Le crime avait bel et bien eu lieu et, avant de parier sur l'avenir, il fallait assumer la situation présente. Lazzari allait un peu vite en besogne, et les moustaches de Poirot frémissaient déjà d'une rage contenue. Je décidai de prendre le relais.

— Les noms des victimes sont Mme Harriet Sippel, Mlle Ida Gransbury et M. Richard Negus, dis-je à Poirot. Tous trois clients de l'hôtel, et chacun seul occupant de sa chambre. Ils sont arrivés à l'hôtel mercredi, la veille du jour où ils ont été tués.

— Sont-ils arrivés ensemble ?

— Non.

— Séparément, intervint Lazzari. Ils sont arrivés séparément et se sont inscrits chacun leur tour.

— Et ils ont été tués chacun leur tour, dit Poirot, rejoignant le cours de mes pensées. Vous en êtes bien certain ? demanda-t-il à Lazzari.

— Sûr et certain, confirma Lazzari. J'ai le témoignage de M. John Goode, mon réceptionniste, qui est le membre le plus fiable de tout mon personnel. Vous allez faire sa connaissance. À l'hôtel Bloxham ne travaillent que des employés irréprochables, monsieur Poirot, et quand mon réceptionniste dit une chose, je la tiens pour irréfutable. Des gens du monde entier postulent pour entrer au service du Bloxham. Et je n'engage que les meilleurs.

C'est drôle, à cet instant je pris conscience du fait que je connaissais bien Poirot, contrairement à Lazzari, qui ne savait pas du tout comment s'y prendre avec lui. S'il avait écrit « SUSPECT » en grand sur une pancarte et l'avait accrochée au cou de M. John Goode, il n'aurait pas mieux réussi. Hercule Poirot ne laissait personne lui dicter ses opinions ; c'était un contradicteur-né, plutôt porté à croire l'inverse de ce qu'on lui affirmait.

— Quelle remarquable coïncidence, n'est-ce pas ? dit-il. Nos trois victimes, Mme Harriet Sippel, Mlle Ida Gransbury et M. Richard Negus, arrivent séparément et n'ont apparemment rien en commun. Sauf ces deux points : la date de leur mort, à savoir hier, et la date de leur arrivée à l'hôtel, à savoir mercredi.

— Et alors ? Qu'y a-t-il là de remarquable ? demandai-je. Des tas d'autres clients ont dû aussi arriver mercredi, dans un grand hôtel comme le Bloxham.

Qu'avais-je donc dit de si choquant pour qu'il me lance ce regard consterné ? Je fis mine de ne pas le remarquer et poursuivis mon exposé des faits :

— Chacune des victimes a été trouvée dans sa chambre fermée à clef. En repartant, le tueur a donc fermé les trois portes à clef et emporté les clefs...

— Attendez, m'interrompit Poirot. Vous avez constaté que les clefs avaient disparu. Vous ne pouvez

40

en déduire que le meurtrier les a emportées ni qu'il les détient actuellement.

— Nous soupçonnons le tueur d'avoir emporté les clefs, rectifiai-je, après avoir inspiré profondément. Nous avons effectué une fouille complète et elles ne se trouvent ni dans les chambres, ni ailleurs dans l'hôtel.

— Mon personnel a vérifié et l'a confirmé, renchérit Lazzari.

Poirot déclara qu'il aimerait procéder lui-même à une fouille complète des trois chambres, et Lazzari accepta de grand cœur, comme s'il venait de lui proposer d'organiser un thé dansant.

— Vérifiez autant que vous voulez, vous ne retrouverez pas les clefs des trois chambres, insistai-je. Puisque je vous dis que le tueur les a emportées. J'ignore ce qu'il en a fait, mais...

— Peut-être les a-t-il mises dans la poche de son manteau, avec un, ou trois, ou cinq boutons de manchette monogrammés, remarqua froidement Poirot.

— Ah, je comprends à présent pourquoi vous jouissez d'une telle réputation, monsieur Poirot ! s'exclama Lazzari, qui n'avait pourtant pas pu saisir la remarque de Poirot. Un détective hors pair, doué d'un esprit de déduction exceptionnel, dit-on !

— La cause des décès ressemble fort à un empoisonnement, repris-je, coupant court à ces éloges dithyrambiques qui m'agaçaient quelque peu. Nous pensons à du cyanure, une substance qui peut agir avec une grande rapidité, en quantité suffisante. Le coroner nous le confirmera, mais... il est presque certain que leurs boissons ont été empoisonnées. Dans le cas de Harriet Sippel et d'Ida Gransbury, il s'agissait de thé, et de sherry pour Richard Negus.

— Comment le sait-on ? s'enquit Poirot. Les boissons sont-elles restées dans les chambres ?

— Oui, les tasses, ainsi que le verre de sherry. Les tasses ne contiennent plus que quelques gouttes, assez toutefois pour distinguer le thé du café. Je suis prêt à parier qu'après analyse, on y découvrira la présence de cyanure.

— Et l'heure des décès ?

— D'après le médecin de la police, ils ont été tués entre 16 heures et 20 h 30. Par chance, nous avons réussi à réduire ce laps de temps : entre 19 h 15 et 20 h 10.

— Un vrai coup de chance ! acquiesça Lazzari. Chacun des… euh… clients décédés a été vu encore en vie à 19 h 15, par trois membres du personnel, aussi cela ne peut être contesté ! C'est moi qui ai constaté les meurtres… quelle horrible tragédie !…. entre quinze et vingt minutes après 20 heures.

— Mais ils devaient être morts à 20 h 10, ajoutai-je à l'intention de Poirot. C'est l'heure à laquelle le mot annonçant les trois meurtres a été trouvé sur le bureau de la réception.

— Un moment, nous allons y venir, dit Poirot. Chaque chose en son temps… Monsieur Lazzari, il est impossible que chacune des trois victimes ait été vue encore en vie par un membre du personnel à 19 h 15 précises.

— Mais si, mais si, confirma Lazzari en hochant la tête avec tant de véhémence que je craignis un instant de la voir se décrocher. C'est la vérité vraie. Tous les trois ont demandé qu'on leur serve leur dîner dans leur chambre à l'heure dite, ce qui fut fait avec une ponctualité exemplaire, comme toujours à l'hôtel Bloxham.

Poirot se tourna vers moi.

— Encore une coïncidence, et celle-ci est énorme, dit-il. Harriet Sippel, Ida Gransbury et Richard Negus arrivent tous à l'hôtel le même jour, la veille de leur assassinat. Puis le jour des meurtres, ils demandent chacun qu'on leur apporte leur dîner dans leur chambre à 19 h 15 précises ? C'est invraisemblable.

— Poirot, à quoi bon mettre en doute la vraisemblance d'un fait que nous tenons pour acquis ?

— Bon. Mais il importe de vérifier que ce fait s'est bien produit tel qu'on nous l'a rapporté. Monsieur Lazzari, votre hôtel compte certainement un salon spacieux. Veuillez je vous prie y réunir tous les membres de votre personnel, que je puisse m'entretenir avec eux dans le meilleur délai, à leur convenance, et à la vôtre. Pendant ce temps, M. Catchpool et moi-même, nous commencerons à inspecter les chambres des victimes.

— Oui, et nous devrions faire vite, avant qu'on emporte les corps, dis-je. En temps normal, ce serait déjà fait.

Je ne mentionnai pas qu'en l'occurrence, ce retard était dû à ma propre négligence. La nuit précédente, dans ma hâte de m'éloigner de l'hôtel Bloxham et de ses trois scènes macabres, j'avais manqué à mon devoir et omis de prendre les dispositions nécessaires.

J'espérais que Poirot deviendrait plus chaleureux après le départ de Lazzari, mais il garda son air sévère. Peut-être ce sérieux était-il toujours de mise quand il était « au travail », me dis-je, ce qui était un peu fort, car il s'agissait de mon travail et non du sien, et il ne faisait rien pour me remonter le moral.

Comme j'avais en ma possession un passe-partout, il ne nous restait plus qu'à visiter tour à tour les trois chambres.

— Il y a une chose sur laquelle nous pouvons tomber d'accord, du moins je l'espère, me déclara Poirot tandis que nous attendions l'ascenseur. Nous ne devons pas nous fier à ce que M. Lazzari dit de ses employés modèles. Il en parle comme s'ils étaient au-dessus de tout soupçon, ce qui est impensable, puisqu'ils étaient dans l'hôtel quand les meurtres y ont été commis. La loyauté de M. Lazzari est louable, mais c'est un idiot de croire que tous les membres du personnel de l'hôtel sont des anges.

Quelque chose me tracassait, et je choisis de le tirer au clair.

— J'espère que vous ne me considérez pas aussi comme un idiot, Poirot. Ce n'était pas très malin de ma part d'invoquer tous les autres clients de l'hôtel arrivés mercredi... Eux ne se sont pas fait tuer le jeudi, et donc ils n'entrent pas en ligne de compte, n'est-ce pas ? Il n'y a de coïncidence troublante que si des clients apparemment sans lien entre eux arrivent le même jour et se font tuer le soir du lendemain.

— En effet, répondit Poirot en m'adressant un sourire cordial tandis que s'ouvraient devant nous les portes ornées de dorures de l'ascenseur. Vous avez restauré ma confiance en votre jugement, mon ami. Et vous visez juste quand vous précisez « apparemment sans lien ». Car ces trois victimes sont liées entre elles, j'en mettrais ma main au feu. Elles n'ont pas été choisies au hasard parmi la clientèle. Elles ont été tuées pour une seule et même raison, une raison en rapport avec les initiales PIJ. Et c'est pour cette raison qu'elles sont toutes trois arrivées à l'hôtel le même jour.

— C'est presque comme si elles avaient reçu une invitation, dis-je d'un ton badin. « Veuillez arriver la veille afin que la journée du jeudi soit entièrement consacrée à votre assassinat. »

C'était sans doute de très mauvais goût dans ces circonstances, mais plaisanter est mon ultime recours pour lutter contre l'abattement ; parfois je réussis à donner le change et à me persuader moi-même que tout ne va pas si mal. En l'occurrence, cela ne marcha pas.

— Entièrement consacrée..., marmonna Poirot. Oui, c'est une idée, mon ami. Vous avez dit cela en l'air, comme une facétie. Néanmoins, vous avez soulevé un point très intéressant.

Je n'en étais pas du tout convaincu. Décidément, Poirot avait la manie de me féliciter pour mes idées les plus absurdes.

— Un, deux, trois, dit Poirot tandis que nous montions dans les étages. Harriet Sippel, chambre 121, Richard Negus, chambre 238, Ida Gransbury, chambre 317. L'hôtel a également un quatrième et un cinquième étage, mais nos trois victimes se trouvent à des étages successifs, 1, 2 et 3. C'est très net.

Cela semblait le contrarier, lui qui d'ordinaire appréciait l'ordre.

Nous inspectâmes les trois chambres, qui étaient identiques en tous points, ou presque. Chacune contenait un lit, une penderie, un lavabo avec un verre retourné posé sur un coin, plusieurs fauteuils, une petite table, un bureau, un foyer de cheminée carrelé, un radiateur, une grande table près de la fenêtre, une valise, des vêtements, des effets personnels, et un mort.

La porte de chaque chambre se referma avec un bruit mat, me piégeant à l'intérieur...

« *Tiens-lui la main, Edward.* »

Je ne pus me résoudre à regarder les cadavres de trop près. Ils étaient tous les trois allongés sur le dos, bien droits, les bras ramenés le long du corps, les pieds pointés vers la porte. Telles des dépouilles mortuaires.

(Le simple fait de coucher ces mots sur la page pour décrire la disposition des corps me procure une intolérable angoisse. Alors comment aurais-je pu examiner les trois visages des victimes plus de quelques secondes ? La nuance bleuâtre de la peau, les langues gonflées, les lèvres desséchées... Pourtant j'aurais encore préféré étudier leurs visages en détail plutôt que de regarder leurs mains inertes, et j'aurais fait n'importe quoi pour éviter la question saugrenue qui s'imposa à moi : Harriet Sippel, Ida Gransbury et Richard Negus auraient-ils souhaité que quelqu'un leur tienne la main après leur mort, ou cette idée les aurait-elle horrifiés ? Hélas, l'esprit humain est pervers, incontrôlable, un constat qui m'affligea plus que je ne saurais dire.)

Dépouilles mortuaires...

Soudain une idée me frappa avec force. Voilà ce qu'il y avait de si grotesque dans ces trois scènes de meurtre : les corps de Harriet Sippel, Ida Gransbury et Richard Negus étaient disposés avec un soin méticuleux, comme un médecin aurait pu le faire de son patient décédé, après l'avoir soigné durant des mois. Leur assassin y avait veillé après leur mort, ce qui rendait encore plus effrayant le fait qu'il les eût tués de sang-froid.

À peine m'étais-je fait cette remarque que je changeais d'avis. Je me trompais complètement. Ce n'était pas de soins post-mortem dont il s'agissait, loin de là. Je confondais le passé et le présent en mélangeant cette affaire du Bloxham avec des souvenirs d'enfance malheureux. Il fallait me forcer à ne prendre en compte que ce qui se trouvait devant moi, et rien d'autre. J'essayai de tout voir par les yeux de Poirot, en faisant abstraction de mon propre vécu et de la distorsion qu'il engendrait dans ma perception des choses.

Chacune des victimes était allongée par terre, entre un fauteuil à oreilles et une petite table. Sur les trois tables se trouvaient respectivement une tasse avec soucoupe (dans le cas d'Harriet Sippel et d'Ida Gransbury) et un verre de sherry (dans celui de Richard Negus). Dans la chambre d'Ida Gransbury, la 317, il y avait un plateau sur la grande table près de la fenêtre, chargé d'assiettes et de plats vides où ne restaient que quelques miettes, et d'une tasse à thé supplémentaire avec soucoupe. Cette tasse aussi était vide.

— Tiens, tiens, dit Poirot. Dans cette chambre, nous avons deux tasses à thé, et plusieurs assiettes. Mlle Ida Gransbury a eu de la compagnie à dîner, dirait-on. Peut-être celle du meurtrier. Mais pourquoi le plateau est-il encore là, alors que les plateaux ont été débarrassés des chambres de Harriet Sippel et de Richard Negus ?

— Peut-être n'ont-ils pas commandé de repas, suggérai-je. Peut-être désiraient-ils juste des boissons, le thé et le sherry, et qu'aucun plateau n'a été laissé dans leurs chambres, une fois les boissons servies. Regardez, Ida Gransbury a aussi apporté deux fois plus d'affaires que les deux autres, dis-je en désignant la penderie, qui contenait un nombre impressionnant de robes. Il n'y a plus de place pour ranger la moindre combinaison, avec toutes les tenues qu'elle a emportées. Elle voulait paraître à son avantage, visiblement.

— Vous avez raison, admit Poirot. Lazzari a dit qu'ils avaient tous commandé à dîner, mais nous vérifierons exactement ce qui fut commandé pour chaque chambre. Il ne faut pas prendre pour argent comptant ce qu'il nous a raconté, et je n'aurais pas commis pareille erreur si Jennie ne m'occupait pas l'esprit. Jennie, qui se promène en ce moment même dans la nature et dont j'ignore où elle se trouve ! Jennie, qui est à peu près du même âge que nos trois victimes, entre quarante et quarante-cinq ans, à vue de nez.

Chaque fois que Poirot se penchait pour examiner la bouche d'une des victimes, je me détournais et m'occupais d'autre chose. Tandis qu'il poussait son investigation en la ponctuant de petites exclamations, j'inspectais le foyer et regardais par les fenêtres en me concentrant sur mes mots croisés. Depuis quelques semaines, j'essayais de composer une grille assez bonne pour être publiée dans un journal, sans grand succès jusqu'à présent.

Quand nous eûmes fait le tour des trois chambres, Poirot insista pour que nous retournions à celle de Richard Negus, la 238, située au deuxième étage. Peut-être qu'à force, cela me deviendra-t-il plus facile ? me dis-je avec espoir. La réponse fut non. Il me fallut un effort surhumain pour entrer à nouveau dans cette chambre d'hôtel. Ce fut comme entreprendre l'ascension d'une montagne escarpée avec la certitude que mon cœur me lâcherait dès que j'atteindrais le sommet. Mais apparemment, je dissimulais bien ma détresse, car Poirot ne sembla rien remarquer.

— Bon, commença-t-il, en se campant au milieu de la pièce. C'est cette chambre qui diffère le plus des autres, n'est-ce pas ? Certes Ida Gransbury a un plateau et une tasse supplémentaire dans la sienne, mais ici, il y a le verre de sherry au lieu d'une tasse de thé, et une fenêtre ouverte en grand, tandis que dans les autres chambres, toutes les fenêtres sont fermées. D'ailleurs on gèle, ici.

— La pièce était ainsi quand M. Lazzari est entré et a découvert le corps, dis-je. Rien n'a été changé depuis.

Poirot gagna la fenêtre ouverte.

— Voici donc les magnifiques jardins de l'hôtel que M. Lazzari voulait me montrer. Quant à Harriet Sippel et Ida Gransbury, leurs chambres donnent de l'autre côté, un point de vue absolument splendide sur Londres, dirait-il. Vous voyez ces arbres, Catchpool ?

— Difficile de les manquer, répliquai-je.

— Il y a une autre différence : la position du bouton de manchette, dit Poirot. L'avez-vous remarqué ? Dans les bouches de ces dames, le bouton dépasse un peu d'entre les lèvres. Tandis que dans celle de Richard Negus, il est enfoncé presque jusqu'à la gorge... Parlez, m'encouragea-t-il en me voyant tiquer.

— Je vous trouve quelque peu pointilleux. Les trois victimes ont chacune un bouton de manchette dans la bouche, gravé des mêmes initiales PIJ. Qu'importe qu'il soit plus ou moins enfoncé, indéniablement, c'est un point commun.

— Mais non, cela fait une grande différence ! protesta Poirot en se rapprochant pour venir se planter devant moi. Catchpool, s'il vous plaît, rappelez-vous ce que je m'en vais vous dire. Quand trois meurtres sont quasi identiques, les détails qui divergent, même infimes, sont de la plus haute importance.

Étais-je censé me rappeler ces sages paroles alors que je n'étais pas du même avis ? Mais Poirot n'avait pas à s'inquiéter. Je me rappelle pratiquement chaque mot qu'il a prononcé en ma présence, en particulier ceux qui m'ont le plus mis en rage.

— Les trois boutons de manchette étaient dans les bouches des victimes, m'entêtai-je. Cela me suffit amplement.

— Je le vois bien, répondit Poirot d'un air navré. Cela vous suffit comme cela suffirait à la centaine de personnes auxquelles vous poseriez la question, ainsi qu'à vos patrons de Scotland Yard, je n'en doute pas une seconde. Mais à Hercule Poirot, cela ne suffit pas !

Je m'efforçai de ne pas prendre cette remarque personnellement. Il cherche juste à définir les termes de similarité et de différence, me dis-je.

— Et la fenêtre ouverte alors que toutes celles des autres chambres sont fermées ? me demanda-t-il. Cette différence ne vaut-elle rien non plus ?

— Il y a peu de chance qu'elle compte beaucoup, répliquai-je. Richard Negus avait peut-être ouvert la fenêtre lui-même, et le meurtrier n'aura pas jugé bon de la refermer. Vous vous plaignez assez de cette manie qu'ont les Anglais d'ouvrir leurs fenêtres au plus froid de l'hiver dans le but de se forger le caractère.

— Mon ami, reprit Poirot avec patience. Réfléchissez : les trois victimes n'ont pas bu de poison pour ensuite tomber de leurs fauteuils et se retrouver tout naturellement allongés sur le dos, les bras le long du corps, les pieds pointés vers la porte. C'est impossible. L'un aurait pu s'effondrer au milieu de la pièce, l'autre tomber à la renverse et le troisième que sais-je encore ? Non, le tueur a *disposé* les corps afin que chacun soit dans la même position, à égale distance du fauteuil et de la petite table. Eh bien, s'il tient tant à faire en sorte que ces trois scènes de meurtre paraissent rigoureusement identiques, pourquoi dans ce cas n'a-t-il pas refermé la fenêtre que M. Richard Negus avait peut-être ouverte, je vous l'accorde ? Pourquoi le meurtrier ne l'a-t-il pas fermée, comme celles des deux autres chambres ?

Cela me laissa perplexe. Poirot avait raison : le meurtrier tenait à ce que les corps soient disposés de cette façon, à l'identique.

Telles des dépouilles mortuaires…

— Tout dépend du cadre qu'il a voulu donner à la scène de crime, m'empressai-je de répondre pour échapper au sombre souvenir de mon enfance.

— Le cadre ?

— Oui. Je ne parle pas d'un vrai cadre, mais d'un cadre théorique. Peut-être que notre meurtrier a voulu circonscrire ses macabres créations dans un carré pas plus large que celui-ci, expliquai-je en faisant le tour du cadavre de Richard Negus et en coupant à angle droit pour délimiter le carré en question. Vous voyez ? J'ai tracé un cadre en excluant la fenêtre, qui se trouve à l'extérieur.

— Un cadre théorique autour du meurtre…, répéta Poirot en souriant finement sous ses moustaches. Oui, je comprends. Où la scène de crime commence-t-elle et où finit-elle ? Peut-elle être plus petite que la pièce qui la contient ? Telle est la question, une question qui serait fascinante, pour des philosophes.

— Merci.

— De rien. Catchpool, veuillez me dire s'il vous plaît ce qui s'est passé à votre avis à l'hôtel Bloxham hier soir ? Laissons de côté la question du mobile. Racontez-moi ce que le tueur a fait selon vous. En commençant par le commencement.

— Je n'en ai aucune idée.

— Catchpool, voyons, faites un effort.

— Eh bien... je suppose qu'il est arrivé à l'hôtel, les boutons de manchette en poche, et qu'il s'est rendu tour à tour dans chacune des chambres. Il a dû commencer par celle que nous avons nous-mêmes inspectée en premier, la 317, attribuée à Ida Gransbury, puis il a continué de haut en bas afin de pouvoir quitter l'hôtel au plus vite après avoir liquidé sa dernière victime, Harriet Sippel, chambre 121, au premier étage. Il n'a plus dès lors qu'à descendre un étage pour s'échapper.

— Et que fait-il dans les trois chambres ?

— Vous connaissez la réponse, répondis-je en soupirant. Il commet le meurtre et dispose le corps bien droit. Il place un bouton de manchette dans la bouche de la vicime. Puis il ferme la porte à clef et s'en va.

— Et il pénètre dans chacune des chambres sans difficulté ? Dans chacune, sa victime l'attend, son verre ou sa tasse toute prête à recevoir les gouttes de poison qu'il va y verser, une consommation qui fut servie par le personnel de l'hôtel à 19 h 15 précises ? Il reste à côté de sa victime pour bien veiller à ce qu'elle boive son thé ou son sherry, puis il s'attarde en attendant que chacune ait trépassé ? Et il prend même le temps de souper avec l'une d'elles, Ida Gransbury, qui lui a obligeamment commandé une tasse de thé ? Rendre visite aux trois victimes dans chacune des trois chambres, les tuer, mettre les boutons de manchette dans leurs bouches et disposer soigneusement les corps, il accomplit tout cela entre 19 h 15 et 20 h 10 ? Cela n'est guère vraisemblable, mon ami. Hautement improbable, dirais-je.

— En effet. Avez-vous des idées meilleures que les miennes, Poirot ? Vous êtes ici pour ça, après tout.

Alors allez-y, ne vous gênez pas, dis-je en regrettant aussitôt mon ton acerbe.

Heureusement, Poirot n'en prit pas ombrage.

— Vous avez dit que le tueur avait laissé à la réception un mot informant de ses crimes. Montrez-le moi, me dit-il.

Je le sortis de ma poche et le lui passai. John Goode, le réceptionniste idéal selon Lazzari, l'avait trouvé sur le bureau dix minutes après 20 heures. Il disait : « PUISSENT-ILS NE JAMAIS REPOSER EN PAIX. 121. 238. 317. »

— Donc le meurtrier, ou un complice, a eu l'audace de s'approcher du comptoir de la réception, qui occupe une place centrale dans le grand hall de l'hôtel, avec un mot qui l'aurait incriminé si quelqu'un l'avait vu le laisser, contesta Poirot. Il est téméraire, plein d'assurance. Il ne disparaît pas dans l'ombre en sortant par la porte de derrière. Il n'use pas de moyens détournés.

— Dès que Lazzari a lu le mot, il est allé vérifier les trois chambres et a découvert les cadavres, dis-je. Puis il a inspecté toutes les autres chambres de l'hôtel. Fort heureusement, aucun autre client n'a été retrouvé mort, m'a-t-il déclaré, tout content.

Mon ironie n'était pas de bon ton, et sans doute me serais-je davantage surveillé si Poirot avait été anglais, mais cela me faisait du bien, je l'avoue, d'aborder les choses avec un peu plus de légèreté.

— Est-il seulement venu à l'esprit de M. Lazzari que l'un de ses clients encore en vie pouvait être un assassin ? Non, s'insurgea Poirot. Toute personne qui choisit de séjourner à l'hôtel Bloxham est forcément vertueuse et respectable !

Je toussotai discrètement en indiquant la porte d'un hochement de tête. Poirot se retourna. Lazzari se tenait sur le seuil.

— C'est la vérité vraie, monsieur Poirot, confirma-t-il d'un air ravi.

— Eh bien, toute personne qui était dans cet hôtel jeudi devra s'entretenir avec M. Catchpool et lui rendre compte de ses déplacements, répliqua Poirot avec sévérité. Clients, employés. Tous sans exception.

— Avec grand plaisir, vous pourrez parler à qui vous voudrez, monsieur Catchpool, acquiesça Lazzari avec une petite courbette à mon adresse. Notre salle de restaurant sera bientôt à votre disposition, dès que nous aurons débarrassé le couvert du petit déjeuner et réuni tout le monde.

— Merci. Pendant ce temps, je procéderai à une inspection en règle des trois chambres, dit Poirot.

N'était-ce pas ce que nous venions de faire ? m'étonnai-je en mon for intérieur.

— Catchpool, trouvez-nous les adresses d'Harriet Sippel, Ida Gransbury et Richard Negus. Découvrez lequel des membres du personnel a pris leurs réservations, quelle nourriture et quelles boissons ils ont chacun commandées, qui les leur a servies dans leurs chambres respectives, et à quelle heure.

Je m'apprêtai à gagner la sortie, craignant que Poirot ne rallonge encore ma liste de choses à faire, quand il me lança :

— Cherchez si une quelconque Jennie séjourne à l'hôtel ou y travaille.

— Il n'y a pas de Jennie employée au Bloxham, monsieur Poirot, intervint Lazzari. Vous feriez mieux de vous adresser à moi plutôt qu'à M. Catchpool. Je connais très bien chacun de mes employés. Nous formons tous une grande famille ici, à l'hôtel Bloxham !

4

Le cadre s'élargit

Il arrive qu'en se rappelant des paroles prononcées par quelqu'un des mois ou des années plus tôt, on se mette soudain à rire. Pour moi, c'est ce commentaire de Poirot, prononcé un peu plus tard ce jour-là : « Ce n'est pas une mince affaire de se débarrasser du signor Lazzari, même pour le plus ingénieux des détectives. Si l'on comble d'éloges son hôtel, il est tellement béat qu'il reste pour écouter, et s'il juge ces éloges insuffisants, il reste pour les compléter. »

Enfin ses efforts furent récompensés, et il réussit à persuader Lazzari de le laisser vaquer seul à ses occupations dans la chambre 238. Gêné par le brouhaha des voix venant du couloir, il avança jusqu'à la porte que le directeur de l'hôtel avait laissée ouverte, la ferma en soupirant de soulagement, et alla droit à la fenêtre. Une fenêtre ouverte, songea-t-il tout en contemplant la vue. Et si le meurtrier l'avait ouverte pour s'échapper après avoir tué Richard Negus ? Il a pu s'aider des branches de cet arbre pour descendre.

Oui, mais pourquoi s'échapper par cette voie ? Pourquoi ne pas simplement quitter la pièce et emprunter le couloir ? Peut-être que le tueur a entendu des voix à l'extérieur de la chambre et qu'il n'a pas voulu prendre le risque de se faire repérer ? Pourtant, quand il s'est approché du comptoir de la réception pour laisser un mot annonçant ses trois meurtres, le risque était bien plus grand, car il pouvait non seulement être vu, mais pris sur le fait, alors qu'il déposait un indice fort compromettant.

Poirot considéra le corps allongé par terre. Contrairement aux deux autres, aucune lueur métallique ne révélait entre ses lèvres la présence du bouton de manchette, profondément enfoncé dans la bouche. C'était une anomalie. Trop de choses dans cette pièce étaient anormales. Poirot décida donc de fouiller en premier la chambre 238. Car, pourquoi le nier, cette chambre-là ne lui inspirait pas confiance. Sur les trois, c'était celle qu'il appréciait le moins. Quelque chose contrariait son amour de l'ordre, mais il avait beau regarder autour de lui, à part la fenêtre ouverte, il ne voyait aucun élément perturbateur.

Campé à côté du corps de Negus, Poirot fronça les sourcils. Qu'est-ce qui lui donnait cette impression ? Il se mit à tourner très lentement dans la pièce, à l'affût. Non, il devait faire erreur. Certes Hercule Poirot se trompe rarement, se dit-il, mais il n'est pas infaillible. La 238 était parfaitement en ordre. Tout y était à sa place, comme dans les deux autres chambres.

— Je vais fermer la fenêtre pour voir si cela change quelque chose, décida-t-il.

Ceci fait, il inspecta à nouveau le territoire. Décidément, ça n'allait pas. Décidément, la chambre 238 ne lui revenait pas, et il n'aurait pas été à l'aise si on la lui avait attribuée...

Soudain la chose lui sauta aux yeux, interrompant ses méditations. La cheminée ! L'un des carreaux n'était pas aligné correctement, il ressortait un peu. Un carreau descellé... Poirot n'aurait pu dormir dans une chambre affligée d'un tel défaut. « Sauf si j'étais dans votre état, mon cher », dit-il en jetant un coup d'œil au corps inerte de Richard Negus.

Il s'apprêtait à renfoncer le carreau au niveau des autres pour épargner aux futurs clients le malaise diffus qu'il avait ressenti sans en comprendre la cause, mais dès qu'il le toucha, le carreau tomba, et un autre objet avec lui : une clef portant le numéro 238. « Sacrebleu ! » murmura Poirot en se félicitant de sa maniaquerie.

Il replaça la clef où il l'avait trouvée, puis se mit à inspecter le reste de la chambre centimètre par centimètre, sans rien y découvrir de nouveau ni d'intéressant. Aussi passa-t-il à la chambre 317, puis à la 121, et ce fut là que je le rejoignis quand je revins de mes commissions avec des nouvelles excitantes.

Fidèle à lui-même, Poirot insista pour me faire part en premier de sa découverte. Tout ce que je puis dire, c'est qu'apparemment en Belgique, l'autosatisfaction n'est pas jugée inconvenante. Il exultait.

— Comprenez-vous ce que cela signifie, mon ami ? conclut-il en plastronnant. La fenêtre a été ouverte non par Richard Negus, mais après sa mort, par l'assassin lui-même ! Une fois qu'il a verrouillé la porte de la 238 de l'intérieur, il a dû trouver comment s'échapper. Il s'est servi des branches de l'arbre qui se trouve devant la fenêtre, après avoir caché la clef sous un carreau du foyer qui s'était un peu descellé. Ou qu'il avait descellé lui-même.

— Pourquoi ne pas cacher la clef dans ses vêtements et l'emporter en laissant la chambre en l'état ?

— C'est une question que je me suis posée moi-même, et à laquelle je n'ai pu répondre pour l'instant, reconnut Poirot. Je me suis assuré qu'il n'y avait pas de clef cachée dans les deux autres chambres. Le tueur a dû emporter les clefs de la 121 et de la 317 en quittant le Bloxham, alors pourquoi pas la troisième ? Pourquoi a-t-il agi autrement avec Richard Negus ?

— Je n'en ai pas la moindre idée, dis-je. Écoutez, j'ai parlé avec John Goode...

— Le réceptionniste modèle, ajouta Poirot avec un clin d'œil.

— Eh bien, il s'est montré très coopératif et m'a fourni de précieuses informations. Vous aviez raison : les trois victimes sont liées entre elles. J'ai vu leurs adresses. Harriet Sippel et Ida Gransbury habitent toutes les deux un village du nom de Great Holling, dans la Culver Valley.

— Bon. Et Richard Negus ?

— Lui vit dans le Devon, un patelin nommé Beaworthy. Mais il est aussi lié aux deux autres. C'est lui qui a réservé les trois chambres d'hôtel, et il les a réglées d'avance.

— Tiens, tiens, ça, c'est intéressant..., murmura Poirot en lissant ses moustaches.

— Et quelque peu déconcertant, si vous voulez mon avis, lui dis-je. Pourquoi, puisqu'elles venaient du même village le même jour, Harriet Sippel et Ida Gransbury n'ont-elles pas voyagé ensemble pour arriver en même temps à l'hôtel ? Je suis revenu plusieurs fois là-dessus avec John Goode et il est formel : le mercredi, Harriet est arrivée deux bonnes heures avant Ida.

— Et Richard Negus ? s'enquit Poirot.

Je résolus de lui fournir tous les détails sur Negus au plus vite pour ne plus l'entendre encore répéter « Et Richard Negus ? ».

— Il est arrivé une heure avant Harriet Sippel. C'était le premier des trois. Ce n'est pas John Goode qui s'est occupé de lui, mais un assistant de la réception, un certain Thomas Brignell. J'ai aussi découvert que les trois victimes se sont rendues à Londres en train, non en voiture. Je ne sais si cela a de l'importance, mais...

— Mais si, mon ami. Je dois tout savoir, dit Poirot.

Sa façon de s'approprier l'enquête comme s'il en était responsable m'irritait et me rassurait à la fois.

— Le Bloxham dispose de quelques voitures qui vont chercher les clients à la gare et les transportent jusqu'à l'hôtel. Ce service n'est pas donné, mais bien pratique. Il y a trois semaines, Richard Negus a convenu avec John Goode que les voitures de l'hôtel viendraient les chercher chacun leur tour : lui-même, Harriet Sippel et Ida Gransbury. Tous ces services, chambres, voitures, ont été réglés d'avance par Negus.

— Je me demande si cet homme avait de la fortune, dit Poirot d'un air songeur. L'argent s'avère si souvent être le mobile d'un meurtre... Et vous, qu'en pensez-vous, Catchpool, maintenant que nous en savons un peu plus ?

Puisqu'il me le demandait, et que selon lui il était souhaitable d'envisager toutes les possibilités, je décidai de me lancer et d'échafauder moi-même une théorie, à partir des faits.

— Eh bien... Richard Negus était au courant des trois arrivées, puisqu'il a réservé et payé les chambres, mais peut-être qu'Harriet ignorait qu'Ida venait aussi au Bloxham. Et qu'Ida ignorait la venue d'Harriet.

— Oui, c'est bien possible.

Encouragé, je continuai :

— Peut-être était-il essentiel pour le plan du meurtrier que ni Ida ni Harriet ne soient au courant de leur présence respective. Mais s'il en est ainsi, et si Richard Negus, de son côté, savait que les deux femmes et lui séjourneraient au Bloxham au même moment...

Mes idées se tarissant, Poirot prit le relais :

— Nos pensées suivent le même cours, mon ami. Richard Negus fut-il un complice involontaire de son propre assassinat ? Peut-être le tueur l'a-t-il persuadé d'attirer les victimes au Bloxham en invoquant une certaine raison, alors qu'il prévoyait de les tuer tous les trois ? La question est : était-il vital, pour une raison qui nous échappe encore, qu'Ida ignore la venue d'Harriet à l'hôtel et réciproquement ? Et s'il en est ainsi, était-ce important pour Richard Negus, pour le meurtrier, ou pour les deux ?

— Peut-être Richard Negus avait-il un plan, et le meurtrier un autre ?

— Tout à fait, approuva Poirot. La prochaine étape, c'est d'apprendre tout ce que nous pourrons sur le compte d'Harriet Sippel, Richard Negus et Ida Gransbury. Qui étaient-ils de leur vivant ? Quels étaient leurs espoirs, leurs chagrins, leurs secrets ? Le village de Great Holling, voilà où nous chercherons nos réponses. Peut-être y trouverons-nous aussi Jennie, et le mystérieux PIJ !

— Aucune cliente nommée Jennie n'a séjourné ici, ni aujourd'hui, ni la nuit dernière. J'ai vérifié.

— Je m'en doutais. Fee Spring, la serveuse, m'a dit que Jennie habitait une maison à l'autre bout de la ville, par rapport au Pleasant's Coffee House. C'est-à-dire à Londres, pas dans le Devon ni dans la Culver Valley. Jennie n'a pas besoin d'une chambre au Bloxham alors qu'elle habite Londres.

— Au fait, Henry Negus, le frère de Richard, est parti du Devon et en route pour Londres. Richard Negus habitait avec Henry et sa famille. Et j'ai mobilisé quelques-uns de mes meilleurs limiers pour interroger tous les clients de l'hôtel.

— Vous avez été très efficace, Catchpool, me félicita Poirot en me tapotant le bras.

Du coup, je me sentis obligé de l'informer de mon unique échec :

— Quant au service en chambre, impossible de trouver quels membres du personnel ont pris les commandes ou livré les consommations et le plateau du dîner. Il y règne une certaine confusion, apparemment.

— Ne vous inquiétez pas, dit Poirot. J'éclaircirai ce point quand nous serons réunis dans la salle à manger. Entretemps, allons donc faire un tour dans les jardins de l'hôtel. Rien de tel qu'une petite promenade pour se rafraîchir les idées.

Dès que nous nous retrouvâmes dehors, Poirot se mit à se plaindre du temps, qui ne faisait qu'empirer.

— Si nous rentrions à l'intérieur ? proposai-je.

— Non, non, pas encore. Le changement d'environnement est salutaire pour les petites cellules grises, et peut-être les arbres nous protégeront-ils un peu du vent. Le froid ne me fait pas peur, il peut même être revigorant, mais aujourd'hui, ce n'est pas le cas.

Nous nous arrêtâmes à l'entrée des jardins du Bloxham. Luca Lazzari n'avait pas exagéré leur beauté, me dis-je en contemplant les rangées de tilleuls et, tout au fond, des massifs et arbustes taillés avec art, le plus bel exemple de sculpture végétale que j'aie pu voir à Londres. Malgré la morsure du vent, c'était un ravissement pour les yeux.

— Eh bien, entrons-nous, oui ou non ? demandai-je à Poirot.

J'étais assez tenté d'arpenter ces allées de verdure qui partaient entre les arbres, droites comme des voies romaines. Une nature non seulement apprivoisée, mais bel et bien asservie.

— Je ne sais pas, répondit Poirot en frissonnant Avec ce fichu temps...

— Il faut choisir, Poirot : à l'intérieur de l'hôtel, ou à l'extérieur. Que préférez-vous ? insistai-je avec quelque impatience.

— J'ai une meilleure idée ! s'exclama-t-il triomphalement. Nous allons prendre un bus !

— Un bus ? Pour aller où ?

— Quelque part, n'importe où ! Nous en descendrons vite pour sauter dans un autre et revenir. Cela nous fera changer de décor sans être transis de froid ! Venez. Nous regarderons la ville à travers les vitres du bus. Qui sait ce que Londres nous réservera comme surprise ?

Il se mit aussitôt en marche d'un pas décidé et je suivis le mouvement à contrecœur.

— Vous pensez à Jennie, n'est-ce pas ? lui dis-je. Il est très peu probable que nous la voyions...

— Nous aurons plus de chances de la voir depuis un bus qu'en restant ici à regarder les brins d'herbe ! répliqua farouchement Poirot.

Dix minutes plus tard, nous nous retrouvions à rouler dans un bus aux vitres si embuées qu'il était impossible de voir quoi que ce soit au-dehors, même après les avoir essuyées avec un mouchoir.

— Pour en revenir à Jennie..., commençai-je, décidé à le ramener à la raison.

— Oui ?

— Il se peut qu'elle soit en danger, mais en réalité, elle n'a rien à voir avec l'affaire du Bloxham. Il n'y a aucune preuve d'un lien quelconque. Aucune.

— Je ne suis pas du tout d'accord avec vous, mon ami, dit Poirot d'un air chagrin. Je suis plus convaincu que jamais qu'il y en a un.

— Vraiment ? Éclairez-moi, Poirot. Pourquoi ?

— À cause des deux particularités insolites que les... situations ont en commun.

— Et quelles sont-elles ?

— Elles vous apparaîtront, Catchpool. En fait, elles ne sauraient vous échapper si vous ouvriez un peu votre esprit et réfléchissiez à ce que vous savez déjà.

Dans les sièges derrière nous, une femme âgée et une autre d'âge moyen, sans doute une mère et sa fille, discutaient de ce qui différencie une bonne d'une excellente pâtisserie.

— Vous entendez ça, Catchpool ? murmura Poirot. La différence ! Concentrons-nous, non pas sur les similitudes, mais sur les différences... C'est ce qui nous orientera vers notre meurtrier.

— Quel genre de différences ? demandai-je.

— Entre deux des meurtres de l'hôtel et le troisième. Pourquoi les détails circonstanciels diffèrent-ils tant dans le cas de Richard Negus ? Pourquoi le tueur a-t-il verrouillé la porte de l'intérieur de la chambre plutôt que de l'extérieur ? Pourquoi a-t-il caché la clef derrière un carreau descellé du foyer au lieu de l'emporter ? Pourquoi est-il parti par la fenêtre ouverte en descendant par un arbre au lieu de prendre le couloir comme tout le monde ? Au début, je me suis dit qu'il avait peut-être entendu des voix et qu'il n'avait pas voulu prendre le risque d'être vu en quittant la chambre de M. Negus.

— Cela paraît logique.

— Non. En fin de compte, je ne pense pas que ce soit la raison.

— Ah ? Et pourquoi ?

— À cause de la position du bouton de manchette dans la bouche de Richard Negus, qui elle aussi est différente.

— Non, de grâce. Vous n'allez pas recommencer.

— Écoutez, Catchpool...

Mais le bus s'était arrêté, et Poirot tendait le cou pour inspecter les nouveaux passagers. Quand le dernier fut monté, un homme mince en costume de tweed au crâne aussi dégarni que ses oreilles étaient poilues, Poirot soupira.

— Vous êtes déçu qu'aucun d'eux ne soit Jennie, constatai-je à haute voix, tellement cela me paraissait absurde.

— Oui, mon ami. Je suis déçu en effet, mais vous vous trompez sur ce qui en est la cause. Chaque fois que je pense combien il y a peu de chances que je revoie Jennie dans une cité aussi immense que Londres, je suis déçu. Pourtant... je garde espoir.

— Malgré toute votre méthode pseudo-scientifique, vous êtes un rêveur, hein ?

— Parce que vous croyez que l'espoir est l'ennemi de la science et non sa force motrice ? Permettez-moi de ne pas être d'accord avec vous sur ce point, tout comme je ne le suis pas au sujet du bouton de manchette et de sa position dans les bouches des victimes. Il y a là encore une différence significative dans le cas de Richard Negus par rapport aux deux autres meurtres. Et cette différence-là n'est pas due à des voix que le tueur aurait entendues venant du couloir. Donc il doit y avoir une autre explication. Tant que nous ne la connaîtrons pas, nous ne pourrons être certains qu'elle ne concerne pas également la fenêtre ouverte, la clef cachée dans la pièce, et la porte verrouillée de l'intérieur.

Il vient un moment dans la plupart des affaires, et en particulier celles où Poirot est impliqué, où l'on commence à se dire qu'on réfléchirait mieux tout seul, en s'abstenant de communiquer avec le monde extérieur, et ce pour un meilleur résultat.

Ainsi, en mon for intérieur et à ma seule appréciation, j'en vins à la conclusion suivante : la position un peu différente du bouton de manchette dans la bouche de Richard Negus était sans incidence. Dans l'esprit du meurtrier, l'opération s'était déroulée de la même façon pour les trois victimes : il leur avait ouvert la bouche et y avait placé un bouton de manchette, point final.

En revanche, je ne trouvais aucune explication au fait qu'il eût caché la clef derrière le carreau descellé de la cheminée ; il aurait été plus rapide et plus facile pour l'assassin de l'emporter, ou de la lâcher sur le tapis après l'avoir essuyée pour en ôter ses empreintes.

Derrière nous, la mère et sa fille avaient épuisé leur premier sujet pour passer à celui de la graisse de rognon.

— Il faut penser à retourner à l'hôtel, décréta Poirot.

— Mais nous venons de monter dans le bus ! protestai-je.

— C'est vrai, mais il ne faut pas trop nous éloigner du Bloxham. La réunion dans la salle à manger est pour bientôt. Nous devons descendre de ce bus et en prendre un autre, dit-il. Peut-être la visibilité sera-t-elle meilleure sur le prochain.

Sans insister sur le comment ni le pourquoi, je suivis docilement en m'exhortant au calme. Depuis le bus suivant, Poirot ne vit pas trace de Jennie, à sa grande consternation. Quant à moi, je constatai une fois de plus qu'à Londres, le spectacle est à tous les coins de rue, raison pour laquelle j'aime tant cette ville. Un homme en costume de clown jonglait aussi piètrement que possible. Pourtant, les passants jetaient des pièces dans le chapeau déposé à ses pieds. Autres temps forts du spectacle : un caniche, dont la tête ressemblait de façon troublante à celle d'un homme politique très en vue, et un vagabond assis sur le trottoir, à côté d'une valise ouverte dans laquelle il puisait de quoi se restaurer, comme d'un distributeur automatique.

— Regardez, Poirot, dis-je. Ce gars-là se fiche du froid, il est heureux comme un pape. Il a la bouche pleine de crème et s'en pourlèche les babines. Et voyez aussi ce caniche... il ne vous rappelle pas quelqu'un ? Quelqu'un de célèbre. Allons, regardez bien, c'est frappant.

— Catchpool, me tança Poirot. Levez-vous, sinon nous allons manquer notre arrêt. Vous cherchez toujours à faire diversion.

Je le suivis et lui rétorquai, dès que nous fûmes descendus du bus :

— C'est vous qui m'avez entraîné dans cette absurde excursion éclair dans les rues de Londres. Vous ne pouvez pas me reprocher d'en profiter.

Poirot s'arrêta de marcher et se tourna vers moi.

— Dites-moi un peu. Pourquoi vous refusez-vous à examiner les trois cadavres de l'hôtel ? Qu'est-ce qui vous perturbe à ce point ?

— Rien. Je les ai examinés autant que vous ; d'ailleurs je m'en étais déjà occupé avant que vous n'entriez en scène.

— Si vous n'avez pas envie d'en discuter, il suffit de le dire, mon ami.

— Il n'y a rien à discuter. Je ne connais personne qui s'obstinerait à contempler un cadavre plus longtemps que nécessaire. Voilà tout.

— Non, ce n'est pas tout, répliqua posément Poirot.

Sans doute aurais-je dû lui raconter d'où me venait mon malaise, et j'ignore pourquoi je ne l'ai pas fait. Mon grand-père s'est éteint quand j'avais cinq ans, après une longue agonie. Il était couché à l'étage, chez nous. Je n'aimais pas lui rendre visite dans sa chambre, mais mes parents insistaient pour que je m'y rende tous les jours, disant que c'était important pour lui ; je m'y pliais pour leur faire plaisir, à eux et à lui. J'observais son lent déclin, sa peau devenant de plus en plus jaunâtre, sa respiration pénible, son regard vague. À l'époque, je n'attribuais pas mes appréhensions à de la peur, mais je me souviens que je comptais chaque jour les secondes qu'il me fallait passer dans cette chambre, attendant avec une impatience mêlée d'angoisse l'instant où je pourrais enfin m'en échapper, fermer la porte derrière moi et arrêter de compter.

Quand il mourut, ce fut pour moi une libération, comme si je sortais de prison et pouvais à nouveau vivre pleinement. On l'emporterait, la mort ne régnerait plus sur cette maison. Alors ma mère me dit que je devais aller voir grand-père une dernière fois dans sa chambre et qu'elle viendrait avec moi. « Tout ira bien », me dit-elle.

Le médecin avait préparé le corps. Ma mère m'expliqua comment l'on procédait avant d'exposer le défunt. Je comptai les secondes en silence. Cela durait plus que d'habitude. Je demeurai debout près de ma mère, à regarder le corps inerte et ratatiné de grand-père. « Tiens-lui la main, Edward », me dit-elle, et comme je refusais, elle se mit à pleurer, pleurer toutes les larmes de son corps. Alors je pris la main froide et osseuse de grand-père. J'aurais tant voulu lâcher cette main et m'enfuir, mais je la tins dans la mienne jusqu'à ce que ma mère ait séché ses larmes et qu'enfin nous puissions redescendre.

Tiens-lui la main, Edward. Tiens-lui la main.

5

Cent personnes interrogées

Lorsque Poirot et moi-même entrâmes dans la salle de restaurant du Bloxham, je fus si frappé par sa magnificence que je remarquai à peine tous ceux qui s'y étaient réunis. Je m'arrêtai sur le seuil pour contempler le haut plafond somptueusement ornementé de moulures et d'emblèmes. Dire que les clients prenaient ici leur petit déjeuner ! J'avais du mal à les imaginer se livrant à des occupations aussi banales que beurrer leurs toasts, les tartiner de marmelade ou décapiter leurs œufs à la coque, sans même lever les yeux pour contempler la merveille qui se trouvait au-dessus de leurs têtes.

J'essayais d'embrasser l'ensemble du décor en réunissant les différentes parties qui composaient le haut plafond quand un Luca Lazzari tout dépité se rua vers nous et se répandit en excuses.

— Monsieur Catchpool, monsieur Poirot, si vous saviez comme je m'en veux ! Dans ma hâte de vous aider dans votre enquête, j'ai commis la plus grossière des erreurs ! Cela vient du fait que j'ai voulu rassembler trop vite les multiples informations récoltées auprès de mon personnel, et que je me suis fourvoyé ! Moi seul suis à blâmer. Personne d'autre n'est fautif...

Lazzari s'interrompit pour regarder par-dessus son épaule la centaine de personnes réunies dans la salle. Puis il se déplaça vers la gauche afin de se camper juste devant M. Poirot et bomba curieusement le torse en mettant les mains sur ses hanches. Espérait-il ainsi s'interposer pour protéger tout son personnel des foudres de Poirot ?

— Et quelle est cette erreur, signor Lazzari ? demanda ce dernier.

— En vérité, je me suis lourdement trompé ! D'ailleurs, vous m'aviez fait remarquer que ce n'était pas possible, et vous aviez raison. Mais comprenez-moi bien, mon excellente équipe, que vous voyez ici devant vous, m'a dit la vérité sur ce qui s'est déroulé, et c'est bien malgré moi que j'ai déformé cette vérité !

— Je comprends. À présent, veuillez rectifier cette erreur... ? s'enquit Poirot avec espoir.

Tous les membres de « l'excellente équipe » étaient assis en silence autour de grandes tables rondes, et ils avaient écouté cette conversation sans en perdre une miette. L'humeur générale était sombre. Je parcourus rapidement les visages sans voir l'ombre d'un sourire.

— Je vous ai dit que les trois clients décédés avaient demandé qu'on leur serve leur dîner dans leur chambre à 19 h 15 hier soir, chacun séparément, dit Lazzari. Ce n'est pas vrai ! Ils étaient ensemble ! Ils ont dîné tous les trois dans la chambre d'Ida Gransbury, la 317. Et c'est un seul serveur, et non pas trois, qui les a vus bien vivants à 19 h 15. Comprenez-vous, monsieur Poirot ? Il ne s'agit pas de l'étrange coïncidence que vous avez soulignée en la jugeant invraisemblable, mais d'un événement tout à fait banal : trois clients dînant ensemble dans la chambre de l'un d'entre eux !

— Bon, ça se tient, répondit Poirot, qui semblait satisfait. Et qui était le serveur ?

Quelqu'un se leva de l'une des tables, un homme d'une cinquantaine d'années, chauve et corpulent, avec l'œil mélancolique et les joues flasques rappelant ceux d'un basset.

— C'était moi, monsieur, dit-il.

— Puis-je savoir comment vous vous appelez ?

— Rafal Bobak, monsieur.

— Vous avez servi le dîner à Harriet Sippel, Ida Gransbury et Richard Negus dans la chambre 317 à 19 h 15 hier soir ?

— C'était plutôt un goûter-dîner, monsieur. D'ailleurs, c'est le terme que M. Richard Negus a employé. Il m'a demandé si cela était possible, ou si l'on était obligé de commander un vrai dîner. Selon lui, ses amies et lui ne se sentaient pas d'attaque et préféreraient une simple collation. Un thé copieux. Je lui ai répondu qu'il en serait selon leurs désirs. Il a commandé des sandwiches au jambon, fromage, saumon et concombre, ainsi qu'un assortiment de gâteaux. Et des scones, monsieur, avec de la crème et de la confiture.

— Et comme boissons ? demanda Poirot.

— Du thé, monsieur. Pour eux trois.

— Et du sherry pour Richard Negus ?

— Non, monsieur. Pas de sherry. M. Negus n'en a pas commandé. Je n'ai pas monté de verre de sherry à la chambre 317.

— Vous en êtes certain ?

— Absolument, monsieur.

Me trouver face à tous ces yeux scrutateurs me mettait un peu mal à l'aise. Je n'avais encore posé aucune question et je n'en étais que trop conscient. Laisser Poirot mener la danse m'allait très bien, mais il me fallait prendre le relais si je ne voulais passer pour un personnage falot, venu faire de la figuration.

— Est-ce que l'une ou l'un d'entre vous a apporté une tasse de thé à la chambre d'Harriet Sippel, la 121, à un moment ou un autre ? Ou un sherry à celle de Richard Negus ? Que ce soit hier jeudi, ou mercredi ?

Ils répondirent tous par la négative, en secouant la tête. À moins que l'un d'eux ne mente, la seule commande avait été servie le jeudi dans la chambre 317, à 19 h 15.

J'essayai de faire rapidement le tri dans mes pensées : la tasse de thé dans la chambre d'Harriet ne posait pas de problème. Harriet avait pu emporter l'une de celles servies par Bobak, puisqu'on n'avait retrouvé que deux tasses dans la chambre d'Ida après les meurtres. Mais comment le verre de sherry s'était-il trouvé dans la chambre de Richard, si aucun serveur ne l'y avait apporté ?

Le tueur était-il arrivé au Bloxham avec un verre de sherry à la main, les poches remplies de boutons de manchette monogrammés et d'une fiole de poison ? Cela semblait tiré par les cheveux.

Apparemment, Poirot se heurtait au même problème.

— Tirons cela au clair : aucun de vous n'a servi de verre de sherry à M. Richard Negus dans sa chambre, ni ailleurs dans l'hôtel ?

Tout le monde fit non de la tête.

— Signor Lazzari, pouvez-vous me dire s'il vous plaît si le verre retrouvé dans la chambre de Richard Negus appartenait à l'hôtel ?

— Oui, monsieur Poirot. Tout cela est fort déconcertant. Nous aurions pu supposer qu'un serveur absent aujourd'hui vendredi avait donné le verre de sherry à M. Negus le mercredi ou le jeudi, mais tous les employés qui étaient présents ces jours-là le sont également aujourd'hui.

— Comme vous dites, c'est fort déconcertant, convint Poirot. Monsieur Bobak, peut-être pouvez-vous nous raconter ce qui s'est passé quand vous avez apporté le goûter-dîner, comme vous dites, à la chambre d'Ida Gransbury ?

— J'ai posé le plateau sur la table, puis j'ai quitté la pièce, monsieur.

— Et ils étaient tous les trois présents dans la chambre ? Mme Sippel, Mlle Gransbury et M. Negus ?

— En effet, monsieur.

— Décrivez-nous la scène.

— La scène, monsieur ?

Voyant que Rafal Bobak était un peu perdu, je mis mon grain de sel.

— Qui a ouvert la porte ?

— M. Negus.

— Et où se trouvaient les deux femmes ?

— Oh, elles étaient assises dans des fauteuils près de la cheminée et discutaient. Je n'ai pas eu affaire à elles. Je n'ai parlé qu'à M. Negus. J'ai tout disposé sur la table près de la fenêtre, puis je suis parti, monsieur.

— Vous rappelez-vous de quoi parlaient les deux dames ? demanda Poirot.

— Eh bien..., dit Bobak en levant les yeux au ciel.

— C'est important, monsieur. Chaque détail concernant ces trois personnes est important.

— Eh bien... elles disaient du mal de quelqu'un, et cela les faisait rire.

— Vous voulez dire qu'elles étaient malveillantes ? Comment ça ?

— L'une d'elles, surtout. Et M. Negus semblait trouver cela très amusant. Ce n'était pas mes affaires, aussi n'ai-je pas écouté.

— Vous rappelez-vous précisément ce qui s'est dit ? Et quelle était la cible de leurs médisances ?

— Il était question d'une femme d'un certain âge qui s'était amourachée d'un jeune homme, d'après ce que j'ai cru comprendre. Je ne prête pas l'oreille aux commérages, monsieur. Je ne saurais vous en dire plus, désolé.

— Si quelque chose vous revient de cette conversation, veuillez m'en informer sans délai, monsieur Bobak, lui intima Poirot de son ton le plus autoritaire.

— Entendu, monsieur. Maintenant que j'y repense, j'ai cru comprendre que le jeune homme avait laissé tomber la femme d'un certain âge pour s'enfuir avec une autre. Ce genre de futilités.

— Donc..., commença Poirot, et il se mit à arpenter la salle de long en large.

C'était étrange de voir plus d'une centaine de têtes le suivre lentement des yeux et tourner d'un même mouvement tandis qu'il revenait sur ses pas.

— ... nous avons Richard Negus, Harriet Sippel et Ida Gransbury, un homme et deux femmes, dans la chambre 317, médisant sur un homme et deux femmes !

— Mais quel sens cela a-t-il, Poirot ? demandai-je.

— Peut-être aucun. N'empêche, c'est intéressant. Ces commérages, ces rires, ce goûter-dîner... Tout cela nous révèle que nos trois victimes se connaissaient, et qu'elles ne se doutaient pas du triste sort qui les menaçait.

Soudain, à la table juste devant nous, un jeune homme brun bondit de son siège comme un diable de sa boîte. Je pensais qu'il allait s'empresser de parler, mais il resta silencieux, et je remarquai alors sa pâleur. Il avait l'air terrifié.

— Voici M. Thomas Brignell, assistant du service clientèle, dit Lazzari en le présentant d'un grand geste de la main.

— Non seulement ils se connaissaient, monsieur, mais c'étaient de bons amis, souffla Brignell après un silence prolongé, si bas qu'aucun de ceux qui étaient assis derrière lui n'avait pu l'entendre.

— Évidemment qu'ils étaient bons amis ! clama Lazzari à la ronde. Ils ont pris leur repas ensemble !

— Bien des gens mangent ensemble chaque jour tout en se détestant cordialement, intervint Poirot. Veuillez continuer, monsieur Brignell.

— Quand j'ai rencontré M. Negus hier soir, j'ai constaté qu'il était très attentionné envers ces deux dames, comme seul un ami peut l'être, nous murmura Thomas Brignell.

— Vous l'avez rencontré ? dis-je. Où ? Quand ?

— À 19 h 30, monsieur, répondit-il en désignant la porte à deux battants de la salle à manger, d'un bras tremblant. Juste là devant. Je passais, tandis que lui s'approchait de l'ascenseur. Il m'a vu, s'est arrêté, m'a appelé. J'ai supposé qu'il était sur le point de regagner sa chambre.

— Que vous a-t-il dit ? demanda Poirot.

— Il... il m'a demandé de faire en sorte que ce soit lui qui règle la note de la collation, et non ces dames. Il pouvait se le permettre, alors que Mme Sippel et Mlle Gransbury n'avaient pas de gros moyens, m'a-t-il expliqué.

— C'est tout ce qu'il a dit, monsieur Brignell ?

— Oui.

N'osant pousser davantage mes questions de peur de le voir défaillir, je mis fin à notre entretien.

— Merci, monsieur Brignell, vous nous avez été très utile, dis-je aussi chaleureusement que je le pus, et je m'en voulus aussitôt de n'avoir pas remercié également Rafal Bobak. Tout comme vous, monsieur Bobak, m'empressai-je d'ajouter. Ainsi que vous tous.

— Catchpool, murmura Poirot. Tous les autres n'ont pas dit un mot.

— Ils ont écouté avec attention, et pris le temps de réfléchir aux questions que nous leur posions. Ils méritent donc des remerciements.

— Vous avez confiance en leur jugement, hein ? Peut-être sont-ils à eux tous la centaine de personnes que vous invoquez quand nous ne sommes pas d'accord ? Bien, si nous allions interroger justement ces cent personnes-là…, dit Poirot en se tournant vers l'assemblée. Mesdames et messieurs, nous venons d'apprendre que Richard Negus, Harriet Sippel et Ida Gransbury étaient amis, et que leur repas leur a été servi dans la chambre 317 à 19 h 15. Pourtant à 19 h 30, M. Brignell a vu Richard Negus à cet étage de l'hôtel, se dirigeant vers l'ascenseur. À cet instant, M. Negus doit regagner sa chambre, la 238, ou bien la chambre 317 pour rejoindre ses amies. Mais d'où revient-il ? Les sandwiches et les gâteaux qu'il a commandés ont été servis voilà juste un quart d'heure ! Les a-t-il laissés en plan pour s'en aller quelque part ? Ou a-t-il mangé sa part en trois ou quatre minutes avant de partir ? Et pour s'en aller où ? Quelle est donc l'obligation qui lui a fait quitter précipitamment la chambre 317 ? Était-ce pour s'assurer que la note de la collation ne serait pas portée sur la facture d'Harriet Sippel ou d'Ida Gransbury ? Ne pouvait-il attendre vingt ou trente minutes de plus, ou même une heure, avant d'aller s'acquitter de cette tâche ?

Une robuste femme aux cheveux châtain bouclés se dressa au fond de la salle.

— Comme si je savais, moi ! Vous ne cessez de nous bombarder de questions comme si nous pouvions en connaître les réponses alors que nous ne savons rien ! s'exclama-t-elle en cherchant du regard l'approbation de ses collègues réunis autour d'elle, tandis qu'elle s'adressait à Poirot. Je veux rentrer chez moi, monsieur Lazzari, gémit-elle. Je veux rejoindre mes enfants pour voir s'ils vont bien !

Une jeune femme assise à côté d'elle posa une main sur son bras pour tenter de la calmer.

— Assieds-toi, Tessie. Ce monsieur essaie juste de faire avancer l'enquête. Tes gosses ne risquent rien, du moment qu'ils ne s'approchent pas du Bloxham.

À cette remarque, qui se voulait réconfortante, Luca Lazzari et la mère de famille poussèrent de petits cris d'angoisse.

— Nous ne vous retiendrons plus longtemps, madame, dis-je. Et je suis certain qu'ensuite, M. Lazzari vous permettra de rentrer voir vos enfants, si vous en éprouvez le besoin.

Lazzari opina du chef, et Tessie se rassit, un peu rassérénée.

Je me tournai vers Poirot.

— Richard Negus n'a pas quitté la chambre 317 dans le but de régler l'addition, il revenait de quelque part lorsqu'il s'est précipité sur Thomas Brignell. Donc, c'est qu'il avait déjà fait ce qu'il s'était fixé. C'est par hasard qu'il est tombé sur M. Brignell et a décidé de régler avec lui cette histoire de note.

Avec ce petit discours, j'espérais démontrer à toute l'assistance que nous avions des réponses autant que des questions. Peut-être pas toutes, mais quelques-unes, ce qui était mieux que rien.

— Monsieur Brignell, reprit Poirot, avez-vous eu l'impression que M. Negus vous avait croisé par hasard et qu'il avait saisi l'occasion, comme le suggère M. Catchpool ? Il ne vous cherchait pas ? C'est bien vous qui l'avez reçu quand il est arrivé à l'hôtel le mercredi, n'est-ce pas ?

— En effet, monsieur. Non, il ne me cherchait pas, confirma Brignell, qui semblait plus à son aise pour parler, maintenant qu'il était assis. Il m'a croisé par hasard et s'est dit « Tiens, je connais cette tête-là », si vous voyez ce que je veux dire, monsieur.

— Tout à fait. Mesdames et messieurs, reprit Poirot en portant la voix. Après avoir commis trois meurtres dans cet hôtel hier soir, le tueur, ou un complice qui

75

connaît son identité, a laissé un mot sur le comptoir de la réception disant : « PUISSENT-ILS NE JAMAIS REPOSER EN PAIX. 121. 238. 317. » Quelqu'un aurait-il vu une personne déposer le mot que voici ? demanda Poirot en sortant de sa poche le petit carton blanc, et il le brandit en l'air. M. John Goode, le réceptionniste, l'a trouvé à 20 h 10. Est-ce que l'une ou l'un d'entre vous a remarqué quoi que ce soit d'inhabituel près du bureau de la réception ? Réfléchissez bien ! Quelqu'un a bien dû voir quelque chose !

Tessie était penchée contre son amie, les yeux clos. Un brouhaha emplit la salle, mais ces murmures, ces exclamations étouffées étaient dûs au choc et à l'excitation de voir ce mot écrit de la main de l'assassin, une pièce à conviction qui rendait criante et presque palpable la réalité des trois meurtres perpétrés au Bloxham.

La réunion se termina sans que personne ne nous apprenne rien de nouveau. Comme quoi : lorsqu'on interroge une centaine de personnes, on a de fortes chances d'être déçu.

6

L'énigme du sherry

Une demi-heure plus tard, assis devant un feu ronflant, Poirot et moi buvions du café dans ce que Lazzari avait baptisé « notre petit salon particulier », une pièce située derrière la salle à manger, et inaccessible au public. Les murs étaient couverts de portraits que je m'efforçais d'ignorer. Autant j'apprécie les paysages, qu'ils soient ensoleillés ou nuageux, autant j'évite de croiser les yeux fixes des sujets représentés, qui me semblent toujours chargés de mépris.

Après avoir brillamment joué au maître de cérémonie dans la salle de restaurant, Poirot était à nouveau d'humeur lugubre.

— Vous vous inquiétez encore pour Jennie, n'est-ce pas ? lui demandai-je.

— Oui, admit-il. Je redoute qu'on vienne m'annoncer qu'on l'a retrouvée morte avec dans la bouche un bouton de manchette gravé du monogramme PIJ. Je crains le pire.

— Puisque vous ne pouvez rien faire pour elle, du moins pour l'instant, je vous suggère de penser à autre chose.

77

— Comme vous avez l'esprit pratique, Catchpool. Très bien. Passons donc aux tasses de thé.

— Aux tasses de thé ?

— Oui. Qu'en faisons-nous ?

— Je crois n'avoir aucune opinion sur la question, avouai-je après un petit temps de réflexion.

Poirot laissa échapper un grognement d'impatience.

— Trois tasses de thé ont été servies à la chambre d'Ida Gransbury par Rafal Bobak. Trois tasses pour trois personnes, c'est logique. Mais quand les trois cadavres ont été découverts, il ne restait que deux tasses dans la pièce.

— La troisième se trouve dans la chambre d'Harriet Sippel, avec le cadavre de cette dernière.

— Exactement. Et c'est pour le moins curieux, non ? Mme Sippel a-t-elle emporté ses tasses et soucoupes dans sa chambre avant ou après que le poison y eut été versé ? Dans l'un ou l'autre cas, qui irait transporter une tasse de thé dans le couloir d'un hôtel, pour ensuite prendre l'ascenseur ou descendre deux étages à pied, la tasse à la main ? Si la tasse est pleine, on court le risque de la renverser, si elle est à moitié vide, pourquoi se donner tout ce mal ? En général, on boit son thé dans la pièce où l'on vous l'a servi, non ?

— En général, oui. Mais ce tueur-là m'a l'air de sortir des sentiers battus, répliquai-je avec une certaine véhémence.

— Que dire de ses victimes ? D'après vous, s'agit-il de gens ordinaires, qui se conduisent normalement ? Voulez-vous me faire croire qu'Harriet Sippel a porté son thé jusqu'à sa chambre, s'est assise dans un fauteuil pour le boire, puis que le meurtrier a frappé à sa porte presque aussitôt et qu'il a trouvé le moyen de verser du cyanure dans sa tasse ? Quant à Richard Negus, rappelez-vous, lui aussi a quitté la chambre d'Ida Gransbury pour une raison qui nous échappe encore. Mais il s'arrange pour regagner sa chambre peu après, avec un verre de sherry tombé du ciel, qu'aucun membre du personnel ne lui a servi.

— C'est vrai que présenté comme ça..., reconnus-je.

Mais Poirot poursuivit implacablement sa démonstration :

— Richard Negus est là, assis tout seul quand le tueur lui rend visite. Et il lui dit : « Je vous en prie, versez donc votre poison dans mon verre de sherry. » Pendant ce temps, Ida Gransbury attend patiemment dans la chambre 317 que le meurtrier passe la voir, et elle boit son thé. Ou plutôt, elle le sirote très lentement. Certes elle ferait mieux de le finir avant que le tueur arrive, mais alors, comment pourrait-il l'empoisonner ? Où verserait-il son cyanure ?

— Bon sang, Poirot, que voulez-vous que je vous dise ? Moi non plus je n'y comprends rien ! Écoutez, il me vient une idée : et si les trois victimes s'étaient disputées ? Sinon, pourquoi auraient-elles prévu de dîner ensemble pour ensuite se séparer et aller chacune de leur côté ?

— Je vois mal une femme en colère quitter une pièce en emportant une tasse de thé, remarqua Poirot. Il a largement le temps de refroidir, avant d'arriver à la chambre 121.

— Je bois souvent mon thé froid, répliquai-je.

Poirot haussa les sourcils.

— Bah ! C'est dégoûtant ! Moi qui vous prenais pour un type bien !

— J'en suis venu à l'apprécier, ajoutai-je pour ma défense. Je peux boire mon thé froid tranquillement, quand ça me chante. Pas de pression, pas de contrainte de temps. Cela compte beaucoup, à mes yeux.

On frappa à la porte.

— C'est sûrement Lazzari qui vient vérifier si personne ne nous a dérangés durant notre importante conversation, dis-je.

— Entrez, lança Poirot.

Ce n'était pas Luca Lazzari, mais Thomas Brignell, le jeune réceptionniste qui avait déclaré avoir vu Richard Negus près de l'ascenseur à 19 h 30.

— Ah, monsieur Brignell, dit Poirot. Je vous en prie, rejoignez-nous. M. Catchpool et moi-même vous sommes reconnaissants. Votre intervention à propos de ce qui s'est passé hier soir nous a été fort utile.

Le pauvre garçon était tout blême et se tordait les mains. De toute évidence, quelque chose le tourmentait.

— Fort utile en effet, renchéris-je, histoire d'encourager Brignell à cracher le morceau, comme on dit vulgairement.

— Je vous ai induits en erreur, avoua-t-il. Vous, et M. Lazzari, qui est si bon pour moi. Dans la salle de restaurant tout à l'heure, je n'ai...

Il s'interrompit, l'air torturé.

— Vous ne nous avez pas dit la vérité ? suggéra Poirot.

— Si, chaque mot que j'ai prononcé était vrai, monsieur ! protesta Thomas Brignell. Je ne vaudrais pas mieux que le meurtrier si je mentais à la police à propos d'une affaire aussi effroyable.

— Je ne crois pas que vous seriez autant à blâmer que lui.

— Il y a deux choses que j'ai omis de mentionner. Je ne puis vous dire à quel point je regrette, monsieur. Vous comprenez, prendre la parole devant autant de monde, ce n'est pas facile, pour moi. J'ai toujours été du genre réservé. Et ce qui m'a rendu la chose encore plus pénible, tout à l'heure, c'est que je n'avais pas envie de rapporter ce que M. Negus m'avait dit par ailleurs, parce qu'il m'avait fait un compliment.

— Quel compliment ?

— Un compliment tout à fait immérité, monsieur. Certes je fais mon travail de mon mieux, mais il n'y a aucune raison de me décerner un éloge particulier. Je ne suis qu'un employé bien ordinaire.

— Pourtant M. Negus vous a complimenté ? s'enquit Poirot.

— Oui, monsieur, confirma Brignell en faisant une petite moue. Quand nous nous sommes croisés, il m'a dit : « Ah, monsieur Brignell, vous m'avez l'air de quelqu'un d'efficace. Je sais que je puis vous confier cette petite mission. » Puis il m'a expliqué son souci au sujet de la facture, qu'il tenait à régler lui-même, comme je vous l'ai raconté tout à l'heure, monsieur.

— Et vous n'avez pas voulu répéter devant tout le monde le compliment qu'il vous a fait, de peur qu'on vous prenne pour un vantard, c'est ça ? lui dis-je.

— Exactement, monsieur. Et il y a autre chose. L'histoire de la note une fois résolue, M. Negus m'a commandé un sherry... C'est moi qui le lui ai servi. Je lui ai proposé de le lui monter dans sa chambre, mais il m'a dit que cela ne le dérangeait pas d'attendre. Je le lui ai donc apporté, et il a pris l'ascenseur, son verre à la main.

Poirot s'avança sur son siège.

— Pourtant vous n'avez rien dit quand j'ai demandé si quelqu'un parmi l'assistance avait servi à Richard Negus un verre de sherry ?

Brignell parut confus et, un instant, on crut qu'il avait la réponse sur le bout de la langue, pourtant il éluda la question.

— J'aurais dû le faire, monsieur. J'aurais dû vous rapporter tout ce que nous nous étions dit, M. Negus et moi-même, lors de ces échanges, quand vous l'avez demandé. Je regrette profondément d'avoir manqué à mes devoirs envers vous et les trois clients décédés, qu'ils reposent en paix. Je ne puis qu'espérer qu'en venant vous voir maintenant, j'ai un peu réparé ma faute.

— Certes, certes, monsieur Brignell, mais quelque chose m'intrigue. Pourquoi ne pas être intervenu tout à l'heure dans la salle à manger, quand j'ai demandé à la ronde : « Est-ce que l'une ou l'un d'entre vous a apporté un verre de sherry à Richard Negus ? » Pourquoi être resté silencieux ?

— Je vous ai absolument tout dit sur ma rencontre avec M. Negus hier soir, répondit le pauvre garçon, tout tremblant. Soyez-en assuré. Sans omettre aucun détail. Je le jure sur la tombe de ma défunte mère, monsieur Poirot.

Poirot allait insister, mais je m'interposai :

— Merci beaucoup, monsieur Brignell. Il ne faut pas trop vous en vouloir de ne pas nous en avoir informés plus tôt. Je comprends combien c'est difficile d'intervenir devant autant de monde. Moi-même, ce n'est pas mon fort.

Sans demander son reste, Brignell se hâta vers la sortie.

— Je le crois, dis-je quand il fut parti. Il nous a dit tout ce qu'il savait.

— Sur sa rencontre avec Richard Negus devant l'ascenseur de l'hôtel, oui. Ce qu'il cache encore ne concerne que lui-même. Pourquoi ne pas avoir parlé du sherry quand nous étions dans la grande salle ? Je lui ai posé la question à deux reprises, et il l'a chaque fois éludée. À défaut, il s'est longuement étendu sur ses remords, que je crois sincères. Il ne voulait pas mentir, mais il n'a pu se résoudre à dire la vérité. Ah, ce silence obstiné est une façon de mentir très efficace, car aucun mensonge n'est proféré qui puisse être contesté. Et vous, Catchpool, grand protecteur des faibles, vous avez cherché à le protéger d'Hercule Poirot le terrible, qui le pressait de questions, conclut-il en ricanant.

— Il semblait avoir atteint ses limites. D'ailleurs il doit penser que ce qu'il garde pour lui est sans conséquence pour nous, mais peut lui causer du tort. D'où son embarras. C'est un employé du genre consciencieux. Son sens du devoir l'obligerait à nous le dire, s'il pensait que c'est important.

— Et parce que vous l'avez congédié, je n'ai pu lui expliquer que toute information peut être essentielle, me rétorqua Poirot en me fusillant du regard. Même Hercule Poirot ignore encore ce qui est important et ce qui ne l'est pas. C'est pourquoi il doit tout savoir. Bon, dit-il brusquement en se levant. Je m'en retourne au Pleasant's... Leur café est bien meilleur que celui du signor Lazzari.

— Mais Henry, le frère de Richard Negus, est en chemin ! protestai-je. J'aurais cru que vous voudriez lui parler.

— J'ai besoin de changer de décor, Catchpool. Il me faut bouger pour revitaliser mes petites cellules grises, sinon elles vont s'ankyloser.

— Balivernes ! Vous espérez tomber par hasard sur Jennie, ou obtenir des nouvelles d'elle. Poirot, vous poursuivez une chimère, avec cette histoire de Jennie. Vous le savez aussi bien que moi, sinon, vous admettriez que vous allez au Pleasant's dans l'espoir de la trouver.

— Peut-être bien. Mais si un tueur de chimères rôde en liberté, que faire d'autre ? Amenez donc M. Henry Negus au Pleasant's. Je lui parlerai là-bas.

— Quoi ? Il aura fait tout le trajet depuis le Devon. Il n'aura pas envie de repartir aussitôt pour...

— Sauver une chimère d'une mort imminente ? Demandez-le lui !

Je résolus de n'en rien faire, par crainte que Henry Negus ne s'en retourne aussi sec, en claironnant à la ronde que Scotland Yard était passé aux mains d'une bande de cinglés.

7

Deux clefs

À son entrée, Poirot constata que le café-restaurant était bondé et qu'il y régnait une vive animation. L'air sentait la fumée, plus une odeur suave évoquant des pancakes au sirop d'érable.

— Je voudrais une table, mais elles sont toutes prises, déplora-t-il en s'adressant à Fee Spring, qui venait juste d'arriver elle aussi et se trouvait près du vestiaire, son manteau plié sur le bras.

Quand elle ôta son chapeau, ses cheveux se dressèrent sur sa tête, tout bouffants, et restèrent ainsi quelques secondes avant de succomber aux lois de la pesanteur, produisant un effet assez comique.

— Ça va être difficile, répondit-elle à Poirot d'un ton guilleret. Je ne peux quand même pas dire à de bons clients d'aller se faire voir, même pour faire plaisir à un célèbre détective... Mais M. et Mme Ossessil vont bientôt partir, ajouta-t-elle en baissant la voix. Vous pourrez prendre leur place.

— M. et Mme Ossessil ? Quel drôle de nom.

Fee lui rit au nez, puis elle lui chuchota sur le ton de la confidence :

— La dame n'arrête pas de tourmenter son pauvre

mari en lui disant toute la sainte journée : « Oh, Cecil... » Il ne peut pas sortir deux mots sans qu'elle le rappelle à l'ordre. « J'aimerais bien des toasts et des œufs brouillés », qu'il lui fait, et la voilà qui lui réplique aussi sec : « Oh, Cecil, grand Dieu non, pas ça ! » Il n'a même pas besoin de parler pour qu'elle recommence, le pauvre diable. Il s'assied à la première table venue. « Oh, Cecil, non, pas cette table ! » Vous me direz, depuis le temps, s'il avait deux sous de jugeote, il aurait compris. Il lui dirait le contraire de ce qu'il veut pour obtenir ce qu'il désire vraiment. C'est ce que je ferais à sa place. Mais j'attends toujours qu'il pige le truc. Faut dire que c'est un vieil empoté à la cervelle ramollie. La dame a peut-être bien des excuses.

— Oh, Cecil ! Je vais m'y mettre aussi, s'il ne se décide pas à quitter les lieux, se plaignit Poirot, qui avait mal aux jambes à force de rester debout et mourait d'envie de s'asseoir.

— Ils seront partis avant que votre café ne soit prêt, assura Fee. Elle a fini son repas, voyez. Au fait, que faites-vous ici à l'heure du déjeuner ? Attendez, je sais ! Je parie que vous cherchez Jennie, pas vrai ? J'ai appris que vous étiez déjà passé aux aurores.

— Comment l'avez-vous appris ? demanda Poirot. Vous venez juste d'arriver, non ?

— Oh, je ne suis jamais très loin, répondit Fee d'un air énigmatique. Pas de trace de Jennie dans le secteur. Personne ne l'a vue. Mais vous savez, monsieur Poirot, je n'arrête pas de penser à elle, moi aussi.

— Vous vous inquiétez, comme moi ?

— Parce qu'elle serait en danger ? Non, ce n'est pas ça. De toute façon, je ne serais pas capable de la sauver.

— En effet.

— Vous non plus, d'ailleurs.

— Ah, mais si ! Hercule Poirot a sauvé des vies. Il a sauvé des innocents de la potence.

— Je parie qu'une bonne moitié d'entre eux était coupable, répliqua allégrement Fee, comme si cette idée la réjouissait.

— Mais non, mademoiselle. Vous êtes bien pessimiste sur la nature humaine. Une vraie misanthrope.

— Si vous le dites. Tout ce que je sais, c'est que si je m'inquiétais pour tous ceux qui se pointent ici avec une tête d'enterrement, je n'aurais jamais un moment de tranquillité. Ça n'arrête pas. D'ailleurs, la plupart du temps, ils s'inventent de faux problèmes. Non, ce que je voulais dire au sujet de Jennie, c'est que j'ai remarqué quelque chose hier soir... sauf que je n'arrive pas à me rappeler quoi. Je me souviens que je me suis dit : « Tiens, ça ne ressemble pas à Jennie de faire ça... » Le problème, c'est que je ne me rappelle pas ce qu'elle faisait, justement. J'ai eu beau me creuser la cervelle à en avoir le tournis, rien à faire. Regardez, M. et Mme Ossessil s'en vont. Allez donc vous asseoir. Un café ?

— Oui, s'il vous plaît, mademoiselle. Surtout, ne relâchez pas vos efforts. Essayez encore de vous rappeler ce qui vous a intriguée. Ce peut être d'une extrême importance.

— Plus que des étagères droites ? répartit vivement Fee. Plus que de mettre les couverts bien alignés sur la table ?

— Ah. Vous trouvez ces détails bien dérisoires ? demanda Poirot.

— Désolée, j'aurais mieux fait de tenir ma langue, dit Fee en rougissant. C'est juste que... il me semble que vous seriez bien plus heureux si vous arrêtiez de vous préoccuper de ce genre de bêtises.

— Ce qui me comblerait de joie, ce serait que vous vous souveniez de ce qui vous a frappée dans le comportement de Mlle Jennie, lui rétorqua Poirot en lui souriant aimablement.

Sur ce, il mit fin à la conversation et s'assit à la table.

Une heure et demie plus tard, il s'était offert un copieux déjeuner, mais Jennie n'était toujours pas réapparue.

Quant à moi, il était près de 14 heures lorsque j'arrivai au Pleasant's accompagné d'un homme que Poirot prit d'abord pour Henry Negus, le frère de Richard. Il y eut un instant de flottement, et je dus éclaircir la situation : j'avais chargé le constable Stanley Beer d'attendre Negus et de nous l'amener dès son arrivée, car l'homme qui se tenait à présent à mes côtés avait accaparé toute mon attention.

Je le lui présentai : M. Samuel Kidd, chaudronnier de son état, et j'observai avec amusement le mouvement de recul de Poirot, toujours si soigné de sa personne, devant l'aspect crasseux de son interlocuteur. Outre sa chemise tachée à laquelle manquait un bouton, M. Kidd n'était pas un as du rasoir. Il s'était méchamment coupé, et avait dû renoncer en cours de route à finir le travail. Résultat, il avait un côté du visage lisse, mais sanguinolent, et l'autre intact, mais hirsute. Lequel était le pire ? Difficile à dire.

— M. Kidd a une histoire très intéressante à nous raconter, précisai-je quand j'eus fini les présentations. Je me trouvais devant le Bloxham à attendre Henry Negus quand...

— Attendez ! m'interrompit Poirot. Vous et M. Kidd arrivez maintenant de l'hôtel Bloxham ?

— Évidemment !

Quelle question ! D'où croit-il que j'arrive, de Tombouctou ? me dis-je, un peu agacé par cette absurde interruption.

— Et comment avez-vous fait le trajet ?

— Lazzari m'a prêté une des voitures de l'hôtel, répondis-je.

— Vous avez mis combien de temps ?

— Trente minutes pile.

— Y avait-il beaucoup de circulation ?

— Non. Le trafic était très fluide, à vrai dire.

— Croyez-vous que dans des conditions différentes, vous auriez pu faire le trajet en moins de temps ? demanda Poirot.

— Non, à moins d'avoir des ailes. Trente minutes, c'est un temps record, à mon avis.

— Bon. Monsieur Kidd, veuillez vous asseoir et raconter votre histoire à Poirot.

À ma stupéfaction, au lieu de s'asseoir, Samuel Kidd se mit à rire et répéta la phrase que Poirot venait de prononcer en imitant son accent français... ou belge, peu importe. Poirot eut l'air outragé de voir qu'on le singeait ainsi, et moi-même je compatissais quand il déclara :

— M. Kidd prononce mon nom bien mieux que vous, Catchpool.

— Faut pas m'en vouloir, *Misteur Poirot*, s'esclaffa le débraillé. Je m'amuse, c'est tout.

— Nous ne sommes pas ici pour nous amuser, lui rétorquai-je, fatigué de ses singeries. Veuillez répéter ce que vous m'avez dit devant l'hôtel.

Kidd prit dix bonnes minutes pour raconter ce qu'il aurait pu faire en trois, mais cela valait la pcine. Alors qu'il passait à pied devant le Bloxham peu après 20 heures la veille au soir, il avait vu une femme se précipiter hors de l'hôtel, descendre les marches du perron et s'engager dans la rue. Elle était essoufflée et avait une mine effroyable. Il s'était dirigé vers elle pour lui proposer de l'aide, mais elle avait été plus rapide que lui et s'était enfuie avant qu'il puisse la rejoindre. En courant, elle avait laissé tomber quelque chose par terre : deux clefs dorées. Alors elle s'en était aperçue, avait fait demi-tour et s'était empressée de les récupérer. Puis, les serrant dans sa main gantée, elle avait disparu dans la nuit.

— J'ai trouvé ça bizarre, conclut Kidd d'un air songeur. Et ce matin, j'ai vu qu'il y avait des policiers partout. J'ai demandé à l'un des agents en faction ce qui se passait. Quand j'ai su, pour les trois meurtres, je me suis dit, c'est peut-être bien une meurtrière que t'as vu filer, Sammy. Elle avait une mine effroyable, la dame, je vous jure, elle faisait peur !

— Une mine effroyable, répéta Poirot à voix basse. Votre histoire est en effet très intrigante, monsieur Kidd. Deux clefs, vous dites ?

— C'est ça, monsieur. Deux clefs dorées.

— Vous étiez assez près pour les voir ?

— Oh oui, monsieur, la rue est bien éclairée devant le Bloxham. J'ai eu aucun mal à les voir.

— Pouvez-vous me dire autre chose au sujet de ces clefs, à part qu'elles étaient dorées ?

— Oui. Y avait des numéros dessus.

— Des numéros ! m'exclamai-je.

C'était un détail que Samuel Kidd ne m'avait pas encore révélé dans les deux récits qu'il m'avait faits, le premier devant l'hôtel, le second durant le trajet en voiture. Bon sang de bois, j'aurais dû penser à le lui demander. J'avais déjà vu la clef de Richard Negus, celle que Poirot avait découverte derrière le carreau descellé. Elle portait le numéro 238.

— Oui, monsieur. Des numéros.

— Et quels chiffres avez-vous vus sur ces clefs, monsieur Kidd ? demanda Poirot.

— Sur l'une, c'était cent et quelques, si je ne m'abuse. Et sur l'autre…, chercha Kidd en se grattant vigoureusement la tête, tandis que Poirot détournait les yeux. C'était trois cents quelque chose. Je ne pourrais pas en jurer, mais je crois bien que c'était ça.

La chambre 121, celle d'Harriet Sippel. Et la 317, celle d'Ida Gransbury.

Je sentis comme un creux dans l'estomac. C'était cette même sensation que j'avais éprouvée en découvrant les trois cadavres, puis quand le médecin de la police m'avait informé qu'on avait découvert dans chacune de leurs bouches un bouton de manchette en or gravé d'un monogramme.

Samuel Kidd s'était donc trouvé vraisemblablement à quelques centimètres de la meurtrière, la veille au soir. Une femme à la mine effroyable. Je frissonnai.

— Cette dame que vous avez vue, dit Poirot, était-elle blonde, avec un chapeau et un manteau marron ?

Il pensait à Jennie, évidemment. Je ne croyais toujours pas qu'il y ait un lien quelconque, mais je suivais facilement Poirot dans son raisonnement : Jennie s'était enfuie dans les rues de Londres dans un état d'extrême agitation, tout comme cette autre femme. On pouvait donc à la rigueur envisager qu'elles soient une seule et même personne.

— Non, monsieur. Elle avait un chapeau, mais il était bleu clair, et ses cheveux étaient noirs. Noirs et bouclés.

— Quel âge avait-elle ?

— Ça ne se fait pas, monsieur, d'estimer l'âge d'une dame. Mais je dirais, entre jeune et vieille...

— À part le chapeau bleu clair, que portait-elle ?

— Je saurais pas dire, monsieur, j'ai pas fait très attention. J'étais trop occupé à regarder son visage.

— Était-elle jolie ? demandai-je.

— Oui, mais je ne la regardais pas pour cette raison, monsieur. Je la regardais parce que je la connaissais, comprenez-vous ? Au premier coup d'œil je me suis dit, Sammy, tu connais cette dame.

Poirot remua dans son fauteuil, me lança un coup d'œil, puis revint à Kidd.

— Puisque vous la connaissez, monsieur Kidd, veuillez nous dire qui elle est, je vous prie.

— C'est que je n'arrive pas à la remettre, monsieur. Impossible. Je ne sais pas d'où ni comment je la connais, ni son nom, ni rien. Je ne crois pas lui avoir vendu ni réparé des casseroles, non. Elle avait l'air distingué. Une vraie dame. Je ne connais personne de ce genre-là, pourtant elle, je la connais. Ce visage... ce n'était pas la première fois que je le voyais, non monsieur, assura Samuel Kidd. C'est un vrai casse-tête. J'aurais pu lui demander, si elle avait pas pris la poudre d'escampette.

Je me demandai alors : de tous les gens qui prirent un jour la poudre d'escampette, comme disait M. Kidd, combien le firent pour éviter justement d'avoir à répondre à des questions ?

Peu après que j'eus renvoyé Samuel Kidd avec l'injonction de fouiller sa mémoire pour retrouver le nom de cette femme mystérieuse et dans quelles circonstances il avait pu faire sa connaissance, l'agent Stanley Beer déposait Henry Negus au Pleasant's.

La cinquantaine, élégant, avec des cheveux gris acier et un visage intelligent, M. Negus était beaucoup plus agréable à regarder que Samuel Kidd ; c'était un bel homme, qui s'exprimait avec pondération. Il me plut aussitôt. Il était manifestement très atteint par la mort son frère, pourtant, durant toute notre conversation, il sut maîtriser ses émotions.

— Veuillez recevoir mes sincères condoléances, monsieur Negus, dit Poirot. C'est une épreuve terrible que de perdre quelqu'un d'aussi proche qu'un frère.

Negus hocha la tête en signe de remerciement.

— Je me tiens à votre disposition pour vous aider du mieux que je le pourrai, déclara-t-il. M. Catchpool m'a dit que vous aviez des questions à me poser ?

— Oui, monsieur. Harriet Sippel et Ida Grans-bury... Ces noms vous sont-ils familiers ?

— S'agit-il des deux autres victimes... ?

Henry Negus s'interrompit en voyant Fee Spring s'approcher avec la tasse de thé qu'il avait commandée à son arrivée.

— En effet, confirma Poirot dès qu'elle se fut éloignée. Harriet Sippel et Ida Gransbury ont également été assassinées hier soir à l'hôtel Bloxham.

— Le premier nom ne me dit rien. Quant à Ida Gransbury, mon frère et elle se sont fiancés il y a des années.

— Donc vous connaissiez Mlle Gransbury ? s'enquit Poirot, avec une ardeur qui trahissait son excitation.

— Non, je ne l'ai jamais rencontrée, répondit Henry Negus. Richard m'en avait parlé dans ses lettres. Mon frère et moi, nous nous sommes très peu vus durant ses années à Great Holling. Nous nous écrivions.

Une autre pièce du puzzle venait de trouver sa place dans mon esprit avec un petit déclic fort satisfaisant. *Great Holling, Great Holling, Great Holling...* ce nom résonnait dans ma tête. Tout semblait converger vers ce village, qui reliait les trois victimes. Si Poirot partageait mon étonnement, il n'en montra rien.

— Ainsi Richard vivait à Great Holling ? demandai-je en m'efforçant de garder un ton neutre.

— Oui. Richard y a vécu jusqu'en 1913, confirma Negus. Il avait un cabinet d'avocat dans la Culver Valley. C'est là que lui et moi avons passé notre enfance, à Silsford. Puis en 1913, il est venu vivre dans le Devon avec moi, et il y est resté jusqu'à... aujourd'hui, conclut-il, l'air hagard, comme si la mort de son frère s'était brusquement abattue sur lui dans toute son horrible réalité.

— Richard vous a-t-il jamais parlé d'une certaine Jennie ? demanda Poirot. Qu'elle soit de Great Holling ou d'ailleurs ?

Au bout d'un long silence, Henry Negus finit par répondre par la négative.

— Et de quelqu'un dont le nom correspondrait aux initiales PIJ ?

— Non. La seule personne du village dont il m'ait jamais parlé, c'était Ida, sa fiancée.

— Si je puis me permettre une question délicate, monsieur. Pourquoi les fiançailles de votre frère ne se sont-elles jamais conclues par un mariage ?

— À vrai dire, je l'ignore. Richard et moi étions proches, mais nous avions tendance à débattre d'idées plutôt que de ce qui avait trait à notre vie privée : philosophie, politique, théologie... Tout ce qu'il m'a dit à propos d'Ida, c'est qu'ils avaient prévu de se marier, et qu'en 1913, ils avaient rompu leurs fiançailles.

— Attendez. En 1913, ils rompent leurs fiançailles, et lui quitte Great Holling pour venir vivre chez vous dans le Devon ? poursuivit Poirot.

— Oui, avec ma femme et mes enfants.

— A-t-il quitté Great Holling pour mettre une certaine distance entre Mlle Gransbury et lui-même ?

Henry Negus réfléchit un instant avant de répondre.

— Je crois que c'était en partie la raison, mais pas seulement. Richard avait pris Great Holling en grippe, et Ida Gransbury n'en était pas la seule responsable. Ce village lui sortait par les yeux, m'a-t-il dit sans m'expliquer pourquoi, et je n'ai pas osé le questionner. Richard avait une façon à lui de vous faire comprendre que le sujet était clos. Son verdict sur le village était définitif, sans appel, et signifiait aussi : inutile de revenir là-dessus. Peut-être que si j'avais essayé d'en savoir plus...

Negus s'interrompit, le visage crispé par l'angoisse et les regrets.

— Vous ne devez pas vous en vouloir, monsieur Negus, intervint Poirot. Vous n'êtes pour rien dans la mort de votre frère.

— Je ne puis m'empêcher de penser que... que quelque chose d'affreux a dû lui arriver dans ce village. Le genre de choses qu'on n'a pas envie d'évoquer lorsqu'on peut l'éviter. De toute évidence, c'était le cas pour Richard, aussi ai-je estimé qu'il valait mieux ne pas insister. C'était lui le frère aîné, celui qui détenait l'autorité, vous comprenez. Tout le monde s'en remettait à lui. Il était d'une grande intelligence, vous savez.

— En vérité ? dit Poirot avec douceur.

— Oh oui, personne ne faisait attention aux détails comme Richard, avant son déclin. Il était extrêmement scrupuleux dans tout ce qu'il entreprenait. On pouvait lui faire confiance. C'est pourquoi il avait réussi comme avocat, avant que les choses ne tournent mal. J'ai toujours cru qu'il finirait par remonter la pente. D'ailleurs, il a semblé se reprendre un peu il y a quelques mois. Enfin, il retrouve un peu le goût de vivre, me suis-je dit. J'ai même espéré qu'il songe à retravailler, avant de dépenser jusqu'à son dernier penny...

— Monsieur Negus, si vous voulez bien ralentir un peu, intervint Poirot doucement mais fermement. Votre frère n'a donc pas repris son activité, une fois qu'il s'est installé chez vous ?

— Non. Lorsqu'il est venu habiter chez nous dans le Devon, Richard avait tout laissé derrière lui : Great Holling, Ida Gransbury, et son métier. Il vivait en reclus et s'adonnait à la boisson.

— Ah. Le déclin que vous évoquiez tout à l'heure ?

— Hélas oui. C'est un Richard froid et renfermé qui arriva chez moi, bien différent de celui dont j'avais gardé le souvenir. C'était comme s'il avait construit un mur autour de lui. Il ne quittait jamais la maison, ne voyait personne, n'écrivait à personne, ne recevait aucune lettre. Il ne faisait que lire des livres et rester prostré des heures, les yeux dans le vague. Il refusait obstinément de nous accompagner à l'église et ne dérogeait jamais à cette règle, même pas pour faire plaisir à ma femme. Il habitait chez nous depuis environ un an lorsqu'un jour, j'ai trouvé une bible sur le palier, devant la porte de la chambre que nous lui avions attribuée. À l'origine, elle était rangée dans le tiroir de sa table de nuit. J'ai voulu l'y replacer, mais Richard m'a bien fait comprendre qu'il n'en voulait pas. Je dois avouer qu'après cet incident, j'ai demandé à ma femme si... eh bien, si nous devions lui demander de chercher à habiter ailleurs. Sa présence sous notre toit nous déconcertait et nous pesait parfois. Mais Clara, mon épouse, n'a pas voulu en entendre parler. « La famille, c'est sacré, m'a-t-elle déclaré. Richard n'a plus que nous. On ne met pas son frère à la rue. » Elle avait raison, bien sûr.

— Vous disiez que Richard dépensait beaucoup d'argent ? demandai-je.

— Oui. Lui et moi avons hérité d'une fortune confortable. L'idée que mon frère aîné, si responsable, dilapidait son héritage sans souci de l'avenir me peinait plus que je ne saurais dire... Pourtant c'est bien ce qu'il faisait. Il semblait décidé à transformer en alcool tout ce que notre père lui avait laissé pour le boire jusqu'à la lie. À ce train-là, il ne tarderait pas à être sans le sou et à tomber malade, me disais-je certaines nuits. Je n'arrivais pas à trouver le sommeil, songeant à la triste fin qui risquait d'être la sienne. Pourtant malgré mes craintes, je n'ai jamais pensé un seul instant que Richard pourrait être victime d'un meurtre. J'aurais peut-être dû me poser des questions.

Poirot lui lança un regard incisif.

— Quelles questions, monsieur ? Qu'est-ce qui aurait pu vous faire imaginer pour votre frère une fin aussi terrible ?

Henry Negus réfléchit un moment avant de répondre.

— Il serait absurde de dire que Richard semblait pressentir qu'il serait assassiné. Comment savoir ? Mais du jour où il s'est installé chez nous, il a eu le comportement d'un homme qui ne tient plus à la vie, ou plutôt, qui considère que sa vie est déjà finie. Oui, c'est ainsi que je définirais le mieux son attitude.

— Vous dites, pourtant, qu'il semblait… *remonter la pente*, les mois qui ont précédé sa mort ?

— Oui. Ma femme aussi l'avait remarqué. Elle voulait que j'en parle avec lui… Vous savez comment sont les femmes. Mais je connaissais assez Richard pour savoir qu'il ne prendrait pas bien cette intrusion.

— Il semblait plus heureux ? demanda Poirot.

— J'aimerais pouvoir répondre oui, monsieur Poirot. Si je pouvais croire que Richard était plus heureux le jour où il est mort que durant toutes ces dernières années, ce serait pour moi une grande consolation. Mais non, ce n'était pas du bonheur. Il semblait avoir quelque chose en tête, un projet, un but, après des années d'oisiveté. C'était une impression, mais je ne sais rien de plus sur ce qui lui occupait l'esprit.

— Pourtant vous êtes certain de n'avoir pas imaginé ce changement ?

— Oui. Cela s'est manifesté de plusieurs façons. Richard se levait plus tôt et descendait plus souvent prendre son petit déjeuner. Il avait davantage d'entrain et d'énergie. Son hygiène de vie s'améliorait. Et surtout, il avait arrêté de boire. Je ne puis vous dire combien j'en étais heureux. Ma femme et moi, nous priions pour qu'il réussisse, quel que que soit son projet, pour qu'enfin la malédiction de Great Holling relâche son étreinte et le laisse profiter de la vie.

— La malédiction, monsieur ? Vous croyez donc que ce village était maudit ?

— Non, pas vraiment, répondit Henry Negus, rouge de confusion. Je ne crois pas en ce genre de choses. C'est ma femme qui en parlait ainsi. À défaut d'avoir une vraie histoire à se mettre sous la dent, elle a inventé l'idée d'une malédiction, en s'inspirant du fait que Richard avait fui le village après avoir rompu ses fiançailles, ainsi que de l'événement survenu par ailleurs à Great Holling.

— De quel événement parlez-vous ? demandai-je.

— Ah, vous n'êtes pas au courant ? s'étonna Henry Negus. Mais pourquoi le seriez-vous ? La terrible tragédie qui a frappé le jeune pasteur de la paroisse et sa femme. Richard nous en a parlé dans une lettre quelques mois avant de quitter le village. Ils sont morts à quelques heures d'intervalle.

— Et de quoi sont-ils morts ? demanda Poirot.

— Je l'ignore. Richard n'a pas mentionné de détails dans sa lettre, en supposant qu'il les connaisse. Il a seulement écrit que c'était une terrible tragédie. En fait, je l'ai questionné plus tard à ce sujet, mais il m'a rabroué, et je n'ai rien appris de plus. Je crois qu'il était trop accablé par ses propres tourments pour s'intéresser aux malheurs d'autrui.

8

Rassemblons nos idées

— Autrement dit, tous ces funestes événements advenus il y a seize ans sont liés, conclut Poirot une heure plus tard, alors que nous quittions le Pleasant's pour rejoindre notre pension. Le sort tragique du pasteur et de son épouse, la brusque rupture des fiançailles de Richard Negus avec Ida Gransbury, sa haine déclarée pour Great Holling, qu'il déserte précipitamment pour se réfugier dans le Devon, où il sombre dans l'alcool et dilapide sa fortune sous le toit de son propre frère !

— Vous croyez que Richard Negus s'est mis à boire suite à la mort du pasteur ? Évidemment, c'est tentant d'établir un lien entre tous ces éléments, mais un peu tiré par les cheveux, non ?

— Non, mon ami, je ne trouve pas, me rétorqua Poirot en me lançant un regard incisif. Inspirez donc l'air vivifiant de ce jour d'hiver, Catchpool. Il vous aidera peut-être à oxygéner vos petites cellules grises. Inspirez profondément, mon ami.

Par ironie, j'obéis à son absurde injonction, et pris une grande goulée d'air frais.

— Bien. À présent, réfléchissez : non seulement le

jeune pasteur a connu une fin tragique, mais il est mort juste après sa femme, dans les heures qui ont suivi. Voilà qui est tout à fait insolite. Richard Negus mentionne cet événement dans une lettre adressée à son frère Henry. Quelques mois plus tard, après avoir rompu ses engagements envers Ida Gransbury, il part pour le Devon, et c'est là que commence son déclin. Il refuse la présence d'une bible dans sa chambre, et refuse également de se rendre à l'église, ne serait-ce que pour faire plaisir à sa belle-sœur, qui l'a généreusement accueilli sous son toit.

— Et alors ? En quoi trouvez-vous un sens à tout cela ?

— Ah ! L'oxygène n'a pas encore eu le temps d'irriguer votre cerveau ramolli, mon cher. L'Église, Catchpool ! Un pasteur et son épouse meurent tragiquement à Great Holling. Peu après, Richard Negus nourrit une aversion manifeste pour le village, pour l'Église et pour la Bible.

— Pour l'instant je vous suis.

— Bon. Donc, Richard Negus s'installe dans le Devon, et durant son lent et inexorable déclin, son frère Henry s'interdit de s'immiscer dans son intimité au risque de se faire mal recevoir. Pourtant, qui sait, cela aurait pu sauver Richard de son penchant autodestructeur...

— Vous trouvez qu'Henry Negus a été négligent ?

— Ce n'est pas sa faute, repondit Poirot en balayant l'air de la main. Que voulez-vous, il est anglais. Vous autres Britanniques avez un tel souci des convenances que vous restez à contempler en silence le désastre qui se déroule sous vos yeux et qui aurait pu être évité, plutôt que de vous mêler, crime impardonnable, de ce qui ne vous regarde pas !

— Je vous trouve un peu injuste, répliquai-je en haussant le ton pour me faire entendre malgré les rafales de vent et le brouhaha de la très animée London Street, mais Poirot ne releva pas.

— Pendant des années, Henry Negus s'inquiète en silence pour son frère. Il espère, et prie également, n'en doutons pas. Alors qu'il est bien près d'abandonner tout espoir, ses prières sont exaucées, semble-t-il : selon son expression, Richard Negus remonte la pente, et ce de façon manifeste les deux derniers mois. Il paraît avoir quelque projet en tête. Peut-être ce projet consistait-il entre autres à retenir trois chambres à l'hôtel Bloxham, pour lui-même et deux femmes qu'il connaissait de ses années à Great Holling ? C'est là un fait acquis. Puis, la nuit dernière, il est retrouvé mort dans ce même hôtel, avec dans la bouche un bouton de manchette gravé d'un monogramme, non loin de son ex-fiancée, Ida Gransbury, et d'Harriet Sippel, une autre villageoise qui fut jadis sa voisine. Les deux femmes ont été pareillement assassinées.

Poirot s'arrêta le temps de reprendre son souffle.

— Catchpool, haleta-t-il en s'épongeant le front avec le mouchoir qu'il avait sorti de la poche de son gilet. De cette suite funeste d'événements, quel est le premier dont je vous ai fait part ? Il s'agit bien des morts tragiques du pasteur et de son épouse, n'est-ce pas ?

— En effet, en admettant qu'ils fassent partie de la même histoire que les trois meurtres du Bloxham. Aucun indice ne nous le prouve, Poirot. Je prétends toujours que ce pauvre pasteur n'a rien à voir là-dedans.

— Et la pauvre Jennie non plus, je présume ?

— Exactement... Avez-vous jamais essayé de faire des mots croisés, Poirot ? lui demandai-je tandis que nous reprenions notre route. Savez-vous que j'essaie moi-même de composer une grille, ces derniers temps ?

— Comment l'ignorer alors que nous vivons sous le même toit, mon ami ?

— Certes. Eh bien, j'ai remarqué qu'il se passe un phénomène intéressant, lorsqu'on essaie de trouver un mot d'après une définition. Tenez, celle-ci, par exemple : « ustensile de cuisine, neuf lettres », avec la lettre « C » comme initiale. Vous pensez tout de suite au mot « casserole », et vous vous dites, c'est bon, j'ai trouvé, alors que la bonne réponse est en réalité « couvercle », un autre mot de neuf lettres, qui est aussi un ustensile de cuisine. Vous comprenez ?

— Cet exemple vous dessert plutôt qu'il ne vous sert, Catchpool. Dans la situation que vous décrivez, je penserais autant à casserole qu'à couvercle. Il faudrait être idiot pour envisager l'un sans penser à l'autre, alors que tous deux correspondent à la définition.

— Très bien. Puisque vous voulez tenir compte de deux assertions aussi fondées l'une que l'autre, que dites-vous de celle-ci : Richard Negus refusait d'aller à l'église et d'avoir une bible dans sa chambre parce que le malheur qui l'avait frappé, quel qu'il soit, avait ébranlé sa foi. C'est tout aussi plausible, et son attitude peut n'avoir aucun rapport avec les morts du pasteur et de sa femme. Richard Negus ne serait pas le premier à se retrouver dans la mouise et à se demander si Dieu n'a pas une dent contre lui ! m'exclamai-je, avec plus de véhémence que je n'en avais l'intention.

— Vous êtes-vous déjà posé personnellement cette question, Catchpool ? s'enquit Poirot en posant sa main sur ma manche pour m'obliger à ralentir le pas, car j'avais tendance à oublier que mes jambes étaient bien plus longues que les siennes.

— En fait, oui, admis-je. Je n'ai pas pour autant cessé d'aller à l'église, mais je peux comprendre pourquoi certains le font.

Par exemple, ceux qui protesteraient plutôt que de tolérer en silence qu'on les traite de cerveau ramolli, me dis-je.

— Qui rend-on responsable de ses ennuis, Dieu ou soi-même ? Tout vient de là, ajoutai-je.

— Votre malheur à vous comprend-il une femme ?

— Plusieurs beaux spécimens du genre, dont mes parents espéraient avec ferveur que je les épouserais. J'ai tenu bon et n'ai infligé ma présence à aucune, conclus-je, puis je repris vivement ma marche, obligeant ainsi le pauvre Poirot à se presser pour me rattraper.

— Donc, selon vous, nous devons oublier la fin tragique du pasteur et de sa femme ? me dit-il. Nous devons faire fi de cet événement, au cas où il nous conduirait à une fausse conclusion ? Et nous devons, pour la même raison, passer à la trappe tout ce qui concerne Jennie ?

— Non, je n'irais pas jusque-là. Je dis juste que ce n'est pas la voie à suivre.

— Eh bien je vais vous la dire, moi, la voie à suivre ! Vous devez vous rendre à Great Holling. Harriet Sippel, Ida Gransbury et Richard Negus ne sont pas juste trois pièces d'un puzzle, ni de simples pions que nous déplaçons pour tenter de les faire rentrer dans un schéma. Avant leur mort ils éprouvaient des émotions, ils avaient une vie ponctuée de coups de folie et d'éclairs de lucidité. Vous devez aller au village où ils ont tous vécu et découvrir qui ils sont, Catchpool.

— Vous vous voulez dire *nous* ?

— Non, mon ami. Poirot restera à Londres. Pour progresser, je n'ai pas besoin de me déplacer, juste d'agiter un peu mes méninges. Non, vous irez, puis vous me ferez un rapport complet sur vos pérégrinations. Ce sera suffisant. Munissez-vous de deux listes de noms : celle des clients du Bloxham les nuits de mercredi et jeudi, et celle des employés de l'hôtel. Découvrez si quelqu'un de ce maudit village reconnaît l'un des noms. Interrogez les habitants sur Jennie et les initiales PIJ, et surtout, ne revenez pas avant d'avoir découvert l'histoire du pasteur et de sa femme, et de leurs fins tragiques en 1913.

— Poirot, vous devez m'accompagner ! m'exclamai-je. Je nage complètement dans cette affaire du Bloxham. J'ai besoin de votre aide.

— Vous pouvez y compter, mon ami. Une fois rentrés chez Mme Blanche, nous rassemblerons nos idées afin que vous ne débarquiez pas à Great Holling sans préparation.

Il disait toujours « chez Mme Blanche » en parlant de la pension. Chaque fois, cela me rappelait qu'au début, je l'appelais moi-même ainsi, avant qu'elle ne devienne tout simplement « chez moi ».

« Rassembler nos idées » consista essentiellement pour Poirot à rester campé près de la cheminée dans le salon frangé de dentelles bleu lavande, tandis qu'assis non loin de là dans un fauteuil, je prenais sous la dictée chaque mot qu'il prononçait. Jamais je n'avais encore entendu quelqu'un ordonner son discours avec autant de précision, et encore aujourd'hui, je n'ai jamais rencontré son égal. Comme je protestais en disant qu'il m'obligeait à noter des informations que je connaissais pertinemment, j'eus droit à une longue et fervente dissertation sur l'importance de la méthode en toutes choses. Apparemment, on ne pouvait attendre de mon cerveau ramolli qu'il soit capable de tout enregistrer, et il me fallait donc un rapport écrit auquel me référer.

Après m'avoir dicté la liste de tout ce que nous savions, Poirot suivit la même procédure pour tout ce que nous ignorions encore, mais espérions élucider. (J'ai envisagé de reproduire ici ces deux listes, mais je n'ai pas eu envie d'infliger à mes lecteurs l'ennui

103

et la rage que j'ai moi-même éprouvés durant cette laborieuse séance.)

Pour être juste envers Poirot, une fois que j'eus relu tout ce que j'avais couché sur le papier, ma vision des choses s'était nettement éclaircie, sans diminuer en rien mon profond découragement. Je reposai mon stylo en soupirant.

— Quel intérêt d'avoir sur moi une liste interminable de questions sans réponse, et qui le resteront, selon toute probabilité ?

— Vous manquez de confiance en vous, Catchpool.

— Oui, reconnnus-je. Que fait-on dans ce cas-là ?

— Je l'ignore, n'ayant pas moi-même ce problème.

— Vous croyez-vous donc capable d'élucider cette affaire ?

— Vous voudriez que je vous rassure sur mes capacités parce que vous doutez des vôtres ? me répliqua Poirot en souriant. Mon ami, vous en savez bien plus que vous ne le croyez. Rappelez-vous cette plaisanterie que vous avez faite, à l'hôtel, sur les trois victimes arrivant un mercredi, la veille des meurtres. Vous avez dit : « C'est presque comme si elles avaient reçu une invitation : veuillez arriver la veille afin que la journée du jeudi soit entièrement consacrée à votre assassinat. »

— Oui, et alors ?

— Votre ironie se fondait sur l'idée que traverser le pays en train et se faire tuer durant la même journée, c'était trop exténuant pour une seule et même personne. Et que le tueur avait souhaité ménager ses victimes ! Quelle idée amusante ! s'exclama Poirot en riant, puis il lissa ses moustaches, comme s'il craignait de les avoir dérangées. Votre remarque m'a donné à réfléchir, mon ami. Se faire tuer ne demande guère d'effort à la victime, et aucun tueur n'est aussi prévenant envers les personnes qu'il a l'intention d'empoisonner. Alors pourquoi notre assassin ne tue-t-il pas les trois victimes le mercredi soir ?

— Il devait être pris ce soir-là.

— Dans ce cas, pourquoi ne s'arrange-t-il pas pour que les victimes arrivent durant la journée du jeudi au lieu du mercredi ? Il pouvait tout aussi bien les supprimer le jeudi soir, entre 19 h 15 et 20 h 10, comme il l'a effectivement fait, non ?

Je m'exhortai à la patience.

— Vous compliquez les choses à loisir, Poirot. Puisque les victimes se connaissaient, peut-être avaient-elles une bonne raison pour séjourner à Londres les deux nuits, une raison qui n'a rien à voir avec le tueur ? Il a choisi de les tuer le deuxième soir parce que cela lui convenait mieux ; il ne les a pas invitées au Bloxham, il savait juste qu'elles s'y trouveraient, et durant quel laps de temps. D'ailleurs... Non, rien. C'est idiot.

— Idiot ou pas, dites-le, ordonna Poirot.

— Eh bien, si le meurtrier est plutôt méticuleux et prévoyant de nature, il n'a peut-être pas souhaité programmer les meurtres le jour où ses victimes voyageaient, au cas où leurs trains auraient du retard.

— Peut-être que lui-même devait faire le trajet jusqu'à Londres, de Great Holling ou d'ailleurs. Et qu'il, ou elle, car ce peut être une femme, n'a pas eu envie de faire un long trajet et de commettre trois meurtres le même jour.

— N'importe, les victimes auraient pu arriver le jeudi, non ?

— Eh bien elles sont arrivées la veille, nous le savons, remarqua simplement Poirot. Ce qui me conduit à me demander si quelque chose concernant le meurtrier et les trois victimes ne devait pas se produire avant que les meurtres puissent être commis. Si c'est le cas, alors peut-être que le tueur n'est pas venu de loin, et qu'il habite ici, à Londres.

— C'est possible, dis-je. Tout cela pour en revenir à ma première constatation : nous n'avons pas la moindre idée de ce qui s'est passé ni pourquoi. Au fait, Poirot... ?

— Oui, mon ami ?

— Je n'ai pas encore eu le cœur de vous le dire, sachant que vous n'allez pas apprécier. Les boutons de manchette monogrammés...

— Oui ?

— Vous avez interrogé Henry Negus sur les initiales PIJ. Or selon moi, ce ne sont pas les initiales du mystérieux propriétaire des boutons de manchette. Regardez.

Je reproduisis le monogramme au dos de l'une des feuilles de papier en m'efforçant d'être aussi fidèle que possible au souvenir que j'en avais.

— Le I est plus grand, et le P et le J de chaque côté bien plus petits. C'est un style de monogramme assez prisé. La grande initiale représente le nom de famille, et elle se trouve au centre.

— Des initiales interverties délibérément ? s'indigna Poirot. C'est absurde !

— Pourtant c'est très courant, vous pouvez me croire. Pas mal de mes collègues ont des boutons de manchette de ce type.

— Incroyable. L'Anglais n'a décidément aucun respect pour la logique des choses.

— Eh bien, quoi qu'il en soit... Ce sont les initiales PJI et non pas PIJ, dont nous devrons nous enquérir lorsque nous irons à Great Holling.

Une discrète tentative, que Poirot ne manqua pas de remarquer.

— Lorsque *vous* irez à Great Holling, mon ami, rectifia-t-il. Poirot reste à Londres.

9

Visite à Great Holling

Le lundi matin, je partis pour Great Holling comme j'en avais reçu l'ordre. À première vue, ce village était semblable à beaucoup d'autres villages anglais que j'avais visités, et il n'y avait pas grand-chose à en dire. Les villes offrent une bien plus grande diversité. Si l'on me demandait de parler de Londres, par exemple, je serais intarissable, j'évoquerais sa géographie complexe, l'esprit de ses différents quartiers, ce qui fait d'elle une ville unique en son genre. Peut-être est-ce dû au fait que dans des endroits tels que Great Holling, je ne me sens pas du tout dans mon élément ; en supposant qu'il existe un élément dans lequel je me sente bien, ce qui reste encore à prouver.

On m'avait dit que je ne saurais manquer de repérer l'auberge King's Head, où je devais séjourner, mais je l'ai bel et bien manquée. Par chance, un jeune binoclard au nez couvert de taches de rousseur passait par là, un journal plié sous le bras. Il surgit dans mon dos et me fit sursauter.

— Vous êtes perdu, pas vrai ? me dit-il.

— En effet. Je cherche l'auberge King's Head.

— Ah ! Je me disais bien à vous voir que vous

n'étiez pas d'ici... De la rue, l'auberge a l'air d'une maison comme une autre, c'est pour ça qu'on ne la remarque pas. Prenez donc ce passage, et arrivé au bout, tournez à droite. Vous verrez l'enseigne indiquant l'entrée.

Après l'avoir remercié, je m'apprêtais à suivre son conseil quand il m'apostropha en me demandant d'où j'étais.

— Ah, Londres..., dit-il quand j'eus répondu à sa question. Je n'y suis jamais allé. Qu'est-ce qui vous amène dans notre coin ?

— Le travail, répondis-je. Écoutez, je ne voudrais pas paraître impoli, et je serai ravi de discuter avec vous plus tard, mais j'aimerais d'abord aller m'installer.

— Eh bien, je ne veux pas vous retarder davantage. Quel genre de travail faites-vous ? Oh, voilà que je recommence à poser des questions. On verra ça plus tard, conclut-il en me faisant un signe de la main, et il continua son chemin.

Comme j'avançais dans la direction du King's Head, il me cria de loin « En bas de la ruelle, tournez à droite ! » en m'adressant encore un joyeux signe de la main.

Certes j'aurais dû lui être reconnaissant de son amabilité, et en temps normal, je l'aurais été, seulement voilà... Je n'aime pas les villages. Je ne l'ai pas dit à Poirot avant mon départ, mais je n'ai cessé de me le répéter durant le trajet en train, et quand je suis descendu sur le quai de la petite gare de province. Non, je n'aimais pas cette charmante ruelle sinueuse dans laquelle j'avançais en ce moment même, bordée de coquettes maisonnettes qui semblaient mieux convenir à des animaux des bois et autres bêtes à poil qu'à des êtres humains.

Non, je n'aimais pas que de parfaits inconnus m'abordent et me posent des questions indiscrètes, tout en étant bien conscient de mon hypocrisie, puisque moi-même j'étais ici, à Great Holling, pour interroger des gens que je ne connaissais ni d'Ève ni d'Adam.

À présent que le jeune binoclard avait repris son chemin, je n'entendais plus aucun bruit, à part de-ci de-là un chant d'oiseau et ma propre respiration. Au loin, après les maisons, j'aperçus des champs mono-tones et des collines, une vue qui, associée au silence, m'inspira aussitôt un fort sentiment de solitude. Certes, on peut aussi se sentir seul en ville. À Londres, on croise des gens sans avoir la moindre idée de ce qu'ils ont en tête. Chacun reste dans son monde, un monde mystérieux qui vous est fermé. La même règle s'applique aux villages, sauf que vous suspectez leurs habitants d'avoir tous la même chose en tête.

Le patron du King's Head s'avéra être un certain Victor Meakin. La cinquantaine bien sonnée, il avait le crâne dégarni, et ses oreilles d'un rose vif pointaient à travers ses rares cheveux gris. Lui aussi s'empressa de me poser des questions sur Londres.

— Excusez ma curiosité, mais y êtes-vous né, monsieur Catchpool ? Combien y a-t-il d'habitants, à l'heure actuelle ? Est-ce vraiment aussi sale qu'on le dit ? Ma tante y est allée un jour et elle en est revenue dégoûtée, qu'elle repose en paix. Tout le monde a-t-il sa propre voiture, là-bas ?

J'étais soulagé que son flux de paroles ne me laisse pas le temps de répondre, mais ma chance finit par tourner court quand il en vint à la question qui l'inté-ressait vraiment :

— Qu'est-ce qui vous amène à Great Holling, mon-sieur Catchpool ? Je ne vois vraiment pas ce que vous pouvez trouver à y faire.

À ce stade il s'interrompit, et je n'eus pas d'autre choix que de répondre.

— Je suis policier. De Scotland Yard.

— Un policier ?

Il garda le sourire, mais son regard changea aussitôt, et il me toisa d'un œil dur, pénétrant, dédaigneux, comme s'il s'interrogeait sur mon compte et en tirait des conclusions fort peu flatteuses.

— Un policier, marmonna-t-il dans sa barbe. Une grosse pointure venue de Londres, rien que ça. Qu'est-ce qu'il peut venir faire par chez nous ?

Puisqu'il ne s'adressait pas directement à moi, je ne pris pas la peine de lui répondre.

Alors qu'il portait mes bagages dans l'escalier en colimaçon, il s'arrêta trois fois et se retourna pour me scruter, sans raison apparente.

La chambre qu'il m'attribua était sobrement meublée, ce qui me changeait agréablement des fanfreluches de Blanche Unsworth. Ici, grâce à Dieu, aucune bouillotte recouverte d'un manteau tricoté main, chose dont le contact me révulsait au plus haut point, ne m'attendrait dans mon lit. La tiédeur de mes draps ne serait due qu'à la chaleur corporelle, ce qui devrait toujours être le cas, selon moi.

Meakin me fit visiter la chambre en me désignant des objets qui auraient pu difficilement m'échapper, tels que le lit et la grande armoire en bois. Je m'efforçai de réagir avec intérêt, en exprimant mon contentement. Puis, sachant que je devrais le faire à un moment ou un autre, je lui exposai la raison de ma venue à Great Holling, espérant ainsi satisfaire sa curiosité ; peut-être son regard retrouverait-il un peu d'aménité. Je lui parlai donc des meurtres de l'hôtel Bloxham.

Tandis qu'il écoutait, je vis ses lèvres se tordre d'une drôle de façon, comme s'il se retenait de rire... mais je devais sans doute me tromper.

— Assassinés, vous dites ? Dans un grand hôtel de Londres ? Ça alors ! Mme Sippel et Mlle Gransbury, qui l'eut cru ? Et M. Negus ?

— Vous les connaissiez donc ? m'enquis-je en ôtant mon manteau et en l'accrochant dans la penderie.

— Ça oui, je les connaissais.

— Ils n'étaient pas de vos amis, si je comprends bien ?

— Ni amis, ni ennemis, répliqua Meakin. C'est le mieux, quand on tient une auberge. Avoir des amis et des ennemis ne vous attire que des ennuis. Regardez donc ce qui est arrivé à Mme Sippel et Mlle Gransbury. Et à M. Negus.

Sa voix vibrait d'une étrange intensité, que je n'osais prendre pour de la délectation.

— Pardonnez-moi si je m'abuse, monsieur Meakin, mais... la nouvelle de ces trois décès vous réjouirait-elle ?

— Vous vous abusez, monsieur Catchpool, m'affirma-t-il avec aplomb.

Nous restâmes un instant à nous regarder dans le blanc des yeux. Les siens étaient dénués de chaleur, et j'y vis même une lueur de méfiance.

— Vous m'avez donné des nouvelles, je m'y suis intéressé, c'est tout, reprit Meakin. Comme je m'intéresse à ce que me raconte n'importe quel client. Ça fait partie du métier d'aubergiste. Quand même, ce n'est pas tous les jours qu'on vous annonce un meurtre !

— Merci de votre obligeance, monsieur Meakin, répondis-je avec fermeté en me détournant de lui.

— Je suppose que vous allez vouloir me poser tout un tas de questions, hein ? Le King's Head m'appartient depuis 1911. Alors vous ne pouvez pas mieux tomber.

— Ah ?... Certainement. Dès que j'aurai défait mes bagages, mangé un morceau, et que je me serai dégourdi un peu les jambes, répondis-je, à contre-cœur, car je n'avais guère envie de m'entretenir encore avec cet individu.

Pourtant il le faudrait bien.

— Une dernière chose, monsieur Meakin, ajoutai-je. C'est très important. Veuillez éviter de parler à quiconque de ce que je viens de vous révéler, je vous en serai reconnaissant.

— C'est top secret, hein ?

— Non, pas du tout. Simplement je préférerais en informer les gens moi-même.

— Vous allez leur poser des questions, c'est ça ? Il n'y a pas une seule âme à Great Holling qui vous racontera quoi que ce soit d'intéressant.

— Je suis bien certain du contraire. Vous-même venez de me dire que vous seriez ravi de répondre à mes questions.

— Non, monsieur Catchpool, vous m'avez mal compris. Mais laissez-moi vous dire ceci, ajouta-t-il en pointant sur moi un index noueux. Ces trois meurtres, ils ont bien été commis dans un grand hôtel londonien ? Et vous-même, vous êtes un policier venu de Londres, pas vrai ? Alors vous feriez mieux d'aller poser vos questions là-bas au lieu de le faire ici.

— Insinuez-vous que vous préféreriez que je m'en aille, monsieur Meakin ?

— Pas du tout. Vous êtes libre de vos déplacements. Vous serez bien accueilli dans cet établissement aussi longtemps que vous voudrez y séjourner. Cela ne me regarde pas.

Sur ce, il tourna les talons et quitta la pièce, me laissant fort déconcerté. Car le Victor Meakin qui m'avait aimablement accueilli à mon arrivée en échangeant les banalités d'usage n'avait pas grand-chose à voir avec le grossier personnage qui venait de me quitter.

Je m'assis sur le lit pour me relever aussitôt. J'avais besoin d'air frais. Si seulement il existait à Great Holling un autre lieu de séjour que le King's Head..., songeai-je en enfilant le manteau que je venais d'ôter.

Puis je descendis l'escalier après avoir fermé ma chambre à clef. Victor Meakin essuyait des verres derrière le bar. À mon entrée, il m'adressa un petit salut.

Dans le coin, deux clients semblaient bien décidés à s'enivrer jusqu'à rouler sous la table. Tous deux possédaient parfaitement l'art de se balancer tout en restant assis, devant un nombre impressionnant de verres plus ou moins pleins. L'un de ces buveurs invétérés avait l'air d'un vieux gnome décrépit pourvu d'une barbe blanche qui évoquait irrésistiblement le Père Noël. L'autre était un jeune costaud à la mâchoire carrée, qui ne devait guère avoir plus de vingt ans. Il essayait de discuter avec le vieux, mais sa voix était si pâteuse que son compagnon de beuverie avait du mal à suivre, n'étant pas lui-même en état d'écouter.

La vue du jeune homme me troubla. Comment pouvait-il être tombé si bas ? Il y avait quelque chose de forcé dans son attitude, comme s'il essayait de se donner un air... S'il n'y prenait garde et ne changeait pas ses habitudes, cet air-là s'imprimerait sur son faciès de façon définitive et il n'en pourrait plus changer.

— Désirez-vous boire quelque chose, monsieur Catchpool ? demanda Meakin.

— Plus tard peut-être, merci. Je vais d'abord me dégourdir les jambes, répondis-je en lui souriant aimablement.

Je m'efforce toujours de paraître aussi affable que possible avec les gens qui me déplaisent ou ne m'inspirent pas confiance. Cela ne marche pas toujours, mais il arrive qu'ils soient ensuite mieux disposés à répondre à mes questions.

Le jeune ivrogne se leva en chancelant tout en vociférant des propos incompréhensibles. Visiblement, il était en rogne. Il me croisa en titubant et sortit dans la rue. Le vieux leva un bras péniblement et réussit à pointer le doigt dans ma direction.

— Vous, me fit-il.

J'étais au village de Great Holling depuis moins d'une heure, et deux hommes m'avaient déjà grossièrement pointé du doigt. Était-ce un signe de bienvenue, pour les gens du cru ? J'en doutais fort.

— Je vous demande pardon ? dis-je.

Le Père Noël émit quelques sons que je traduisis par : « Oui, vous, mon brave. Venez donc vous asseoir ici. Ici, sur cette chaise. Près de moi, voilà. Prenez donc la place de ce bon à rien. Venez là. »

En temps normal, cette insistance m'aurait tapé sur les nerfs, mais elle me permit au moins d'interpréter plus facilement ses propos décousus.

— Je m'apprêtais à faire un petit tour du village…, commençai-je, mais le vieux en avait décidé autrement.

— Vous aurez bien le temps pour ça ! brailla-t-il. Allez, venez donc vous asseoir, qu'on discute un peu.

Sur ces mots, à mon grand embarras, le voilà qui se met à entonner une chanson :

« Posez vot' popotin
Sur ce gentil coussin
Môssieur l'policier londonien. »

La colère m'envahit. Je lançai un coup d'œil à Meakin, qui continuait d'essuyer ses verres.

— Ne vous ai-je pas demandé il y a seulement dix minutes de ne parler de mes affaires à personne ? lui lançai-je.

— Je n'ai pas dit un mot, répondit-il, sans même daigner lever les yeux.

— Ah oui ? Et d'où ce monsieur tient-il que je suis un policier venu de Londres, si ce n'est de vous ? Aucun autre habitant de ce village ne sait qui je suis.

— Vous tirez trop vite des conclusions, monsieur Catchpool. Sachez-le, cela ne vous mènera nulle part. Je n'ai parlé de vous à personne. Je n'ai pas dit un mot. Pas un mot.

Il mentait. Il savait que je le savais, et cela lui était bien égal.

M'avouant vaincu, j'allai rejoindre le vieux gnome barbu et pris place à sa table. L'espace d'un instant, environné comme il était de poutres couvertes de houblon, il m'apparut comme un être étrange à la tête chenue, niché dans son coin sombre.

Il s'adressa à moi comme si notre conversation était déjà bien entamée :

— ... pas un type bien mais un propre à rien, et ses parents sont pareils. Ils ne savent pas lire, ni même écrire leurs noms, et lui non plus. Alors le latin encore moins, hein ! Vingt ans, et regardez-le ! Quand j'avais son âge... (ça remonte à la nuit des temps !) j'ai profité au maximum de ma jeunesse. Mais certains gaspillent les faveurs que le Seigneur leur accorde. Ils ne se rendent pas compte que c'est à la portée de chacun d'accomplir de grandes choses, et ils n'essaient même pas.

— Le latin ? m'enquis-je, saisissant un mot au hasard.

Ce fut tout ce que je trouvai à dire. Accomplir de grandes choses ? J'étais déjà content chaque fois que j'évitais l'humiliation d'un échec. La voix du vieux n'était pas déformée par l'alcool et n'avait rien de vulgaire, malgré le nez bourgeonneux d'un rouge vineux et la barbe trempée de bière de son propriétaire. Elle était même de celles qu'on a plaisir à écouter, me dis-je.

— Avez-vous donc accompli de grandes choses ? lui demandai-je.

— J'ai essayé. Et j'ai réussi au-delà de mes rêves les plus fous.

— Vraiment ?

— Ah, mais c'était il y a longtemps. Un homme ne vit pas que de rêve, et les rêves qui comptent le plus ne deviennent jamais réalité. Je l'ignorais quand j'étais jeune. Et je m'en félicite..., conclut-il en soupirant. Et vous, mon brave ? Quelles grandes choses comptez-vous accomplir ? Résoudre les meurtres de Harriet Sippel, Ida Gransbury et Richard Negus ?

Dans sa bouche, cela semblait un but sans importance.

— Je n'ai pas connu Negus, même si je l'ai vu une ou deux fois, poursuivit-il. Peu après mon arrivée au village, il en est parti. Un homme arrive, l'autre part. Tous les deux le cœur gros, et pour la même raison.

— Quelle raison ?

Le vieux gnome avala d'un trait une quantité de bière impressionnante.

— Elle ne s'en est jamais remise ! déplora-t-il.

— Qui ça ? Voulez-vous parler de Ida Gransbury, qui ne s'est jamais remise du départ dc Richard Negus de Great Holling ?

— De la perte de son mari. Du moins c'est ce qu'on dit. Harriet Sippel. On dit que ce fut de le perdre si jeune qui l'a rendue comme ça. Selon moi, c'est une piètre excuse. Il n'était guère plus vieux que le gamin qui était assis là où vous êtes. Trop jeune pour mourir. Pas le temps de vivre sa vie.

— Quand vous dites « qui l'a rendue comme ça », qu'entendez-vous par là, monsieur... euh... ? Pouvez-vous m'expliquer ?

— Quoi donc, mon brave ? Ah oui... Un homme ne vit pas que de rêve, ni une femme, d'ailleurs. J'étais déjà vieux quand je m'en suis rendu compte. Et c'est très bien comme ça.

— Pardonnez-moi, mais j'aimerais vérifier si j'ai bien compris, dis-je, en souhaitant qu'il se cantonne à ce sujet. D'après vous, Harriet Sippel a perdu son mari très jeune, et c'est son veuvage précoce qui l'a rendue... comment, au juste ?

À ma grande consternation, le vieux se mit à pleurer.

— Pourquoi a-t-il fallu qu'elle vienne ici ? Elle aurait pu avoir un mari, des enfants, un foyer à elle, une vie heureuse.

— Qui donc ? insistai-je avec désespoir. Harriet Sippel ?

— Si seulement elle n'avait pas proféré ce mensonge impardonnable... c'est ce qui a déclenché tout le reste.

Comme si un participant invisible à la conversation lui avait soudain posé une autre question, le vieux fronça les sourcils.

— Non, non. Harriet Sippel avait un mari. George. Il est mort jeune. Une terrible maladie. Il n'était guère plus âgé que le bon à rien qui était assis là avant vous. Stoakley.

— Ce jeune homme s'appelle Stoakley ?

— Non, mon brave. C'est moi qui m'appelle Stoakley. Walter Stoakley. Lui, je ne connais pas son nom... Elle lui a consacré sa vie, reprit le vieux gnome après avoir trituré sa barbe. Oh, je sais pourquoi, je l'ai toujours su. C'était un homme bien, malgré ses péchés. Elle lui a tout sacrifié.

Heureusement que Poirot n'est pas là, me dis-je. Les divagations sans queue ni tête de Walter Stoakley lui auraient porté sur le système.

— Vous ne parlez pas du jeune homme qui était assis là ? lançai-je à tout hasard, sachant que c'était improbable.

— Non, non. Il n'a que vingt ans, vous savez.

— Oui, vous me l'avez déjà dit.

— À quoi bon consacrer sa vie à un incapable qui passe ses journées à boire.

— C'est bien mon avis, mais...

— Comment aurait-elle pu épouser un jeune gode-lureau, elle qui était tombée amoureuse d'un tel homme ? Alors elle l'a laissé choir.

Une idée me vint, inspirée par ce que le serveur Rafal Bobak nous avait rapporté dans la salle à manger de l'hôtel Bloxham.

— Était-elle beaucoup plus âgée que lui ? demandai-je.

— Qui ça ? répondit Stoakley d'un air dubitatif.

— La femme dont vous parlez. Quel âge a-t-elle ?

— Une bonne décennie de plus que vous. Quarante-deux, quarante-trois, dirais-je.

— Je vois, répondis-je, admiratif, car ce vieux barbu avait su évaluer très précisément mon âge.

Puisqu'il en était capable, je finirais bien par en tirer quelque chose de cohérent, me dis-je pour me donner du courage, avant de replonger dans le magma informe où je me débattais depuis le début de cette conversation.

— Donc, la femme dont vous parlez est plus âgée que le propre à rien qui était assis ici même il y a quelques minutes ?

— Voyons, mon brave, répondit Stoakley en fronçant les sourcils, elle a au moins vingt ans de plus que lui ! Vous autres policiers, vous posez de drôles de questions.

Un jeune homme et une femme plus âgée : le couple dont nos trois victimes avaient médit au Bloxham, dans la chambre d'Ida Gransbury. Indubitablement, je progressais.

— Donc elle était censée épouser le jeune fainéant, mais elle a préféré un homme plus aisé ?

— Mais non, pas du tout ! s'écria Stoakley avec impatience, puis il battit des cils, et sourit. Ah, ce

Patrick ! Lui allait accomplir de grandes choses. Elle l'a vu. Elle a compris. Si vous voulez que les femmes tombent amoureuses de vous, monsieur Catchpool, montrez-leur que vous allez accomplir de grandes choses.

— Ce n'est pas mon premier but dans la vie, monsieur Stoakley.

— Et pourquoi non, grands dieux ?

J'inspirai profondément.

— Monsieur Stoakley, pourriez-vous, je vous prie, me dire le nom de la femme dont vous parlez… Celle dont vous regrettez qu'elle soit venue ici, qui est tombée amoureuse d'un homme plus riche, et qui a dit ce mensonge impardonnable ?

— Impardonnable, répéta le gnome.

— Qui est Patrick ? Quel est son nom de famille ? Ses initiales seraient-elles PJI ? Et y a-t-il actuellement, ou y a-t-il jamais eu, une nommée Jennie à Great Holling ?

— De grandes choses, répéta tristement Stoakley.

— Très bien, mais…

— Elle lui a tout sacrifié, et encore aujourd'hui, je parie qu'elle vous dirait qu'elle ne regrette rien, si vous le lui demandiez. Comment faire autrement ? Elle l'aimait. Que voulez-vous ? On ne peut rien contre ça. Autant vous arracher le cœur, dit-il en prenant soudain sa chemise à pleine main, joignant le geste à la parole.

C'était presque ce que j'éprouvais une demi-heure plus tard, après avoir tenté en vain de tirer de Walter Stoakley quelque chose de sensé. En désespoir de cause, je finis par abandonner la partie.

10

La cible de la calomnie

Ce fut avec soulagement que je sortis du King's Head. Il bruinait un peu. Devant moi, un homme en long manteau coiffé d'une casquette se mit à courir, espérant sans doute arriver chez lui avant que la pluie ne redouble de violence. Je contemplai le grand champ bordé d'arbres sur trois côtés qui s'étendait en face du pub, après une haie basse. De nouveau, ce silence. Aucun bruit, à part la pluie crépitant sur les feuilles, et du vert, rien que du vert, à perte de vue.

Un village campagnard n'est certes pas l'endroit rêvé pour quelqu'un qui a envie qu'on le distraie de ses propres pensées. À Londres, il y a toujours une voiture, un bus, un visage, un chien pour attirer votre attention, bref du mouvement, de l'animation. Comme cela me manquait ! À présent, autour de moi, tout semblait figé dans un calme morne et pesant.

Deux femmes me croisèrent en hâtant le pas, sans répondre à mon salut amical ni même lever les yeux. Alors qu'elles se croyaient hors de portée de voix, je perçus distinctement deux mots, « policier » et « Harriet », qui me firent me demander si je n'avais pas attribué à tort à la pluie une réaction qui n'était due qu'à ma seule personne. Que fuyaient donc ces gens ? Le mauvais temps, ou le policier venu de Londres ?

Tandis que je m'efforçais péniblement d'agiter mes petites cellules grises, comme dirait Poirot, pour trouver un peu de cohérence aux divagations de Walter Stoakley, Victor Meakin avait-il quitté son auberge par la porte de service pour arrêter les passants dans la rue et les informer de ma présence au village, malgré mes vives recommandations ? Oui, ce drôle de type déplaisant et sans vergogne en était bien capable.

Je continuai d'avancer dans la rue sinueuse quand, devant moi, un jeune homme surgit de l'une des maisons. Tout content, je reconnus le jeune binoclard que j'avais rencontré à ma descente du train mais, à mon approche, il se figea sur place, comme si les semelles de ses chaussures étaient collées au trottoir.

— Rebonjour ! lui lançai-je. Grâce à votre aide, j'ai bien trouvé l'auberge !

Toujours immobile, il me regarda approcher d'un air halluciné. Visiblement, seule la politesse l'empêchait de s'enfuir à toutes jambes. Ce n'était plus le jeune homme enjoué et serviable que j'avais rencontré. Tout avait changé dans ses manières, son attitude. Exactement comme pour Victor Meakin.

— Je ne sais pas qui les a tués, monsieur, balbutia-t-il sans même me laisser le temps de lui poser une question. Je ne sais rien. Comme je vous l'ai dit, je ne suis jamais allé à Londres.

Je n'eus plus aucun doute : mon identité et la raison de ma venue à Great Holling étaient à présent connues de tout le village. Intérieurement, je maudis Meakin.

— Ce n'est pas à propos de Londres que je suis ici pour enquêter, dis-je. Connaissiez-vous Harriet Sippel, Ida Gransbury et Richard Negus ?

— Je ne puis m'arrêter, monsieur, je n'ai vraiment pas le temps. J'ai une course urgente à faire, monsieur.

À présent, il me donnait du « monsieur », alors qu'il était bien plus direct et familier la première fois que nous avions parlé ; mais c'était avant d'apprendre que j'étais policier.

— Ah... Eh bien, pourrions-nous nous entretenir un peu plus tard dans la journée ? proposai-je.

— Non, monsieur, je ne crois pas que je trouverai le temps.

— Et demain ?

— Non, monsieur, répondit-il en se mordant la lèvre.

— Je vois. Et si je vous poussais dans vos retranchements, je parie que vous ne feriez que vous murer dans le silence ou pire, mentir, n'est-ce pas ? soupirai-je. Merci tout de même d'avoir échangé ces quelques mots avec moi. En me voyant, tous les autres détalent comme des lapins.

— Ce n'est pas vous qui êtes en cause, monsieur. Les gens ont peur.

— De quoi ?

— Il y a eu trois morts. Personne n'a envie d'être le prochain sur la liste.

Sa réponse me prit au dépourvu. Mais le jeune s'empressa de déguerpir et descendit la rue à grands pas sans me laisser le temps de réagir. Qu'est-ce qui pouvait lui faire croire qu'il y aura un prochain meurtre ? Alors je songeai au quatrième bouton de manchette évoqué par Poirot, qui l'avait imaginé dans la poche du meurtrier avant que celui-ci l'enfonce dans la bouche de sa prochaine victime. À cette idée, ma gorge se noua. Non, je ne pouvais admettre qu'on pût découvrir bientôt un autre cadavre allongé, mains à plat sur le sol, *telle une dépouille mortuaire...*

Non. Cela ne doit pas arriver, me dis-je, et cette résolution me ragaillardit un peu.

J'arpentai la rue un certain temps dans l'espoir d'apercevoir quelqu'un d'autre, mais personne ne se montra. Je n'étais pas encore disposé à rentrer à l'auberge, aussi marchai-je jusqu'à l'autre bout du village, où se trouvait la gare. Je restai sur le quai des trains à destination de Londres, frustré de ne pouvoir monter sur l'un d'eux pour rentrer chez moi sans attendre. Quel bon petit plat Blanche Unsworth prépare-t-elle pour le souper ? me demandai-je avec mélancolie. Poirot le trouvera-t-il à son goût ? Puis j'obligeai mes pensées à revenir à Great Holling.

Que faire, si tous les habitants du village étaient bien décidés à m'éviter et à m'ignorer ?

L'église ! J'étais passé plusieurs fois devant le cimetière attenant sans y prêter attention ni songer une seule fois à la fin tragique du pasteur et de sa femme. Quelle coupable négligence !

Revenant sur mes pas, je rentrai dans le village et me rendis tout droit à l'église des Saints-Innocents, car tel était son nom. C'était un petit édifice construit dans la même pierre couleur miel que la gare. Le cimetière était bien entretenu, l'herbe tondue, la plupart des tombes ornées de fleurs fraîches.

Derrière l'église, de l'autre côté d'un muret muni d'un portail, se trouvaient deux maisons. L'une était en retrait ; sans doute s'agissait-il du presbytère. L'autre était une maisonnette longue et basse, nichée contre le mur. Il n'y avait pas de porte de derrière, mais je comptai quatre fenêtres qui semblaient grandes, pour un aussi petit cottage, d'autant qu'elles donnaient sur le cimetière et ses rangées de tombes. Il faut avoir un caractère bien trempé pour habiter ici, songeai-je.

J'ouvris le portail en fer et pénétrai dans le cimetière. Les pierres tombales étaient pour la plupart si anciennes que les noms étaient devenus illisibles. Une tombe récente et assez raffinée attira alors mon regard. C'était l'une des rares à ne pas être fleuries, et quand je lus les noms ciselés dans la pierre, j'en eus le souffle coupé.

Incroyable... mais vrai !

Patrick James Ive, pasteur de cette paroisse, et Frances Maria Ives, son épouse bien-aimée.

PJI. Cela confirmait bien ce que j'avais expliqué à Poirot : la grande initiale au centre du monogramme figurait le nom de famille, et Patrick Ive était jadis le pasteur de Great Holling.

Je regardai les dates de naissance et de décès pour m'assurer que je ne m'étais pas trompé. Non, Patrick et Frances Ive étaient morts tous deux en 1913, lui à vingt-neuf ans et elle à vingt-huit.

Un pasteur et sa femme morts tragiquement, à quelques heures d'intervalle... Les initiales de ce même pasteur, sur les trois boutons de manchette qui avaient fini dans les bouches des trois victimes de l'hôtel Bloxham...

Bon sang ! Poirot avait raison, me dis-je, bien à contrecœur. Il y a un lien. Cela signifierait-il qu'il a également raison au sujet de cette Jennie ? Serait-elle liée elle aussi à cette sombre affaire ?

Sous les noms et dates ciselés dans la pierre, il y avait un poème. C'était un sonnet, que je ne connaissais pas.

Que tu sois blâmé, ce n'est pas un défaut chez toi,
car la supériorité a toujours été la cible de la calomnie.

J'avais à peine eu le temps de lire les deux premiers vers qu'une voix résonna dans mon dos, m'empêchant d'aller plus loin.

— Il est de William Shakespeare.

Me retournant, je découvris une femme d'une cinquantaine d'années en manteau sombre, avec un visage long et anguleux, des cheveux châtain striés de gris, et des yeux gris-vert, attentifs.

— La question de savoir si le nom de l'auteur devait y figurer aussi a suscité un long débat, dit la femme en resserrant son manteau sur elle.

— Pardon ?

— Sous le sonnet. Pour finir, il fut décidé que les seuls noms sur la pierre seraient..., commença-t-elle, mais elle se détourna soudain sans terminer sa phrase, et quand elle revint à moi, je vis qu'elle avait les larmes aux yeux. C'est-à-dire, mon défunt mari Charles et moi-même avons décidé... En fait c'était moi. Mais Charles m'a toujours apporté un soutien inconditionnel. Nous avons donc convenu que le nom de William Shakespeare jouissant déjà d'un renom sans pareil, il n'avait pas besoin d'être gravé sur cette pierre. Mais quand je vous ai vu contempler la tombe, je me suis sentie obligée d'intervenir pour vous dire quel était l'auteur de ce poème.

— Je me croyais seul, répondis-je, en me demandant comment j'avais pu ne pas remarquer son arrivée, placé face à la rue comme j'étais.

— Je suis entrée par l'autre portail, me dit-elle en indiquant du pouce le cottage situé derrière elle. J'habite ici. Je vous ai vu par ma fenêtre.

Mon expression devait trahir mes pensées sur la morne mélancolie d'un tel lieu de vie.

— Vous vous demandez si la vue me dérange ? fit-elle en souriant. Pas du tout. J'ai pris le cottage afin de pouvoir surveiller le cimetière.

Elle avait dit cela comme si c'était tout naturel. Cette fois encore, elle avait dû lire dans mes pensées, car elle en vint à s'expliquer :

— Si la tombe de Patrick Ive n'a pas été profanée, c'est pour une seule et unique raison, monsieur Catchpool : tout le monde sait que je veille au grain.

Sur ce, sans prévenir, elle s'avança et me tendit la main.

— Margaret Ernst, dit-elle. Vous pouvez m'appeler Margaret.

— Vous voulez dire que... qu'il y aurait des gens dans ce village qui souhaiteraient profaner la tombe de Patrick et Frances Ive ?

— Oui. Je la fleurissais dans le temps, mais c'était en pure perte. Les fleurs sont faciles à saccager, voyez-vous. Quand j'ai cessé de fleurir la tombe, il ne leur restait plus que la pierre tombale elle-même à dégrader, mais j'étais déjà installée dans le cottage, à ce moment-là. Et je faisais le guet.

— Comment peut-on s'en prendre au lieu de repos de quelqu'un ? C'est ignoble.

— Eh bien, les gens sont ignobles, non ? Avez-vous lu le poème ?

— J'avais à peine commencé quand vous êtes arrivée.

— Lisez-le maintenant, ordonna-t-elle.

Je me tournai vers la dalle et lus le sonnet dans son intégralité.

Que tu sois blâmé, ce n'est pas un défaut chez toi,
car la supériorité a toujours été la cible de la calomnie.
La beauté a pour ornement le soupçon, ce corbeau
*   qui vole dans l'air le plus pur du ciel.*
Pourvu qu'il soit réel, la calomnie ne fait que rendre
*   plus évident un mérite que le temps consacre ;*
car le ver du mal aime les plus suaves bourgeons, et
*   tu lui présentes un printemps pur et sans tache.*
Tu as traversé les embûches de la jeunesse ; tu en as
*   évité les attaques ou les a supportées en vainqueur.*
Pourtant l'éloge qui te revient ne peut t'appartenir au
*   point d'enchaîner l'envie qui va grandissant toujours.*
Si le soupçon de la malveillance ne masquait pas ta
*   splendeur, tu posséderais seul le royaume des cœurs[1].*

---

1. Sonnet LXX traduit par François-Victor Hugo.

— Eh bien, monsieur Catchpool ?

— C'est un poème bien particulier pour figurer en épitaphe sur une pierre tombale.

— Vous trouvez ?

— La calomnie est un mot fort. Si je ne me trompe, le poème semble suggérer que... eh bien, que Patrick et Frances ont été les cibles d'attaques ?

— En effet. D'où le sonnet. C'est moi qui l'ai choisi. On m'a fait remarquer que cela coûterait trop cher de faire graver le poème dans son entier, et qu'il fallait me contenter des deux premiers vers... Comme si cela devait entrer en ligne de compte ! conclut Margaret Ernst en reniflant avec dégoût.

Elle posa la paume de sa main sur la dalle d'un geste tendre et protecteur, comme s'il s'agissait de la tête d'un enfant au lieu d'une tombe.

— Patrick et Frances Ive étaient des gens bien, reprit-elle. Ils n'auraient jamais nui à quiconque de leur plein gré. On ne peut pas en dire autant de tout le monde, n'est-ce pas ?

— Eh bien...

— Je ne les ai pas connus personnellement, car Charles et moi, nous avons pris en charge la paroisse après leur mort. Mais c'est ce que dit le Dr Flowerday, le médecin du village, et c'est bien la seule personne de Great Holling dont l'opinion vaille la peine d'être écoutée.

— Donc votre mari fut pasteur ici, après Patrick Ive ? m'enquis-je, pour m'assurer que je ne m'étais pas mépris sur ce qu'elle disait.

— Oui, jusqu'à sa mort il y a trois ans. À présent, il y a un nouveau pasteur : toujours le nez dans ses livres, sans une épouse pour veiller sur lui.

— Et ce docteur Flowerday... ?

— Oubliez-le, s'empressa d'ajouter Margaret Ernst, ce qui eut l'effet contraire d'imprimer ce nom dans ma mémoire.

— Entendu, répondis-je, bien hypocritement.

Connaissant Margaret Ernst depuis moins d'un quart d'heure, je me doutais déjà qu'une attitude soumise était avec elle la meilleure tactique à adopter.

— Pourquoi le choix de l'inscription sur la tombe vous revint-il ? lui demandai-je. Les Ive n'avaient donc pas de famille ?

— Hélas non. Aucune personne qui fût à la fois dévouée et capable.

— Madame Ernst. Margaret... Je ne puis vous dire à quel point votre accueil chaleureux m'a réconforté. De toute évidence, vous savez qui je suis, donc vous devez également connaître la raison de ma venue ici. Personne d'autre ne veut me parler, à part ce vieux bonhomme rencontré au King's Head, qui n'avait pas toute sa tête.

— Je ne suis pas certaine que mon intention était de vous réconforter, monsieur Catchpool.

— Au moins, vous n'avez pas fui à mon approche comme devant une monstrueuse apparition.

— Vous ? Monstrueux ? Voyons, mon cher, répliqua-t-elle en éclatant de rire, ce qui me valut une petite gêne passagère. Mais dites-moi, reprit-elle, ce vieux qui semblait n'avoir pas toute sa tête, au pub, avait-il une barbe blanche ?

— Oui.

— S'il vous a parlé, c'est parce qu'il n'a pas peur.

— Pourquoi ? Parce que tout l'alcool qu'il a ingurgité le rend téméraire ?

— Non. Parce qu'il n'était pas..., commença Margaret, mais elle s'interrompit et sembla se raviser. Le meurtrier d'Harriet, Ida et Richard ne s'en prendra pas à lui. Il ne court aucun danger.

— Et vous ? demandai-je.

— Danger ou non, je vous aurais parlé comme je l'ai fait, et comme je le fais encore.

— Je vois. Êtes-vous particulièrement courageuse ?

— Entêtée, plutôt. Je dis ce que je crois devoir dire, je fais ce que je crois devoir faire. Et il suffit qu'on veuille m'imposer le silence pour que j'aie envie de parler.

— C'est tout à votre honneur.

— Me trouvez-vous trop directe, monsieur Catchpool ?

— Pas du tout. Cela facilite la vie, de dire ce que l'on pense.

— Est-ce l'une des raisons pour lesquelles votre vie n'a jamais été facile ? s'enquit Margaret Ernst en souriant. Ah... je vois. Vous préférez ne pas parler de vous. Très bien. Et moi, que vous ai-je fait comme impression ?

— Je viens juste de vous rencontrer, dis-je en me retenant de ne pas lever les yeux au ciel. L'un dans l'autre, vous m'avez l'air d'une bonne nature, répondis-je évasivement, bien peu préparé à ce genre d'échanges.

— Plutôt vague et succincte, comme description d'une personnalité, non ? D'ailleurs qu'est-ce au juste, la bonté ? La meilleure action que j'aie faite dans ma vie était indubitablement mauvaise et répréhensible, du point de vue moral.

— Vraiment ?

Quelle femme extraordinaire. Je décidai de saisir ma chance.

— Je repense à ce que vous m'avez dit tout à l'heure sur votre manie de faire le contraire de ce que l'on cherche à vous imposer... Victor Meakin m'a affirmé que personne ne voudrait me parler. Il serait ravi que vous négligiez de m'inviter à prendre une tasse de thé chez vous afin que nous puissions converser tout à loisir, et au sec. Qu'en dites-vous ?

Margaret Ernst sourit. Comme je l'avais escompté, elle parut apprécier mon audace. Cependant son regard se fit plus circonspect.

— M. Meakin serait également ravi que vous suiviez l'exemple de presque tous les villageois en refusant de franchir le seuil de ma maison, dit-elle. Il se réjouit toujours du malheur des autres. Nous pourrions doublement lui déplaire, si vous êtes d'humeur rebelle ?

— Voilà qui règle la question !

Margaret Ernst m'introduisit dans le petit salon, comme elle l'appelait, une longue pièce étroite tapissée de livres à laquelle le mot bibliothèque aurait mieux convenu. Sur un mur, trois portraits étaient accrochés, deux tableaux et une photographie, représentant un homme au front haut et aux sourcils broussailleux. Il devait s'agir de Charles, le défunt mari de Margaret. Son regard scrutateur en triple exemplaire me mit si mal à l'aise que je me tournai vers la fenêtre. Nous nous installâmes au coin du feu. Mon fauteuil offrant une vue excellente sur la tombe des Ive, j'en déduisis que Margaret s'y asseyait d'habitude, pour monter la garde. Évidemment, à cette distance, le sonnet n'était pas lisible et j'en avais tout oublié, à part ce seul vers, qui s'était imprimé dans mon esprit : *Car la supériorité a toujours été la cible de la calomnie.*

— Racontez-moi ce qui est arrivé à Patrick et Frances Ive, dis-je.

— Non, me répondit sans ambages Margaret Ernst.

— Comment ça, non ? Vous ne voulez pas me parler de Patrick et Frances Ive ?

— Pas aujourd'hui. Peut-être le ferai-je demain. N'avez-vous pas d'autres questions à me poser, en attendant ?

— Certes, mais… m'en voudrez-vous si je vous demande ce qui aura changé entre aujourd'hui et demain ?

— J'aimerais avoir le temps d'y réfléchir.

— C'est que...

— Vous allez me rappeler que vous êtes un policier enquêtant sur une affaire de meurtre, et que c'est mon devoir de vous dire tout ce que je sais. Mais qu'est-ce que Patrick et Frances Ive ont à voir avec votre affaire ?

Sans doute aurais-je dû moi-même prendre le temps de réfléchir, mais j'avais hâte de voir quelle serait sa réaction quand je l'aurais informée d'un fait que je n'avais pas révélé à Victor Meakin et que, par conséquent, elle ne pouvait déjà connaître.

— Chacune des trois victimes a été découverte avec dans la bouche un bouton de manchette en or gravé d'un monogramme, dis-je. Avec les initiales de Patrick Ive : PIJ.

Comme je l'avais fait pour Poirot, je lui expliquai ensuite la place centrale qu'occupait l'initiale du nom de famille, la plus grande des trois majuscules. Contrairement à mon ami belge qui s'était offusqué de cette disposition comme si elle risquait de mettre la civilisation en péril, Margaret Ernst n'en parut pas choquée. Et ma révélation ne sembla pas la surprendre le moins du monde, ce qui m'étonna.

— Vous comprenez à présent pourquoi Patrick Ive m'intéresse tant ? conclus-je.

— Oui.

— Me direz-vous ce que vous savez à son sujet ?

— Demain, peut-être, s'obstina-t-elle. Voulez-vous encore un peu de thé, monsieur Catchpool ?

— Volontiers.

Elle quitta donc la pièce. Pouvais-je encore la prier de m'appeler Edward, ou avais-je trop tardé ? Resté seul dans le petit salon, je pesai le pour et le contre, tout en sachant pertinemment que je n'oserais pas rectifier le tir, et qu'elle continuerait à m'appeler « monsieur Catchpool » jusqu'à la fin des temps. Entre autres fâcheuses habitudes, j'ai en effet la manie de me perdre en vaines conjectures.

Lorsque Margaret revint avec le thé, je la remerciai et lui demandai si elle pouvait me parler d'Harriet Sippel, Ida Gransbury et Richard Negus. Là, son attitude changea du tout au tout. Elle ne chercha nullement à déguiser sa pensée, et me fournit sur deux des trois victimes de quoi remplir plusieurs pages, avec une redoutable efficacité. Hélas, je pestai contre moi-même, car j'avais laissé mon carnet de notes dans ma chambre du King's Head, rangé dans l'une de mes valises. Ce serait l'occasion de tester ma mémoire.

— D'après les rumeurs (et au village, elles coulent à flots), Harriet était à l'origine d'un caractère doux et enjoué, commença Margaret. Gentille, généreuse, toujours souriante, serviable envers les amis et voisins sans jamais songer à elle-même... une vraie petite sainte, quoi. Encline à voir le bien partout, et à considérer tous ceux qu'elle rencontrait sous le meilleur éclairage. Parfois trop confiante, et d'une naïveté touchante, d'après certains. Je ne suis pas certaine de croire à la légende d'Harriet la parfaite, « Harriet avant qu'elle change », comme disent les gens. Quand on voit ce qu'elle est devenue, le contraste est si frappant... Comme si elle était passée d'un extrême à l'autre. Peut-être n'était-ce pas vraiment le cas. Lorsqu'on raconte une histoire, on a tendance à forcer un peu le trait afin de la rendre plus dramatique, n'est-ce pas ? Or perdre un mari aussi jeune peut effectivement assombrir même la nature la plus gaie. Harriet et son George étaient très attachés l'un à l'autre, dit-on. En 1911, à l'âge de vingt-sept ans, il est tombé raide mort dans la rue, alors qu'il pétait la santé, comme on dit vulgairement. Un caillot de sang dans le cerveau. Harriet s'est retrouvée veuve à vingt-cinq ans.

— Quel choc, pour elle, dis-je.

— Oui, acquiesça Margaret. On ne peut sortir indemne d'une telle épreuve. Toute sa vie et son caractère ont dû en être affectés. Il est intéressant de noter que certains la qualifiaient de naïve.

— En quoi est-ce intéressant ?

— La naïveté suggère une vision à l'eau de rose de la vie et du monde qui vous entoure. Quand la pire des tragédies s'abat sur quelqu'un de naïf, il peut ressentir de la colère et du ressentiment autant que de la tristesse, comme s'il se sentait floué, dupé. Et une personne qui souffre cruellement sera plus encline à blâmer et persécuter les autres... Enfin, certaines personnes, devrais-je dire, rectifia-t-elle, alors que je m'efforçais justement de cacher mon vigoureux désaccord. Pas tout le monde. Je parie que vous êtes davantage enclin à vous persécuter vous-même, n'est-ce pas, monsieur Catchpool ?

— J'espère ne persécuter personne, répliquai-je, quelque peu désarçonné par sa remarque. Donc, dois-je en conclure que la perte de son mari eut un effet malheureux sur le caractère d'Harriet Sippel ?

— Oui. Je n'ai jamais connu la douce et gentille Harriet Sippel. La femme que j'ai connue était venimeuse, méchante, moralisatrice. Méfiante envers tout le monde, elle traitait tout un chacun en ennemi. Elle voyait le mal partout, et se comportait comme si elle était chargée de le dénoncer et de le vaincre. S'il y avait un nouveau venu au village, elle partait du principe qu'il était fatalement mauvais, faisait part de ses soupçons à tous ceux qui voulaient l'entendre, et les encourageait à chercher d'autres signes les confirmant. Et si, après avoir cherché un vice caché dans une personne, elle n'en trouvait aucun, elle en inventait. Après la mort de George, son seul plaisir était de condamner les autres, comme si cela faisait d'elle quelqu'un de bien. Cette lueur dans ses yeux dès qu'elle reniflait un nouveau méfait..., dit Margaret en frissonnant. C'était comme si, en l'absence de son mari, elle avait trouvé de quoi attiser sa passion. Elle s'y accrochait, mais c'était une passion noire, destructrice, qui se nourrissait de haine, pas d'amour. Le pire, c'est qu'elle attirait les gens ; ils faisaient masse autour d'elle, tout prêts à abonder dans son sens.

— Mais pourquoi ?

— Ils craignaient d'être le prochain. Ils savaient qu'Harriet et ses accusations malfaisantes ne restaient jamais longtemps sans proie. Je ne crois pas qu'elle aurait pu survivre plus d'une semaine sans cible à fustiger.

Je songeai au jeune binoclard. « Personne n'a envie d'être le prochain », avait-il dit.

— Ils étaient tout heureux de condamner la pauvre âme sur laquelle elle s'acharnait, si cela pouvait détourner son attention d'eux-mêmes et de leurs manigances. Un ami, pour Harriet, c'était un complice prêt à vilipender avec elle ceux qu'elle estimait coupables d'un péché, véniel ou mortel.

— Vous décrivez le genre de personne qui a toutes les chances de finir assassinée, oserais-je dire.

— Ah oui ? Je trouve que les gens comme Harriet Sippel échappent trop souvent à ce sort, déclara Margaret, puis elle haussa les sourcils en me considérant. Je vous ai encore choqué, à ce que je vois, monsieur Catchpool ? En tant que femme de pasteur, je ne devrais pas faire ce genre de déclarations, je suppose. J'essaie d'être une bonne chrétienne, mais j'ai mes faiblesses, comme nous tous. L'une d'elles, c'est mon incapacité à pardonner l'incapacité de pardonner. Cela vous semble-t-il contradictoire ?

— C'est surtout un peu tordu et compliqué. M'en voudrez-vous si je vous demande où vous étiez jeudi soir dernier ?

Margaret soupira et regarda par la fenêtre.

— À mon poste habituel. Là où vous êtes assis, à surveiller le cimetière.

— Seule ?

— Oui.

— Merci.

— Voulez-vous que nous passions à Ida Gransbury ? proposa-t-elle.

J'acquiesçai, avec une certaine appréhension. Et si les trois victimes s'avéraient être de leur vivant des monstres vindicatifs ? Les mots « PUISSENT-ILS NE JAMAIS REPOSER EN PAIX » me revinrent à l'esprit, suivis aussitôt par le récit que Poirot m'avait fait de sa rencontre avec Jennie, et ce qu'elle avait déclaré avec insistance : une fois qu'elle serait morte, justice serait enfin rendue...

— Ida était une terrible donneuse de leçons, dit Margaret. En apparence, dans sa conduite, elle était en tous points aussi moralisatrice qu'Harriet, mais plutôt que le plaisir de persécuter autrui, c'était la peur qui l'animait, la peur et une foi aveugle en les règles auxquelles nous sommes censés nous soumettre. Dénoncer les péchés des autres ne lui procurait pas autant de plaisir qu'à Harriet, mais c'était pour elle un devoir moral en tant que bonne chrétienne.

— Quand vous parlez de peur, est-ce celle du châtiment divin ?

— En partie, oui, mais pas seulement, dit Margaret. Quelles que soient les règles, les gens ne les considèrent pas tous de la même façon. Des caractères comme le mien sont rétifs à toutes formes de contraintes, mais certains les acceptent volontiers, car cela leur donne un sentiment de sécurité. Ils se sentent protégés.

— Et Ida Gransbury était de ceux-là ?

— Je le crois, oui. Elle n'en aurait pas convenu. Elle se faisait toujours passer pour une femme vertueuse, pleine de principes. Chez Ida, pas de honteuses faiblesses humaines ! Je regrette qu'elle soit morte, même si elle a fait un mal incommensurable de son vivant. Contrairement à Harriet, Ida croyait en la rédemption. Elle voulait sauver les pécheurs, tandis qu'Harriet ne voulait que les vilipender, les rabaisser, et se sentir élevée en comparaison. Je crois qu'Ida aurait pardonné à un pécheur repentant. L'esprit chrétien de contrition la rassurait. Cela sous-tendait sa vision du monde.

— Quel mal incommensurable Ida a-t-elle fait ? demandai-je. Et à qui ?

— Revenez me poser cette question demain, répliqua-t-elle d'un ton débonnaire, mais ferme.

— À Patrick et Frances Ive ?

— Demain, monsieur Catchpool.

— Et Richard Negus, que pouvez-vous m'en dire ?

— Assez peu de choses, je le crains. Il a quitté Great Holling peu après notre arrivée. Je crois que c'était une autorité dans le village, un homme que les gens écoutaient et auquel ils demandaient conseil. Tout le monde parle de lui avec le plus grand respect, à part Ida Gransbury. Elle n'a plus jamais mentionné son nom après son départ de Great Holling.

— Lequel des deux a pris la décision d'annuler le projet de mariage ?

— Lui.

— Comment savez-vous qu'ensuite, elle n'a plus jamais reparlé de lui ? Peut-être l'a-t-elle fait avec d'autres que vous ?

— Oh, Ida ne m'adressait pas la parole. Je le sais par Ambrose Flowerday, le médecin du village, et il n'y a pas plus fiable au monde. Ambrose a vent de tout ce qui se passe ou à peu près, il lui suffit de laisser la porte de sa salle d'attente entrebâillée.

— Serait-ce ce Dr Flowerday que je suis censé oublier ? Ambrose... quel drôle de prénom, dis-je malicieusement, mais Margaret ignora ma remarque.

— Après que Richard Negus l'eut abandonnée, Ida décida de ne plus jamais parler de lui, dit-elle. Je le tiens de source sûre. Elle afficha une indifférence absolue, ne montra aucun signe de trouble ni d'affliction. Les gens louèrent sa force de volonté. Elle déclara que désormais, elle dédierait tout son amour à Dieu. Au moins Lui ne la décevrait pas.

— Cela vous surprendrait-il d'apprendre que Richard Negus et Ida Gransbury ont pris le thé ensemble, dans la chambre d'hôtel d'Ida à Londres, jeudi dernier en début de soirée ?

Margaret ouvrit de grands yeux.

— Tous les deux seuls ? Oui, cela me surprendrait grandement. Ida était du genre à se fixer des limites bien définies, qu'elle ne franchissait pas. Et à cet égard, Richard Negus lui ressemblait. Après avoir renoncé à épouser Ida, il est peu probable qu'il ait changé d'avis, et je ne vois pas comment il aurait pu persuader Ida d'accepter de le voir en privé. Aucune sorte de contrition, aucune nouvelle déclaration d'amour ne l'aurait fait fléchir.

Margaret resta pensive un moment.

— Si Harriet Sippel séjournait dans le même hôtel londonien, reprit-elle, je suppose qu'elle aussi assistait à cette cérémonie du thé ? Eh bien, conclut-elle en me voyant acquiescer. Il fallait qu'ils aient quelque chose d'essentiel à discuter, pour transgresser les limites que chacun s'était fixées par le passé.

— Vous avez une idée sur ce que cette chose pouvait bien être, n'est-ce pas ?

Margaret regarda par la fenêtre, vers les rangées de tombes.

— Peut-être aurai-je mon idée là-dessus demain, quand vous viendrez me rendre visite, dit-elle.

11

Souvenir, souvenir

Tandis que je m'efforçais en vain de convaincre Margaret Ernst de me raconter l'histoire de Patrick et Frances Ive plus tôt qu'elle n'en avait l'intention, Hercule Poirot était au Pleasant's, à Londres, et lui aussi tentait de persuader la serveuse Fee Spring de lui raconter ce dont elle ne parvenait pas à se souvenir.

— Je vous dis que j'ai beau me creuscr la tête, je n'y arrive pas, répéta-t-elle avec lassitude. C'est vrai, j'ai bien remarqué quelque chose qui clochait chez Jennie ce soir-là. J'ai remis ça à plus tard, et c'est tombé dans les oubliettes. Vous pourrez me harceler tant que vous voudrez, ça ne changera rien, au contraire, même. Vous n'avez pas un brin de patience, vous, hein ?

— Je vous en prie, ne relâchez-pas vos efforts, mademoiselle. Ce peut être très, très important.

Fee Spring regarda vers la porte, par-dessus l'épaule de Poirot.

— Si c'est des souvenirs que vous voulez, vous allez être servi. Un type a demandé à vous voir il y a une environ une heure. Il a dit qu'il se rappelait certaines choses. Dites donc, il était escorté par un policier qui l'a amené jusqu'ici, comme un membre de la famille royale. Ça doit être quelqu'un d'important. Vous n'étiez pas là, alors je lui ai dit de revenir. Il ne devrait pas tarder, ajouta-t-elle en jetant un coup d'œil à l'horloge coincée entre deux théières, sur une étagère pliant dangereusement. Je savais bien que vous reviendriez au moins une fois pour voir si Jennie était dans le coin, même si je vous ai dit que ce serait en pure perte.

— Ce monsieur vous a-t-il dit son nom ?

— Non. Il était gentil et prévenant, pourtant. Pas comme ce zigoto de l'autre jour, celui qui vous a imité. Ce n'était pas très respectueux, n'empêche, il est rudement doué.

— Pardon, mademoiselle. M. Samuel Kidd, l'homme auquel vous faites allusion, a bien essayé d'imiter ma voix, mais cette tentative était vouée à l'échec.

— En tout cas, il s'en est drôlement bien tiré ! s'exclama Fee en riant. Les yeux fermés, je vous aurais confondus, tous les deux.

— C'est que vous n'êtes pas attentive quand les gens parlent, répliqua Poirot avec une pointe d'irritation. Chacun de nous a une voix et un phrasé uniques. Aussi uniques que le délicieux café du Pleasant's, ajouta-t-il en levant sa tasse.

— Vous en buvez beaucoup trop, si vous voulez mon avis, dit Fee. Ce n'est pas bon pour vous.

— D'où tenez-vous cette idée ?

— Vous avez le blanc de l'œil un peu jaune, monsieur Poirot. Vous devriez boire une tasse de thé de temps en temps, au lieu de ce liquide qui ressemble à de la boue et en a le goût. Le thé est bon pour tout le monde, et on peut en boire tant qu'on en veut. Et puis sachez que quand les gens parlent, j'écoute, même si je me fiche bien de leur accent, qu'il soit belge, français ou autre. C'est ce qu'ils disent qui compte, non ?

À cet instant, la porte du café s'ouvrit, et Fee donna un petit coup de coude à Poirot.

— Voici votre homme, sans le policier, cette fois, murmura-t-elle.

C'était Rafal Bobak, l'employé du Bloxham aux yeux de chien battu, celui qui avait servi un thé tardif aux trois victimes à 19 h 15, le soir des meurtres. Bobak s'excusa auprès de Poirot d'être venu jusqu'ici le déranger, en expliquant que Luca Lazzari avait déclaré à tout son personnel que si l'un d'eux éprouvait le besoin de parler au célèbre détective, on pouvait le trouver au Pleasant's Coffee House, sur Gregory's Alley.

— Quelque chose vous est donc revenu, monsieur Bobak ? s'enquit Poirot quand ils furent installés à une table.

— Oui, monsieur. Je me suis remémoré toute la scène afin de ne rien omettre, et je me suis dit qu'il valait mieux vous en faire part, tant que mes souvenirs étaient frais. Certaines choses vous sont déjà connues, mais c'est étonnant de voir tout ce qui vous revient quand on prend la peine d'y réfléchir.

— C'est tout à fait vrai, monsieur. Il suffit de se poser et de faire fonctionner ses petites cellules grises.

— Comme je vous l'ai dit précédemment, c'est M. Negus qui m'a reçu quand j'ai apporté le plateau à la chambre. Les deux dames bavardaient à propos d'un homme et d'une femme plus âgée, qu'il avait abandonnée, ou bien délaissée pour je ne sais quelle raison. Du moins, c'est ce que j'ai compris, monsieur, mais j'ai réussi à me rappeler une partie de ce qu'elles se disaient, aussi vous pourrez en juger par vous-même.

— Ah ! voilà qui va sûrement beaucoup m'aider !

— Hé bien, monsieur, ce dont je me souviens en premier, c'est Mme Harriet Sippel disant : « Elle n'avait pas le choix. Ce n'est plus à elle qu'il se confie. À présent, elle ne l'intéresse plus, elle se laisse aller, et elle est assez vieille pour être sa mère. Non, si elle voulait découvrir ce qu'il avait dans le cœur, elle n'avait pas d'autre choix que de recevoir la femme qui recueille à présent ses confidences, pour lui parler. » Sur ce, Mme Sippel avait éclaté de rire, un rire mauvais. C'étaient des médisances, comme je vous l'ai dit à l'hôtel.

— Continuez, monsieur Bobak.

— Eh bien, M. Negus a entendu ce qu'elle disait, parce qu'il s'est détourné de moi (nous échangions quelques mots, par politesse, vous savez ce que c'est), et il a dit : « Voyons, Harriet, allez-y doucement. Vous savez qu'Ida se choque pour un rien. » Alors l'une des deux femmes a répliqué, mais j'ai beau essayer, impossible de me rappeler laquelle, ni ce qu'elle a pu dire, monsieur. Désolé.

— Je vous en prie, ne vous excusez pas, dit Poirot. Le souvenir que vous avez de cette scène, même incomplet, me sera très précieux, ça ne fait aucun doute.

— Je l'espère, monsieur, dit Bobak d'un air sceptique. En revanche, je me souviens mot pour mot de la suite. C'était pendant que je dressais la table. M. Negus a dit à Mme Sippel : « Ce qu'il avait dans le cœur ? À mon avis, il n'a pas de cœur. Et quand vous dites qu'elle est assez vieille pour être sa mère, je ne suis pas du tout d'accord. Mais alors pas du tout. » Ça a fait rire Mme Sippel et elle a dit : « Eh bien, puisqu'aucun de nous ne peut prouver qu'il a raison, convenons au moins que nous ne sommes pas d'accord ! » Ce sont les derniers mots que j'ai entendus avant de quitter la chambre, monsieur.

— Il n'a pas de cœur, murmura Poirot.

141

— Dans leur propos, il n'y avait pas une once de bienveillance, monsieur. Rien que des méchancetés contre cette femme dont ils causaient.

— Je ne saurais assez vous remercier, monsieur Bobak, dit Poirot chaleureusement. Votre rapport est inestimable. Avoir connaissance d'une bonne partie des paroles qui furent prononcées par les trois victimes avant leur mort, c'est bien plus que je n'avais espéré.

— Je regrette seulement de ne pas me rappeler le reste, monsieur.

Poirot invita Bobak à boire quelque chose, mais le serveur était décidé à regagner le Bloxham dès qu'il le pourrait, pour ne pas abuser de la gentillesse de Luca Lazzari.

Après s'être vu refuser une autre tasse de café par Fee Spring, qui invoqua sa santé, Poirot décida de rentrer à la pension de Blanche Unsworth. Il revint sans se presser à travers les rues animées de Londres, l'esprit en ébullition. Tout en marchant, il retournait dans sa tête les paroles que Bobak lui avait rapportées : « Elle ne l'intéresse plus… elle est assez vieille pour être sa mère… Son cœur ? À mon avis, il n'a pas de cœur… Quand vous dites qu'elle est assez vieille pour être sa mère, je ne suis pas du tout d'accord… Eh bien, aucun de nous ne peut prouver qu'il a raison… »

En arrivant à son logement provisoire, il marmonnait encore entre ses dents. À peine fut-il entré que Blanche Unsworth se précipitait sur lui en l'accueillant avec entrain.

— Ma parole, c'est comme vous avoir en double, monsieur Poirot !

Poirot baissa les yeux sur sa bedaine, qui allait s'arrondissant.

— J'espère ne pas avoir mangé au point de doubler de volume, madame, dit-il.

— Non...

Blanche Unsworth baissa la voix et se rapprocha de Poirot en le collant de si près qu'il dut se clouer contre le mur pour éviter tout contact physique.

— Vous avez un visiteur, et il a exactement la même voix que vous, lui chuchota-t-elle. Il vous attend au salon. Un visiteur venu de votre Belgique natale, sûrement. Pas très présentable, mais au moins, il ne sentait pas mauvais et... je ne voulais pas congédier un parent à vous, monsieur Poirot. J'imagine que les habitudes vestimentaires changent d'un pays à l'autre. Évidemment, ce sont les Français qui aiment s'habiller avec élégance, n'est-ce pas ?

— Ce n'est pas l'un de mes parents, répliqua sèchement Poirot. Il s'appelle Samuel Kidd et il est aussi anglais que vous, madame.

— Il a le visage tout balafré, continua Blanche Unsworth. Il dit que c'est en se rasant qu'il s'est fait toutes ces coupures. Il n'a pas l'air doué, le pauvre diable. Je lui ai dit que je pouvais lui fournir de quoi soigner sa peau enflammée, mais il s'est contenté d'en rire !

— Sur toute la figure ? s'étonna Poirot. Le M. Kidd que j'ai rencontré vendredi au Pleasant's n'avait qu'une joue entaillée, et il ne s'était rasé que la moitié du visage. Dites-moi, cet homme est-il barbu ?

— Oh, non. Il n'a pas un poil sur la figure, à part les sourcils. Et plus guère de peau. Si vous pouviez lui apprendre à se raser sans se blesser, monsieur Poirot. Oh, désolée, ajouta Blanche Unsworth en mettant une main sur sa bouche. J'avais oublié qu'il n'était pas de votre famille. Je n'arrive pas à m'enlever de l'esprit qu'il est belge. Il a exactement votre accent, et la même façon de parler. J'ai cru que c'était peut-être l'un de vos frères cadets.

Vexé qu'on puisse prendre ce Samuel Kidd dépenaillé pour quelqu'un de sa famille, Poirot coupa brusquement court à la conversation et se dirigea vers le salon.

Il y découvrit l'homme qu'il avait déjà rencontré au Pleasant's le vendredi précédent, et qui s'était depuis rasé complètement en laissant sa peau à vif, toute balafrée.

— Bonjour, monsieur Poirot, dit Samuel Kidd en se levant. Je parie que je l'ai bien eue, la dame qui m'a fait entrer, pas vrai ? Est-ce qu'elle m'a pris pour quelqu'un de votre pays ?

— Bonjour, monsieur Kidd. Je vois que vous avez encore pâti depuis notre dernière rencontre.

— Pâti ?

— Les entailles sur votre visage.

— Là, vous avez raison, monsieur. À dire vrai, l'idée d'une lame aiguisée si proche de mes yeux me fait froid dans le dos. J'ai peur de me couper l'œil, et du coup, ma main tremble. J'ai un truc avec les yeux. J'ai bien essayé de penser à autre chose, mais ça ne marche pas. Je finis toujours le visage en sang.

— Je vois ça. Puis-je vous demander comment vous avez su que vous me trouveriez à cette adresse ?

— M. Lazzari le tenait du constable Stanley Beer, qui lui a dit que M. Catchpool habitait ici, ainsi que vous, monsieur. Je m'excuse de vous déranger chez vous, mais j'ai une bonne nouvelle, et je me suis dit que vous voudriez tout de suite être au courant.

— Quelle nouvelle ?

— La dame qui a laissé tomber les deux clefs, celle que j'ai vue s'enfuir de l'hôtel après les meurtres... Je me suis rappelé qui elle était ! Ça m'est revenu quand j'ai jeté un coup d'œil au journal ce matin. Ce qui ne m'arrive pas souvent.

— Qui est donc la femme que vous avez vue, monsieur ? Vous avez raison. Je suis impatient de l'apprendre.

L'air pensif, Samuel Kidd suivit du bout du doigt la longue entaille rouge qui lui zébrait la joue gauche.

— Faut avoir du temps à perdre pour lire le journal et s'intéresser à la vie des autres. Moi, à choisir, je préfère vivre la mienne. Mais comme je disais, j'ai jeté un coup d'œil au journal ce matin parce que je voulais voir s'il y avait du nouveau sur les meurtres du Bloxham.

— Bien, dit Poirot en s'exhortant à la patience. Et qu'avez-vous vu ?

— Oh, il y avait des tas de choses sur les meurtres, mais en résumé, ça disait que l'enquête n'avançait guère, et que la police demandait à tous ceux qui auraient vu quelque chose de se manifester. Eh bien, c'est ce que j'ai fait, hein, monsieur Poirot ? Je me suis présenté. Sauf qu'au début, pas moyen de mettre un nom sur le visage de cette dame. Maintenant, ça y est !

— C'est une excellente nouvelle, monsieur Kidd. Pouvez-vous en venir au fait, s'il vous plaît ?

— C'est là où je l'avais déjà vue, comprenez-vous : en photo dans le journal. Et de lire le journal, ça m'a fait penser à elle. C'est quelqu'un de connu, monsieur. Elle s'appelle Nancy Ducane.

— Nancy Ducane, l'artiste ? dit Poirot en écarquillant les yeux.

— Oui, monsieur. C'est elle, pas d'erreur. J'en jurerais. Elle peint des portraits, et elle mériterait de servir de modèle tellement elle est jolie. C'est pour ça que je l'avais remarquée, d'ailleurs. Et que je m'en suis souvenu. Je me suis dit, « Sammy, c'est Nancy Ducane que tu as vue s'enfuir du Bloxham le soir des meurtres. Et me voilà. »

12

Une plaie profonde

Le lendemain, juste après le petit déjeuner, je me mis en route pour le cottage de Margaret Ernst, blotti contre l'église des Saints-Innocents de Great Holling. Trouvant la porte d'entrée entrouverte, je frappai, en prenant soin de ne pas la pousser davantage.

N'obtenant toujours pas de réponse, je toquai un peu plus fort.

— Madame Ernst ? Margaret ?

Silence.

Je ne sais pourquoi, mais je me retournai, sentant du mouvement derrière moi ; peut-être n'était-ce que le vent dans les arbres.

Je poussai la porte doucement et elle s'ouvrit en grinçant. La première chose que je vis, ce fut un foulard gisant sur le sol dallé de la cuisine : il était en soie, imprimé d'un motif raffiné dans les bleus et verts. Inquiet, j'inspirai profondément, et je m'armai de courage avant d'entrer, quand une voix m'interpella en me faisant sursauter :

— Entrez donc, monsieur Catchpool !

Margaret Ernst apparut sur le seuil de la cuisine.

— Oh, le voilà, justement je le cherchais, dit-elle

en se penchant pour ramasser le foulard. J'ai laissé la porte ouverte exprès pour vous. En fait, je vous attendais un peu plus tôt, mais je suppose qu'en arrivant à 9 heures pile, vous craigniez de paraître un peu trop impatient, n'est-ce pas ?

Elle me fit entrer tout en nouant le foulard autour de son cou.

Quelque chose dans son ton gentiment taquin m'incita à être plus direct que je ne l'aurais osé.

— C'est vrai, je suis impatient de découvrir la vérité, je le reconnais volontiers. Qui donc a pu souhaiter la mort de Harriet Sippel, Ida Gransbury et Richard Negus au point de les assassiner ? J'ai l'impression que vous avez votre idée là-dessus, et j'aimerais la connaître.

— Quels sont ces papiers ?

— Oh, j'allais oublier. Ce sont deux listes. Celle des clients de l'hôtel Bloxham présents au moment des meurtres, et celle des employés. Je me demandais si vous pourriez y jeter un coup d'œil au cas où l'un des noms vous serait connu, ceci après avoir répondu à ma question sur la personne susceptible d'avoir voulu tuer...

— Nancy Ducane, dit Margaret, puis elle me prit les deux listes des mains et les étudia en fronçant les sourcils.

— Nancy Ducane, l'artiste ? m'étonnai-je en lui répétant sans le savoir les paroles que Poirot avait dites à Samuel Kidd la veille.

— Attendez un peu.

Nous restâmes silencieux, le temps que Margaret lise les deux listes.

— Non, aucun de ces noms ne m'est familier, conclut-elle.

— Vous prétendez que Nancy Ducane avait un mobile pour tuer nos trois victimes ?

Margaret replia les feuilles, me les rendit, puis me fit signe de la suivre au salon. Quand nous fûmes installés confortablement dans les mêmes fauteuils que la veille, elle répondit enfin à ma question :

— Oui. Nancy Ducane, la portraitiste réputée. Selon moi, elle est la seule personne qui ait pu avoir le désir et la capacité de les tuer. Vous paraissez surpris, monsieur Catchpool. Être célèbre ne dispense pas les gens de faire le mal. Même si je ne crois pas Nancy capable d'un crime aussi odieux. C'était quelqu'un de bien, quand je l'ai connue. Courtoise, déférente. Personne ne change à ce point-là.

Je ne dis rien, mais n'en pensais pas moins. L'ennui, c'est que certains assassins sont des gens charmants la plupart du temps, mais qu'il suffit d'une fois pour que le vernis se craquelle et qu'ils commettent un meurtre.

— Je suis restée allongée toute la nuit sans dormir, à me demander si Walter Stoakley avait pu le faire, mais, non, c'est impossible. Il ne tient pas sur ses jambes, alors je l'imagine mal se rendre à Londres. Perpétrer trois meurtres serait bien au-dessus de ses forces.

— Walter Stoakley ? m'enquis-je en m'avançant sur ma chaise. Le vieil ivrogne du King's Head auquel j'ai parlé hier ? Pourquoi aurait-il eu envie de tuer Harriet Sippel, Ida Gransbury et Richard Negus ?

— Parce que Frances Ive était sa fille, dit Margaret.

Puis elle se tourna pour regarder par la fenêtre la tombe des Ive, et le vers du sonnet de Shakespeare me revint à l'esprit : *car la supériorité a toujours été la cible de la calomnie.*

— Cela me ferait plaisir que Walter ait commis ces meurtres, reprit-elle. N'est-ce pas affreux de ma part ? Mais oui, je serais soulagée que ce ne soit pas Nancy. Walter est vieux, il n'a plus guère de temps devant lui. Oh, pourvu que ce ne soit pas Nancy ! J'ai suivi sa carrière dans les journaux. Elle est partie d'ici et a réussi à se faire un nom en tant qu'artiste. Cela m'a réconfortée de savoir qu'elle menait à Londres une vie prospère et épanouie.

— Elle est partie ? dis-je. Ainsi, Nancy Ducane a vécu elle aussi à Great Holling ?

— Oui. Jusqu'en 1913, répondit Margaret Ernst en contemplant toujours la vue par la fenêtre.

— L'année où Patrick et Frances Ive sont morts. L'année où Richard Negus a quitté le village, remarquai-je.

— Oui.

Je me penchai en avant afin d'attirer son attention, espérant ainsi la détourner de la tombe des Ive.

— Margaret... J'espère vivement que vous êtes décidée à me raconter l'histoire de Patrick et Frances Ive. Je suis certain que dès que je l'aurai entendue, je comprendrai bien des choses qui m'échappent pour l'instant, et que le mystère s'éclaircira.

Son regard grave se posa enfin sur moi.

— Oui, je suis prête à vous raconter cette histoire, mais à une condition. Vous devez me promettre de ne la répéter à aucun habitant du village. Ce que je vous dirai ne doit pas sortir de cette pièce tant que vous ne serez pas rentré à Londres. Là-bas, vous pourrez en parler à qui vous voudrez.

— Ne vous inquiétez pas pour ça, lui dis-je. Tel que c'est parti, je n'aurai guère l'occasion de discuter avec les gens de Great Holling. Ils fichent tous le camp dès que j'apparais.

Cela s'était produit à deux reprises le matin même, sur le chemin du cottage de Margaret Ernst. L'un des deux ébahis que j'avais croisés était un garçon d'une dizaine d'années, qui s'était empressé de passer son chemin. Il connaissait sûrement mes nom et prénom, et la nature de mes activités à Great Holling. Les petits villages ont au moins un talent particulier dont

Londres est dépourvu : ils savent comment ignorer quelqu'un au point de le faire se sentir terriblement important.

— J'exige une promesse solennelle, monsieur Catchpool... pas une dérobade.

— Pourquoi faut-il que cela reste sous le sceau du secret ? Les villageois ne savent-ils pas tout sur les Ive et ce qui leur est arrivé ?

Ce que Margaret dit ensuite me révéla qu'elle s'inquiétait tout spécialement pour l'un des villageois.

— Quand vous aurez entendu ce que j'ai à dire, vous voudrez sans aucun doute vous entretenir avec le Dr Ambrose Flowerday.

— L'homme que vous m'avez pressé d'oublier, et que vous ne cessez de rappeler à mon bon souvenir ?

— Vous devez me promettre de ne pas chercher à le voir, répliqua-t-elle en rougissant. Et si jamais vous le rencontriez par hasard, de ne pas aborder le sujet qui nous occupe. Tant que vous ne vous y serez pas engagé, je ne serai pas en mesure de vous raconter quoi que ce soit sur Patrick et Frances Ive.

— C'est que je ne suis pas sûr de pouvoir. Que dirai-je à mon patron de Scotland Yard ? Il m'a envoyé ici pour poser des questions.

— Eh bien alors, nous sommes coincés, constata Margaret Ernst en croisant les bras.

— Supposons que j'aille trouver ce Dr Flowerday et que je lui demande à lui de me raconter toute l'histoire ? Il connaissait les Ive, n'est-ce pas ? Hier, vous m'avez dit que, contrairement à vous, il habitait à Great Holling de leur vivant.

— Non ! s'écria-t-elle, et je vis de la peur passer dans ses yeux, sans aucun doute possible. Je vous en supplie, ne parlez pas à Ambrose ! Vous ne comprenez pas. Vous ne pouvez pas comprendre !

— Qu'est-ce qui vous effraie tant, Margaret ? Vous m'avez l'air d'une femme intègre et sincère, mais... je ne puis m'empêcher de me demander si vous n'avez pas l'intention de ne me faire qu'un rapport partiel des faits.

— Oh, mon compte rendu sera complet. Il n'y manquera rien.

Je la crus, sans trop savoir pourquoi.

— Alors, puisque vous ne comptez pas me dissimuler une partie de la vérité, pourquoi devrais-je ne parler à personne d'autre de Patrick et Frances Ive ?

Margaret se leva et alla se poster à la fenêtre. Le front collé à la vitre, elle me masquait la vue sur le cimetière.

— Ce qui s'est passé en 1913 a infligé une plaie profonde à ce village, dit-elle posément. Tous ceux qui vivaient ici en ont souffert. Ensuite, Nancy Ducane est allée vivre à Londres, et Richard Negus dans le Devon, mais aucun des deux n'en a réchappé. La blessure était en eux. Elle ne se voyait pas sur leur peau, ni sur aucune partie du corps, mais elle était là. Les blessures qu'on ne peut voir sont les pires. Et ceux qui sont restés, comme Ambrose Flowerday, eh bien, ce fut terrible pour eux aussi. J'ignore si Great Holling pourra jamais s'en remettre. Je sais que pour l'instant, ce n'est pas le cas... Au village, personne n'évoque jamais cette tragédie, monsieur Catchpool, reprit-elle en se tournant face à moi. Personne, du moins pas directement. Parfois le silence est la seule issue. Le silence et l'oubli, à condition que l'on puisse oublier.

Je devinai son anxiété à la façon dont elle nouait et dénouait ses mains.

— Est-ce l'effet que ma question pourrait avoir sur le Dr Flowerday qui vous inquiète ? Essaie-t-il d'oublier ?

— Je vous l'ai dit, l'oubli est impossible.

— Cependant... il lui serait pénible d'aborder ce sujet ?

— Extrêmement pénible.

151

— Est-ce un ami très proche ?

— Cela n'a rien à voir avec moi, répliqua-t-elle vivement. Ambrose est un brave homme, et je n'ai pas envie qu'on le tourmente. Pourquoi ne pouvez-vous accéder à ma requête ?

— Bon, d'accord, vous avez ma parole, dis-je à contrecœur. Je ne parlerai à aucune personne du village de ce que vous m'aurez dit.

— Bien, répondit Margaret en soupirant de soulagement.

Après cette belle promesse, je me surpris à espérer que les habitants de Great Holling continueraient à m'ignorer superbement, et ne mettraient pas la tentation sur mon chemin. Ce serait bien ma veine de sortir du cottage de Margaret Ernst pour tomber justement sur un Dr Flowerday en mal de conversation.

Depuis ses trois portraits accrochés au mur, le défunt Charles Ernst me défia triplement du regard : « Vous avez intérêt à tenir votre promesse, sinon vous le regretterez, espèce de petit chenapan ! » semblait-il me dire.

— Et qu'en est-il de votre propre sérénité ? demandai-je. Vous ne voulez pas que je parle au Dr Flowerday afin de l'épargner. Mais c'est à moi maintenant de m'inquiéter pour vous. Je ne voudrais pas vous causer de la peine.

— À dire vrai, je suis plutôt contente d'avoir l'occasion de raconter l'histoire à quelqu'un de l'extérieur, comme je le fus moi-même.

— Alors je vous en prie, faites.

Elle hocha la tête, retourna s'asseoir, et se mit à me conter l'histoire de Patrick et Frances Ive, que j'écoutai sans l'interrompre. Je m'en vais à présent la coucher par écrit.

La rumeur qui enclencha tout le drame il y a seize ans vint d'une jeune servante qui travaillait au foyer du révérend Patrick Ive et de Frances, son épouse. Ceci dit, la servante ne fut pas la seule, ni même la principale responsable de la tragédie qui en résulta. Par dépit, elle raconta un mensonge malveillant, mais elle le fit à une seule personne, et ce ne fut pas par elle que la rumeur se propagea à travers tout le village de Great Holling. À dire vrai, quand les dissensions eurent commencé, elle disparut de la circulation, et on la revit à peine. Certains prétendirent qu'elle avait honte de ce qu'elle avait provoqué, non sans raison. Plus tard, elle regretta le rôle qu'elle avait joué dans l'affaire, et fit de son mieux pour se racheter, mais il était trop tard.

Certes, elle fut bien mal avisée de raconter un pareil mensonge, même à une seule personne. Peut-être était-elle éreintée par une journée de dur labeur au presbytère, ou bien aspirait-elle à s'élever au-dessus de sa condition de simple servante, et nourrissait-elle envers les Ive une sorte de rancœur. Peut-être avait-elle simplement eu envie de mettre un peu de piquant dans sa morne existence, et était-elle assez naïve pour imaginer qu'il n'en sortirait rien de fâcheux.

Hélas, la personne qu'elle choisit comme réceptacle de ses médisances fut Harriet Sippel. Un choix facile à comprendre. Aigrie et vindicative comme elle l'était depuis la mort de son mari, Harriet serait toute disposée à écouter complaisamment son mensonge et à y croire avec ferveur, tant son désir était grand qu'il fût vrai. Quelle exultation ! Comme ses yeux avaient dû étinceler en apprenant cette nouvelle ! Quelqu'un du village commettait un acte très grave et, pire encore (mieux encore, du point de vue d'Harriet), ce quelqu'un était le pasteur ! Oui, Harriet était l'interlocuteur idéal pour la jeune servante, elle prêterait une oreille avide à ses calomnies, et c'était sans aucun doute pourquoi elle l'avait choisie.

Ladite servante raconta donc à Harriet que Patrick Ive était un escroc de la pire espèce, cruel et sacrilège : il attirait les villageois au presbytère tard dans la nuit, alors que sa femme Frances était partie aider les paroissiens dans le besoin comme elle le faisait souvent, et il les faisait payer en échange de communications avec l'au-delà : des messages venus d'outre-tombe, que les défunts le chargeaient de transmettre à leurs proches pour alléger leur peine.

Harriet Sippel raconta à tous ceux qui voulaient l'entendre que Patrick avait déjà abusé plusieurs villageois en recourant à cette pratique de charlatan, cela sans doute pour renforcer cette histoire et la rendre plus scandaleuse encore. La jeune servante insista plus tard en disant qu'elle n'avait pourtant mentionné qu'un seul nom : celui de Nancy Ducane.

À l'époque, Nancy n'était pas la fameuse portraitiste mondaine qu'elle est devenue, mais une jeune femme ordinaire. Elle était venue vivre à Great Holling en 1910 avec William, son mari, quand il s'était vu attribuer le poste de directeur de l'école communale. William était bien plus âgé que Nancy. Lorsqu'ils s'étaient mariés, elle avait dix-huit ans et lui presque cinquante, et voilà qu'en 1912, il mourut d'une affection respiratoire.

Selon les rumeurs malveillantes que Harriet Sippel commença à répandre durant le mois de janvier 1913 dans le village assiégé par la neige, on avait vu plusieurs fois Nancy entrer et sortir subrepticement du presbytère à des heures tardives, quand il faisait nuit noire, et seulement quand Frances Ive n'était pas à la maison.

Toute personne ayant un peu de jugeote aurait mis l'histoire en doute. Comment en effet distinguer les traits de quelqu'un en pleine nuit ? Comment être certain de l'identité de cette femme à l'allure furtive, à moins qu'elle n'ait eu une démarche particulière, ce qui n'était pas le cas de Nancy ? Vraisemblablement, la personne qui l'avait vue à plusieurs occasions avait dû la suivre jusque chez elle pour découvrir qui elle était.

Quand quelqu'un vous rapporte des faits prétendument avérés avec autant de conviction, il est plus facile de les accepter que de les contester, et c'est ainsi que réagirent la plupart des habitants de Great Holling. Ils ne demandèrent qu'à croire à cette rumeur, et joignirent leurs voix à celle d'Harriet pour accuser Patrick Ive de blasphème et d'extorsion. La plupart crurent (ou firent mine d'y croire par crainte d'Harriet et de sa langue venimeuse) que Patrick Ive agissait en secret comme intermédiaire entre les vivants et les âmes des morts, et qu'il recevait en retour des sommes substantielles de paroissiens crédules. Les villageois de Great Holling trouvèrent tout à fait plausible que Nancy Ducane n'ait pu résister à la possibilité de recevoir des messages de son défunt mari, d'autant que cette offre venait du pasteur de la paroisse, quitte à débourser en échange une grosse somme d'argent.

Ils oublièrent qu'ils connaissaient et appréciaient Patrick Ive, et qu'ils avaient confiance en lui. Ils ne tinrent pas compte de ce qu'ils savaient de sa pudeur et de sa gentillesse, et cela ne pesa pas lourd face à l'ardeur d'Harriet Sippel, dont ils savaient pourtant aussi tout le plaisir malsain qu'elle prenait à flairer le mal et à dénoncer de prétendus pécheurs. Ils se rangèrent à son point de vue et participèrent à son odieuse campagne parce qu'ils craignaient d'attirer son courroux, mais pas seulement. Ce qui les incita plus encore à rejoindre son camp, c'était de savoir qu'Harriet avait obtenu un soutien de taille, celui de Richard Negus et d'Ida Gransbury, qui s'étaient ralliés à sa cause.

Ida était connue pour être la femme la plus dévote de Great Holling. Sa foi ne vacillait jamais, et elle ouvrait rarement la bouche sans citer un verset du Nouveau Testament. Elle était admirée et respectée, et même si ce n'était pas sa compagnie qu'on recherchait quand on avait envie de rigoler un peu, le village la considérait comme une sainte femme. Et puis elle était fiancée à Richard Negus, un homme de loi particulièrement brillant, disait-on.

L'intelligence supérieure de Richard et son air de tranquille autorité lui avaient gagné le respect du village tout entier. Quand Harriet lui en fit part, il crut au mensonge, car il concordait avec ce qu'il avait vu de ses propres yeux. Lui aussi avait surpris Nancy Ducane, ou du moins une femme pouvant passer pour elle, quittant le presbytère au milieu de la nuit à plus d'une occasion, quand on savait que l'épouse du pasteur rendait visite à son père, ou qu'elle séjournait chez l'un des paroissiens.

Richard Negus crut à la rumeur, et donc Ida Gransbury y crut aussi. Elle fut effarée de songer que Patrick Ive, un homme de Dieu, avait pu se conduire de façon aussi peu chrétienne. Harriet, Richard et elle se donnèrent pour mission de démettre Patrick Ive de son poste de pasteur de Great Holling, et de le faire expulser de l'Église. Ils exigèrent qu'il rende compte en public de ses exactions et reconnaisse son comportement coupable. Il s'y refusa, puisque les rumeurs étaient fausses.

La haine des villageois envers Patrick Ive engloba bientôt son épouse Frances, dont les gens prétendirent qu'elle était fatalement informée des pratiques impies de son mari. Frances jura que non. Au début, elle protesta en disant que jamais Patrick ne se livrerait à de telles activités, mais face à l'insistance des uns et des autres, elle finit par s'enfermer dans le mutisme le plus complet.

Seules deux personnes de Great Holling refusèrent de faire partie de la meute. Nancy Ducane (pour des raisons évidentes, dirent certains) et le Dr Ambrose Flowerday, qui fut particulièrement véhément dans sa défense de Frances Ive. Si cette dernière était au courant des activités délictueuses qui se déroulaient au presbytère, avança-t-il, pourquoi ne se produisaient-elles qu'en son absence ? Cela prouvait justement sa totale innocence, non ? C'est aussi le Dr Flowerday qui souligna qu'il était impossible de distinguer les traits de quelqu'un en pleine nuit, lui qui déclara qu'il comptait croire en la bonne foi de son ami Patrick Ive tant qu'on ne lui prouverait pas de façon irréfutable qu'il avait mal agi, lui qui dit à Harriet Sippel (un jour qu'il la croisait dans la rue, et ce devant plusieurs témoins) qu'elle avait sûrement généré plus de malfaisance durant l'heure qui venait de s'écouler que Patrick Ive n'en avait commis de toute sa vie.

Ambrose Flowerday ne se rendit guère populaire en adoptant ce point de vue, mais il fait partie de ces rares personnes qui se fichent complètement de l'opinion des gens. Il défendit Patrick Ive devant les autorités de l'Église en leur déclarant que selon lui, il n'y avait pas une once de vérité dans ces rumeurs. Il s'inquiétait terriblement pour Frances Ive, dont l'état se dégradait. Elle avait cessé de s'alimenter, dormait à peine, et refusait obstinément de quitter le presbytère. Patrick Ive était désespéré. Peu lui importaient sa position de pasteur et sa réputation, pourvu que sa femme retrouve la santé, disait-il.

Quant à Nancy Ducane, elle n'avait rien dit du tout, que ce soit pour confirmer ou réfuter les rumeurs. Plus Harriet Sippel la harcelait, plus elle semblait déterminée à garder le silence. Puis un jour, elle changea d'avis. Elle dit à Victor Meakin qu'elle avait quelque chose d'important à déclarer pour mettre un terme à la folie qui s'était emparée du village depuis trop longtemps. Victor Meakin ricana, se frotta les mains, et se glissa par la porte de derrière du King's Head. Peu après, tout le monde à Great Holling avait appris que Nancy Ducane désirait faire une déclaration.

Patrick et Frances Ive furent les seules personnes du village à ne pas se montrer. Toutes les autres, même la jeune servante qui avait lancé la fausse rumeur et qu'on n'avait point vue depuis des semaines, se rassemblèrent au King's Head, impatientes d'assister au prochain acte du drame.

Nancy Ducane décocha un petit sourire furtif à Ambrose Flowerday, puis elle s'adressa sans détour à l'assemblée en adoptant un ton posé. L'histoire selon laquelle elle aurait donné de l'argent à Patrick Ive pour qu'il la mette en communication avec son défunt mari était totalement fausse. Cependant, tout n'était pas faux dans ce qui avait été dit. Elle avait en effet rendu visite à Patrick Ive dans le presbytère de nuit et plus d'une fois, en l'absence de sa femme. Cela parce que Patrick Ive et elle étaient amoureux l'un de l'autre.

Les villageois en restèrent médusés, mais après un moment de stupeur, ils se mirent à chuchoter entre eux. Nancy attendit que le brouhaha se calme avant de poursuivre.

— Nous avons eu tort de nous rencontrer en cachette et de nous exposer à la tentation, dit-elle, mais nous ne pouvions supporter d'être séparés l'un de l'autre. Quand nous nous rencontrions au presbytère, nous ne faisions que parler, à propos du sentiment que nous éprouvions l'un pour l'autre, et qui était voué à l'échec. Nous convenions de ne plus jamais nous revoir seuls, mais alors Frances s'absentait de nouveau et... la force de notre amour était telle que nous ne pouvions y résister.

— Alors comme ça, vous ne faisiez rien que causer, hein ? lança quelqu'un. Tiens, mon œil !

Nancy affirma de nouveau à l'assemblée qu'il n'y avait eu aucun rapport charnel entre elle et Patrick Ive.

— Je vous ai dit la vérité, conclut-elle. J'aurais préféré la garder pour moi, mais c'était la seule façon de mettre fin à ces infâmes mensonges. Ceux d'entre vous qui savent ce que c'est d'éprouver pour quelqu'un un amour passionné, profond, absolu, ne sauront se résoudre à nous condamner. Quant aux autres, c'est donc qu'ils ignorent l'amour, et j'ai pitié d'eux.

Alors Nancy regarda Harriet Sippel droit dans les yeux.

— Harriet, je crois qu'autrefois vous avez connu vous-même un amour véritable, mais quand vous avez perdu George, vous avez choisi d'oublier ce que vous aviez éprouvé. Vous avez fait de l'amour un adversaire, et de la haine une alliée.

Comme pour prouver son bon droit, Harriet Sippel se dressa. Quand elle eut écarté avec dédain les arguments de Nancy en la traitant de menteuse et de catin, elle se mit à charger Patrick Ive plus férocement que jamais : non seulement il profitait de la crédulité de ses paroissiens en souffrance, mais il frayait avec des femmes à la moralité douteuse tandis que son épouse était au loin. C'était un hérétique et un adultère ! Pire encore que ce qu'elle avait soupçonné ! Quel inqualifiable outrage, qu'un homme qui s'enfonce à ce point dans le péché puisse oser se déclarer pasteur de Great Holling ! conclut-elle.

Incapable d'en supporter davantage, Nancy Ducane avait quitté le King's Head alors qu'Harriet n'en était encore qu'à la moitié de son discours. Quelques secondes plus tard, la jeune servante des Ive s'enfuyait, en larmes, rouge de honte.

La plupart des villageois ne savaient que penser. Ils étaient troublés par ce qu'ils venaient d'entendre. C'est alors qu'Ida Gransbury prit la parole pour soutenir Harriet. S'il était difficile de distinguer entre la rumeur et la vérité, dit-elle, il était hors de doute que Patrick Ive était un pécheur avéré, et qu'on ne pouvait tolérer qu'il conserve son poste de pasteur à Great Holling.

À cela, les villageois acquiescèrent.

Richard Negus ne dit rien, même quand Ida, sa fiancée, l'invita à prendre la parole. Plus tard ce jour-là, il avoua au Dr Ambrose Flowerday que la tournure des événements l'inquiétait fort. « Un pécheur avéré... pour Ida, peut-être, mais pas pour moi », lui dit-il. Il était dégoûté de la façon dont Harriet avait tenté sans scrupule d'exploiter la situation en décrétant Patrick Ive coupable de deux péchés au lieu d'un. Du « pas ceci, mais cela » de Nancy Ducane, elle avait fait un « ceci et cela », sans preuve ni raison valable.

Au King's Head, Ida avait employé l'expression « hors de doute » ; ce qui était hors de doute à présent pour Richard Negus, c'était que les gens, dont lui-même, à sa grande honte, n'avaient raconté que des mensonges sur Patrick Ive. Et si Nancy Ducane mentait, elle aussi ? Si son amour pour Patrick n'était pas payé de retour, et qu'il avait accepté de la rencontrer en secret sur son insistance à elle, pour tenter de lui expliquer qu'elle devait se défaire de ces sentiments pour lui ?

Le Dr Flowerday en convint volontiers : personne n'avait la moindre preuve que Patrick Ive avait fait quelque chose de mal ; c'était d'ailleurs son opinion depuis le début. Il était le seul habitant que les Ive recevaient encore chez eux et, lors de sa visite suivante, il rapporta à Patrick ce que Nancy Ducane avait déclaré au King's Head. Patrick se contenta de secouer la tête, sans faire aucun commentaire ni démentir quoi que ce soit. Quant à Frances Ive, elle allait de plus en plus mal, physiquement et mentalement.

Richard Negus ne réussit pas à convaincre Ida Gransbury d'adopter son point de vue, et leurs relations devinrent tendues. Menés par Harriet, les villageois continuèrent à persécuter Patrick et Frances Ive en proférant jour et nuit des accusations devant le presbytère. Ida continua de son côté à adresser à l'Église des pétitions demandant qu'on fasse partir les Ive du presbytère, de l'Église et du village de Great Holling, pour leur propre bien.

Alors la tragédie frappa : incapable de supporter plus longtemps cette ignominie, Frances Ive mit fin à ses jours en avalant du poison. Quand son mari la trouva, Frances était à l'agonie. Il comprit qu'il était trop tard, et qu'il serait vain d'appeler le Dr Flowerday. Patrick Ive sut alors qu'il ne pourrait survivre à cette douleur et à cette culpabilité, et lui aussi mit fin à sa vie.

Ida Gransbury conseilla aux villageois de prier en implorant Dieu de prendre en pitié les âmes pécheresses de Patrick et Frances Ive, même s'il était peu probable que le Seigneur leur pardonne.

Harriet Sippel, quant à elle, ne voyait pas l'intérêt d'intercéder auprès de Dieu ; les Ive brûleraient en enfer, voués à la damnation éternelle, déclara-t-elle à sa meute de vertueux persécuteurs, et c'était un châtiment amplement mérité.

Quelques mois plus tard, Richard Negus avait rompu ses fiançailles avec Ida Gransbury et quitté Great Holling. Nancy Ducane était partie pour Londres, et on ne revit jamais au village la jeune servante qui avait raconté cet infâme mensonge.

Entretemps, Charles et Margaret Ernst étaient arrivés et s'étaient installés au presbytère. Ils se lièrent vite d'amitié avec le Dr Ambrose Flowerday, qui prit sur lui et se résolut à leur raconter toute la tragédie. Il leur déclara que Patrick Ive, qu'il ait ou non nourri une passion secrète pour Nancy Ducane, était l'un des hommes les plus généreux et bienveillants qu'il ait jamais connus, et que moins que tout autre, il avait mérité d'être la cible de la calomnie.

Ce fut en entendant ces mots que Margaret Ernst eut envie de faire graver le sonnet sur la pierre tombale. Charles Ernst se déclara contre cette idée, car il ne souhaitait pas provoquer les villageois, mais Margaret tint bon : l'église des Saints-Innocents devait afficher publiquement son soutien envers Patrick et Frances Ive.

— J'aurais aimé faire bien pire à Harriet Sippel et Ida Gransbury que juste les provoquer, conclut-elle.

En prononçant ces mots, je compris qu'elle songeait au meurtre, mais elle y songeait comme à un fantasme, et non un crime qu'elle aurait eu l'intention de commettre.

Quand elle m'eut raconté l'histoire, Margaret Ernst resta silencieuse. Il se passa un moment avant qu'aucun de nous ne parle.

— Je comprends pourquoi vous avez donné le nom de Nancy Ducane quand je vous ai demandé qui aurait pu avoir un mobile. Mais aurait-elle voulu aussi tuer Richard Negus ? Dès que le mensonge de la servante a été mis en doute, il a retiré son soutien à Harriet Sippel et Ida Gransbury.

— Je ne puis vous dire ce que j'éprouverais si j'étais à la place de Nancy, répondit Margaret. Aurais-je pardonné à Richard Negus ? Non. Sans son adhésion précoce aux calomnies répandues par Harriet et la jeune servante, Ida Gransbury n'aurait peut-être pas cru à ces absurdités. Trois personnes ont suscité l'hostilité des villageois envers Patrick Ive. Et ces trois personnes étaient Harriet Sippel, Ida Gransbury et Richard Negus.

— Et la servante ?

— D'après Ambrose Flowerday, elle n'avait pas l'intention de déclencher ce drame. Dès que le ressentiment envers les Ive s'est emparé du village, elle s'en est mordu les doigts.

— Excusez-moi, mais si l'on se place du point de vue de la meurtrière, en continuant sur l'hypothèse Nancy Ducane, je ne partage pas votre avis. Pourquoi n'aurait-elle pu pardonner à Richard Negus malgré son revirement, et pardonnerait-elle à la jeune fille qui est à l'origine de tout ce qui a suivi ?

— C'est possible en effet. Peut-être l'a-t-elle tuée elle aussi, reconnut Margaret. Je ne sais ce que la servante est devenue, mais Nancy Ducane le savait peut-être. Elle peut l'avoir pourchassée pour la supprimer aussi. Mais qu'est-ce qui vous arrive ? Vous êtes livide !

— Dites... Comment s'appelait-elle... cette servante ? balbutiai-je, craignant de connaître la réponse, car elle s'imposait déjà à moi dans toute son évidence.

— Jennie Hobbs... Monsieur Catchpool, vous vous sentez mal ?

— Ainsi il avait raison ! Elle est bien en danger.

— Qui donc ?

— Hercule Poirot. Il a toujours raison. Comment est-ce possible ?

— Pourquoi cela vous contrarie-t-il ? Auriez-vous préféré qu'il se trompe ?

— Non, non, bien sûr, soupirai-je. Mais je m'inquiète pour Jennie Hobbs et pour sa sécurité... en supposant qu'elle soit encore en vie.

— Je vois... Comme c'est étrange.

— Qu'est-ce qui est étrange ?

— Malgré tout ce que j'ai dit, j'ai du mal à croire que Nancy puisse s'en prendre à quelqu'un. Avec ou sans mobile, je ne la vois pas commettre un meurtre. Cela semble bizarre, mais... selon vous, on ne peut tuer sans tremper dans le sordide et l'horreur, n'est-ce pas ?

— En effet, confirmai-je.

— Or Nancy aimait la beauté, le plaisir, l'amour. C'était quelqu'un de lumineux, fait pour le bonheur, même si elle ne l'a pas connu. Décidément, je ne la vois pas commettre trois meurtres aussi odieux. Ce serait contraire à sa nature profonde.

— Si ce n'est Nancy Ducane, qui d'autre ? demandai-je. Et ce vieil ivrogne de Walter Stoakley ? Êtes-vous si certaine qu'en s'abstenant de boire un jour ou deux, il n'aurait pu perpétrer ce crime ? Après tout, être le père de Frances lui donne un mobile puissant.

— Non, je puis vous l'assurer. Voyez-vous, contrairement à Nancy Ducane, Walter ne rejeta pas la faute de ce qui était arrivé à sa fille sur Harriet, Ida et Richard. Il s'en voulait à lui-même.

— D'où la boisson ?

— Oui. Après avoir perdu sa fille, il s'est mis à boire comme s'il avait décidé de se tuer à petit feu. Et il n'est pas loin de réussir, à mon avis.

— Mais comment diable le suicide de Frances lui serait-il imputable ?

— Walter n'a pas toujours vécu à Great Holling. Il s'y est installé pour se rapprocher du lieu de repos de Patrick et Frances Ive. En voyant ce qu'il est devenu, vous aurez du mal à y croire, mais avant la mort de Frances, Walter Stoakley était un éminent spécialiste de lettres classiques, directeur du Saviour College de l'université de Cambridge. C'est là que Patrick Ive avait suivi sa formation théologique. Patrick n'avait pas de parents. Il était resté orphelin très jeune, et Walter en avait fait en quelque sorte son protégé. Jennie Hobbs, qui n'avait alors que dix-sept ans, était femme de chambre à l'université. Elle était très efficace, et Walter Stoakley fit en sorte qu'elle s'occupe de l'appartement de Patrick. Puis Patrick épousa Frances Stoakley, la fille de Walter, et quand ils partirent s'installer à Great Holling, au presbytère des Saints-Innocents, Jennie les accompagna... Vous comprenez maintenant pourquoi Walter Stoakley s'en veut d'avoir mis en relation Patrick Ive et Jennie Hobbs. Si Patrick et Frances n'avaient pas emmené Jennie avec eux, elle n'aurait pas raconté le terrible mensonge qui a entraîné leur mort. Rien de tout cela ne serait arrivé... et je ne passerais pas ma vie à surveiller une tombe pour être sûre que personne ne la profane.

— Qui ferait une chose pareille ? Harriet Sippel ? Avant son assassinat, je veux dire.

— Oh non, Harriet avait pour arme sa langue venimeuse, elle ne se serait jamais sali les mains en dégradant une tombe. Non, ce sont les jeunes voyous du village qui le feraient, s'ils en avaient l'occasion. Ils étaient encore enfants quand Patrick et Frances sont morts, mais ils ont entendu les histoires racontées par leurs parents. Interrogez n'importe quel habitant de Great Holling, à part Ambrose Flowerday et moi-même, il vous dira que Patrick Ive était un sale bonhomme, et que sa femme et lui se livraient à la magie noire. Le temps qui passe ne fait que renforcer leurs convictions au lieu de les atténuer, dirait-on. C'est fatal. S'ils commençaient à admettre leurs erreurs, ils s'en voudraient autant que je leur en veux.

Restait un point que j'avais besoin d'éclaircir.

— Richard Negus a-t-il coupé les ponts avec Ida Gransbury parce qu'elle s'obstinait dans sa croisade contre Patrick Ive après que lui-même eut changé d'avis ? Leur rupture eut-elle lieu suite à la déclaration publique de Nancy Ducane au King's Head ?

— C'est ce jour-là, au King's Head, que..., commença Margaret, mais elle eut un drôle d'air, et sembla soudain se raviser. Oui. L'obstination irrationnelle d'Harriet et d'Ida à poursuivre leur injuste cause sous couvert de la vertu lui devint insupportable.

Son visage s'était brusquement fermé. J'eus l'impression qu'elle préférait garder pour elle un élément important.

— Vous avez mentionné que Frances avait avalé du poison, dis-je. Comment s'en est-elle procuré, et comment Patrick Ive s'est-il tué ?

— De la même façon, en avalant du poison. De l'abrine… Connaissez-vous cette substance ?

— Non.

— Elle est extraite d'une plante commune sous les tropiques et appelée pois rouge, ou encore haricot paternoster, car ses graines servent à la confection de chapelets. Frances s'était procuré plusieurs ampoules de ce produit.

— Pardonnez-moi, mais s'ils ont tous deux pris le même poison et ont été découverts ensemble, comment fut-il établi que Frances s'était tuée la première, et que Patrick ne le fit qu'après l'avoir trouvée morte ?

Cette question sembla la contrarier.

— Ce dont je vous fais part aujourd'hui, vous ne le répéterez à aucun habitant de Great Holling ? Seulement à vos collègues de Scotland Yard, une fois à Londres ?

— Oui, promis-je, tout en décidant intérieurement d'inclure Hercule Poirot dans l'équipe.

— Frances Ive a écrit un mot à son mari avant de se supprimer, dit Margaret. Elle comptait sans doute qu'il lui survivrait. Patrick a également laissé un mot que…

Elle s'interrompit. J'attendis.

— Les deux mots nous ont révélé la façon dont les choses se sont enchaînées, finit-elle par dire.

— Ces mots, que sont-ils devenus ?

— Je les ai détruits. Ambrose Flowerday me les avait donnés et je les ai jetés au feu, me répondit-elle, ce que je trouvai pour le moins curieux.

— Mais pourquoi diable avez-vous fait ça ?

Margaret regarda ailleurs.

— Je ne sais pas...

Si, elle le savait, me dis-je, mais à voir comme elle serrait les lèvres, il était évident qu'elle se refuserait à en dire plus ; mon insistance ne ferait que renforcer sa détermination. Je me levai pour étirer mes jambes engourdies par l'immobilité.

— Vous avez raison sur un point, dis-je. Maintenant que je connais l'histoire de Patrick et Frances Ive, j'ai envie de parler au Dr Ambrose Flowerday, assurément. Il était au village quand tout cela s'est produit. Aussi fidèle que soit votre compte rendu des faits...

— Non. Vous m'avez promis, me coupa-t-elle.

— J'aimerais beaucoup l'interroger au sujet de Jennie Hobbs, par exemple.

— Je peux vous répondre. Qu'aimeriez-vous savoir ? Patrick et Frances Ive semblaient la trouver indispensable. Ils avaient beaucoup d'affection pour elle. Les autres la trouvaient posée, polie, assez inoffensive. Personnellement, je ne crois pas qu'une personne capable de générer une telle calomnie puisse être inoffensive le reste du temps. Autre chose : elle aspirait manifestement à s'élever au-dessus de sa condition.

— À quoi cela se voyait-il ?

— À sa façon de s'exprimer. D'après Ambrose, assez soudainement, elle s'était mise à imiter ses patrons, qui étaient très instruits et avaient un langage châtié, en s'efforçant de parler comme eux.

Ainsi Poirot avait eu raison sur toute la ligne. Dès le début de l'affaire, il avait bien interprété la phrase que Jennie avait laissée échapper sous le coup de la panique, « Que personne ne leur ouvre la bouche », en devinant qu'elle parlait des bouches des trois cadavres, contenant chacune un bouton de manchette gravé d'un monogramme.

— Margaret, s'il vous plaît, dites-moi la vérité : pourquoi êtes-vous si opposée à ce que je rencontre le Dr Ambrose Flowerday ? Craignez-vous qu'il me révèle une chose que vous m'avez dissimulée ?

— Cela ne vous apporterait rien de plus de parler avec Ambrose, et vous lui causeriez inutilement du souci, répliqua Margaret. En revanche, vous pouvez tout à loisir terroriser n'importe quel autre habitant de Great Holling, ajouta-t-elle, le regard dur. Ils sont déjà terrorisés, car les coupables ont été éliminés un par un et ils savent au fond d'eux-mêmes qu'ils sont tous responsables. Leur peur grandirait encore s'ils entendaient dire que le tueur ne s'estimera satisfait qu'après avoir expédié en enfer tous ceux qui ont contribué de près ou de loin à persécuter les Ive. Surtout venant d'un professionnel averti comme vous, conclut-elle en souriant.

— Ce serait pousser les choses un peu loin, remarquai-je. Mais cette idée semble vous amuser...

— C'est vrai, reconnut-elle. J'ai un sens de l'humour assez particulier. D'ailleurs, Charles s'en plaignait souvent. Vous savez, je ne le lui ai jamais dit, mais je ne crois pas au paradis ni à l'enfer. Certes, je crois en Dieu, mais Il ne ressemble pas à celui dont on nous rebat les oreilles.

Je n'avais nulle envie de débattre de théologie. Mon seul désir était de rentrer à Londres au plus vite pour raconter à Poirot ce que j'avais découvert. J'eus du mal à dissimuler mon impatience, pourtant Margaret poursuivit :

— Le Dieu en lequel je crois ne souhaite pas que nous suivions des règles aveuglément, sans jamais les questionner, que nous traitions mal quelqu'un en position de faiblesse, que nous piétinions une personne déjà à terre. Je suis persuadée qu'Il voit le monde comme je le vois, et pas du tout comme Ida Gransbury le voyait. Qu'en pensez-vous ?

J'émis un grognement peu compromettant, et elle continua sur sa lancée :

— L'Église nous enseigne que Dieu est seul juge de nos actes. Pourquoi Ida Gransbury n'a-t-elle pas invoqué ce principe au lieu d'encourager Harriet Sippel et sa meute déchaînée ? Pourquoi a-t-elle condamné Patrick Ive sans appel ? Quand on se donne des airs de sainte, on devrait au moins s'efforcer de bien comprendre les bases mêmes du christianisme, non ?

— Je constate que cela vous met toujours en rage.

— Oui, et je le resterai jusqu'à la fin de mes jours, monsieur Catchpool. Les grands pécheurs persécutant les petits au nom de la moralité... il y a de quoi vous mettre en rage.

— L'hypocrisie est une vilaine chose, confirmai-je.

— En outre, quel mal y a-t-il au fond à vouloir être avec la personne qu'on aime ?

— Là, je ne vous suis plus. Si cette personne est mariée...

— Oh, le mariage, quelle blague ! s'exclama-t-elle, puis elle leva les yeux vers les portraits accrochés au mur du petit salon et s'adressa à eux directement. Excuse-moi, Charles, mais deux personnes qui s'aiment... Eh bien, l'amour c'est l'amour, même s'il va contre l'Église et ses commandements, non ? Je sais, tu n'aimes pas m'entendre dire ça.

Il n'était pas le seul.

— L'amour peut causer pas mal de problèmes, dis-je. Si Nancy Ducane n'avait pas aimé Patrick Ive, je n'aurais pas à enquêter sur trois meurtres.

— Quelle absurdité ! répliqua Margaret en plissant le nez. C'est la haine qui amène les gens à s'entretuer, monsieur Catchpool, pas l'amour. Jamais. S'il vous plaît, faites donc preuve d'un peu de jugeote.

— J'ai toujours cru que des règles rigoureuses vous forgent le caractère, répliquai-je.

— Certes, mais quel aspect de notre caractère forgent-elles ? Notre crédulité ? Notre idiotie chronique ? Avec toutes ses règles, la Bible n'est qu'une œuvre humaine, écrite par des hommes. Elle devrait toujours s'accompagner d'un avertissement en lettres capitales : « Voici la parole de Dieu, déformée et dénaturée par les hommes. »

— Bon, je dois prendre congé, dis-je, passablement gêné par le tour qu'avait pris la conversation. Il me faut rentrer à Londres. Merci infiniment pour votre aide et le temps que vous m'avez accordé.

— Il faut me pardonner, monsieur Catchpool, dit Margaret en me raccompagnant à la porte. Je n'ai pas l'habitude de me laisser aller à parler aussi franchement, à part avec Ambrose et Charles-sur-le mur.

— C'est une marque d'estime et j'en suis honoré, remarquai-je.

— Vous savez, j'ai passé toute ma vie à suivre les règles prescrites par cette bonne vieille Bible, et j'ai fini par comprendre que c'était idiot. Je parle en connaissance de cause. Alors quand des amoureux se retrouvent en oubliant toute prudence... ils ont ma sympathie et je les admire ! Oui, j'admire aussi la personne qui a tué Harriet Sippel, quelle qu'elle soit. C'est plus fort que moi. Mais ce n'est pas pour autant que je défends le meurtre. Bon, vous feriez mieux de partir avant que mon franc-parler ne vous indispose encore davantage.

Les détours de la conversation sont décidément bien étranges, ils vous mènent souvent très loin de votre point de départ et l'on ne sait plus comment revenir sur ses pas, songeai-je en retournant au King's Head, tandis que les paroles de Margaret Ernst résonnaient à mon oreille : *Même s'il va contre l'Église et ses commandements... l'amour c'est l'amour, non ?*

Une fois entré au King's Head, je passai devant un Walter Stoakley ronflant paisiblement, sous le regard sournois de Victor Meakin, et montai faire mes bagages.

J'attrapai le prochain train pour Londres et fis allégrement mes adieux à Great Holling quand il quitta la gare. Si je me réjouissais de m'éloigner de ce maudit village, je regrettais de n'avoir pu m'entretenir avec le Dr Flowerday. Que dirait Poirot quand je lui avouerais ma promesse faite à Margaret Ernst ? Il me désapprouverait, c'est sûr, en maudissant les Anglais et leur absurde sens de l'honneur. Et moi, je m'inclinerais humblement en marmonnant de creuses excuses plutôt que d'exprimer ma véritable opinion, à savoir que l'on parvient toujours à recueillir plus d'informations des gens quand on respecte leurs souhaits. Faites-leur croire que vous n'avez aucun désir de les forcer à vous dire ce qu'ils savent, et vous serez surpris de voir combien ils vous donneront, en temps voulu et de leur propre gré, les réponses que vous attendiez.

Poirot me désapprouverait ? Qu'importe ! Margaret Ernst se donnait bien le droit d'être en désaccord avec Dieu, je pouvais donc assumer à l'occasion de ne pas être du même avis qu'Hercule Poirot. S'il souhaitait tant interroger le Dr Flowerday, rien ne l'empêcherait de venir à Great Holling pour s'entretenir avec lui.

J'espérais que ce ne serait pas nécessaire. Nous devions désormais reporter toute notre attention sur Nancy Ducane. Et nous efforcer de sauver la vie de Jennie, en supposant que ce ne soit pas trop tard. À l'idée d'avoir négligé le danger qui la menaçait, j'étais plein de remords. Si nous réussissions à la sauver, elle le devrait entièrement à Poirot. Si nous résolvions les trois meurtres de l'hôtel Bloxham, ce serait aussi grâce à Poirot. Officiellement, à Scotland Yard, ce succès me serait attribué, mais au su de tout le monde, le triomphe reviendrait à Poirot. D'ailleurs, si mes supérieurs m'avaient confié l'affaire en premier lieu, c'était parce qu'ils savaient que mon ami belge participerait à l'enquête. C'était à Hercule Poirot et à ses fameux procédés qu'ils avaient laissé toute liberté d'action, pas à moi.

J'avoue que l'idée m'effleura : à choisir, que préférerais-je au fond ? Échouer tout seul en ne m'en prenant qu'à moi-même, ou ne réussir que grâce au concours de Poirot ? Le sommeil me prit avant que j'aie eu le temps de trancher cet absurde dilemme.

Pour la première fois sur un train, je fis un rêve : j'étais condamné par tout mon entourage pour une faute que je n'avais pas commise. Je vis nettement ma propre pierre tombale, avec mon nom gravé dessus au lieu des noms de Patrick et Frances Ive, accompagné du sonnet de Shakespeare parlant de la marque de la calomnie. À côté de la tombe, je vis luire un reflet métallique, et je sus sans doute possible que c'était un bouton de manchette portant mes initiales, à demi enfoui dans la terre retournée. Alors que le train arrivait à Londres, je me réveillai, trempé de sueur, le cœur battant à tout rompre.

13

Nancy Ducane

J'ignorais, bien sûr, que Poirot avait déjà connaissance de l'implication éventuelle de Nancy Ducane dans nos trois meurtres. Pendant que je m'échappais de Great Holling en train, lui prenait les dispositions nécessaires, avec l'aide de Scotland Yard, pour rendre visite à Mme Ducane dans sa maison londonienne.

Il y réussit plus tard ce même jour, escorté du constable Stanley Beer. Une jeune soubrette en tablier blanc lui ouvrit la porte de l'hôtel particulier situé dans Belgravia. Poirot pensait qu'elle le ferait patienter en attendant que son hôtesse paraisse, et il fut surpris de découvrir Nancy Ducane, postée au pied de l'escalier.

— Monsieur Poirot ? Bienvenue. Je constate que vous êtes accompagné d'un policier. Tout cela est fort intrigant.

Stanley Beer émit un son étranglé en virant au cramoisi. Nancy Ducane était une femme d'une beauté frappante : un teint de pêche, des cheveux d'un noir lustré, des yeux bleu foncé frangés de longs cils. Elle avait la quarantaine et était vêtue d'un ensemble en soie moirée vert paon d'un grand raffinement. Pour une fois, Poirot avait affaire à aussi élégant que lui.

— C'est un plaisir de faire votre connaissance, madame Ducane, lui dit-il en s'inclinant. Je suis un fervent admirateur de votre art. J'ai eu la chance de voir quelques-unes de vos œuvres dans des expositions, ces dernières années. Vous avez un indéniable talent.

— Merci. C'est très gentil à vous. Veuillez donner votre manteau et votre chapeau à Tabitha, nous irons nous installer confortablement pour bavarder. Voulez vous boire quelque chose, du thé, du café ?

— Non merci.

— Très bien. Suivez-moi.

Ils gagnèrent un petit salon dont Poirot me décrivit plus tard les murs couverts de portraits. Tous ces yeux scrutateurs... Je me réjouis alors d'avoir échappé à ce rendez-vous qui eût tourné pour moi à la séance de torture.

Poirot lui demanda si tous les portraits accrochés étaient de sa main.

— Oh non, fit-elle. Très peu, à vrai dire. J'achète autant que je vends, ce qui devrait être une pratique courante, selon moi. L'art est ma passion.

— C'est aussi l'une des miennes, lui avoua Poirot.

— Quel ennui ce serait de ne contempler toute la journée que ses propres œuvres ! Quand j'accroche le tableau d'un autre artiste, c'est comme un nouvel ami que j'accueille chez moi. On se sent moins seul... Mais puis-je être direct et vous demander quel est l'objet de votre visite ? ajouta Nancy Ducane dès qu'ils furent installés. Vous m'avez dit au téléphone que vous aimeriez procéder à une fouille en règle de ma maison. Je n'y vois pas d'objection, mais puis-je savoir dans quel but ?

— Vous avez dû apprendre par les journaux que trois clients de l'hôtel Bloxham ont été assassinés jeudi dernier en soirée, madame.

— Au Bloxham ? s'étonna Nancy avec un petit rire, mais elle reprit aussitôt son sérieux. Excusez-moi, mais j'ai du mal à imaginer pareille chose dans un grand hôtel aussi chic que le Bloxham.

— Vous connaissez donc l'endroit ?

— Oh oui, je m'y rends souvent l'après-midi pour prendre un thé. Lazzari, le directeur, est un amour. Leurs scones sont réputés comme les meilleurs de Londres, vous savez. Désolée... c'est tout à fait hors de propos. Ainsi, trois personnes ont été tuées. C'est terrible. Pourtant je ne vois toujours pas en quoi cela me concerne.

— Vous n'avez donc pas appris ces meurtres par voie de presse ?

— Non, répondit Nancy Ducane avec une certaine dureté. Je ne lis pas les journaux et je n'en ai pas chez moi. Ils ne parlent que de malheurs. Et j'évite le malheur, autant que possible.

— Donc, vous ignorez les noms des trois victimes ?

— En effet. Et je ne souhaite pas les connaître, répondit Nancy en frissonnant.

— Je crains d'être obligé de vous les révéler. Il s'agit d'Harriet Sippel, Ida Gransbury et Richard Negus.

— Oh non, non. Oh, monsieur Poirot ! s'écria Nancy, puis elle pressa une main sur sa bouche et resta un moment sans rien dire.

— Je regrette, madame, reprit Poirot après avoir respecté son silence. Cette nouvelle vous a bouleversée.

— C'est d'entendre ces noms, qui m'a bouleversée. Que ces gens soient vivants ou morts, peu m'importe, pourvu que je n'aie pas à penser à eux. Autant que faire se peut, on évite de songer aux choses pénibles, mais ce n'est pas toujours possible et... j'ai une aversion particulière pour le malheur.

— Vous avez donc beaucoup souffert dans votre vie ?

— Je ne souhaite pas discuter d'affaires privées qui ne regardent que moi, déclara Nancy en se détournant.

Cela n'aurait rien rapporté de bon à Poirot de rétorquer qu'en l'occurrence, lui le souhaitait vivement, car rien ne le fascinait davantage que les passions intimes d'inconnus qu'il ne reverrait sans doute plus jamais.

— Alors revenons à l'enquête de police qui m'amène en ces lieux, dit-il. Les noms des trois victimes vous sont donc familiers ?

— Hélas oui. J'ai vécu dans un village perdu de la Culver Valley nommé Great Holling. Harriet, Ida et Richard étaient de mes voisins. Cela fait des années que je n'ai plus entendu parler d'eux. Pas depuis 1913, quand je suis venue vivre à Londres. Est-ce vrai ? Ils ont été assassinés ?

— Oui, madame.

— Mais que faisaient-ils à l'hôtel Bloxham ? Pourquoi étaient-ils venus à Londres ?

— C'est l'une des nombreuses questions auxquelles je n'ai pas encore de réponses, répondit Poirot.

— Cela n'a pas de sens ! s'exclama Nancy en bondissant de son siège, et elle se mit à faire les cent pas dans la pièce. La seule personne susceptible de faire ça ne l'a pas fait !

— Qui est cette personne ?

— Oh, ne faites pas attention, répondit Nancy, et elle retourna s'asseoir. Je m'excuse. Cette nouvelle m'a fait un choc, comme vous voyez. Je ne puis vous aider. Et... je ne voudrais pas paraître grossière, mais je préférerais que vous partiez, maintenant.

— Faisiez-vous allusion à vous-même, madame, en invoquant la seule personne susceptible d'avoir souhaité leurs morts ? Pourtant ce n'est pas vous qui les avez tués ?

176

— Non, ce n'est pas moi..., répondit lentement Nancy d'un air hagard. Ah, mais je comprends à présent ce que vous avez en tête. Vous avez entendu dire certaines choses qui vous font penser que c'est moi qui les ai tués. Et c'est pour cela que vous souhaitez perquisitionner ma maison ? Eh bien, je n'ai tué personne. Fouillez tant que vous voudrez, monsieur Poirot. Demandez à Tabitha de vous faire visiter toutes les pièces, et elles sont nombreuses ; vous risqueriez d'en manquer, si elle ne vous servait pas de guide.

— Merci, madame.

— Vous ne trouverez rien de compromettant, car il n'y a rien à trouver. J'aimerais que vous partiez, maintenant ! Je ne puis vous dire à quel point vous m'avez troublé l'esprit.

— Je vais m'en occuper, intervint Stanley Beer en se redressant. Merci pour votre coopération, madame Ducane.

Il quitta la pièce et referma la porte derrière lui.

— Vous êtes intelligent, n'est-ce pas ? reprit Nancy Ducane, comme si cela jouait en la défaveur de Poirot. Aussi intelligent qu'on le dit. Je le devine à vos yeux.

— On m'attribue en effet un esprit supérieur.

— Et vous en êtes fier, manifestement. D'après moi, un esprit supérieur ne vaut rien s'il n'est accompagné d'un cœur généreux.

— Naturellement. Vous comme moi sommes des amoureux du grand art. En tant que tels, nous croyons que l'art parle davantage au cœur et à l'âme qu'à l'intellect.

— J'en conviens, répondit posément Nancy. Vous savez, monsieur Poirot, vos yeux... ils sont plus qu'intelligents. Ils sont sages. Une sagesse venue de très loin, du fond des âges... Oh, ne faites pas attention, vous ne pouvez comprendre, mais c'est vrai. Ils feraient un merveilleux sujet, mais je ne peindrai jamais votre portrait, maintenant que vous avez apporté ces trois noms funestes dans ma propre maison.

— C'est fort dommage.

— À qui la faute ? répliqua Nancy avec rancune. Oh, je ferais aussi bien de vous le dire : c'est de moi en effet que je parlais tout à l'heure en évoquant la seule personne susceptible de tuer Harriet, Ida et Richard, mais je le répète, je ne l'ai pas fait. Aussi je ne comprends pas ce qui a pu se produire.

— Vous ne les aimiez pas ?

— Je les haïssais. J'ai bien souvent souhaité leur mort. Mon Dieu ! s'exclama Nancy en portant les mains à ses joues. Alors c'est vrai, ils sont bel et bien morts ? Je devrais être soulagée, transportée de joie, même. Mais je ne puis l'être tant que je pense à eux. Quelle ironie, n'est-ce pas ?

— Pourquoi les détestiez-vous ?

— Je préférerais ne pas en discuter.

— Madame, je ne vous le demanderais pas si je n'estimais pas cela nécessaire.

— Qu'importe, je me refuse à répondre.

Poirot soupira.

— Où étiez-vous jeudi soir passé, entre 19 h 15 et 20 heures ?

Nancy fronça les sourcils.

— Je n'en ai pas la moindre idée. J'ai assez de mal à me rappeler ce que j'aurai à faire cette semaine… Oh, attendez. Jeudi, bien sûr. J'étais de l'autre côté de la rue, chez mon amie Louisa, Louisa Wallace. Comme j'avais terminé son portrait, je l'ai emporté chez elle et je suis restée pour le dîner. J'ai dû demeurer là-bas de 18 heures à presque 22 heures. Je me serais attardée davantage si St John, le mari de Louisa, n'avait pas été présent. C'est un épouvantable snob. Louisa est un amour, elle fait partie de ces gens incapables de voir le mal en quiconque, vous devez en connaître.

Elle aime à croire que St John et moi nous apprécions mutuellement, étant tous deux des artistes, mais je ne peux pas le souffrir. Il est convaincu que son genre artistique est supérieur au mien, et il ne manque pas une occasion de me le rappeler. Plantes, poissons, feuilles mortes, merluches et autres haddocks aux yeux vitreux, voilà ses sujets de prédilection !

— C'est donc un peintre animalier et botaniste ?

— Les artistes qui n'ont jamais peint un visage humain ne m'intéressent pas, décréta Nancy. Je regrette, mais c'est comme ça. St John insiste en disant que l'on ne peut peindre un visage sans raconter une histoire, et que dès qu'on commence à en imposer une, on déforme inévitablement les données visuelles, ce genre d'inepties ! Au nom du ciel, qu'y a-t-il de mal à raconter une histoire ?

— En fait d'histoire, St John Wallace me racontera-t-il la même que vous, sur la soirée de jeudi dernier ? Confirmera-t-il que vous étiez chez lui entre 18 et 22 heures ?

— Bien sûr. C'est absurde, monsieur Poirot. Vous me posez toutes les questions que vous poseriez à un meurtrier. Qui vous a raconté que c'est moi qui avais dû commettre ces crimes ?

— On vous a vue vous enfuir de l'hôtel Bloxham dans un état de grande agitation peu après 20 heures. En courant, vous avez laissé tomber deux clefs par terre. Vous vous êtes penchée pour les ramasser, puis vous avez repris votre course. Le témoin oculaire de cette scène a reconnu votre visage pour l'avoir vu dans les journaux, et il vous a identifiée comme étant la célèbre artiste Nancy Ducane.

— C'est tout simplement impossible. Votre témoin se trompe. Demandez à St John et à Louisa Wallace.

— Je n'y manquerai pas, madame. Bon, à présent j'ai une autre question pour vous : les initiales

PIJ vous évoquent-elles quelqu'un ? Il pourrait s'agir d'une autre personne de Great Holling.

Le sang se retira du visage de Nancy.

— Oui, murmura-t-elle. Patrick James Ive. C'était le pasteur.

— Ah ! ce pasteur, il connut une fin tragique, n'est-ce pas ? Ainsi que sa femme ?

— Oui.

— Que leur est-il arrivé ?

— Je n'ai pas envie d'en parler. Je n'en parlerai pas !

— C'est de la plus haute importance. Je vous en conjure, parlez !

— Non ! s'écria Nancy. Même si j'essayais, j'en serais incapable. Vous ne comprenez pas. Je n'ai pas évoqué tout cela depuis si longtemps...

Les traits déformés par le chagrin, elle resta un instant sans voix.

— Harriet, Ida et Richard, reprit-elle, comment ont-ils été tués ?

— Empoisonnés.

— Ah, tout se tient.

— Comment ça, madame ? Patrick Ive et son épouse sont-ils morts empoisonnés ?

— Je vous ai dit que je n'en parlerais pas !

— Connaissiez-vous également une certaine Jennie, à Great Holling ?

— Jennie Hobbs, répondit Nancy en portant la main à sa gorge. Je n'ai rien à dire à son sujet, rien du tout. Ne me posez pas d'autre question ! protesta-t-elle en clignant des paupières pour chasser ses larmes. Pourquoi les gens sont-ils si cruels, monsieur Poirot ? Non, ne répondez pas ! Parlons d'autre chose, d'une chose qui nous élève l'âme. Parlons d'art, puisque nous sommes tous deux des amateurs éclairés.

Nancy se leva et se rapprocha d'un grand portrait accroché à gauche de la fenêtre, celui d'un homme aux cheveux noirs un peu hirsutes et au menton creusé d'un sillon vertical. Il arborait un grand sourire, et semblait même sur le point d'éclater de rire.

— Mon père, dit Nancy. Albinius Johnson. Vous devez le connaître de nom.

— En effet, mais je n'arrive pas à le situer précisément.

— Il est mort il y a deux ans. J'avais dix-neuf ans quand je l'ai vu pour la dernière fois. J'en ai quarante-deux aujourd'hui.

— Veuillez accepter mes condoléances.

— Ce n'est pas moi qui ai fait son portrait. Je ne sais qui en est l'auteur. Le tableau n'est ni signé ni daté, et il n'a pas grande valeur, du point de vue artistique. Mais... c'est mon père, et il sourit. C'est pourquoi je l'ai accroché. S'il avait souri plus souvent dans la vie réelle... Vous comprenez ? dit-elle en se tournant face à Poirot. St John Wallace se trompe ! C'est justement le but de l'art de substituer des inventions heureuses à des réalités malheureuses.

On frappa énergiquement à la porte, et le constable Stanley Beer réapparut. Au regard que Beer lui lança, et à la façon dont il évita de croiser celui de Nancy Ducane, Poirot devina ce qui allait suivre.

— J'ai trouvé quelque chose, monsieur.

— Quoi donc ?

— Deux clefs. Elles étaient dans la poche d'un manteau, un manteau bleu foncé avec des manchons en fourrure. La servante m'a dit qu'il appartenait à Mme Ducane.

— Quelles clefs ? demanda Nancy. Montrez-les moi. Je ne garde jamais de clefs dans les poches de mes manteaux, jamais. J'ai un tiroir exprès pour les ranger.

En évitant toujours de la regarder, Beer se rapprocha du fauteuil de Poirot, tenant quelque chose dans son poing serré, puis il ouvrit la main.

— Qu'est-ce que c'est ? s'impatienta Nancy.

— Deux clefs appartenant à l'hôtel Bloxham, dit Poirot d'un ton solennel. Gravées des numéros 121 et 317.

— Et alors ? Ces numéros devraient-ils signifier quelque chose pour moi ? demanda Nancy.

— Deux des trois meurtres ont été commis dans les chambres correspondant à ces clefs, madame. Et selon le témoin qui vous a vue vous enfuir de l'hôtel le soir des meurtres, les deux clefs que vous avez laissées tomber portaient des numéros commençant par cent et trois cents.

— Eh bien, quelle extraordinaire coïncidence ! s'esclaffa Nancy. Oh, monsieur Poirot ! Êtes-vous aussi intelligent que vous le prétendez ? Votre énorme moustache vous empêcherait-elle de voir ce que vous avez sous le nez ? C'est un coup monté. Quelqu'un a décidé de me faire inculper de meurtre. C'en est presque intrigant ! Je trouverai même amusant d'essayer de découvrir quelle est cette personne, sitôt que nous aurons convenu de mon innocence et que je verrai s'éloigner la corde de la potence !

— Qui aurait eu la possibilité de glisser ces clefs dans la poche de votre manteau entre jeudi dernier et aujourd'hui ? lui demanda Poirot.

— Comment le saurais-je ? N'importe quel passant croisé dans la rue. Je porte souvent ce manteau bleu... Vous savez, tout cela manque de logique.

— Expliquez-vous.

Elle resta pensive un instant, comme perdue dans ses rêves, puis revint à elle.

— Quelqu'un qui détestait Harriet, Ida et Richard au point de les tuer... serait presque à coup sûr bien disposé envers moi. Pourtant cette personne tente de me faire accuser du crime.

— Dois-je l'arrêter, monsieur ? demanda Stanley Beer à Poirot ? Je l'emmène ?

— Oh, ne soyez pas ridicule ! s'indigna Nancy. Réfléchissez un peu, constable ! Ou bien n'êtes-vous qu'un pantin tout juste bon à obéir aux ordres ? Si vous voulez arrêter quelqu'un, arrêtez donc votre témoin. Et si ce témoin n'était pas seulement un menteur, mais un meurtrier ? Y avez-vous songé ? Vous devez sur-le-champ traverser la rue pour aller interroger St John et Louisa Wallace et apprendre la vérité. C'est le seul moyen de mettre un terme à ces absurdités.

Poirot s'extirpa de son fauteuil, non sans quelque difficulté ; c'était l'un de ces sièges un peu trop profonds pour une personne de sa taille et de sa corpulence.

— Nous y allons de ce pas, confirma-t-il, puis il s'adressa à Stanley Beer. Pas d'arrestation pour l'instant, constable. Madame, effectivement, je ne crois pas que vous auriez gardé ces deux clefs si vous aviez commis les meurtres des chambres 121 et 317.

— Certes non. Je m'en serais débarrassée à la première occasion.

— Je m'en vais donc rendre visite à M. et Mme Wallace.

— En fait, vous allez rencontrer lord et lady Wallace, corrigea Nancy. Louisa ne vous en tiendrait pas rigueur, mais si vous le priviez de son titre, St John ne vous le pardonnerait pas.

Peu de temps après, Poirot se trouvait à côté de Louisa Wallace, qui contemplait d'un air ravi le portrait que Nancy Ducane avait fait d'elle, déjà accroché en bonne place sur le mur de son salon.

— Il est sublime, n'est-ce pas ? souffla-t-elle. Ni flatteur, ni dépréciateur. C'était risqué, de peindre un visage comme le mien. Avec mes bonnes joues roses, j'aurais pu ressembler à une femme de fermier, mais non. Sans être d'une beauté renversante, je suis assez jolie. À mon sujet, St John a utilisé pour la première fois l'adjectif « voluptueuse », et c'est le portrait qui le lui a inspiré, ajouta-t-elle avec un rire de gorge. C'est merveilleux, qu'il puisse exister des artistes aussi talentueux que Nancy, vous ne trouvez pas ?

Poirot avait du mal à se concentrer sur le tableau. La soubrette de Louisa Wallace était une jeune empotée nommée Dorcas. À son arrivée, elle s'était empressée de lui prendre son manteau et son chapeau, les avait laissés tomber, et avait piétiné ledit chapeau en voulant ramasser le tout.

En temps normal, la demeure des Wallace ne devait pas manquer de charme, mais telle que Poirot la trouva ce jour-là, elle laissait fort à désirer. À part les meubles les plus lourds qui avaient tenu bon, on aurait dit qu'un cyclone était passé par là, soulevant les objets puis les laissant retomber au hasard, dans le plus grand désordre. Or Poirot ne supportait pas le désordre, qui nuisait à sa capacité de réflexion.

Enfin, ayant ramassé le manteau et le chapeau malmenés, Dorcas se retira, et Poirot se retrouva seul avec Louisa Wallace. Stanley Beer était resté chez Nancy Ducane, où il poursuivait sa fouille méthodique. Quant à St John Wallace, il était parti le matin à la campagne, se mettre au vert dans le domaine familial. Poirot avait déjà repéré quelques feuilles mortes et poissons aux yeux vitreux sur les murs, sans doute dus au pinceau de Sa Seigneurie.

— Je suis désolée, s'excusa Louisa. Dorcas débute tout juste, et c'est un cas plutôt désespéré, mais je ne veux pas m'avouer vaincue. Cela ne fait que trois jours qu'elle est ici, comprenez-vous. Elle apprendra, avec du temps et de la patience. Si seulement elle n'était pas si angoissée ! Je connais le processus : elle se dit, attention de ne pas laisser tomber le manteau et le chapeau de cet important visiteur… du coup l'idée lui vient en tête, et paf ! cela arrive. C'est exaspérant !

— En effet, acquiesça Poirot. Lady Wallace, si vous le voulez bien, revenons à jeudi dernier...

— Ah oui, c'est juste. Je n'ai pas répondu à votre question, tant j'avais hâte de vous montrer le portrait. Oui, Nancy était chez nous ce soir-là.

— De quelle heure à quelle heure, madame ?

— Je ne me souviens pas précisément. Nous avions convenu qu'elle arriverait à 18 heures pour m'apporter le tableau, et je crois bien qu'elle fut ponctuelle. En revanche, je ne me rappelle plus très bien de l'heure à laquelle elle est partie. Je dirais aux environs de 22 heures.

— Et elle est restée ici durant tout ce temps, jusqu'à son départ ? Elle ne s'est absentée à aucun moment ?

— Non, répondit Louisa, l'air perplexe. Pourquoi donc ?

— Pouvez-vous confirmer que Mme Ducane n'a pas quitté votre maison avant 20 h 30 ?

— Oh, certainement. Elle est partie bien plus tard. À 20 h 30, nous étions encore à table.

— Nous ?

— Nancy, St John et moi-même.

— Votre mari me le confirmerait-il, si je le lui demandais ?

— Évidemment. Iriez-vous suggérer que je ne dis pas la vérité, monsieur Poirot ?

— Nullement, madame.

— Bien, conclut Louisa Wallace, puis elle revint au portrait accroché au mur. Nancy a un sens de la couleur exceptionnel, vous savez. Certes, elle sait capter la personnalité d'un visage, mais sa plus grande force réside dans sa façon de manier la couleur. Regardez ces effets de lumière sur ma robe verte.

Poirot fut sensible à sa remarque et se mit à évoluer dans la pièce pour contempler le tableau sous des angles différents. Il n'y avait pas d'ombre constante, et la lumière semblait changer à mesure qu'on le regardait, la robe passant graduellement du vert vif au vert sombre. Tel était le talent de Nancy Ducane. Le portrait montrait Louisa assise dans un fauteuil, vêtue d'une robe verte décolletée, avec en arrière-plan une cuvette et un broc bleus posés sur une table en bois.

— Je voulais payer Nancy à son tarif habituel, mais elle n'a rien voulu savoir, dit Louisa Wallace. J'ai tant de chance d'avoir une amie aussi généreuse. Vous savez, je crois que mon mari en est un peu jaloux... je parle du tableau, bien sûr. Toute la maison était remplie de ses seules œuvres, il ne restait pas un mur de libre, jusqu'à l'arrivée de ce portrait. Il y a entre eux une sorte de rivalité idiote. Je n'y fais pas attention. Nancy et mon mari sont deux brillants artistes, chacun à leur manière.

Ainsi Nancy Ducane avait fait don de ce tableau à Louisa Wallace, songea Poirot. Ne demandait-elle vraiment rien en retour, ou espérait-elle un alibi ? Certains amis loyaux seraient incapables de refuser, si on les priait de dire un tout petit mensonge sans importance après leur avoir offert un tel présent. Poirot hésitait. Devait-il raconter à Louisa Wallace que sa présence ici était en rapport avec une affaire de meurtre ? Il ne l'avait pas encore fait.

Il fut distrait du cours de ses pensées par la soudaine apparition de Dorcas, qui surgit dans la pièce avec l'air affolé.

— Excusez-moi, monsieur !

— Qu'y a-t-il ? s'inquiéta Poirot, craignant le pire pour son manteau et son chapeau, qu'il imaginait déjà à demi calcinés.

— Voudriez-vous une tasse de thé ou de café, monsieur ?

— C'est tout ce que vous êtes venue me demander ?

— Oui, monsieur.

— Il ne s'est rien passé de spécial ?

— Non, monsieur, répondit Dorcas, rouge de confusion.

— Bon. Dans ce cas, oui, volontiers. Je prendrai du café. Merci.

— Je vous en prie, monsieur.

— Vous avez vu ça ? maugréa Louisa Wallace tandis que la jeune fille s'enfuyait presque de la pièce. C'est inconcevable. J'ai cru qu'elle allait nous annoncer son départ précipité pour se rendre au chevet de sa mère mourante ! Vraiment, elle dépasse les bornes et je devrais la congédier sans autre forme de procès, mais c'est tout de même mieux que rien. De nos jours, il n'y a plus moyen de trouver des domestiques convenables.

Poirot n'avait guère envie de s'étendre sur le sujet. Il continuait à suivre le fil de ses idées, et il lui en était venu une pendant que Louisa Wallace se plaignait de Dorcas et que lui contemplait la cuvette et le broc figurant sur le tableau.

— Madame, ces autres tableaux sur le mur, ils sont de votre mari ?

— Oui.

— Comme vous dites, c'est aussi un excellent artiste Si vous vouliez bien me faire visiter votre belle maison, j'en serais honoré. J'aimerais beaucoup découvrir les œuvres de votre époux. Vous dites qu'il y en a sur tous les murs ?

— Oui. Je vais vous faire la visite guidée et vous constaterez que je n'ai pas exagéré. Oh oui, ce sera si amusant ! s'exclama Louisa en battant des mains. Je regrette seulement que St John ne soit pas là, il aurait pu vous en dire tellement plus que moi sur ses tableaux. Je ferai de mon mieux. Monsieur Poirot, vous seriez surpris par le nombre de gens qui viennent chez nous et repartent sans même avoir regardé les tableaux ni posé aucune question à leur sujet. Dorcas en est le parfait exemple. Il pourrait y avoir cinq cents torchons accrochés sur les murs qu'elle ne ferait pas la différence. Commençons par le hall, d'accord ?

En découvrant les œuvres de St John Wallace, et leurs nombreuses espèces d'araignées, de plantes et de poissons, Poirot se fit assez vite son opinion d'amateur éclairé sur la rivalité qui l'opposait à Nancy Ducane. Certes Wallace avait du métier, mais si ses tableaux étaient estimables et exécutés avec minutie, il n'en ressortait aucune émotion. Le talent de Nancy Ducane était incontestablement supérieur. Elle avait su incarner l'essence même de la personnalité de Louisa Wallace pour la rendre sur la toile aussi criante que dans la vraie vie. Avant de quitter la maison, Poirot eut envie de contempler encore le portrait ; pour le plaisir, mais aussi pour vérifier un détail important qu'il avait remarqué.

Dorcas apparut sur le palier du premier étage.

— Votre café, monsieur.

Poirot se trouvait alors dans l'atelier de St John Wallace. Comme il s'avançait pour lui prendre la tasse des mains, elle eut un brusque mouvement de recul, et le café se renversa en grande partie sur son tablier blanc.

— Oh ! Mon Dieu, je suis désolée, monsieur, ce que je peux être maladroite ! Je vais vous chercher une autre tasse.

— Non, non, ce ne sera pas nécessaire, répondit Poirot, puis il avala d'un trait ce qui restait de café, pour ne pas courir d'autres risques.

— Voici l'un de mes préférés, déclara Louisa Wallace depuis l'atelier, en désignant un tableau que Poirot ne pouvait voir. *Liseron bleu : Solanum Dulcamara*. C'est le cadeau que m'a offert St John le 4 août dernier, pour notre anniversaire de mariage... Trente ans. C'est beau, n'est-ce pas ?

188

— Le 4 août... Sacrebleu, murmura Poirot, tandis que l'excitation le gagnait, et il retourna dans l'atelier pour contempler le tableau du liseron bleu.

— Vous êtes certain de ne pas vouloir une autre tasse de café, monsieur ? insista Dorcas sur le seuil.

— Vous le lui avez déjà demandé, Dorcas. Il vous a dit qu'il ne voulait plus de café.

— Oui madame, mais il n'en restait presque plus dans la tasse, quand il l'a prise.

— Puisqu'il n'y a rien, on ne voit rien, médita Poirot. Et l'on n'en pense rien. Remarquer un rien, c'est difficile, même pour Hercule Poirot, jusqu'à ce qu'on découvre ailleurs l'objet qui aurait dû se trouver là. Jeune fille, ce que vous m'avez apporté est plus précieux que du café ! s'exclama-t-il en saisissant la main de Dorcas pour y déposer un baiser.

— Oh..., fit Dorcas en penchant la tête de côté. Vos yeux... monsieur, c'est drôle, tout d'un coup, ils sont devenus verts.

— Dorcas, allez donc vous occuper utilement, la tança Louisa Wallace, et la jeune fille s'empressa de disparaître. Qu'est-ce que vous voulez dire, monsieur Poirot ? Vous parlez par énigmes ?

— J'ai une dette envers vous et la jeune Dorcas, madame, déclara Poirot. Quand je suis arrivé ici, il y a... une demi-heure, ma vision des choses était confuse, morcelée. À présent, je commence à réunir les éléments du puzzle et à y voir plus clair... Il est primordial que je puisse réfléchir sans être interrompu.

— Ah, dit Louisa d'un air déçu. Eh bien, si vous êtes pressé de vous en aller...

— Non, non, ne vous méprenez pas. Pardon, madame. C'est ma faute : je me suis mal exprimé. Nous allons terminer cette visite, bien entendu. Il reste tant à explorer ! Ensuite, je devrai prendre congé afin de me livrer à mes réflexions.

— Bon, très bien, si cela ne vous ennuie pas trop, répondit Louisa, visiblement déconcertée.

À mesure qu'ils passaient de pièce en pièce, elle reprit ses commentaires enthousiastes sur les tableaux de son mari.

Dans l'une des chambres d'amis, la dernière pièce de l'étage, il y avait un ensemble de toilette blanc, cuvette et broc, orné d'armoiries rouge, vert et blanc. S'y trouvaient également une table en bois et un fauteuil, que Poirot reconnut, car ils figuraient sur le portrait de Louisa.

— Pardon, madame, mais où se trouvent la cuvette et le broc bleus ?

— La cuvette et le broc bleus ?

— C'est bien dans cette pièce que vous avez posé pour Nancy Ducane, n'est-ce pas ?

— Oui... Mais vous avez raison ! Cet ensemble de toilette est celui de l'autre chambre d'ami !

— Pourtant il est ici.

— Mais alors... où sont passés la cuvette et le broc bleus ?

— Je l'ignore, madame.

— Bon, ils doivent être dans une autre chambre. La mienne, peut-être. Dorcas a dû les intervertir par mégarde.

Elle partit d'un pas vif en quête des objets manquants, et Poirot la suivit.

— Il n'y a aucun ensemble de toilette dans les autres chambres, constata-t-il quand ils eurent vérifié.

— Cette fille n'est qu'une bonne à rien ! maugréa Louisa Wallace. Je vais vous dire ce qui s'est passé, monsieur Poirot. Dorcas l'aura cassé, et elle a trop peur pour me l'avouer. Allons le lui demander, d'accord ? C'est la seule explication plausible. Un ensemble de toilette ne disparaît pas comme ça, il ne se déplace pas tout seul de pièce en pièce.

— Quand avez-vous vu l'ensemble bleu pour la dernière fois, madame ?

— Je l'ignore. Je n'y ai pas prêté attention, et je vais rarement dans les chambres d'amis.

— Serait-il possible que Nancy Ducane l'ait emporté en partant jeudi soir ?

— Non. Pourquoi l'aurait-elle fait ? C'est idiot ! Je l'ai accompagnée sur le perron pour lui dire au revoir, et elle n'avait rien dans les mains, à part la clef de chez elle. Et puis Nancy n'est pas une voleuse. Tandis que Dorcas... c'est sûrement ça ! Maladroite comme elle est, elle l'aura cassé, ou pire, volé... Mais comment le prouver ? Elle va forcément le nier !

— Madame, faites-moi une faveur : n'accusez pas Dorcas. Je ne la crois pas coupable.

— Eh bien alors, où sont passés mon broc et ma cuvette bleus ?

— Je dois y réfléchir, madame, dit Poirot. Je vais vous laisser tranquille, mais puis-je d'abord jeter un dernier coup d'œil à votre admirable portrait ?

— Oui, avec plaisir.

Ils retournèrent de concert jusqu'au salon et se postèrent devant le tableau.

— Maudite fille, marmonna Louisa. Je ne vois plus que ça, maintenant.

— La cuvette et le broc bleus ? Oui. Ils ressortent, n'est-ce pas ?

— Ils se trouvaient dans ma maison, ils n'y sont plus, et me voilà contrainte de les regarder en peinture, en me demandant ce qu'ils ont bien pu devenir ! Quelle affreuse journée !

Dès que Poirot fut de retour à la pension, Blanche Unsworth lui demanda comme à son habitude s'il avait besoin de quelque chose.

— Oui, s'il vous plaît, il me faudrait une feuille de papier et des crayons à dessin.

Mme Unsworth se rembrunit.

— Je peux vous fournir du papier, mais des crayons de couleur, je n'en ai guère en réserve. Seulement des crayons à mine de plomb tout à fait ordinaires.

— Ah ! mais c'est parfait !

— Vous vous moquez, monsieur Poirot. Votre dessin sera bien terne.

— Justement ! Il sera de la même couleur que mes petites cellules grises, répliqua Poirot en se tapant la tempe.

— Moi, je préfère de loin le mauve, ou encore le vieux rose.

— Peu importent les couleurs. Une robe verte, une cuvette et un broc bleus, un ensemble de toilette blanc.

— Je ne vous suis pas, monsieur Poirot.

— Je ne vous demande pas de me suivre, madame Unsworth, seulement de m'apporter prestement vos crayons noirs et une feuille de papier. Ainsi qu'une enveloppe. Assez parlé d'art pour aujourd'hui. Maintenant, c'est à Poirot de réaliser une œuvre de ses mains !

Vingt minutes plus tard, Poirot rappelait Blanche Unsworth depuis la salle à manger où il s'était installé à une table. Quand elle apparut, il lui tendit l'enveloppe, qui était scellée.

— Veuillez téléphoner à Scotland Yard de ma part, dit-il. Demandez-leur d'envoyer quelqu'un prendre cette enveloppe pour la remettre sans délai au constable Stanley Beer. J'ai inscrit son nom sur l'enveloppe. Vous préciserez que c'est en rapport avec les meurtres de l'hôtel Bloxham.

— Vous ne deviez pas faire un dessin ? s'étonna Blanche.

— Le dessin se trouve dans l'enveloppe, accompagné d'une lettre.

— Ah... Alors je ne peux pas le voir, n'est-ce pas ?

— Ce n'est pas nécessaire, lui répondit-il en souriant. À moins que... Travailleriez-vous pour Scotland Yard sans que je sois au courant, madame Unsworth ?

— Moi ? Non... Très bien, je m'en vais passer cet appel pour vous, puisque c'est comme ça, répondit Blanche Unsworth, un tantinet vexée.

— Merci bien.

Lorsqu'elle revint cinq minutes plus tard, elle était dans tous ses états.

— Mon Dieu, monsieur Poirot ! Le monde est devenu fou ! C'est incroyable !

— Qu'est-ce qui est incroyable ?

— J'ai téléphoné aux gens de Scotland Yard comme vous me l'aviez demandé... Ils m'ont dit qu'ils envoyaient quelqu'un chercher votre enveloppe. J'ai raccroché. Et voilà que le téléphone a sonné aussitôt. Et ils m'ont appris la nouvelle. Oh, monsieur Poirot, c'est horrible !

— Calmez-vous, madame. Quelle nouvelle ?

— Il y a eu un autre meurtre ! Vous vous rendez compte ? Dans un grand hôtel comme le Bloxham ? C'est effarant, effarant !

14

L'esprit dans le miroir

De retour à Londres, je gagnai le Pleasant's en pensant y trouver Poirot, mais le seul visage familier du café-restaurant était celui de la serveuse que Poirot avait surnommée « l'Ébouriffée ». J'avais toujours trouvé sa présence stimulante, et c'était l'une des raisons qui me faisaient affectionner cet endroit. Comment s'appelait-elle déjà ? Poirot me l'avait dit. Ah, oui, Fee, le diminutif d'Euphemia. Fee Spring.

Je l'appréciais surtout pour cette habitude qu'elle avait de m'accueillir toujours par les deux mêmes déclarations, une régularité réconfortante dans ma vie solitaire. Ce jour-là, elle n'y manqua pas. Premièrement, elle réaffirma sa volonté de longue date de changer l'appellation du Pleasant's de « Coffee House » en « Tea Rooms », pour rendre hommage aux mérites supérieurs du second breuvage. Puis elle me dit, comme de coutume : « Alors, on vous traite bien, à Scotland Yard ? Ça me dirait de travailler là-bas... à condition d'être aux commandes, bien entendu. »

— Oh, je suis certain qu'en un rien de temps, tout le monde filerait doux. Comme je suis à peu près sûr d'arriver un jour ici pour voir « Pleasant's Tea Rooms » sur l'enseigne de la rue.

— Ça m'étonnerait... C'est bien la seule chose qu'on ne me laissera pas faire ici. D'ailleurs M. Poirot n'apprécierait pas, hein ?

— Il serait consterné.

— Ça reste entre nous, d'accord ? exigea Fee, car d'après elle, j'étais la seule personne à qui elle avait confié cette ambition secrète.

— Vous pouvez y compter. Je vais vous dire : venez donc travailler avec moi à Scotland Yard. Nous sommes tous de grands buveurs de thé, là-bas.

— Mouais... J'ai entendu dire que les femmes policiers n'ont pas le droit de garder leur poste dès qu'elles se marient. Moi, ça m'irait très bien. Je préférerais résoudre des crimes avec vous qu'avoir à m'occuper d'un mari.

— Eh bien voilà !

— Alors n'allez pas me demander en mariage, hein ?

— Aucun risque.

— Vous êtes vraiment charmant, comme garçon.

— Écoutez, Fee, dis-je en cherchant à me tirer de ce mauvais pas, je n'ai pas l'intention de me marier, mais si un jour mes parents me mettent un revolver sur la tempe, c'est à vous que je ferai ma demande en premier. Ça vous va ?

— Vous seriez mieux loti qu'avec une rêveuse à la noix qui ne pense qu'à la romance. Elle irait sûrement au-devant de grandes déceptions.

— Fee, revenons à notre collaboration dans notre lutte contre le crime, dis-je, n'ayant guère envie de m'étendre sur ce sujet. Vous ne comptez pas sur la venue de Poirot, par hasard ? J'espérais le trouver ici, guettant la réapparition de Jennie Hobbs.

— Alors c'est Jennie Hobbs qu'elle s'appelle ? Vous avez découvert son nom de famille ? M. Poirot sera content de savoir pour qui il s'est fait tant de mouron. Peut-être qu'il va enfin cesser de me harceler. Chaque fois que je viens travailler ici, il est toujours dans mes pattes à me poser cent fois les mêmes questions sur Jennie. Moi, je ne lui demande jamais où vous êtes… jamais !

— Pourquoi le feriez-vous ? m'étonnai-je, un peu désaçonné par cette dernière déclaration.

— Justement, je ne le fais pas. On doit faire attention aux questions qu'on pose aux poseurs de questions. Avez-vous trouvé autre chose sur Jennie ?

— Rien que je puisse vous dire, hélas.

— Alors, à moi de vous raconter quelque chose. Voilà qui va faire plaisir à M. Poirot, me dit-elle en me poussant vers une table libre, où nous nous assîmes. La fois où Jennie est venue et qu'elle avait l'air paniqué, vous savez ? Ce fameux jeudi soir. J'ai dit à M. Poirot que j'avais remarqué quelque chose, et que ça m'était sorti de la tête. Eh bien, je m'en suis rappelé. Il faisait nuit, et je n'avais pas tiré les rideaux. D'ailleurs je ne le fais jamais. Il vaut mieux éclairer la ruelle. Comme ça, les passants voient à l'intérieur, et ils ont plus de chance d'entrer.

— Surtout s'ils vous aperçoivent par la vitrine, lui dis-je pour la taquiner.

— Justement, dit-elle en écarquillant les yeux.

— Que voulez-vous dire ?

— Au début, je ne savais pas que c'était elle. J'ai juste lancé par-dessus mon épaule, « On gèle ici, vous ne pouvez pas fermer cette porte ! » Sitôt après l'avoir refermée, Jennie a foncé vers la vitre pour regarder au-dehors, comme si quelqu'un la poursuivait. Elle est restée campée là, à fixer la rue avec angoisse, alors que tout ce qu'elle pouvait voir, c'était elle-même, cette salle, et moi, ou plutôt mon reflet. Là, seulement, je l'ai vue. C'est comme ça que je l'ai reconnue. Demandez à M. Poirot, il vous le confirmera. J'ai dit

« Oh, c'est vous » avant qu'elle se retourne. La vitrine faisait comme un miroir, vous comprenez, avec tout l'éclairage à l'intérieur et la nuit noire à l'extérieur. Bon, vous pourriez me dire qu'elle essayait peut-être de voir au-dehors malgré tout, mais ce n'est pas vrai.

— Pourquoi donc ?

— Elle ne regardait pas au-dehors pour voir si quelqu'un la suivait. Elle me regardait moi, comme je la regardais elle. Mes yeux pouvaient voir les siens reflétés, et réciproquement. Comme un miroir, vous me suivez ?

— Oui, confirmai-je. Dès qu'on peut voir quelqu'un dans un miroir, c'est qu'il vous voit aussi.

— C'est ça. Et Jennie me surveillait. Je vous jure que c'est vrai. Elle guettait ma réaction. Ça va vous sembler drôle, monsieur Catchpool, mais quand nos regards se sont croisés, je n'ai pas juste vu ses yeux. J'ai lu dans son esprit. Je jurerais qu'elle attendait de voir comment j'allais prendre son arrivée et sa soi-disant panique.

— Ou bien elle attendait que vous veniez prendre sa commande, dis-je en souriant.

— Tsss, fit Fee avec agacement. Comment ai-je pu oublier ça ? Quelle tête de linotte ! Je m'en veux de ne pas m'en être rappelé plus tôt. Je vous jure que je ne l'ai pas imaginé ; son reflet fixait le mien droit dans les yeux, comme si... Comme si c'était moi le danger, et non quelqu'un dehors dans la rue. Mais pourquoi me regardait-elle ainsi ? Vous y comprenez quelque chose ? Moi pas.

Après un petit détour par Scotland Yard, je retournai à la pension pour trouver Poirot sur le point de la quitter. Le visage empourpré, il était sur le pas de la porte, en manteau et chapeau, visiblement agité, ce qui ne lui ressemblait guère. Contrairement à son

197

habitude, Blanche Unsworth ne me manifesta aucun intérêt. Elle guettait une voiture qui n'arrivait pas.

— Nous devons partir sur le champ pour l'hôtel Bloxham, Catchpool, me dit Poirot en tordant sa moustache de ses doigts gantés. Dès que la voiture arrivera.

— Elle devrait être là depuis dix minutes, se plaignit Blanche. Le seul avantage, c'est que maintenant, vous pourrez emmener M. Catchpool avec vous.

— Pourquoi cette urgence ? demandai-je.

— Il y a eu un autre meurtre, déclara Poirot. Au Bloxham.

Durant quelques secondes, l'abjecte panique me saisit et courut dans mes veines. Un, deux, trois, quatre cadavres, dépouilles mortuaires aux mains inertes, posées à plat sur le sol...

Tiens-lui la main, Edward...

— Est-ce Jennie Hobbs ? demandai-je à Poirot, tandis que le sang bourdonnait dans mes oreilles.

J'aurais dû l'écouter quand il disait qu'elle était en danger. Pourquoi ne l'avais-je pas pris au sérieux ?

— Je l'ignore. Ah ! alors vous aussi, vous connaissez son nom de famille. Le signor Lazzari m'a mandé par téléphone, et depuis, je n'ai pu entrer en contact avec lui. Bon, voici enfin la voiture.

J'allais le suivre, quand je sentis qu'on me retenait par la manche de mon manteau.

— Soyez prudent là-bas, hein, monsieur Catchpool, me chuchota Blanche Unsworth. Je ne pourrais le supporter s'il vous arrivait malheur dans cet horrible hôtel.

— Entendu.

— Vous ne devriez pas y aller, si vous voulez mon avis, ajouta-t-elle en faisant la grimace. Celui qui s'est fait tuer, qu'est-ce qu'il faisait là-bas, d'abord ? Ça ne lui suffisait pas de savoir que trois personnes y étaient déjà passées la semaine dernière ? Pourquoi ne pas séjourner ailleurs, s'il ne voulait pas subir le même sort ? Ce n'est pas bien, de défier ainsi le danger. Et de vous causer tout ce tracas.

— Je transmettrai à son cadavre en bonne et due forme, répondis-je en gardant le sourire, espérant calmer mon émoi intérieur en faisant bonne figure.

— Tant que vous y êtes, dites donc aux autres clients que j'ai deux chambres de libre, me conseilla Blanche. Ce n'est peut-être pas aussi somptueux qu'au Bloxham, chez moi, mais au moins, tout le monde y reste en vie.

— Catchpool, dépêchez-vous ! me lança Poirot de la voiture.

Je confiai vite mes bagages à Blanche et me hâtai de le rejoindre.

— J'espérais tant éviter un quatrième meurtre, mon ami, me dit Poirot quand nous fûmes en route. J'ai échoué.

— Je ne partage pas votre point de vue.

— Non ?

— Vous avez fait tout ce que vous avez pu. Ce n'est pas parce que le tueur a réussi que vous avez échoué.

— Si c'est là votre opinion, vous devez être le policier préféré de tous les meurtriers, me rétorqua Poirot en affichant le plus grand mépris. Bien sûr que j'ai échoué ! s'exclama-t-il, et il leva la main pour m'empêcher de répondre. S'il vous plaît, assez d'absurdités. Racontez-moi plutôt votre séjour à Great Holling. Qu'avez-vous découvert, à part le nom de famille de Jennie ?

Tout en lui narrant mon séjour sans omettre aucun détail susceptible d'intéresser quelqu'un d'aussi méthodique que lui, je retrouvai un peu de sérénité, et j'observai aussi un curieux phénomène : au fil de mon récit, les yeux de Poirot devenaient plus verts et plus brillants. Comme si quelqu'un allumait de petits flambeaux à l'intérieur de sa tête.

— Donc, Jennie était la femme de chambre de Patrick Ive au Saviour College de Cambridge. Voilà qui est intéressant, remarqua Poirot quand j'eus fini mon rapport.

— En quoi ?

Je n'eus droit à aucune réponse, seulement à une autre question.

— Après votre première visite à son cottage, vous n'êtes donc pas resté à attendre Margaret Ernst pour la suivre ?

— La suivre ? Non. Je n'avais aucune raison de penser qu'elle irait quelque part. Elle semble passer son temps à surveiller la tombe des Ive de sa fenêtre.

— Vous aviez toutes les raisons du monde de penser qu'elle irait quelque part, ou que quelqu'un viendrait chez elle, me tança Poirot. Réfléchissez, Catchpool. La première fois que vous êtes venu chez elle, Margaret Ernst n'a pas voulu vous parler de Patrick et Frances Ive, n'est-ce pas ? Revenez demain, vous a-t-elle dit. Et quand vous êtes revenu, elle vous a raconté toute l'histoire. Il ne vous a pas traversé l'esprit que c'était pour consulter une autre personne qu'elle avait remis cela au lendemain ?

— Non. J'ai vu en elle une femme qui avait envie de réfléchir avant de prendre une décision importante, sans rien précipiter. Une femme décidée à se faire sa propre opinion, plutôt que d'aller chercher conseil auprès d'un ami. C'est pourquoi je ne me suis pas méfié.

— Eh bien moi, je soupçonne fort Margaret Ernst d'avoir eu envie de voir le Dr Ambrose Flowerday pour discuter avec lui de ce qu'elle devait dire.

— C'est en effet l'hypothèse la plus probable, concédai-je. Lors de notre entretien, elle a mentionné son nom à maintes reprises. Manifestement, elle l'admire.

— Pourtant vous n'avez pas cherché à rencontrer le Dr Flowerday, constata Poirot avec un claquement de langue désapprobateur. Votre sens de l'honneur vous a contraint à respecter votre vœu de silence. Et c'est encore votre sens du décorum typiquement anglais qui vous fait utiliser le verbe admirer au lieu du verbe aimer. Car de toute évidence, Margaret Ernst aime le Dr Flowerday ! Voyez comme elle parle avec fougue du pasteur et de son épouse, alors qu'elle ne les a jamais rencontrés ! Non, toute sa passion va au Dr Flowerday, elle partage par amour ce que lui-même éprouve à propos de la fin tragique du révérend Ive et de sa femme, qui étaient ses amis à lui ! Comprenez-vous, Catchpool ?

Je répondis par un grognement qui n'engageait à rien. Margaret Ernst m'avait en effet semblé quelqu'un de passionné, dans le sens qu'elle était sensible à l'injustice faite aux Ive et aux principes moraux que cette histoire évoquait, mais à quoi bon le dire à Poirot ? Je savais d'avance qu'il me sermonnerait sur mon incapacité à reconnaître les sentiments amoureux. Pour lui donner quelque chose à penser à part mes erreurs et mes insuffisances répétées, je lui parlai de ma visite au Pleasant's, et de ce que Fee Spring m'avait raconté.

— À votre avis, qu'est-ce que cela signifie ? demandai-je alors que notre voiture faisait une embardée en passant une bosse, mais une fois de plus, Poirot ignora ma question et me demanda si je lui avais bien tout rapporté.

— De ce qui s'est passé à Great Holling, oui. La seule autre nouvelle date d'aujourd'hui, et elle concerne l'enquête. Les trois victimes ont été empoisonnées. Au cyanure, comme nous le pensions. Mais fait étrange, on n'a retrouvé aucune nourriture récemment consommée dans le contenu de leurs estomacs. Harriet Sippel, Ida Gransbury et Richard Negus n'avaient rien mangé depuis plusieurs heures avant d'être assassinés. Qu'est donc devenue cette copieuse collation pour trois ? Encore un nouveau mystère…

— Ah non ! Voici un mystère enfin résolu !

— Comment ça, résolu ?

— Oh, Catchpool, déplora Poirot. Si je vous prends en pitié et vous donne la réponse, vous n'aiguiserez plus votre capacité à penser par vous-même, or vous le devez ! J'ai un très grand ami dont je ne vous ai pas encore parlé. Il s'appelle Hastings. Je l'exhorte souvent à utiliser ses petites cellules grises, tout en sachant qu'elles ne pourront jamais rivaliser avec les miennes.

Escomptant un compliment, j'attendais qu'il continue en disant « Vous, en revanche… », mais j'en fus pour mes frais.

— Les vôtres non plus ne seront jamais à la hauteur des miennes, poursuivit-il. Non par manque d'intelligence, de sensibilité, ni même d'originalité. Mais parce que vous manquez de confiance en vous. Au lieu de chercher la réponse, vous cherchez autour de vous quelqu'un qui la trouve et vous la donne. Eh bien, Hercule Poirot est là pour ça ! Mais Poirot ne se contente pas de résoudre des énigmes, mon ami, c'est aussi un guide, un professeur. Il souhaite que vous appreniez à penser par vous-même, comme il le fait. Comme le fait aussi cette femme que vous décrivez, Margaret Ernst, qui se fie non à la Bible, mais à son propre jugement.

— Oui. D'ailleurs, j'ai trouvé cette attitude assez arrogante, rétorquai-je.

J'aurais aimé développer mon point de vue, mais nous étions arrivés à l'hôtel Bloxham.

15

Et de quatre

Dans le hall du Bloxham, nous tombâmes nez à nez avec Henry Negus, le frère de Richard. Il portait une petite mallette ainsi qu'une valise très volumineuse, qu'il posa à terre.

— Ce n'est plus de mon âge, nous dit-il, tout essoufflé. Et cette enquête, progresse-t-elle ?

À son expression et au ton de sa voix, je devinai qu'il ignorait encore qu'un quatrième meurtre avait eu lieu. Je ne répondis pas, curieux de voir ce que Poirot choisirait ou non de dire.

— Elle est en bonne voie, confirma-t-il en restant délibérément dans le vague. Vous avez passé la nuit ici, monsieur ?

— Oh, c'est cette valise qui vous l'a fait croire. Non, j'ai séjourné au Langham. Franchement, je n'aurais pu supporter de dormir dans cet hôtel, même si M. Lazzari a été assez bon pour me le proposer. Je ne suis venu que pour récupérer les affaires de Richard, expliqua Henry Negus en faisant un signe de tête vers la valise sans pour autant la regarder, comme si sa vue lui était pénible, et de là où j'étais, je pus lire *M. R. Negus* sur l'étiquette attachée à la poignée.

Eh bien, je ferais mieux de me dépêcher, conclut-il. Tenez-moi informé, s'il vous plaît.

— Comptez sur nous, dis-je. Au revoir, monsieur Negus. Et encore toutes mes condoléances pour votre frère.

— Merci, monsieur Catchpool. Monsieur Poirot.

En nous saluant, Negus eut l'air gêné, un peu irrité même, et je compris ma maladresse : face à la tragédie, il ne souhaitait pas qu'on lui rappelle son chagrin alors qu'il s'efforçait justement d'être efficace, pragmatique, en se concentrant sur les détails pratiques à régler.

Au moment où il sortait de l'hôtel, Luca Lazzari se précipitait sur nous en s'arrachant presque les cheveux.

— Ah, monsieur Poirot, monsieur Catchpool ! Enfin ! Vous avez appris la nouvelle ? Quel malheur, quels sombres jours pour l'hôtel Bloxham !

Était-ce mon imagination, ou avait-il ciré sa moustache pour qu'elle ressemble à celle de Poirot ? Dans ce cas, c'était une bien pâle imitation. Mais pourquoi ce quatrième meurtre l'atteignait-il à ce point ? Quand trois de ses clients avaient été tués jeudi dernier, il avait conservé toute sa jovialité. Et si cette fois la victime était l'un des employés de l'hôtel, et non un client ? me dis-je.

— Et qui est la malheureuse victime ? lui demandai-je.

— Je l'ignore, figurez-vous, et j'ignore même où elle se trouve, répondit Lazzari, ce qui ne manqua pas de nous intriguer. Suivez-moi. Vous verrez par vous-même.

Tandis que nous le suivions jusqu'à l'ascenseur, nous vîmes Rafal Bobak nous saluer en avançant vers nous. Il poussait un grand chariot à roulettes rempli d'un amas de draps sans doute destinés à la lingerie.

— Monsieur Poirot, dit-il en s'arrêtant. Depuis l'autre jour, j'ai eu beau repasser la scène dans mon esprit pour tenter de me rappeler tout ce qui s'était dit dans la chambre 317 le soir des meurtres...

— Oui ? s'enquit Poirot avec espoir.

— Rien d'autre ne m'est revenu, monsieur. Je regrette.

— Tant pis. Merci de vos efforts, monsieur Bobak.

— Regardez, dit Lazzari. Voici l'ascenseur et j'ai peur d'y monter ! Dans mon propre hôtel ! Je frémis au moindre bruit et je crains à chaque instant de découvrir quelque horreur ! Au tournant d'un couloir, avant d'ouvrir une porte...

Une fois dans l'ascenseur, Poirot essaya en vain d'extraire des propos décousus du gérant quelque information un tant soit peu sensée.

— C'est une certaine Jennie Hobbs qui a réservé la chambre... Quoi ? Oui, elle était blonde... mais où est-elle passée ?... Oui, elle portait un chapeau marron... Elle a disparu ! Non, elle n'avait pas de bagages... Je l'ai vue en personne, oui... Je suis monté trop tard à la chambre ! Quoi ? Oui, un manteau. Marron clair...

Arrivés au quatrième étage, nous suivîmes un Lazzari très perturbé dans le couloir. J'en profitai pour glisser quelques mots à Poirot :

— Harriet Sippel était au premier étage, Richard Negus au deuxième, Ida Gransbury au troisième, et nous voici au quatrième. Je me demande si cela signifie quelque chose.

Quand nous rattrapâmes Lazzari, il avait déverrouillé la serrure de la chambre 402 avec son passe.

— Messieurs, préparez-vous à découvrir une vision d'horreur qui jure de la plus terrible façon avec la beauté de notre établissement, nous déclara-t-il.

Après cette mise en garde, il ouvrit en grand la porte, qui alla claquer contre le mur. Dans un premier temps, je ressentis un immense soulagement, car aucun cadavre ne gisait là, étendu sur le sol, mains à plat, telle une dépouille mortuaire.

— Où est donc passé le corps ? m'étonnai-je.

— Nul ne le sait, Catchpool, déclara Poirot avec un calme apparent, mais je décelai dans sa voix une sorte d'étrange ressentiment.

Je découvris alors une mare de sang par terre, entre un fauteuil et une petite table d'appoint. Elle se trouvait à l'endroit précis où les cadavres avaient été découverts dans les chambres 121, 238 et 317. Une longue traînée de sang s'étirait d'un côté. Le meurtrier avait-il tiré le corps de Jennie Hobbs par un bras ? C'était plausible, car il y avait aussi de petites lignes transversales dans la traînée rouge, évoquant des traces de doigts... Comme je me détournais, écœuré par cette vision, j'aperçus dans un coin de la pièce un chapeau marron foncé, retourné. Il y avait quelque chose à l'intérieur, un petit objet métallique. Se pourrait-il que... ?

— Poirot, regardez.

— Le chapeau de Jennie. Ce que je craignais a fini par arriver, Catchpool, dit Poirot d'une voix qui tremblait un peu, puis il s'approcha très lentement du chapeau. Oui, c'est bien un bouton de manchette. Le quatrième, gravé des initiales PIJ, nous confirma-t-il. Mais quel idiot je suis ! s'exclama-t-il, furieux contre lui-même, et je ne pus qu'imaginer les grimaces que nous dissimulaient ses moustaches frémissantes.

— Poirot, vous ne pouvez être tenu pour responsable..., commençai-je, mais il m'interrompit avec véhémence :

— Non ! n'essayez pas de me réconforter ! Vous cherchez toujours à fuir la peine et la souffrance, mais je ne suis pas comme vous, Catchpool ! C'est une forme de lâcheté à laquelle je ne saurais souscrire ! Je veux regretter ce qui est regrettable, sans que vous tentiez de m'en empêcher. C'est un mal nécessaire !

J'en restai comme pétrifié. S'il avait voulu me réduire au silence, c'était réussi.

— Catchpool, me lança-t-il alors avec brusquerie, comme pour me ramener à la réalité. Regardez ces traces de sang. Le corps a été traîné à travers la pièce... Que voyez-vous ? Et qu'en déduisez-vous ?

— Eh bien...

— Regardez le sens du mouvement : il ne va pas vers la fenêtre, mais s'en éloigne au contraire.

— Ce qui signifie ?

— Le corps de Jennie a été enlevé de la chambre. Or la traînée de sang va vers le couloir, et donc...

— Donc..., répétai-je timidement, le tueur a traîné le cadavre de Jennie Hobbs de la mare de sang vers la porte...

— Non. Regardez la largeur de la porte, Catchpool. Qu'en concluez-vous ?

— Pas grand-chose, hélas, dis-je en songeant que le mieux, c'était encore de faire le candide. Un meurtrier qui souhaite se débarrasser d'un cadavre n'a que faire de ce genre de détail, il me semble.

Poirot secoua la tête d'un air chagrin en marmonnant entre ses dents et se tourna vers Lazzari.

— Signor, veuillez me dire tout ce que vous savez, en commençant par le commencement.

— Certainement, répondit Lazzari, puis il se racla la gorge et commença son rapport. Une chambre a été réservée par une certaine Jennie Hobbs. Elle s'est précipitée en catastrophe dans le hall de l'hôtel comme poursuivie par un démon, monsieur Poirot, et elle a demandé une chambre en jetant de l'argent sur le comptoir de la réception. Je l'ai moi-même accompagnée jusqu'à la chambre, je l'y ai laissée, puis j'ai hésité. Que devais-je faire ? Informer la police qu'une dénommée Jennie était arrivée à l'hôtel ? C'est vrai, vous m'aviez questionné en invoquant ce prénom, monsieur Poirot, mais des Jennie, ce n'est pas ça qui manque, à Londres, et la détresse d'une femme n'est pas forcément liée à une affaire de meurtre. Comment savoir...

— De grâce, signor, venez-en au fait, dit Poirot en interrompant ce flot de paroles. Ensuite ?

— J'ai attendu environ une demi-heure, puis je suis remonté au quatrième étage et j'ai frappé à la porte. Pas de réponse ! Alors je suis redescendu aussitôt chercher un passe.

Tandis que Lazzari faisait son rapport, je m'étais approché de la fenêtre. Tout était préférable à la vue de cette mare de sang et du chapeau contenant le bouton de manchette. Comme la chambre de Richard Negus au deuxième étage, la chambre 402 donnait sur les jardins de l'hôtel. Je contemplai les tilleuls taillés avec art, mais bientôt, la vue de ces arbres qui se fondaient les uns dans les autres comme s'ils se tenaient les mains depuis trop longtemps me fit une sinistre impression. J'allais m'écarter de la fenêtre quand je repérai un couple, dans le jardin en dessous, non loin d'une brouette. Ils étaient enlacés amoureusement. La femme marchait d'un pas hésitant, la tête inclinée, en s'appuyant contre son compagnon, et je le vis qui resserrait son étreinte. Je reculai d'un pas, mais je ne fus pas assez rapide ; levant les yeux, l'homme m'aperçut. C'était Thomas Brignell, le jeune assistant de la réception. Aussitôt, il devint écarlate. Pauvre Brignell, pensai-je. Un gars timide comme lui qui déteste prendre la parole en public doit être atrocement gêné qu'on l'ait surpris en plein flirt.

Mais Lazzari continuait son rapport :

— Quand je suis revenu avec un passe, j'ai frappé encore, pour ne pas m'immiscer dans l'intimité de cette jeune femme contre sa volonté, mais la porte restant close, je l'ai ouverte avec mon passe et... et voici ce que j'ai trouvé !

— Jennie Hobbs avait-elle demandé tout spéciale-ment une chambre au quatrième étage ? demandai-je.

— Non. C'est moi qui la lui ai attribuée, car mon réceptionniste en chef, ce cher et dévoué John Goode, était occupé par ailleurs. « Donnez-moi une chambre, n'importe laquelle ! Faites vite, je vous en supplie », m'avait dit Mlle Hobbs.

— A-t-on trouvé un mot déposé sur le comptoir de la réception pour annoncer le quatrième meurtre ? demanda Poirot.

— Non. Cette fois, il n'y a pas eu de mot.

— Et y a-t-il eu de la nourriture ou des boissons commandées ou servies à la chambre ?

— Non. Aucune commande.

— L'avez-vous vérifié auprès de tous les employés de l'hôtel ?

— Oui, tous sans exception. Monsieur Poirot, nous avons cherché partout et...

— Signor, il y a un instant, vous avez décrit Jen-nie Hobbs comme une jeune femme. Quel âge lui donneriez-vous ?

— Oh... mille excuses. Non, elle n'était pas jeune, mais pas vieille non plus.

— La trentaine ? demanda Poirot.

— Plutôt la quarantaine, mais l'âge d'une femme est difficile à estimer.

Poirot hocha la tête.

— Un chapeau marron foncé, un manteau marron clair. Des cheveux blonds. La quarantaine. En état de panique et de détresse... La Jennie Hobbs que vous décrivez ressemble beaucoup à celle que j'ai rencon-trée au Pleasant's Coffee House jeudi dernier. Mais pouvons-nous tenir pour certain que c'était elle ?

Soudain, il se tut, tout en continuant à remuer les lèvres.

— Poirot ? dis-je, mais je vis alors ses yeux s'allu-mer d'un vert intense et se braquer sur Lazzari.

— Signor, il me faut m'entretenir à nouveau avec Rafal Bobak, votre employé dont j'ai pu apprécier le grand sens de l'observation, ordonna-t-il. Ainsi qu'avec Thomas Brignell et John Goode. En fait, je devrai dès que possible parler avec tous les membres de votre personnel, pour leur demander à chacun combien de fois ils ont vu Harriet Sippel, Richard Negus et Ida Gransbury, vivants ou morts.

Manifestement, il venait de comprendre quelque chose d'important, et c'est alors qu'un déclic se fit aussi dans mon esprit.

— Poirot, murmurai-je, la gorge nouée.

Je m'aperçus alors que j'avais les plus grandes difficultés à parler.

— Quoi donc, mon ami ? J'ai enfin compris une chose qui m'avait échappé jusque-là. Auriez-vous comme moi rassemblé quelques morceaux du puzzle ? Mais il en reste d'autres, qui ne peuvent trouver leur place dans l'ensemble, hein ?

— Je... Je viens juste de voir une femme dans les jardins de l'hôtel, dis-je péniblement.

Pourtant je ne pus me résoudre sur l'instant à préciser qu'elle était dans les bras de Thomas Brignell, ni à décrire sa posture, affalée, la tête penchée d'un côté. C'était tout simplement trop... insolite. Et le sombre soupçon qui m'était venu me mettait si mal à l'aise que je ne parvenais pas à l'exprimer tout haut.

Fort heureusement, je réussis à divulguer un détail important.

— Elle portait un chapeau marron clair.

16

Un mensonge pour un autre

Lorsque Poirot rentra de l'hôtel à la pension quelques heures plus tard, il me trouva absorbé dans mes mots croisés.

— Catchpool, me tança-t-il. Pourquoi restez-vous plongé dans une quasi-obscurité ? Vous n'y voyez sûrement pas assez pour écrire.

— La lumière diffusée par le feu me suffit. D'ailleurs, je n'écris pas, pour le moment, je réfléchis. Ça n'avance pas vite. J'ignore comment s'y prennent ceux qui conçoivent les mots croisés pour les journaux. Cela fait des mois que je travaille sur celui-ci, et je n'arrive pas à donner de cohérence à l'ensemble. Tenez, si vous m'aidiez. Trouvez-moi donc un mot en cinq lettres synonyme de mort ?

— Catchpool, maugréa Poirot d'un air de reproche.

— Hmmm ?

— Vous me prenez pour un idiot, ou bien est-ce vous l'idiot ? Un mot en cinq lettres synonyme de mort, c'est crime.

— Oui, ça tombe sous le sens, et ce fut ma première idée. L'ennui, c'est que ce mot doit commencer par un D pour s'insérer dans le reste...

— Oubliez les mots croisés. Nous avons bien d'autres choses à discuter.

— Je me refuse à croire que Thomas Brignell ait tué Jennie Hobbs, déclarai-je avec fermeté.

— Vous avez de la sympathie pour lui.

— En effet, et je parierais jusqu'à mon dernier sou qu'il n'est pas un meurtrier. Qui nous dit qu'il n'a pas une petite amie en manteau marron ? C'est une couleur très courante, pour les manteaux, non ?

— Il est à la réception, dit Poirot. Que faisait-il donc dans les jardins, juste à côté d'une brouette ?

— Peut-être que la brouette se trouvait là, tout simplement !

— Et M. Brignell serait resté planté tout contre la brouette, avec sa petite amie dans les bras ?

— Eh bien, pourquoi pas ? dis-je, exaspéré. N'est-ce pas plus plausible que l'idée selon laquelle Brignell aurait sorti le corps inerte de Jennie Hobbs dans les jardins dans l'intention de le transporter ailleurs en brouette, puis qu'il aurait fait mine de l'embrasser quand il m'a vu le regarder par la fenêtre ? À ce compte-là, on pourrait tout aussi bien prétendre que... Bonté divine, c'est ce que vous vous apprêtez à faire, n'est-ce pas ?

— Quoi donc, mon ami ? Qu'allais-je donc prétendre, d'après vous ?

— Rafal Bobak est serveur, alors pourquoi poussait-il un chariot de blanchisserie ?

— Exactement. Pourquoi poussait-il un chariot de linge sale dans le hall ultra chic de l'hôtel en direction des portes d'entrée ? Le linge n'est-il pas blanchi et repassé dans l'enceinte de l'hôtel ? Le signor Lazzari l'aurait sûrement remarqué s'il n'avait été si perturbé par le cadavre disparu de la dernière victime. Certes, il n'aurait pas pour autant soupçonné M. Bobak d'une mauvaise intention. À ses yeux, tout son personnel est irréprochable.

— Attendez un peu, dis-je en mettant de côté mes mots croisés. C'est ce que vous vouliez souligner au sujet de la largeur de la porte, n'est-ce pas ? Puisque ce chariot pouvait facilement être poussé dans la chambre 402, pourquoi ne pas l'avoir roulé à l'intérieur, au lieu de traîner péniblement le corps à travers la pièce, ce qui demandait plus d'effort ?

— En effet, mon ami, confirma Poirot en hochant la tête avec satisfaction. Ces questions, j'espérais bien que vous vous les poseriez.

— Mais... croyez-vous sincèrement que Rafal Bobak aurait pu tuer Jennie Hobbs, jeter son cadavre dans le tas de linge sale, et pousser le tout jusque dans la rue, tout cela sous notre nez ? Quand nous l'avons croisé, il s'est même arrêté pour nous parler !

— Justement, alors qu'il n'avait rien à dire. Quoi ? Vous me trouvez peu charitable de suspecter des employés qui se sont montrés si obligeants envers nous ?

— Eh bien...

— Accorder à chacun le bénéfice du doute, c'est certainement louable, mon ami, mais ce n'est pas ainsi qu'on confond un meurtrier. Tant qu'à faire, je vais rajouter encore de quoi nourrir vos griefs à mon égard. M. Henry Negus. La valise qu'il transportait était très volumineuse, n'est-ce pas ? Assez large pour contenir le corps d'une femme mince, et il ahanait sous l'effort.

— C'en est trop, répliquai-je en me couvrant le visage de mes mains. Henry Negus ? Non. Désolé, mais non. Il se trouvait dans le Devon le soir des meurtres. Et il m'a semblé on ne peut plus digne de confiance.

— Dites plutôt que sa femme et lui affirment qu'il se trouvait dans le Devon, me corrigea vivement Poirot. Mais revenons-en à la traînée de sang suggérant que le corps a été tiré sur le sol... Une valise vide peut aisément être transportée au milieu d'une pièce jusqu'à un cadavre qui attend d'être emporté. Alors, la même question se pose à nous : pourquoi tirer le corps de Jennie Hobbs en direction de la porte ?

— De grâce, Poirot. Si nous sommes obligés d'avoir cette conversation, que ce soit à un autre moment. Pas maintenant.

— Fort bien, dit-il d'un ton sec, visiblement contrarié. Puisque vous n'êtes pas d'humeur à envisager des hypothèses, laissez-moi vous raconter ce qui s'est passé ici à Londres tandis que vous étiez à Great Holling. Peut-être vous sentirez-vous plus à l'aise face à des faits.

— Nettement plus à l'aise, confirmai-je.

Après avoir un peu tortillé ses moustaches, Poirot s'assit dans un fauteuil et se lança dans un compte rendu des conversations qu'il avait eues avec Rafal Bobak, Samuel Kidd, Nancy Ducane et Louisa Wallace durant mon séjour à Great Holling. Quand il eut fini, j'avoue que la tête me tournait un peu. Je pris pourtant le risque de le pousser encore à développer son discours.

— N'avez-vous pas omis quelques détails importants ?

— Tels que ?

— Eh bien, cette Dorcas, la soubrette maladroite de Louisa Wallace. Vous avez fait allusion à une idée qui vous était venue subitement, une illumination, presque, alors que vous vous trouviez avec elle sur le palier du premier étage, mais vous n'avez pas précisé ce que c'était.

— C'est vrai.

— Quant à ce mystérieux motif que vous avez dessiné et fait porter à Scotland Yard, que représentait-il ? Et Stanley Beer, qu'était-il censé en faire ?

— Cela non plus, je ne vous l'ai pas révélé, convint Poirot en faisant mine de s'en excuser, comme s'il ne l'avait pas fait exprès.

Je poursuivis obstinément :

— Pourquoi teniez-vous tant à savoir combien de fois chacun des employés du Bloxham avait vu Harriet Sippel, Ida Gransbury et Richard Negus mort ou vif ? Cela non plus, vous ne l'avez pas expliqué.

— Hé oui, Poirot laisse des trous partout !

— Sans oublier vos omissions précédentes. Par exemple, quels sont les étranges points communs aux meurtres du Bloxham et à l'apparition de Jennie Hobbs au Pleasant's ? Vous en avez évoqué deux, sans les préciser.

— Ne le prenez pas mal, mon ami. Si je ne vous révèle pas toutes ces choses, c'est parce que je compte faire de vous un bon détective et un inspecteur hors pair.

— Eh bien c'est mal parti. Je me sens dans la peau d'un pauvre diable, incapable de faire la moindre lumière sur cette affaire ni d'être utile à quiconque, avouai-je, en laissant pour une fois mes vrais sentiments sortir au grand jour.

À cet instant, j'entendis un bruit, peut-être un coup frappé discrètement à la porte du salon.

— Il y a quelqu'un ? lançai-je.

— Oui, répondit du couloir la voix de Blanche Unsworth. Je regrette de vous déranger à cette heure tardive, messieurs, mais il y a là une dame qui veut absolument voir M. Poirot. Elle dit que ça ne peut pas attendre.

— Faites-la entrer, madame.

Peu après, je me retrouvai face à l'artiste Nancy Ducane, stupéfié par sa beauté qui devait couper le souffle à bien d'autres que moi. Elle avait beaucoup d'allure dans un manteau vert foncé d'une coupe très élégante. À ses paupières gonflées, je devinai qu'elle avait dû longuement pleurer.

Poirot fit les présentations avec une exquise courtoisie.

— Merci de me recevoir, dit Nancy Ducane. Je m'en veux de faire ainsi irruption chez vous. Veuillez pardonner cette intrusion. J'ai essayé de résister au besoin impérieux que j'avais de vous voir, mais... comme vous le voyez, j'ai échoué.

— Veuillez vous asseoir, madame Ducane, dit Poirot. Comment nous avez-vous trouvés ?

— Avec l'aide de Scotland Yard, comme tout détective qui se respecte, répondit-elle avec l'ombre d'un sourire.

— Ah ! voilà que grâce à la police, les gens se bousculent à ma porte ! Dire que je croyais avoir trouvé un refuge inaccessible en plein Londres ! Qu'importe, madame. Je suis ravi de vous voir, quoiqu'un peu surpris.

— J'aimerais vous raconter ce qui est arrivé à Great Holling il y a seize ans, dit Nancy. J'aurais dû le faire l'autre jour, mais vous m'avez causé un tel choc, quand vous avez mentionné tous ces noms que j'espérais ne plus jamais entendre.

Quand elle eut ôté son manteau, je l'invitai à s'asseoir dans un fauteuil.

— C'est une bien triste histoire, commença-t-elle.

Nancy Ducane parla d'une voix posée, mais son regard trahissait combien elle restait hantée par cette période de sa vie. Son histoire rejoignait en tous points celle de Margaret Ernst sur la cruauté dont les habitants de Great Holling avaient fait preuve à l'égard du révérend Patrick Ive. Quand elle parla de Jennie Hobbs, sa voix se mit à trembler.

— Elle était amoureuse de Patrick, vous comprenez. Oh, je ne puis le prouver, mais c'est ma profonde conviction. Et c'est par jalousie qu'elle en vint à raconter ce mensonge ignominieux. Il était amoureux de moi, et donc elle a voulu le blesser, le punir. Ensuite, quand Harriet s'est emparée de son mensonge et que Jennie a vu le mal qu'elle avait provoqué, elle en a été malade. Oui, je crois qu'elle en a eu honte et qu'elle a dû se détester, mais elle n'a pas cherché à réparer sa faute et elle n'a rien fait pour y remédier, rien ! Elle s'est retirée dans l'ombre en espérant qu'on l'oublierait. Alors qu'elle aurait dû se dresser pour proclamer publiquement que c'était de la pure calomnie et qu'elle regrettait d'en être à l'origine, malgré toute la crainte que lui inspirait Harriet.

— Pardon, madame, mais d'où vous vient cette intime conviction que Jennie nourrissait pour Patrick Ive des sentiments amoureux ? Il paraît impensable que l'aimant, elle ait pu propager une rumeur si dévastatrice.

— Dans mon esprit, cela ne fait aucun doute. Jennie était amoureuse de Patrick. Quand elle a quitté Cambridge pour suivre les Ive à Great Holling, elle a laissé tomber son petit ami. Le saviez-vous ? Je crois même que la date de leur mariage était fixée, poursuivit Nancy Ducane quand nous eûmes avoué notre ignorance. Jennie n'a pas supporté de laisser partir Patrick, elle a annulé son mariage et l'a accompagné.

— Et Frances Ive ? N'était-ce pas à elle que Jennie s'était attachée ? demanda Poirot. C'est peut-être par loyauté qu'elle a suivi les Ive.

— Croyez-vous que beaucoup de femmes feraient passer leur loyauté envers leurs patrons avant leurs projets matrimoniaux ? demanda Nancy.

— Non, en effet, madame. Il n'en reste pas moins que ce que vous me racontez manque encore de cohérence. Si Jennie était jalouse, pourquoi a-t-elle attendu que Patrick Ive tombe amoureux de vous pour répandre ce terrible mensonge ? Son union avec Frances Ive aurait dû bien avant provoquer sa rancœur, non ?

— Et qui vous dit que ce ne fut pas le cas ? Patrick vivait à Cambridge, quand Frances et lui se sont rencontrés et se sont mariés. Jennie Hobbs était alors la domestique de Patrick. Peut-être a-t-elle déjà à cette époque cherché à répandre des calomnies, qui seront tombées dans l'oreille d'un sourd, ou de quelqu'un de moins vicieux qu'Harriet Sippel.

— Oui, c'est bien possible, admit Poirot.

— Fort heureusement, les gens évitent en général de répandre des médisances, remarqua Nancy. Peut-être qu'à Cambridge, Jennie n'aura trouvé personne d'aussi malveillant qu'Harriet Sippel, ou d'aussi prompt à mener une croisade au nom de la vertu qu'Ida Gransbury.

— J'observe que vous n'avez pas mentionné Richard Negus.

Cette remarque parut jeter le trouble dans l'esprit de Nancy.

— Richard était quelqu'un de bien, reprit-elle après avoir marqué une pause. Il a fini par regretter d'avoir participé à toute cette horrible affaire. Oui, dès qu'il a compris que Jennie avait menti, et qu'il a vu combien Ida manquait de compassion, il s'en est voulu. Il y a deux ou trois ans, il m'a écrit du Devon, pour m'avouer que cette sombre histoire le rongeait depuis toutes ces années. Certes, Patrick et moi avions eu tort de nous conduire ainsi, disait-il, car pour lui, les liens du mariage étaient sacrés, mais il en était venu à penser que face au péché, il existait d'autres voies que la condamnation et le châtiment.

— C'est ce qu'il vous a écrit ? s'étonna Poirot.

— Oui… J'espère que vous ne partagez pas son point de vue.

— Ces affaires sont complexes, madame.

— Et si, en punissant quelqu'un pour un péché d'amour, on engendre un mal bien plus terrible ? Cette intransigeance, cette malveillance ont entraîné deux morts, dont celle d'une personne innocente. N'est-ce pas là un bien plus grand péché ?

— Si. C'est justement le genre de dilemme que génèrent ces situations.

— Dans la lettre qu'il m'a adressée, Richard écrivait que, tout chrétien qu'il fût, il ne pouvait se résoudre à croire que Dieu aurait souhaité qu'il persécute un homme comme Patrick, tout de douceur et de bonté.

— Punir ou persécuter sont deux choses bien différentes, dit Poirot. Reste la question de la loi et des règles de vie. Certes, on ne peut s'empêcher d'éprouver certains sentiments, mais on peut choisir de les réfréner ou non. Lorsqu'un crime a été commis, on doit faire en sorte que le criminel rende compte à la justice de ses actes, sans y mêler toutefois aucun dépit ou rancune personnelle, sans l'esprit de revanche qui contamine tout, et est en vérité un mal absolu.

— L'esprit de revanche, répéta Nancy Ducane avec un frisson. Oui, c'est exactement ça. Harriet Sippel en était remplie. C'était écœurant.

— Pourtant, en racontant l'histoire, vous n'avez pas une seule fois dit du mal d'Harriet Sippel, remarquai-je. Et quand vous qualifiez son comportement d'écœurant, on dirait que cela vous attriste. Vous ne semblez pas lui en vouloir autant qu'à Jennie Hobbs.

— Oui, ce que vous dites est vrai, soupira Nancy. Quand mon mari William et moi sommes venus vivre à Great Holling, Harriet et George Sippel étaient nos meilleurs amis. Puis George est mort, et Harriet est devenue un monstre. Mais lorsqu'on a beaucoup aimé quelqu'un, il est difficile de le condamner, vous ne trouvez pas ?

— Difficile, ou irrésistible, dit Poirot.

— Pour moi, c'était difficile. On met les pires agissements de cette personne sur le compte d'un mal-être, d'une souffrance maladive dont ils seraient les symptômes, sans l'imputer à son être véritable. Je ne pouvais en aucun cas pardonner à Harriet la façon dont elle traitait Patrick. Cependant, j'avais presque

219

pitié d'elle en voyant ce qu'elle était devenue. Ce devait être horrible autant pour elle que pour les autres.

— Vous la considériez comme une victime ?

— Oui, ce fut une tragédie pour elle de perdre un mari bien-aimé aussi jeune ! On peut être à la fois victime et bourreau.

— C'est une chose qu'Harriet et vous aviez en commun, remarqua Poirot. Vous aviez toutes deux perdu votre mari très jeunes.

— Cela va vous sembler cruel de ma part, mais en réalité, il n'y avait aucune commune mesure, dit Nancy. George Sippel était tout, pour Harriet. Moi, j'ai épousé William parce que c'était un homme sage et qu'il m'assurait la sécurité. J'avais besoin d'échapper à mon père. Je ne supportais plus de vivre sous le même toit que lui.

— Ah oui... Albinius Johnson, dit Poirot. Cela m'est revenu après notre entrevue. En effet, je connaissais ce nom. Votre père faisait partie d'un cercle d'agitateurs anglais et russes sévissant à Londres à la fin du siècle dernier. Il a fait un séjour en prison.

— C'était un individu dangereux, dit Nancy. Je ne supportais pas de discuter avec lui de ses... idées, mais je sais qu'il trouvait légitime de tuer des gens, quel que soit leur nombre, s'ils étaient un obstacle à ses idéaux, à la création d'un monde meilleur. Meilleur selon sa conception ! Comment peut-on améliorer le monde en répandant le sang ? Comment des hommes qui ne souhaitent qu'écraser et détruire pourraient-ils y parvenir, quand ils sont incapables de parler de leurs espoirs ou de leurs rêves sans que leurs faces soient déformées par la haine et la colère ?

— Je vous rejoins tout à fait, madame. Un mouvement mené par la fureur et le ressentiment ne changera pas nos vies en mieux. Jamais. Il est vicié à la source.

Je faillis intervenir pour exprimer mon assentiment, mais je me ravisai, car visiblement, personne ne s'intéressait à mes idées.

— Quand j'ai rencontré William Ducane, je n'en suis pas tombée amoureuse, mais je l'appréciais beaucoup en tant qu'homme et je le respectais. Il était calme et prévenant, mesuré dans ses propos comme dans son comportement. Presque trop scrupuleux, dirais-je. Au point de s'en vouloir terriblement si par malheur il oubliait de rapporter un livre à la bibliothèque municipale après le délai imparti.

— Un homme doté d'une conscience.

— Oui, plein de bon sens et d'humilité. Si un obstacle lui barrait le chemin, il avait tendance à le contourner au lieu de le bousculer au passage. Je savais que lui n'inviterait pas chez nous une bande d'excités enclins à la violence. William appréciait l'art et les belles choses. En cela, il me ressemblait.

— Je comprends, madame. Mais vous n'éprouviez pas pour lui un amour passionné, tel que celui d'Harriet Sippel pour son mari, n'est-ce pas ?

— Non. L'homme que j'ai passionnément aimé était Patrick Ive. Dès l'instant où je l'ai vu, mon cœur n'a appartenu qu'à lui seul. J'aurais sacrifié ma vie pour lui. Quand je l'ai perdu, j'ai fini par comprendre ce qu'Harriet avait dû éprouver à la mort de George. On ne peut l'imaginer, tant qu'on ne l'a pas vécu. Je me rappelle, après l'enterrement de George, j'avais trouvé Harriet morbide quand elle m'avait suppliée de prier pour qu'elle meure afin de le rejoindre au plus vite. J'avais refusé, en lui disant qu'avec le temps, la douleur s'atténuerait, et qu'un jour elle retrouverait une raison de vivre.

Nancy s'interrompit, visiblement émue.

— Malheureusement, c'est ce qui est arrivé, reprit-elle. Elle a trouvé du plaisir dans la souffrance des autres. La veuve Harriet était une sinistre harpie.

Telle était la femme qui a été tuée à l'hôtel Bloxham. Celle que je connaissais et aimais est morte avec son George... Vous avez remarqué que j'en veux à Jennie, ajouta-t-elle en levant soudain les yeux vers moi. Je n'en ai pas le droit. Je suis aussi coupable qu'elle d'avoir laissé tomber Patrick.

Sur ces mots, Nancy éclata en sanglots et se couvrit le visage de ses mains.

— Allons, madame. Tenez, dit Poirot en lui passant un mouchoir. Comment auriez-vous pu laisser tomber Patrick Ive ? Vous nous avez dit que vous auriez donné votre vie pour lui.

— Je ne vaux pas mieux que Jennie. Comme elle, j'ai fait preuve d'une lâcheté dégoûtante ! Quand je me suis dressée au King's Head pour confesser que Patrick et moi étions amoureux et que nous nous rencontrions en secret, je n'ai pas dit la vérité. Du moins pas toute la vérité...

Trop bouleversée pour continuer, Nancy pleura dans le mouchoir, secouée de sanglots.

— Je crois vous comprendre, madame, dit doucement Poirot. Ce jour-là au King's Head, vous avez dit aux villageois que vos relations avec Patrick étaient restées chastes. C'était là votre mensonge. Ai-je deviné ?

— Je ne supportais plus ces rumeurs, reprit-elle avec désespoir. Tous ces ragots macabres de rencontres avec les âmes des défunts en échange d'argent, ces petits enfants huant Patrick et sa femme au passage dans les rues en hurlant au blasphème... J'étais épouvantée ! Vous ne pouvez imaginer cette horreur, toutes ces voix s'acharnant à accuser et condamner un seul homme, un homme bon !

Oh si, je pouvais l'imaginer. Au point d'avoir envie qu'elle cesse d'en parler.

— Il fallait que je fasse quelque chose, monsieur Poirot. Alors voilà ce que je me suis dit : je combattrai ces calomnies avec quelque chose de bon et de pur, la vérité. La vérité, c'était mon amour pour Patrick, un amour partagé, mais j'avais peur, et j'ai terni la vérité par un mensonge ! Ce fut là mon erreur. Dans ma fougue, j'ai manqué de lucidité. J'ai souillé la beauté de mon amour pour Patrick par manque de courage et de sincérité. Nos relations n'étaient pas chastes, mais j'ai prétendu qu'elles l'étaient. J'ai cru n'avoir pas d'autre choix que de mentir. Ce fut lâche et méprisable de ma part !

— Vous êtes trop dure envers vous-même, dit Poirot. Ce n'est pas nécessaire.

— Comme j'aimerais vous croire, soupira Nancy en se tapotant les yeux. Mais pourquoi n'avoir pas dit toute la vérité ? Face à ces horribles accusations, ma défense de Patrick aurait dû être une noble chose, et je l'ai gâchée. Pour cela, je me maudis tous les jours de ma vie. Cette meute de braillards, de chasseurs de péché du King's Head, ils étaient montés contre moi, de toute façon. Pour eux, j'étais déjà une femme déchue, et Patrick, le diable en personne. Alors un peu plus ou un peu moins, quelle importance ? L'opprobre était déjà à son apogée.

— Pourquoi, dans ce cas, n'avoir pas dit toute la vérité ? demanda Poirot.

— J'ai voulu épargner Frances, lui rendre l'épreuve moins pénible. Éviter un plus grand scandale. Ensuite, Frances et Patrick se sont suicidés, et tout espoir fut perdu... Je sais bien qu'ils ont mis fin à leurs jours, malgré ce qu'on a pu dire, ajouta Nancy.

— Ce fait a-t-il été contesté ? demanda Poirot.

— Selon le médecin et tous les rapports officiels, leurs morts étaient accidentelles, mais personne n'y a cru, à Great Holling. Le suicide est un péché, aux yeux de l'Église. Le médecin du village a voulu protéger la réputation de Patrick et Frances d'un plus grand dommage. Il les aimait beaucoup, et il a pris leur défense quand personne d'autre ne l'a fait ni voulu. Le Dr Flowerday est un brave homme, une espèce rare, à Great Holling. Il savait distinguer les mensonges, quand il en entendait... Mensonge pour mensonge et dent pour dent, conclut Nancy en riant à travers ses larmes.

— Ou vérité pour vérité ? suggéra Poirot.

— Oui, c'est vrai. Oh, votre mouchoir est fichu, j'en ai peur.

— Aucune importance. J'en ai d'autres. Encore une question que j'aimerais vous poser, madame : Samuel Kidd, ce nom vous dit-il quelque chose ?

— Non. Il le devrait ?

— Il n'a pas vécu à Great Holling, quand vous-même y habitiez ?

— Non. Et c'est tant mieux pour lui, dit Nancy amèrement.

17

Femme âgée et jeune homme

— Donc, reprit Poirot une fois que notre visiteuse nous eut quittés. Nancy Ducane est d'accord avec Margaret Ernst pour dire que les Ive se sont suicidés, mais le rapport officiel atteste que les morts furent accidentelles. Ambrose Flowerday aurait raconté ce mensonge pour protéger les réputations de Frances et Patrick Ive d'un plus grand dommage.

— Et comme par hasard, Margaret Ernst n'a rien dit à ce propos, remarquai-je.

— Serait-ce pour cette raison qu'elle vous a fait promettre de ne pas parler au médecin ? Et si Ambrose Flowerday était fier du mensonge qu'il a fait, assez pour me l'avouer si je lui avais posé la question ? Margaret Ernst souhaitait peut-être le protéger contre lui-même...

— Oui, convins-je. C'est sans doute pourquoi elle voulait m'éloigner de lui.

— Ce besoin de protéger, comme je le comprends ! s'exclama farouchement Poirot.

— Vous ne devez pas vous en vouloir à propos de Jennie, Poirot. Vous n'auriez pas pu la protéger.

— Là, vous faites preuve de sagesse, Catchpool. Protéger Jennie était une tâche impossible, même pour Hercule Poirot. Avant que je la rencontre, il était déjà trop tard pour la sauver, je m'en rends compte à présent. Beaucoup trop tard, soupira-t-il. Ne trouvez-vous pas intrigant que cette fois, on ait trouvé du sang sur les lieux du crime, alors qu'auparavant, les victimes étaient mortes empoisonnées ?

— À vrai dire, ce qui ne cesse de m'intriguer, c'est où est passé le corps de Jennie ? Le Bloxham a été fouillé de fond en comble, et on n'a rien trouvé !

— Peu importe l'endroit, Catchpool. Ne vous demandez pas où est passé le corps, mais pourquoi il a disparu. Oui, qu'importe que le corps ait été emporté de l'hôtel dans un chariot de linge, une valise ou une brouette, mais pourquoi a-t-il été enlevé ? Pourquoi ne l'a-t-on pas laissé dans la chambre d'hôtel, comme les trois autres ?

— Eh bien ? Quelle est la réponse ? Vous la connaissez, alors dites-la moi.

— En effet, dit Poirot. Tout cela peut s'expliquer, mais je crains que l'explication ne soit guère réjouissante.

— Réjouissante ou pas, j'aimerais l'entendre.

— Le moment venu, vous l'entendrez, ainsi que tout le reste. Pour l'heure, je vous dirai ceci : aucun employé du Bloxham n'a vu Harriet Sippel, Ida Gransbury ou Richard Negus plus d'une fois, à part un homme : Thomas Brignell. Lui a vu Richard Negus deux fois : quand Negus est arrivé à l'hôtel le mercredi et qu'il s'est occupé de lui, et le jeudi soir, lorsqu'il est tombé sur M. Negus dans le couloir et que celui-ci lui a commandé un verre de sherry, conclut Poirot avec un petit gloussement de satisfaction. Réfléchissez-y, Catchpool… Commencez-vous à discerner ce que cela signifie ?

— Non.

— Ah.

Cette seule syllabe suffit à m'exaspérer au plus haut point.

— Par pitié, Poirot ! m'exclamai-je.

— Je vous l'ai dit, mon ami : n'espérez pas de moi que je vous donne toujours la réponse.

— Mais je sèche complètement ! Plusieurs éléments nous portent à suspecter Nancy Ducane de ces crimes, mais elle a un solide alibi fourni par lady Louisa Wallace. Alors… qui d'autre qu'elle aurait pu vouloir tuer Harriet Sippel, Ida Gransbury, Richard Negus et Jennie Hobbs ? m'enquis-je.

Je me mis à arpenter le salon, furieux contre moi-même, et ne voyant aucun moyen de me sortir de cette ornière.

— Je trouve toujours absurde que vous vous permettiez ces allégations, repris-je. Mais en admettant que le meurtrier soit Henry Negus, Rafal Bobak ou Thomas Brignell, quel aurait été leur mobile ? Quel rapport y a-t-il entre ces trois personnes et les tragiques événements de Great Holling survenus seize ans plus tôt ?

— Henry Negus a le mobile le plus vieux et le plus banal du monde : l'argent. Il nous a bien dit que son frère Richard dilapidait tous ses biens, n'est-ce pas ? Il nous a également informés que son épouse ne voulait en aucun cas bannir Richard de son foyer. Si son frère meurt, Henry n'a plus à l'entretenir. Tandis qu'un Richard vivant lui aurait coûté à la longue une petite fortune.

— Et Harriet Sippel, Ida Gransbury et Jennie Hobbs ? Pourquoi Henry Negus les aurait-il tuées elles aussi ?

— Je l'ignore, même si je pourrais à ce sujet émettre quelques hypothèses, répondit Poirot. Quant à Rafal Bobak et Thomas Brignell, je ne vois pour eux aucun mobile, à moins que l'un d'eux nous cache sa véritable identité.

— Je suppose que nous devrions creuser un peu plus ces différentes pistes, dis-je.

— Puisque nous en sommes à établir une liste de suspects, qu'en est-il de Margaret Ernst et Ambrose

Flowerday ? suggéra Poirot. Qui sait s'ils n'ont pas été poussés par le désir de venger Patrick Ive ? Margaret assure qu'elle était seule chez elle le soir des meurtres, mais elle n'a personne pour corroborer ses dires. Quant au Dr Flowerday, nous ignorons où il se trouvait, car hélas ! vous avez promis de ne pas chercher à le rencontrer, et vous avez tenu votre promesse. Poirot va devoir aller à Great Holling !

— Je vous avais dit de m'accompagner, lui rappelai-je. Remarquez, si vous étiez venu, vous n'auriez pas pu vous entretenir avec Nancy Ducane, Rafal Bobak et les autres. Au fait, ce jeune homme et cette femme plus âgée dont Bobak a entendu parler quand il se trouvait dans la chambre d'Ida Gransbury, en supposant que son compte rendu soit crédible, j'y ai réfléchi... et j'ai même établi une liste de tous les couples auxquels j'ai pu penser.

Je sortis alors cette liste de ma poche. (Oui, j'avais envie d'impressionner Poirot, je le reconnais. Mais j'en fus pour mes frais, ou alors, il le cacha bien.)

— George et Harriet Sippel, lus-je à haute voix. Patrick et Frances Ive. Patrick Ive et Nancy Ducane. Charles et Margaret Ernst. Richard Negus et Ida Gransbury. Dans aucun de ces couples la femme n'est plus âgée que l'homme. En tout cas pas « assez vieille pour être sa mère », comme cela a été dit.

— Tsss, fit Poirot impatiemment. Vous ne réfléchissez pas, mon ami. Ce couple composé d'un jeune homme et d'une femme plus âgée, comment savez-vous qu'il existe ?

Avait-il perdu la raison ? me dis-je en le dévisageant.

— Eh bien, Walter Stoakley en a parlé au King's Head, et Rafal Bobak a entendu par mégarde...

— Non, non, m'interrompit Poirot, de façon assez discourtoise. Vous ne tenez pas assez compte des détails : au King's Head, Walter Stoakley a parlé d'une femme rompant son engagement avec un homme, n'est-ce pas ? Alors que la conversation entre les trois victimes entendue par Rafal Bobak parlait d'un homme n'éprouvant plus d'intérêt pour une femme qui recherchait encore son amour. Comment voulez-vous que ce soit le même couple ? Au contraire, il ne peut s'agir des mêmes personnes !

— Vous avez raison, dis-je, abattu. Je n'y avais pas pensé.

— Vous étiez trop content de votre schéma, voilà pourquoi. Femme âgée et jeune homme par ci, femme âgée et jeune homme par là... Vous avez supposé qu'il s'agissait des mêmes !

— Oui, en effet. Peut-être devrais-je changer de métier.

— Non. Vous êtes perspicace, Catchpool. Pas toujours, mais quelquefois. Vous m'avez aidé à m'orienter dans toute cette confusion. Vous m'avez apporté un peu de lumière, et cela m'a permis de voir jusqu'au bout du tunnel. Vous rappelez-vous quand vous avez dit que Thomas Brignell avait gardé pour lui certaines choses pour des raisons personnelles ? Cette remarque m'a beaucoup éclairé, sachez-le, Catchpool !

— Eh bien moi, je suis toujours au fond du tunnel, sans aucune lueur pour me guider vers la sortie.

— Je vais vous faire une promesse, m'annonça alors Poirot. Demain, juste après le petit déjeuner, nous irons faire une petite visite, vous et moi. Ensuite, vous y verrez plus clair. Et moi aussi, j'espère.

— Je suppose que je n'ai pas le droit de vous demander à quelle personne nous allons rendre visite ?

— Mais si, mon ami, répondit Poirot en souriant. J'ai téléphoné à Scotland Yard pour obtenir son adresse. Et elle ne vous est pas inconnue.

Inutile de préciser qu'il ne m'en dit pas plus.

18

Frappons et voyons
qui va nous ouvrir la porte

Tandis que nous traversions la ville pour rendre notre mystérieuse visite, l'humeur de Poirot était aussi changeante que le climat londonien, qui hésitait sans cesse entre soleil et nuages. Il semblait content de lui, et l'instant d'après fronçait les sourcils, visiblement contrarié.

Enfin nous arrivâmes devant une maison modeste située dans une ruelle.

— Numéro 3 Yarmouth Cottages, dit Poirot. Cette adresse, Catchpool... ne vous est-elle pas familière ?

— Attendez un peu, que cela me revienne... Mais oui, c'est celle de Samuel Kidd.

— Effectivement. Notre dévoué témoin, qui a vu Nancy Ducane s'enfuir de l'hôtel Bloxham et laisser tomber deux clefs sur le trottoir. Or Nancy Ducane ne pouvait se trouver en ces lieux juste après 20 heures le soir des meurtres...

— Puisqu'elle était chez Louisa Wallace, confirmai-je. C'est pour prendre M. Kidd par surprise et l'obliger à nous dire ce qui l'a poussé à mentir que nous sommes ici ?

— Non. M. Kidd n'est pas chez lui aujourd'hui. Il est parti travailler.

— Mais alors...

— Livrons-nous donc à un petit jeu que nous appellerons « Frappons et voyons qui va nous ouvrir la porte », proposa Poirot avec un sourire énigmatique. Allez-y. Je frapperais moi-même, si je ne craignais pas de salir mes gants.

Je frappai donc et attendis, passablement intrigué. Pourquoi Poirot escomptait-il que quelqu'un viendrait nous ouvrir alors que l'occupant des lieux était ailleurs ? Je faillis le lui demander, puis me ravisai. À quoi bon ? me dis-je, en songeant avec nostalgie à un temps, pas si ancien, où je croyais utile de poser directement une question à quelqu'un qui en connaissait la réponse.

La porte d'entrée du numéro 3 Yarmouth Cottages s'ouvrit. Déconcerté, je me trouvai nez à nez avec une inconnue, mais en voyant la stupeur déformer ses traits, je devinai vite son identité.

— Bonjour, mademoiselle Jennie, dit alors Poirot. Catchpool, voici Jennie Hobbs. Et voici mon ami M. Edward Catchpool. Nous avions parlé de lui au Pleasant's Coffee House, vous vous rappelez ? Permettez-moi de vous dire combien je suis soulagé de vous voir en vie.

Alors, les quelques éléments stables que j'avais pu réunir au sujet de l'affaire volèrent en éclats, et je ne fus plus certain que d'une chose : je ne savais rien. Comment diable Poirot avait-il deviné que Jennie Hobbs se trouverait ici ? C'était tout simplement impensable ! Et pourtant.

Quand, au prix d'un certain effort sur elle-même, Jennie se fut recomposée, elle nous invita à entrer, nous pria d'attendre dans une petite pièce sombre piètrement meublée, puis s'excusa en disant qu'elle reviendrait bientôt.

— Vous avez dit qu'il était trop tard pour la sauver ! lançai-je à Poirot avec colère. Vous m'avez menti.

— Mais non, mon ami. C'est grâce à vous que j'ai deviné qu'elle serait ici. Vous m'avez aidé, cette fois encore.

— Et de quelle manière ?

— Rappelez-vous donc votre conversation avec Walter Stoakley au King's Head. Il vous avait parlé d'une femme qui aurait eu un mari, des enfants, un foyer à elle et une vie heureuse…

— Oui, et alors ?

— Une femme qui avait consacré sa vie à un homme de bien… Vous vous souvenez de me l'avoir rapporté, mon ami ?

— Évidemment ! Je ne suis pas complètement idiot !

— Vous avez cru avoir trouvé la femme âgée et le jeune homme dont avaient parlé nos trois victimes dans la chambre d'Ida Gransbury, selon le rapport de Rafal Bobak, et vous en avez déduit que Walter Stoakley parlait du même couple. Or votre déduction était erronée.

— Effectivement, reconnus-je. Partant de ce malentendu, j'ai interrogé Stoakley sur la différence d'âge entre la femme en question et le jeune vaurien avec lequel il buvait avant mon arrivée. Alors que Jennie Hobbs et ce jeune n'avaient rien à voir.

— Hé oui. S'il n'avait pas été sous l'emprise de l'alcool, Stoakley aurait pu s'en étonner et vous remettre sur la bonne voie.

— Mais alors, dis-je en essayant de relier le tout, ce jeune godelureau que Jennie Hobbs avait laissé choir… serait-ce Samuel Kidd ? Était-ce lui, le fiancé qu'elle avait laissé à Cambridge afin d'accompagner Patrick Ive à Great Holling ?

— C'était lui, mon ami, confirma Poirot d'un hochement de tête. Fee Spring, la serveuse du Pleasant's, m'a dit que Jennie avait jadis eu une peine de cœur.

— À cause de sa rupture avec Samuel Kidd ?

— Non. Je crois plutôt qu'il s'agissait de la mort de Patrick Ive, l'homme que Jennie aimait vraiment. Soit dit en passant, je suis certain que c'est pour tenter de se rapprocher de lui qu'elle avait modifié sa façon de parler, avec l'espoir qu'il la considérerait comme son égale, et non comme une simple domestique.

— Ne craignez-vous pas qu'elle disparaisse à nouveau ? dis-je en regardant vers la porte fermée du salon. Que fait-elle depuis tout ce temps ? Vous savez, nous devrions vite la conduire à l'hôpital.

— À l'hôpital ? s'étonna Poirot.

— Mais oui. Rappelez-vous tout ce sang répandu dans la chambre d'hôtel.

— Déduction trop hâtive, mon cher, remarqua Poirot.

Il allait enfin m'expliquer quand, au même instant, Jennie ouvrit la porte.

— Veuillez me pardonner, monsieur Poirot, dit-elle.

— Quoi donc, mademoiselle ?

Un silence s'abattit sur la pièce, si gênant que je faillis intervenir pour y mettre fin. Mais je me savais incapable d'alimenter utilement la conversation.

— Nancy Ducane, prononça Poirot avec une lenteur délibérée. Est-ce elle que vous fuyiez l'autre soir, quand vous vous êtes réfugiée au Pleasant's Coffee House ? Est-ce d'elle que vous aviez peur ?

— Elle a tué Harriet, Ida et Richard à l'hôtel Bloxham, murmura Jennie. J'ai appris la nouvelle dans les journaux.

— Puisque nous vous trouvons ici, chez Samuel Kidd, votre ex-fiancé, nous pouvons donc supposer que M. Kidd vous a raconté ce qu'il a vu le soir des meurtres ?

— Oui, confirma Jennie. Il a vu Nancy Ducane s'enfuir du Bloxham. Elle a laissé tomber deux clefs sur le trottoir.

— Quelle incroyable coïncidence, mademoiselle ! Nancy Ducane, qui a déjà tué trois personnes et souhaite aussi vous supprimer, est vue s'enfuyant de la scène des crimes par l'homme que vous aviez jadis l'intention d'épouser !

Jennie marmonna un « oui » presque inaudible.

— Eh bien, je me méfie d'une telle coïncidence. Vous mentez, comme vous avez menti lors de notre première rencontre !

— Non ! je vous jure que...

— Pourquoi avez-vous pris une chambre au Bloxham, en sachant que c'était là qu'Harriet Sippel, Ida Gransbury et Richard Negus avaient trouvé la mort ? l'interrompit Poirot.

— J'étais lasse de fuir. Il semblait plus facile d'en finir une fois pour toutes.

— Ah oui ? Vous acceptiez calmement le sort funeste qui vous attendait ? Vous alliez même au-devant de lui ?

— Oui.

— Alors pourquoi avez-vous demandé au gérant, M. Lazzari, de vous procurer une chambre « vite, vite », comme si vous vouliez encore échapper à votre poursuivant ? Et puisque, visiblement, vous n'êtes pas blessée, d'où vient tout le sang répandu dans la chambre 402 ?

Jennie se mit à pleurer en chancelant sur ses jambes. Poirot se leva pour l'aider à s'asseoir.

— À mon tour de rester debout, mademoiselle. Et de vous démontrer que je sais pertinemment que rien de ce que vous avez dit n'est la vérité.

— Doucement, Poirot, lui dis-je, car Jennie semblait sur le point de défaillir, mais il resta de marbre.

— Les meurtres d'Harriet, Ida et Richard furent annoncés dans un mot, dit-il. « PUISSENT-ILS NE JAMAIS REPOSER EN PAIX. 121. 238. 317. » Ce qui me fait me demander : un tueur qui approche avec un tel sang-froid de la réception d'un hôtel pour y déposer un mot annonçant trois meurtres est-il susceptible de paniquer, de s'enfuir de l'hôtel en haletant et de lâcher deux clefs devant témoin ? Comment croire que Nancy Ducane, la meurtrière présumée, n'a commencé à paniquer qu'après avoir déposé le mot sur le bureau de la réception ? Et si cette même Nancy Ducane a été vue sortant du Bloxham peu après 20 heures, comment pouvait-elle au même moment souper entre amis chez Louisa Wallace ?

— Poirot, vous y allez un peu fort, non ? intervins-je.

— Non, répliqua-t-il sèchement. Je vous le demande, mademoiselle Jennie : pourquoi Nancy Ducane aurait-elle déposé ce mot ? Pourquoi fallait-il que les trois cadavres soient découverts peu après 20 heures ce soir-là ? Les femmes de chambre auraient bien fini par les trouver. Pourquoi tant de hâte ? Puisque Mme Ducane était assez maîtresse d'elle-même pour déposer un mot sans provoquer de soupçons, elle devait être capable de réfléchir et d'agir avec sang-froid. Alors pourquoi n'a-t-elle pas rangé les clefs au fond de la poche de son manteau, avant de quitter l'hôtel ? Bêtement, elle les garde à la main, puis les lâche devant M. Kidd... qui parvient à discerner les premiers chiffres des numéros de chambre... et qui, après avoir prétendu un temps qu'il était incapable de mettre un nom sur le visage de cette femme mystérieuse, un visage qui lui était pourtant connu, y parvient à point nommé. Tout cela vous semble-t-il plausible, mademoiselle Hobbs ? Eh bien, à moi, cela paraît tout à fait invraisemblable, alors que je vous trouve ici, chez M. Kidd, et que je sais que l'alibi de Nancy Ducane est on ne peut plus solide !

Jennie pleurait, le visage enfoui dans sa manche. Poirot se tourna vers moi.

— Le témoignage de Samuel Kidd n'est qu'un tissu de mensonges de bout en bout, Catchpool. Jennie Hobbs et lui ont conspiré pour faire accuser Nancy Ducane des trois meurtres.

— Vous vous trompez complètement ! protesta Jennie.

— Je sais que vous êtes une menteuse invétérée, mademoiselle. J'ai suspecté depuis le début que ma rencontre avec vous au Pleasant's, loin d'être fortuite, était étroitement liée aux meurtres du Bloxham. Les deux événements, si l'on peut ranger trois meurtres dans un seul et unique événement, ont deux points communs aussi essentiels qu'insolites.

Je me redressai sur mon siège. Enfin j'allais apprendre quels étaient ces mystérieux points communs.

— Premièrement, continua Poirot, il existe une similitude d'ordre psychologique : dans les deux cas, il est suggéré que les victimes sont plus coupables que le meurtrier. Le mot déposé à la réception du Bloxham, « PUISSENT-ILS NE JAMAIS REPOSER EN PAIX. 121. 238. 317 », laisse penser que les trois victimes méritaient de mourir, et qu'en les tuant, leur meurtrier a fait œuvre de justice. Or au Pleasant's, mademoiselle Jennie, vous m'avez déclaré : « Quand je serai morte, justice sera faite, enfin. »

Il avait raison... Comment cela avait-il pu m'échapper ?

— Et puis il y a cette seconde similitude, fondée cette fois sur des détails circonstanciés : une trop grande quantité d'indices et d'informations, liés à la fois aux meurtres du Bloxham et à ma conversation avec Jennie au Pleasant's ! Trop de pistes se présentent aussitôt comme par enchantement. On croirait presque que quelqu'un cherche à aider la police. D'une brève rencontre dans un café, je retire une somme de faits considérable. Cette Jennie se sent coupable. Elle a fait quelque chose de terrible. Elle ne souhaite pas que son meurtrier soit puni. Elle s'arrange pour me glisser une phrase pour le moins curieuse : « Que personne ne leur ouvre la bouche ! », afin qu'en apprenant qu'on a trouvé des boutons de manchette dans la bouche des trois victimes du Bloxham, je fasse le rapprochement, consciemment ou non.

— Vous vous trompez sur mon compte, monsieur Poirot, s'indigna Jennie.

Mais Poirot ignora sa remarque et poursuivit sa démonstration :

— Concentrons-nous à présent sur les meurtres du Bloxham. Là encore, on nous fournit toutes sortes d'informations, si rapidement que c'en est suspect : Richard Negus a réglé la note des trois chambres ainsi que le coût des voitures qui ont fait la navette entre la gare et l'hôtel. Les trois victimes vivaient ou avaient vécu à Great Holling. Sans parler des initiales gravées sur les boutons de manchette, indice bien commode pour nous orienter sur la raison pour laquelle ces trois personnes méritaient d'être punies : la cruauté dont elles avaient fait preuve à l'égard du révérend Patrick Ive. Le mot déposé à la réception de l'hôtel vient également confirmer que le mobile est la vengeance, ou la soif de justice. N'est-il pas rare qu'un meurtrier couche ainsi son mobile par écrit et laisse ce mot bien en évidence dans un lieu aussi fréquenté qu'un hall de grand hôtel ?

— En fait, certains meurtriers souhaitent faire connaître leur mobile, remarquai-je.

— Mon ami, soupira Poirot, comme s'exhortant à la patience. Si Nancy Ducane avait désiré tuer Harriet Sippel, Ida Gransbury et Richard Negus, pourquoi aurait-elle fait en sorte qu'on puisse remonter si facilement jusqu'à elle ? A-t-elle envie de finir la corde au cou ? Et pourquoi Richard Negus, qui, selon son frère, était dans le besoin, a-t-il réglé toutes les factures ? Nancy Ducane est riche. Si elle avait voulu attirer ses victimes à Londres pour les tuer, pourquoi n'aurait-elle pas réglé elle-même leurs frais d'hôtel et de transport ? Rien de tout cela ne concorde !

— Je vous en prie, laissez-moi parler, monsieur Poirot ! Je vous dirai la vérité.

— Je préfère pour l'instant vous la dire moi-même, mademoiselle. Pardonnez-moi, mais je me considère plus digne de confiance que vous. Avant que vous me racontiez votre histoire, vous m'avez demandé si j'étais à la retraite, n'est-ce pas ? Vous avez ostensiblement cherché à savoir si je n'avais plus le pouvoir d'arrêter quiconque, ou de faire appliquer la loi dans ce pays. Et c'est seulement quand je vous eus rassurée sur ce point que vous vous êtes confiée à moi. Mais je vous avais déjà dit que j'avais un ami à Scotland Yard. Vous m'avez parlé, non parce que vous me croyiez dans l'incapacité d'arrêter un meurtrier, mais parce que vous saviez parfaitement que j'avais de l'influence dans le milieu de la police. Pourquoi ? Parce que vous souhaitiez voir Nancy Ducane arrêtée et pendue pour meurtre !

— Non, je ne souhaite rien de tel ! s'écria Jennie, puis elle tourna vers moi son visage strié de larmes. Je vous en prie, arrêtez-le !

— J'arrêterai quand j'en aurai fini, répliqua Poirot. Vous étiez une cliente régulière du Pleasant's Coffee House, mademoiselle. Les serveuses me l'ont confirmé. Or elles causent beaucoup de leurs clients en leur absence. Je suppose que vous les avez entendues parler de moi, ce monsieur moustachu du continent, toujours tiré à quatre épingles, et de mon ami Catchpool de Scotland Yard, ici présent. Vous avez ainsi appris que je soupais au Pleasant's chaque jeudi soir à 19 h 30 précises. Oh oui, mademoiselle, vous saviez où me trouver, et vous saviez qu'Hercule Poirot servirait à merveille vos noirs desseins ! Vous avez fait irruption au Pleasant's, l'air terrorisé, mais ce n'était que de la comédie ! Vous avez scruté la rue par la fenêtre un long moment, comme si vous craigniez d'être poursuivie, mais vous ne pouviez rien voir du dehors par cette fenêtre. En revanche, vous voyiez nettement sur la vitre le reflet de la salle éclairée où vous vous trouviez. Ce qui vous permettait de vérifier que personne ne vous suspectait de jouer la comédie. Vous vous méfiiez tout particulièrement d'une serveuse à l'œil perçant, qui aurait pu deviner la vérité et empêcher votre plan de réussir ! Or cette serveuse a croisé votre regard reflété sur la vitre, et elle a vu que c'était elle que vous surveilliez, et non la rue.

— Poirot, dis-je en me levant, je ne doute pas que vous ayez raison, mais vous ne pouvez continuer de la sorte sans laisser à cette pauvre femme le droit de se défendre.

— Du calme, Catchpool. Je viens juste de vous expliquer que Mlle Hobbs est très douée pour feindre la détresse alors qu'en vérité, c'est une habile calculatrice qui sait garder son sang-froid, non ?

— Vous êtes un homme sans cœur ! gémit Jennie.

— Au contraire, mademoiselle. Votre tour viendra de parler, soyez-en assurée, mais d'abord, j'ai encore une question à vous poser. « Que personne ne leur ouvre la bouche ! » m'avez-vous dit. Comment saviez-vous que Nancy Ducane, après avoir tué ses trois victimes, avait placé des boutons de manchette dans leurs bouches ? Il semble pour le moins curieux que vous l'ayez su au moment où vous m'avez rencontré. Mme Ducane avait-elle proféré des menaces à ce sujet ? Certes, je puis imaginer un meurtrier proférant des menaces telles que « Si je t'attrape, je te tranche la gorge », mais je ne puis l'imaginer déclarant « Quand je vous aurai tué, j'ai l'intention de placer un bouton de manchette monogrammé dans votre bouche. » Et pourtant, je suis doté d'une imagination foisonnante !

» Ah ! une dernière observation, mademoiselle. Quelle qu'ait été votre culpabilité dans le destin tragique de Patrick et Frances Ive, trois personnes étaient aussi coupables que vous, sinon plus : Harriet Sippel, Ida Gransbury et Richard Negus ont cru à votre mensonge, et ils ont monté tout le village contre le révérend Ive et son épouse. Or au Pleasant's, vous m'avez dit : "Quand je serai morte, justice sera faite, enfin." Quand je serai morte. Ceci m'indique que vous saviez qu'ils étaient déjà morts. Pourtant, si je prends en compte tous les indices dont je dispose, les trois meurtres du Bloxham ne devaient pas encore avoir été commis.

— Arrêtez, je vous en supplie ! pleura Jennie.

— Dans un instant, volontiers. Il était approximativement 19 h 45 lorsque vous avez prononcé ces mots : « Quand je serai morte, justice sera faite, enfin. » Or nous savons que les trois meurtres du Bloxham ne furent découverts par le personnel de l'hôtel qu'à 20 h 10. Pourtant vous, Jennie Hobbs, aviez déjà connaissance de ces meurtres. Comment ?

— Si vous cessiez de m'accuser, je vous dirais tout ! J'étais tellement désespérée. Devoir garder pour moi tous ces secrets et mentir constamment, c'était une véritable torture de tous les instants. Je n'en peux plus !

— Bon, dit Poirot en se radoucissant un peu. Vous avez subi un choc, aujourd'hui, n'est-ce pas ? Peut-être savez-vous à présent qu'on ne peut tromper Poirot ?

— Oui, je le sais. Laissez-moi vous raconter l'histoire, depuis le début. Ce sera un tel soulagement pour moi de pouvoir enfin dire la vérité.

Tout le temps que Jennie parla, ni Poirot ni moi ne l'interrompîmes. Voici, je l'espère, un compte rendu complet et fidèle de sa déclaration.

19

La vérité, enfin

J'ai détruit la vie du seul homme que j'aie jamais aimé, et détruit la mienne par la même occasion.

Je n'ai jamais pensé que les choses tourneraient aussi mal. Ce n'était pas dans mes intentions. Jamais je n'aurais imaginé qu'une phrase stupide, quelques mots cruels pourraient conduire à un tel désastre. Certes j'aurais dû y réfléchir à deux fois et me taire, mais je me sentais blessée. Dans un instant de faiblesse, j'ai cédé au dépit.

J'ai aimé Patrick Ive de toutes les fibres de mon être. Pourtant j'ai lutté, car à l'époque où je l'ai connu, j'étais fiancée à Sam Kidd. J'aimais bien Sam, mais alors j'ai commencé à travailler pour Patrick comme femme de chambre au Saviour College de Cambridge où il étudiait, et il a suffi de quelques semaines pour que mon cœur n'appartienne plus qu'à lui. J'ai su qu'aucun effort n'aurait raison de cet amour. Patrick était la meilleure personne du monde. Il m'aimait bien, mais pour lui, je n'étais qu'une domestique. Même quand j'eus appris à m'exprimer comme une fille de bonne famille telle que Frances Ive, dont le père était directeur du Saviour College de Cambridge, je suis restée aux yeux de Patrick une servante dévouée et rien de plus.

En surprenant plusieurs fois par mégarde leurs conversations, j'ai compris ce qui se passait entre lui et Nancy Ducane. J'ai su combien il l'aimait, et je n'ai pu le supporter. J'avais depuis longtemps accepté qu'il appartienne à Frances, mais découvrir qu'il était tombé amoureux d'une femme qui n'était pas son épouse, et que cette femme n'était pas moi, me fut intolérable.

L'espace d'un instant, pas davantage, j'ai eu envie de le punir. De lui faire subir un peu de la peine qu'il m'infligeait. J'ai inventé un mensonge. L'idée me vint de transformer les mots d'amour murmurés par Patrick à Nancy en des paroles venues d'outre-tombe, en l'occurrence celles du défunt mari de Nancy, William Ducane. Et, Dieu me pardonne, j'ai raconté ce mensonge à Harriet Sippel. Oh, c'était une absurdité, mais durant quelques secondes, j'y ai presque cru moi-même, et j'avoue en avoir tiré du réconfort. Un réconfort bien éphémère.

Puis Harriet s'est mise à l'œuvre, elle a répandu dans tout le pays d'horribles calomnies sur Patrick. Ida et Richard l'y ont aidée, ce que je n'ai jamais compris. Ils devaient savoir quel être malfaisant elle était devenue ; au village, tout le monde le savait. Comment ont-ils pu se retourner contre Patrick et s'allier avec elle ? Oh, la réponse, je la connais : c'était ma faute. Richard et Ida savaient que la rumeur ne venait pas à l'origine d'Harriet, mais d'une humble servante qui s'était toujours montrée loyale envers Patrick et ne pouvait donc être soupçonnée de mensonge.

Aussitôt, j'ai compris que ma jalousie m'avait poussée à commettre une terrible vilenie. J'ai été le témoin de la souffrance de Patrick, et j'ai eu désespérément envie de lui venir en aide, ainsi qu'à Frances, mais comment faire ? Harriet avait vu Nancy entrer et sortir la nuit du presbytère. Richard Negus également. Si j'avais admis avoir menti, j'aurais dû fournir une autre explication pour les visites nocturnes de Nancy à Richard. Et Harriet aurait vite fait d'en tirer de justes déductions.

La vérité, c'est que je suis affreusement lâche. Des gens comme Richard Negus et Ida Gransbury se fichent de l'opinion d'autrui, du moment qu'ils se croient du bon côté, mais pas moi. J'ai toujours cherché à faire bonne impression. Si j'avais confessé mon mensonge, j'aurais été en butte à la haine de tout le village, avec raison. Je ne suis pas quelqu'un de fort, monsieur Poirot. Je n'ai rien fait, rien dit, parce que j'avais peur. C'est alors que Nancy, horrifiée par ce mensonge et la crédulité des gens, s'est dressée pour proclamer la vérité : elle et Patrick s'aimaient et se rencontraient en secret, même si leurs relations n'avaient rien de charnel.

Mais les efforts déployés par Nancy pour la défense de Patrick ne firent qu'empirer les choses. « Ce charlatan ne se contente pas d'escroquer ses paroissiens en profanant son Église et sa vocation, il se livre aussi à l'adultère », voici ce qu'il en sortit. Le choc fut trop rude pour Frances, et elle mit fin à ses jours. Quand Patrick la trouva, il sut qu'il ne pourrait lui survivre. Après tout, c'était son amour pour Nancy qui avait tout déclenché. Il avait failli à son devoir d'époux envers Frances. La culpabilité était trop lourde à porter, et lui aussi mit fin à ses jours.

Le médecin du village déclara les deux décès accidentels, mais c'était faux. Il s'agissait bien d'un suicide dans les deux cas, encore un péché aux yeux des vertueux tels qu'Ida Gransbury et des persécuteurs comme Harriet Sippel. Patrick et Frances avaient chacun laissé une lettre, vous comprenez. Je les ai trouvées et les ai confiées au médecin, Ambrose Flowerday. Il a dû les brûler. Il m'a dit qu'il ne fournirait à personne d'autres raisons de condamner Patrick et Frances. Le Dr Flowerday était écœuré par la façon dont tout le village s'était retourné contre eux.

La mort de Patrick m'a brisé le cœur à jamais, monsieur Poirot. J'avais envie de mourir, mais avec la disparition de Patrick, j'ai éprouvé le besoin de rester en vie pour perpétuer sa mémoire en lui vouant mon amour et mon admiration, comme si cela pouvait compenser tout le mal que les autres habitants de Great Holling pensaient de lui, jusqu'à le traiter de démon !

Ma seule consolation, c'est que je n'étais pas seule dans mon malheur. Richard Negus finit par avoir honte du rôle qu'il avait joué. Quand Nancy eut témoigné, il devina aussitôt quel mensonge extravagant j'avais raconté. Parmi tous les détracteurs, il fut le seul à changer d'avis.

Avant d'aller s'installer chez son frère dans le Devon, Richard demanda à me voir et me posa la question sans détour. J'eus envie de lui avouer qu'il n'y avait pas une once de vérité dans la rumeur que j'avais contribué à répandre, mais je n'ai pas osé et je n'ai rien dit. Je suis restée muette, comme si on m'avait tranché la langue, et Richard a pris mon silence pour un aveu de culpabilité.

J'ai quitté Great Holling peu après son départ. Au début, j'ai cherché secours auprès de Sammy, mais Cambridge était lié pour moi à trop de souvenirs douloureux, et j'en suis partie pour venir vivre à Londres. C'est Sammy qui en a eu l'idée. Il a trouvé du travail ici, et grâce à des gens qu'il m'a présentés, moi aussi j'en ai trouvé. Sammy m'est dévoué, comme je l'étais envers Patrick. Il mérite ma reconnaissance. Il m'a demandé à nouveau de l'épouser, mais je n'ai pas pu, même si je le considère comme un ami très cher.

Avec mon arrivée à Londres, un nouveau chapitre de ma vie s'ouvrait, mais je fus incapable d'en profiter. Je songeais tous les jours à Patrick, et l'idée de ne plus jamais le revoir me tourmentait. Et puis, en septembre dernier, j'ai reçu une lettre de Richard Negus. Quinze ans avaient passé, pourtant je n'eus pas l'impression que le passé me rattrapait, car je l'avais emporté avec moi et il me hantait chaque jour.

Richard avait obtenu mon adresse par la seule personne qui la connaissait à Great Holling : le Dr Ambrose Flowerday. Je ne sais pourquoi, mais je voulais que quelqu'un là-bas sache où j'étais afin de ne pas couper les ponts et disparaître sans laisser de trace. Comme si je sentais que...

Non, ce n'est pas ça. Je ne me suis jamais doutée que Richard Negus viendrait un jour me demander mon aide afin de réparer une injustice. Disons que j'avais une forte prémonition, même si je ne saurais la décrire en mots. Je savais que le village de Great Holling n'en avait pas fini avec moi, ni moi avec lui. C'est pourquoi j'avais fait en sorte de transmettre mon adresse à Londres au Dr Flowerday.

Dans sa lettre, Richard disait qu'il avait besoin de me voir, et il ne m'est pas venu à l'esprit de le lui refuser. Il est arrivé à Londres la semaine suivante. Sans préambule, il m'a demandé si je voulais l'aider à nous racheter, lui et moi, de l'acte impardonnable que nous avions commis tant d'années auparavant.

Je ne croyais pas que nous puissions rien réparer, et je le lui ai dit. Patrick était mort, il n'y avait aucun moyen d'y remédier.

— Oui, Patrick et Frances sont morts, et ni vous ni moi ne pourrons jamais connaître le bonheur, reconnut Richard. Mais si nous décidions de faire un sacrifice à la hauteur de notre faute ?

Je lui ai demandé ce qu'il entendait par là.

— Puisque nous avons tué Patrick et Frances Ive, car telle est ma conviction, n'est-il pas légitime que nous le payions de notre propre vie ? répondit-il.

Vous et moi sommes incapables de jouir de la vie comme d'autres le font. Pourquoi ? On dit que le temps guérit toutes les blessures, mais pas les nôtres, manifestement. Serait-ce que nous ne méritons pas de vivre alors que Patrick et Frances gisent six pieds sous terre ? me demanda-t-il, et à cet instant je vis son regard s'assombrir. Les lois terrestres punissent de mort ceux qui ont pris leur vie à des innocents, dit-il. Nous avons dérogé à cette loi.

J'aurais pu arguer que si l'on s'en tenait aux faits, ni lui ni moi n'avions vraiment tué Patrick et Frances. Pourtant ses paroles trouvèrent en moi une profonde résonance, et je sus qu'il avait raison, contre toute logique apparente. En l'écoutant, j'ai senti mon cœur s'emplir d'une émotion ressemblant à de l'espoir, pour la première fois en quinze ans. Certes, je ne pouvais ramener Patrick à la vie, mais je pouvais faire en sorte de me punir de ce que je lui avais fait subir par un juste châtiment.

— Que me proposez-vous ? De mettre fin à mes jours ? demandai-je à Richard, qui n'en avait pas encore parlé explicitement.

— Non. Ce que j'ai en tête, ce n'est pas le suicide, mais une exécution, pour laquelle nous nous porterions volontaires. Moi, en tout cas. Je n'ai aucun désir de vous forcer la main.

— Nous ne sommes pas les seuls coupables, lui rappelai-je.

— En effet, convint-il, et en entendant ce qu'il dit ensuite, mon cœur cessa de battre. Cela vous surprendrait-il, Jennie, d'apprendre qu'Harriet Sippel et Ida Gransbury en sont venues à partager ma façon de penser ?

Je lui répondis que je ne saurais le croire. Jamais Harriet et Ida n'admettraient leurs torts. Richard reconnut qu'au départ, il partageait ce point de vue.

— Mais j'ai réussi à les convaincre, me dit-il ensuite. Les gens m'écoutent, Jennie. Depuis toujours, j'ai sur eux ce pouvoir de persuasion, et j'en ai usé sans relâche sur Ida et Harriet ; non pas en les condamnant, mais en exprimant sans cesse mes regrets, et mon envie de me racheter. Cela m'a pris des années, mais peu à peu, Harriet et Ida en sont venues à adopter ma vision des choses. Elles sont toutes deux profondément malheureuses, vous comprenez : Harriet depuis la mort de son mari, et Ida, depuis le jour où j'ai rompu notre engagement.

Alors que j'allais exprimer mon incrédulité, Richard continua sa plaidoirie. Il m'assura qu'Harriet et Ida avaient toutes deux convenu de leur responsabilité dans les morts de Patrick et de Frances Ive, et qu'elles voulaient corriger le mal qu'elles avaient causé.

— La dimension psychologique de l'affaire est fascinante, dit-il. Harriet est contente, tant qu'elle a quelqu'un à punir. En l'occurrence, cette personne, c'est elle-même. N'oubliez pas qu'il lui tarde de retrouver son mari. Elle ne peut concevoir de finir ailleurs qu'au paradis.

Sous le choc, je restai un moment sans voix. Puis je lui déclarai tout net que je ne croyais pas à ce revirement. Richard m'affirma que je changerais d'avis dès que j'aurais parlé avec Harriet et Ida. Il fallait que je les rencontre, me dit-il, afin de voir par moi-même combien elles avaient changé.

Ce changement, je n'y croyais donc pas du tout, et je craignais de commettre un meurtre si jamais je me retrouvais en leur présence.

— Essayez de comprendre, Jennie, me dit Richard. Je leur ai offert une façon d'abréger leurs souffrances, et elles souffrent, soyez en sûre. On ne peut faire tant de mal et en sortir indemne. Pendant des années, Harriet et Ida ont cru qu'il leur suffisait de s'accrocher à la conviction qu'elles étaient dans leur bon droit en persécutant Patrick, mais avec le temps, elles ont compris que je leur offrais mieux : le vrai pardon de Dieu. L'âme pécheresse a soif de rédemption, Jennie. Plus nous lui refusons la chance de trouver cette rédemption, plus son envie grandit. Mes efforts ont porté leurs fruits. Harriet et Ida ont pris conscience que la répulsion qui croissait chaque jour en elles venait de leur propre conduite, de cette malveillance qu'elles s'étaient efforcées de draper du voile de la vertu, et qu'elle n'avait rien à voir avec les péchés imaginaires de Patrick Ive.

En écoutant Richard, j'ai peu à peu pris conscience que la personne la plus intransigeante du monde pouvait se laisser convaincre par lui. Même une Harriet Sippel. Il avait l'art de présenter les choses en vous amenant peu à peu à changer votre vision du monde.

Il sollicita la permission d'amener Harriet et Ida à notre prochain rendez-vous et, malgré mes doutes et mes craintes, je la lui accordai.

Deux jours plus tard, je me retrouvai dans la même pièce qu'Harriet Sippel et Ida Gransbury. En les voyant, je chancelai sous le choc. Puis je constatai qu'effectivement, elles avaient changé, comme Richard me l'avait assuré. Ou plutôt non. C'étaient les mêmes, mais à présent, leur intransigeance s'appliquait à leur propre personne. En les entendant plaindre ce pauvre Patrick, si gentil, et cette pauvre Frances, si innocente, ma haine pour elles redoubla. Elles n'avaient pas le droit de parler d'eux ainsi.

Nous convînmes tous les quatre que nous devions faire quelque chose pour réparer le mal. Nous étions des meurtriers, non selon la loi, mais selon la vérité, et les meurtriers devaient payer leur crime de leur vie. Alors seulement Dieu nous pardonnerait.

— Nous quatre sommes à la fois juge, jury et bourreau, dit Richard.

— Comment ferons-nous ? demanda Ida en le contemplant avec adoration.

— J'y ai réfléchi et j'ai trouvé un moyen, dit-il. Je m'occuperai de tous les détails.

Ainsi, sans rechigner, nous signâmes notre propre arrêt de mort. Je ne ressentis qu'un immense soulagement. Je me rappelle avoir pensé que l'acte de tuer ne me ferait pas peur, du moment que ma victime était consentante. Victime n'est pas le mot juste... Je ne sais lequel employer.

Ce fut alors qu'Harriet dit : « Et Nancy Ducane ? »

Je devinai ses intentions avant qu'elle ne les exprime. Oui, me dis-je, pas d'erreur. Je reconnais bien là cette bonne vieille Harriet Sippel. Quatre morts ne lui suffisaient pas pour servir cette cause ; il lui en fallait une cinquième.

Richard et Ida lui demandèrent de préciser sa pensée.

— Nancy Ducane aussi doit mourir, dit-elle, le regard dur. Elle a induit ce pauvre Patrick en tentation, déclaré publiquement leur péché à la face de toute la communauté, et brisé le cœur de la pauvre Frances.

— Oh non, dis-je, alarmée. Nancy n'accepterait jamais de donner sa vie... et puis Patrick l'aimait !

— Elle est en tous points aussi coupable que nous, insista Harriet. Elle doit mourir. Tous les coupables le doivent, sinon cela n'a aucun sens. Quitte à faire les choses, autant les faire bien. Rappelez-vous, ce furent les révélations de Nancy qui poussèrent Frances Ive à se supprimer. En outre, je sais quelque chose que vous ignorez.

Richard exigea qu'elle nous le révèle aussitôt.

— Nancy voulait que Frances apprenne que le cœur de Patrick lui appartenait, dit Harriet avec une lueur narquoise dans les yeux. Elle a pris la parole par jalousie et par dépit. Elle l'a reconnu devant moi. Elle est aussi coupable que nous, sinon plus, si vous voulez mon avis. Et si elle n'accepte pas de mourir, eh bien alors...

Richard resta longtemps prostré, la tête entre les mains. Harriet, Ida et moi, nous attendîmes en silence. À cet instant, je compris que Richard était notre chef. Nous nous rallierions à sa décision, quelle qu'elle soit.

Je priai pour Nancy, car je ne l'avais jamais crue responsable de la mort de Patrick, et jamais je ne le croirai.

— Très bien, admit Richard, visiblement à contre-cœur. Cela m'attriste, mais je suis obligé de reconnaître que Nancy Ducane n'aurait pas dû fréquenter le mari d'une autre femme. Ni déclarer publiquement sa liaison avec Patrick devant tout le village comme elle l'a fait. Sans cela, Frances Ive aurait-elle mis fin à ses jours ? Nous ne pouvons en être certains. C'est regrettable, mais Nancy Ducane aussi doit mourir.

— Non ! m'écriai-je, songeant aussitôt à ce que Patrick aurait ressenti en entendant ces paroles.

— Je regrette, Jennie, mais Harriet a raison, dit Richard. Le plan que nous nous proposons de mettre à exécution est difficile autant qu'audacieux. Nous ne pouvons accepter de faire un aussi grand sacrifice en laissant en vie une personne qui partage la responsabilité de ce qui est arrivé. Non, nous ne pouvons faire grâce à Nancy.

J'eus envie de m'enfuir de la pièce en hurlant, mais je me forçai à rester assise. J'étais certaine qu'Harriet avait menti au sujet des motivations de Nancy, qui n'avait sûrement pas admis devant elle que c'était par jalousie et dans le désir de blesser Frances Ive qu'elle avait pris la parole devant tous au King's Head. Mais je craignais de contrer Harriet ouvertement, et puis je n'avais aucune preuve à avancer. Richard déclara qu'il avait besoin d'un temps de réflexion pour trouver comment mettre notre plan en action.

Deux semaines plus tard, il revint me voir, seul. Il avait décidé de la marche à suivre, me dit-il. Lui et moi serions les seuls à connaître toute la vérité, avec Sammy, bien sûr, car je ne lui cache rien.

Nous dirions à Harriet et Ida que le plan consistait à nous supprimer mutuellement, comme convenu, et à faire arrêter Nancy Ducane pour nos meurtres. Puisque Nancy vivait à Londres, tout devait se dérouler à Londres, dans un hôtel, suggéra Richard, et il s'engagea à régler tous les frais que nécessiterait l'opération.

Une fois à l'hôtel, ce serait simple : Ida tuerait Harriet, Richard tuerait Ida, et moi, je tuerais Richard. Chaque tueur placerait à son tour un bouton de manchette gravé des initiales de Patrick Ive dans la bouche de la victime, et disposerait chaque fois la scène du crime à l'identique, de sorte que la police tiendrait pour acquis que le même tueur avait commis les trois... j'allais dire meurtres, mais ce n'en était pas. Il s'agissait d'exécutions. Voyez-vous, il nous était venu à l'esprit qu'après toute exécution, il existe une procédure, n'est-ce pas ? Le personnel pénitentiaire doit traiter pareillement le cadavre de tout criminel exécuté. Ce fut l'idée de Richard de disposer chacun des corps avec respect et dignité, selon un certain cérémonial. Tel fut le terme qu'il employa.

Deux des victimes, en l'occurrence Ida et Harriet, auraient donné leur adresse à l'hôtel en indiquant qu'elles résidaient à Great Holling. Nous savions donc que la police ne mettrait guère de temps à remonter jusqu'au village, à interroger les gens, et à commencer à soupçonner Nancy. Quel autre suspect s'imposait avec autant d'évidence ? Sammy prétendrait l'avoir vue s'enfuir de l'hôtel après le troisième meurtre, et laisser tomber dans sa fuite les trois clefs des chambres. Car à l'origine, il devait y en avoir trois. Ida était censée emporter la clef de la chambre d'Harriet dans sa chambre après l'avoir supprimée et verrouillé sa porte. Et Richard devait faire de même, à savoir emporter les clefs des chambres d'Harriet et d'Ida après avoir tué Ida et verrouillé la porte de sa chambre. Puis je tuerais Richard, verrouillerais sa porte, emporterais les trois clefs, rejoindrais Sammy devant le Bloxham et lui passerais les clefs. Il s'arrangerait ensuite pour les glisser soit chez Nancy Ducane, soit dans la poche de son manteau en la croisant dans la rue, comme cela se vérifia par la suite, afin de l'incriminer.

C'est sans doute un détail sans importance, mais Patrick Ive n'avait jamais porté de boutons de manchette monogrammés. Autant que je sache, il n'en possédait pas. Richard Negus fit faire les boutons de manchette tout spécialement, pour mettre la police sur la bonne piste. La flaque de sang et mon chapeau trouvés dans ma chambre d'hôtel, la quatrième, faisaient partie d'une mise en scène destinée à vous faire croire que j'avais été tuée dans cette chambre, et que Nancy Ducane avait ainsi vengé la mort de son amour en nous supprimant tous les quatre. Richard fut trop heureux que Sammy lui propose de se procurer du sang. Ce fut celui d'un chat errant, si vous voulez tout savoir. Sammy eut aussi pour mission de déposer un mot sur le comptoir de réception de l'hôtel le soir des meurtres, avec cette phrase, « PUISSENT-ILS NE JAMAIS REPOSER EN PAIX », suivie des numéros des trois chambres. Il devait le placer sur le comptoir de la réception à l'abri des regards peu après 20 heures. Quant à moi, je devais rester en vie et m'assurer que Nancy Ducane serait pendue pour les trois meurtres, ou même les quatre, si la police me croyait morte aussi.

Comment accomplir ma part de ce plan ? Eh bien, étant la quatrième personne que Nancy souhaiterait supprimer, la tenant également responsable de ce qui était arrivé à Patrick, je devais faire savoir à la police que je craignais pour ma vie. Cet acte-là se déroula au Pleasant's Coffee House, et ce fut vous mon public, monsieur Poirot. Vous avez raison ; je vous ai trompé. Vous avez raison aussi sur ce point : c'est en écoutant les bavardages des serveuses que j'avais appris qu'un détective venu du continent venait souper chaque jeudi soir au restaurant avec son jeune ami, un inspecteur de Scotland Yard. Cela tombait à pic.

Pourtant monsieur Poirot, vous vous trompez dans l'une de vos déductions. Selon vous, mes propos, « quand je serai morte, justice sera faite, enfin », signifient que je savais que les trois autres étaient déjà morts au moment où je les ai tenus. Or j'ignorais si Richard, Ida et Harriet étaient morts ou encore en vie, car à ce moment-là, j'avais tout gâché. Je pensais simplement que, selon le plan que Richard et moi avions élaboré, je leur survivrais. Vous voyez donc qu'ils pouvaient aussi bien être encore en vie, quand j'ai prononcé ces mots.

Il me faut éclaircir les choses : en fait, il y avait deux plans, l'un auquel Harriet et Ida avaient souscrit, et un autre, bien différent, connu seulement de Richard et moi. D'après ce que Harriet et Ida en savaient, le plan se déroulerait ainsi : Ida tuerait Harriet, Richard tuerait Ida, je tuerais Richard. Puis je simulerais mon propre meurtre au Bloxham, en utilisant le sang récupéré par Sammy. Je ne vivrais que le temps de voir Nancy Ducane pendue, puis je me supprimerais. Si par malheur Nancy n'était pas pendue, je devrais la tuer, puis me supprimer. Il fallait que je sois la dernière à mourir, à cause du côté comédie qu'impliquait le plan. Je suis bonne actrice quand je veux. Lorsque je me suis arrangée pour vous rencontrer, monsieur

Poirot, je vous ai joué la comédie... ce que ni Harriet, ni Ida, ni Richard n'auraient été capables de faire. C'était donc moi qui devais rester en vie.

Le plan auquel Harriet et Ida participaient n'était pas le véritable plan conçu par Richard. Quand il vint me voir seul, deux semaines après notre première rencontre à Londres avec Harriet et Ida, il me dit que la question de savoir si Nancy devait mourir ou non lui posait un terrible dilemme. Comme moi, il ne croyait pas que Nancy ait pu admettre devant Harriet qu'elle avait parlé publiquement au King's Head pour d'autres raisons que pour défendre Patrick contre des calomnies infondées.

D'un autre côté, Richard pouvait comprendre le point de vue d'Harriet. Les morts de Patrick et de Frances Ive avaient été provoquées par les erreurs de jugement et la mauvaise conduite de plusieurs personnes, et il était difficile de ne pas compter Nancy Ducane parmi elles.

Lorsque Richard m'avoua qu'il était incapable de statuer au sujet de Nancy, et que par conséquent, la décision me revenait, j'en fus sidérée et je pris peur. Quand Ida, Harriet et lui seraient morts, me dit-il, je serais libre de choisir : faire mon possible pour que Nancy soit pendue, ou me supprimer et laisser un autre mot à l'hôtel Bloxham, contenant cette fois la vérité sur nos morts.

Je suppliai Richard de ne pas m'obliger à décider seule. Pourquoi moi ?

— Parce que, Jennie vous êtes la meilleure de nous quatre, m'expliqua-t-il (et je ne l'oublierai jamais). Vous ne vous prenez pas pour un parangon de vertu. Oui, vous avez menti, mais vous avez pris conscience de votre erreur dès que ce mensonge est sorti de votre bouche. Hélas, j'y ai cru longtemps alors que je n'avais aucune preuve, ce qui est impardonnable, et j'ai aidé à alimenter une campagne calomnieuse contre un homme bon et innocent. Un homme qui avait des défauts, certes. Mais qui n'en a pas ?

J'avoue que je fus sensible à ces éloges.

— D'accord, dis-je à Richard. Je prendrai ma décision le moment venu, comme vous me l'avez confié.

Ainsi nos plans furent-ils établis. À présent, voulez-vous que je vous raconte comment tout a mal tourné ?

20

Comment tout a mal tourné

— Oui, racontez-nous, dit Poirot. Catchpool et moi sommes impatients de savoir la suite.

— C'est ma faute, dit Jennie, d'une voix éraillée à force de parler. Je suis lâche. J'ai eu peur de mourir. Même si j'avais perdu le goût de vivre, je m'étais en quelque sorte habituée à mon malheur, et je n'avais pas envie de mettre fin à mes jours. N'importe quelle vie est préférable au néant ! Je vous en prie, n'allez pas croire que je ne suis pas une bonne chrétienne, mais pour autant, je reste un peu sceptique sur l'existence d'une vie après la mort. À mesure que la date convenue pour les exécutions approchait, ma peur ne faisait que croître. La peur de mourir, mais aussi celle de tuer. Je réfléchissais à ce que cela impliquait, je m'imaginais enfermée dans une pièce avec Richard Negus tandis qu'il buvait le poison devant moi, et cette idée m'était insupportable. Je me sentais incapable d'accomplir une chose pareille. Mais j'avais accepté ! J'avais promis.

— Le plan qui vous avait paru aller de soi quelques mois plus tôt devenait de plus en plus inconcevable à vos yeux, renchérit Poirot. Et vous ne pouviez faire part de vos craintes à Richard Negus, qui avait tant d'estime pour vous. Si vous aviez admis avoir de sérieux doutes sur le bien-fondé de son projet, cette estime en aurait pris un coup. En outre, vous craigniez peut-être qu'il ne prenne sur lui de vous exécuter, avec ou sans votre consentement.

— Oui ! Cette idée me terrifiait. Pour en avoir abondamment discuté avec lui, je savais combien il tenait à ce que nous mourions tous les quatre. Une fois, il m'a même déclaré que si Harriet et Ida ne s'étaient pas laissé convaincre, il se serait passé de leur consentement. Ce furent ses propres termes. Sachant cela, comment aurais-je pu lui avouer que j'avais changé d'avis, et que je n'étais prête ni à tuer, ni à mourir ?

— J'imagine que vous vous reprochiez vos propres réticences ? Pour vous, cette entreprise était juste et honorable, n'est-ce pas ?

— Oui, quand je la considérais d'un point de vue rationnel, reconnut Jennie. Je priais et j'espérais puiser en moi-même assez de courage pour aller jusqu'au bout.

— Et que comptiez-vous faire au sujet de Nancy Ducane ? lui demandai-je.

— J'étais en proie au doute. Ma panique le soir de notre première rencontre n'était pas feinte, monsieur Poirot. Je ne parvenais pas à me décider ! Pourtant j'ai laissé Sammy porter un faux témoignage, puis identifier Nancy. Oui, j'ai laissé aller les choses, en me disant qu'à tout moment, je pourrais me rendre au commissariat et tout révéler aux autorités pour la sauver. Mais… je ne l'ai pas fait. Dire que Richard me croyait meilleure que lui. Comme il se trompait !

» Le dépit qui déclencha jadis tout le drame de Great Holling m'habite encore. Hélas, j'envie toujours à Nancy l'amour que Patrick lui vouait. De plus, je savais que si j'admettais avoir comploté avec d'autres pour faire accuser de meurtre une innocente, j'irais sûrement en prison. J'avais peur.

— Racontez-nous, mademoiselle. Qu'avez-vous fait ? Que s'est-il passé le jour des... exécutions à l'hôtel Bloxham ?

— J'étais censée arriver là-bas à 18 heures, l'heure dont nous avions convenu pour nous retrouver.

— Les quatre conspirateurs ?

— Oui, ainsi que Sammy. J'ai passé toute la journée à regarder les aiguilles de la pendule avancer vers le moment tant redouté. Quand elles ont approché de 17 heures, j'ai su que je n'y arriverais pas, tout simplement. J'en étais incapable ! Alors, au lieu de me rendre à l'hôtel comme prévu, j'ai erré comme une folle dans les rues de Londres, dans un état pitoyable. J'étais aux abois et je courais, éperdue, sans but, sans savoir que faire ni où aller. C'était comme si Richard Negus était déjà à mes trousses, furieux que j'aie pu faillir à mes engagements et tout laisser tomber. Je suis quand même allée au Pleasant's Coffee House à l'heure convenue, en me disant que je pourrais au moins tenir cette partie-là de ma promesse, même si je n'avais pu tuer Richard comme j'étais censée le faire.

» Quand je suis arrivée au café-restaurant, je craignais vraiment pour ma vie. Ainsi, voyez-vous, monsieur Poirot, je n'ai pas joué la comédie, tout compte fait. Je pensais que Richard, et non Nancy, pourrait me tuer, et qu'il aurait raison de le faire. Je méritais de mourir ! Rappelez-vous mes paroles, et vous verrez que tout ce que je vous ai dit était vrai.

» D'abord, que j'avais peur d'être tuée. Ensuite, que j'avais fait quelque chose de terrible dans le passé. Enfin, que si mon assassin, Richard en l'occurrence, me rattrapait et me tuait, je ne souhaitais pas qu'il soit puni pour ce crime. En disant cela, j'étais sincère. Je l'avais trahi. Certes, Richard voulait mourir, mais moi, je souhaitais qu'il vive. Malgré le mal qu'il avait fait à Patrick, c'était quelqu'un de bien.

— Oui, mademoiselle.

— Dieu sait que j'ai eu envie de vous dire la vérité ce soir-là, monsieur Poirot, mais le courage m'a manqué.

— Donc, vous avez cru que Richard Negus vous chercherait dans le but de vous supprimer, parce que vous n'étiez pas venue au Bloxham pour le tuer ?

— Oui. J'ai supposé qu'il ne se résoudrait pas à mourir sans savoir pourquoi je n'étais pas venue à l'hôtel comme prévu.

— Pourtant c'est ce qu'il a fait, dis-je, l'esprit en ébullition, ce que Jennie confirma d'un hochement de tête.

Dans mon esprit, enfin, tout s'éclaircissait, et les choses trouvaient leur sens : la disposition identique des trois cadavres, allongés les pieds pointés vers la porte, entre une petite table et un fauteuil. Comme Poirot l'avait dit, les trois victimes, bien que ce mot ne soit plus adapté, ne pouvaient être tombées naturellement dans cette position.

Le nombre de similitudes entre les trois scènes de crime était suspect, et la raison m'en apparut enfin : les conspirateurs tenaient à ce que la police croie qu'il n'y avait qu'un seul assassin. En fait, tout inspecteur digne de ce nom l'aurait supposé à partir de la découverte des boutons de manchette et des trois cadavres dans le même hôtel le même soir, mais les conspirateurs avaient cédé à la paranoïa, et ils avaient craint, comme souvent les coupables, que la vérité puisse apparaître aux autres. Alors ils avaient recouru aux grands moyens pour rendre semblables les trois scènes de crime, avec un zèle trop appuyé.

La disposition des cadavres en tous points identique corroborait également l'idée que les meurtres de l'hôtel Bloxham étaient des exécutions, suivies de formalités et de rituels comme il sied à la procédure dans ces cas-là : il avait semblé important de s'occuper des corps plutôt que de les laisser dans la position où ils étaient tombés, comme l'aurait fait un vulgaire meurtrier.

Une image de la jeune Jennie Hobbs me traversa l'esprit : je l'imaginai un bref instant au Saviour College de Cambridge, passant de chambre en chambre pour faire les lits à l'identique, en suivant les consignes d'usage. Pourquoi cette vision fugitive d'une jeune fille faisant innocemment les lits dans le collège d'une université me glaça-t-elle le sang ?

Lits de mort...

Usages et infractions...

— Richard Negus s'est suicidé, m'entendis-je déclarer. Forcément. Il a tenté de déguiser son suicide en meurtre en suivant le même mode opératoire que pour les deux morts précédentes, afin que nos soupçons se portent sur un seul et même assassin, mais lui a dû verrouiller sa porte de l'intérieur. Alors il a caché la clef derrière un carreau de la cheminée pour faire croire que l'assassin l'avait emportée, et il a ouvert une fenêtre en grand. Ce qu'il ne voulait surtout pas, c'est que nous déduisions de nos observations qu'il s'était suicidé. Il ne pouvait prendre le risque que nous parvenions à cette conclusion, comprenez-vous ? Car alors, l'inculpation de Nancy Ducane pour les trois morts échouerait. Et nous devinerions plus facilement que Richard Negus avait tué Harriet Sippel et Ida Gransbury avant de se supprimer.

— Oui, approuva Jennie. Vous avez sûrement raison.

— Et ce bouton de manchette placé différemment dans la bouche de Richard Negus..., murmura Poirot avant de m'inviter à poursuivre par un haussement de sourcils.

— Effectivement, dans le cas de Negus, le bouton de manchette était enfoncé jusqu'à la gorge et non pas juste glissé entre les lèvres, comme pour les deux autres. Vraisemblablement, il s'est allongé par terre et a placé le bouton de manchette entre ses lèvres, mais à cause des convulsions dues au poison, l'objet est tombé au fond de sa bouche. Contrairement à Harriet Sippel et Ida Gransbury, Richard Negus n'avait personne pour l'assister au moment de sa mort. Voilà pourquoi ce détail diffère dans son cas.

— Mademoiselle Jennie, vous croyez à cette version des faits ? lui demanda Poirot. Vous croyez que M. Negus a avalé le poison et s'est couché pour mourir, sans avoir cherché à découvrir pourquoi vous n'étiez pas arrivée à l'hôtel comme prévu ?

— Disons qu'avant d'apprendre la nouvelle de sa mort par les journaux, je ne croyais pas qu'il se supprimerait sans m'avoir d'abord retrouvée.

— Ah, dit Poirot, avec une expression indéchiffrable.

— Richard avait tellement hâte d'arriver à ce jeudi soir pour mettre enfin un terme aux tourments et à la culpabilité qui le rongeaient depuis des années, dit Jennie. Je pense qu'une fois arrivé au Bloxham, cette envie d'en finir l'a emporté sur tout le reste. Ne me voyant pas arriver, il s'en est chargé lui-même.

— Merci, mademoiselle.

Poirot se leva en vacillant un peu, après être resté tout ce temps en position assise.

— Que va-t-il m'arriver, monsieur Poirot ? s'enquit Jennie.

— Veuillez rester ici, dans cette maison, jusqu'à notre retour. M. Catchpool et moi-même allons rechercher d'autres informations. Si vous faites l'erreur de vous enfuir une deuxième fois, les choses tourneront très mal pour vous.

— Si je reste, elles tourneront mal aussi, répliqua Jennie, et il y eut comme un flottement dans son regard. Ne vous inquiétez pas, monsieur Catchpool, me dit-elle alors. Je suis prête.

Ses paroles, qui étaient sans doute destinées à me rassurer, me remplirent d'effroi. Elle avait l'air de quelqu'un qui vient brusquement d'entrevoir les terribles événements que lui réservait l'avenir. Quant à moi, je ne me sentais pas prêt à y faire face, et je n'avais pas du tout envie de m'y préparer.

21

Tous les démons sont ici

À part quand il me dit à deux reprises que nous devions aller à Great Holling sans délai, Poirot demeura silencieux durant tout le trajet du retour. Il paraissait préoccupé et n'avait pas envie de parler, manifestement.

Lorsque nous arrivâmes à la pension, le jeune Stanley Beer nous y attendait.

— Que se passe-t-il ? lui demanda Poirot. Êtes-vous ici à propos de ma petite œuvre d'art ?

— Pardon, monsieur ? Oh, votre dessin ? Non... En fait, vous avez vu juste, monsieur, ajouta Beer en sortant une enveloppe de sa poche, qu'il lui tendit. Vous trouverez là votre réponse.

— Merci, constable. Mais alors, c'est qu'il y a autre chose ? Vous semblez inquiet.

— En effet, monsieur. Nous avons reçu à Scotland Yard un message d'Ambrose Flowerday, le médecin de Great Holling. Il a demandé que M. Catchpool retourne sur-le-champ au village. On a besoin de lui là-bas.

Poirot me regarda, puis revint à Stanley Beer.

— Nous avions justement l'intention de nous y

rendre au plus vite. Savez-vous ce qui a poussé le Dr Flowerday à réclamer le retour de Catchpool ?

— Oui. Hélas ce n'est pas une bonne nouvelle, monsieur. Une femme du nom de Margaret Ernst a été attaquée. Elle est dans un état très critique... désespéré, même...

— Oh non, murmurai-je.

— ... et elle dit qu'elle a besoin de voir M. Catchpool avant de mourir. Pour avoir parlé au Dr Flowerday, je vous conseillerais de vous dépêcher, monsieur. Une voiture vous attend pour vous emmener à la gare.

— Nous accordons-nous une heure, le temps de nous préparer ? proposai-je à Poirot, connaissant son amour de l'ordre et son horreur de toute précipitation.

— Dix minutes au grand maximum, monsieur, si vous voulez attraper le prochain train, intervint Beer après avoir vérifié l'heure à sa montre.

Peu après, j'eus un moment de honte en découvrant Poirot qui m'attendait au pied de l'escalier, sa valise à la main.

— Dépêchez-vous, mon ami, me pressa-t-il.

Dans la voiture, je me décidai à parler malgré son humeur taciturne, car j'en avais gros sur le cœur.

— Si seulement j'étais resté loin de cet infernal village, Margaret Ernst n'aurait pas été agressée. Quelqu'un a dû me voir aller à son cottage et remarquer que j'y étais demeuré un bon bout de temps.

— Justement, vous êtes resté assez longtemps pour qu'elle vous révèle tout ce qu'elle savait, ou presque. Alors quel intérêt d'essayer de la supprimer alors qu'elle n'avait plus rien à cacher à la police ?

— Par esprit de vengeance, ou pour la punir. Même si pour moi, cela n'a pas de sens. Si Nancy Ducane est innocente, et que Jennie Hobbs et Samuel Kidd sont derrière tout ça, étant les seules personnes impliquées à être encore en vie, pourquoi voudraient-ils tuer Margaret Ernst ? Elle ne m'a rien dit qui les incrimine, et elle n'a jamais fait de mal à Patrick et Frances Ive.

— Je suis d'accord. Jennie Hobbs et Samuel Kidd n'ont pas de raison de souhaiter sa mort, pour autant que je sache.

La pluie crépitait si fort sur les vitres de la voiture que nous avions du mal à nous entendre et à nous concentrer.

— Alors qui a fait ça ? demandai-je. Dire que nous croyions avoir toutes les réponses...

— Catchpool, ne me dites pas que vous vous êtes imaginé pareille chose ?

— Mais si. Je parie que vous allez me prouver combien j'avais tort. Mais tout semblait se combiner parfaitement, jusqu'à ce que nous apprenions l'agression de Margaret Ernst.

— Se combiner parfaitement ! ricana Poirot.

— Eh bien, les choses me paraissaient assez simples. Tous les assassins étaient morts. Ida avait tué Harriet, avec son consentement, pour être tuée à son tour et de son plein gré par Richard Negus. Enfin, Jennie n'arrivant pas comme prévu pour le tuer, Negus avait dû se suicider. Quant à Jennie Hobbs et Samuel Kidd, ils n'ont tué personne. Certes ils ont participé à leur façon à l'entreprise, mais ces morts ne sont pas vraiment des meurtres, d'après moi. Plutôt des...

— Des exécutions librement consenties ?

— Exactement.

— Quel admirable plan ils ont conçu, n'est-ce pas ? Harriet Sippel, Ida Gransbury, Richard Negus et Jennie Hobbs. Appelons-les un instant A, B, C et D, et nous nous rendrons mieux compte de son ingéniosité.

— Pourquoi ne pas les appeler par leurs noms ?

— A, B, C et D sont rongés par la culpabilité et avides de rédemption, poursuivit Poirot sans relever ma remarque. Ils acceptent tous l'idée qu'ils doivent payer de leur vie le péché qu'ils ont commis dans le passé, et ils prévoient donc de se tuer mutuellement : B tue A, puis C tue B, et enfin D tue C.

— Sauf que D n'a pas tué C, n'est-ce pas ? D, s'il s'agit bien de Jennie Hobbs, n'a pas tué Richard Negus.

— Peut-être pas, mais selon le plan initial, elle était censée le faire. Puis D devait survivre pour voir E, à savoir Nancy Ducane, être pendue pour les meurtres de A, B et C. Alors seulement D pourrait... D, répéta-t-il. Décès. J'ai trouvé !

— Hein ?

— Pour vos mots croisés. Un mot synonyme de mort en cinq lettres. Vous vous rappelez ? J'ai suggéré « crime », mais vous avez dit que ça marcherait si seulement le mot crime commençait par un D...

Soudain Poirot se tut et secoua la tête.

— Oui, je me rappelle, mais qu'avez-vous, Poirot ? dis-je en voyant le vert de ses yeux luire étrangement.

— Moi ? Rien, je vais on ne peut mieux. Si le mot crime commençait par un D ! C'est ça ! Mon ami, vous ne pouvez savoir à quel point vous m'avez aidé. Attendez... mais oui, c'est forcément ça ! Le jeune homme et la femme âgée... Ah, mais tout s'éclaire à présent !

— S'il vous plaît, expliquez-vous.

— Oui, quand je serai prêt.

— Pourquoi pas maintenant ? Que vous faut-il encore ?

— Accordez-moi plus de vingt secondes pour rassembler mes idées, Catchpool, je vous prie. Il le faut, si vous voulez que je vous éclaire, vous qui n'avez manifestement rien compris. Chacune de vos paroles me le démontre. Vous dites avoir toutes les réponses, mais l'histoire que nous a racontée Jennie Hobbs ce matin n'était qu'un tissu de mensonges, très habile, j'en conviens ! Ne le voyez-vous pas ?

— Eh bien... c'est-à-dire que...

— Richard Negus tombe d'accord avec Harriet Sippel quand elle suggère que Nancy Ducane devrait être pendue pour trois meurtres qu'elle n'a pas commis ? Il laisse à Jennie Hobbs le soin de décider du sort de Nancy Ducane ? Le respectable Richard Negus, qui fait figure d'autorité, celui qui, depuis seize ans, s'en veut terriblement d'avoir injustement condamné Patrick Ive ? Le Richard Negus qui s'est rendu compte, trop tard, que c'était mal de persécuter un homme pour une faiblesse somme toute bien humaine ? Celui qui a rompu ses fiançailles avec Ida Gransbury à cause de son intransigeance, ce Richard Negus-là aurait envisagé que Nancy Ducane, dont le seul crime fut d'avoir aimé un homme qui ne pouvait lui appartenir, soit condamnée à la pendaison pour trois meurtres dont elle est innocente ? Bah ! C'est absurde ! Il n'y a aucune logique, aucune cohérence dans tout ça. C'est une pure invention conçue par Jennie Hobbs pour nous induire encore une fois en erreur.

J'en restai un instant bouche bée.

— Vous en êtes sûr, Poirot ? Je dois dire que sur le moment, j'y ai cru.

— Sûr et certain, Catchpool. Henry Negus nous a bien dit que son frère Richard avait vécu seize ans en reclus, sans voir ni parler à personne ? Pourtant, selon Jennie Hobbs, il a tenté durant toutes ces années de persuader Harriet Sippel et Ida Gransbury qu'elles étaient responsables des morts de Patrick et Frances Ive et devaient en payer le prix. Comment Richard Negus aurait-il pu communiquer régulièrement avec deux femmes de Great Holling sans que son frère Henry le remarque ?

— Là, vous marquez un point. Je n'y avais pas pensé.

— Et ce point-là est secondaire. Vous avez sûrement relevé tout ce qui était encore plus choquant dans l'histoire de Jennie ?

— Faire accuser une femme innocente d'un meurtre, c'est choquant, incontestablement.

— Catchpool, je ne me place pas du point de vue moral, mais sur le plan des faits. Est-ce en m'exaspérant que vous comptez m'obliger à tout vous expliquer avant que je sois prêt ? Drôle de méthode. Bien, j'attirerai votre attention sur un détail dans l'espoir qu'il vous conduira aux autres. D'après Jennie Hobbs, comment les clefs des chambres 121 et 317 de l'hôtel Bloxham ont-elles fini dans le manteau bleu de Nancy Ducane ?

— Samuel Kidd les a glissées dans sa poche en la croisant dans la rue.

— Certes, mais comment M. Kidd a-t-il récupéré les clefs en premier lieu ? Jennie était censée prendre les trois clefs dans la chambre 238 quand elle y aurait retrouvé Richard Negus pour le tuer, puis passer les trois clefs à Samuel Kidd après avoir verrouillé la chambre 238. Pourtant, selon ses dires, elle ne s'est pas rendue à cette chambre, ni à l'hôtel Bloxham le soir des meurtres. M. Negus a verrouillé sa porte de l'intérieur et s'est supprimé, après avoir caché la clef de sa chambre derrière un carreau descellé de la cheminée. Alors comment Samuel Kidd a-t-il mis la main sur les deux autres clefs ?

Après un petit temps de réflexion, je dus avouer mon ignorance. Poirot continua ses hypothèses :

— Peut-être que, ne voyant pas venir Jennie Hobbs, Samuel Kidd et Richard Negus ont improvisé : le premier tue le second, puis récupère dans sa chambre les clefs de Harriet Sippel et Ida Gransbury. Auquel cas, pourquoi ne pas prendre également la clef de Richard

Negus ? Pourquoi la cacher derrière le carreau de la cheminée ? La seule explication plausible, c'est que Richard Negus désirait que son suicide passe pour un meurtre. Mais il aurait suffi que Samuel Kidd emporte la clef de la chambre. Pas besoin de laisser une fenêtre ouverte pour faire croire que le meurtrier s'était échappé par cette voie.

Je dus me rendre à ses arguments.

— Puisque Richard Negus a verrouillé sa porte de l'intérieur, comment Samuel Kidd est-il entré dans la chambre 238 pour récupérer les clefs des chambres 121 et 317 ? remarquai-je.

— Précisément.

— Et s'il avait grimpé sur l'arbre pour accéder à la fenêtre ouverte ?

— Catchpool, réfléchissez. Jennie Hobbs prétend qu'elle ne s'est pas rendue à l'hôtel Bloxham ce soir-là. Donc, ou Samuel Kidd a coopéré avec Richard Negus pour accomplir le plan en se passant d'elle, ou bien les deux hommes n'ont pas coopéré. Dans ce cas, pourquoi M. Kidd aurait-il pénétré dans la chambre d'hôtel de M. Negus par une fenêtre ouverte sans y être invité, pour récupérer les deux clefs ? Quelle raison aurait-il eu d'agir ainsi ? Et si les deux hommes avaient coopéré, alors Samuel Kidd aurait sûrement récupéré les trois clefs pour les placer dans la poche de Nancy Ducane. En outre... si Richard Negus s'est suicidé, comme vous le croyez maintenant, et que de ce fait le bouton de manchette est tombé au fond de sa bouche, qui a ainsi disposé son corps sur le sol ? Croyez-vous qu'un homme qui a avalé du poison puisse se contraindre à mourir dans une position aussi nette ? Non ! ce n'est pas possible.

— J'y réfléchirai un peu plus tard. Vous me donnez le vertige, avec ce méli-mélo de nouvelles questions.

— Quel genre de questions ?

— Pourquoi nos trois victimes ont-elles commandé une collation, pour ensuite ne pas y toucher ? Et puisqu'elles n'ont rien mangé, pourquoi les sandwiches ne sont-ils pas restés sur les plateaux dans la chambre d'Ida Gransbury ? Que sont-ils devenus ?

— Ah ! vous réfléchissez enfin comme un vrai détective. Grâce à l'enseignement d'Hercule Poirot, vous commencez à faire fonctionner vos petites cellules grises.

— Avez-vous pensé à ce problème de nourriture ?

— Évidemment. Voulez-vous savoir pourquoi je n'ai pas demandé à Jennie Hobbs de s'expliquer là-dessus, comme je l'ai fait à propos d'autres incohérences ? Parce que je voulais qu'elle s'imagine qu'en la quittant, nous croyions à son histoire. Par conséquent, je ne pouvais lui poser une question à laquelle elle n'aurait su que répondre.

— Poirot ! Et le visage de Samuel Kidd !

— Eh bien, mon ami ?

— Vous rappelez-vous la première fois où vous l'avez rencontré au Pleasant's ? Il s'était coupé en se rasant. Il s'était entaillé la joue, et le reste de son visage était couvert de barbe.

Poirot confirma d'un hochement de tête qu'il s'en souvenait.

— Et si ce n'était pas une coupure de rasoir, mais une éraflure due à une branche d'arbre ? suggérai-je. Si Samuel Kidd s'était griffé méchamment le visage en cherchant à entrer dans la chambre 238 par la fenêtre ouverte ? Sachant qu'il devrait nous raconter son faux témoignage sur Nancy Ducane, qu'il aurait vue s'enfuir de l'hôtel, il ne voulait pas que nous fassions le lien entre cette vilaine éraflure et l'arbre devant la fenêtre ouverte de Richard Negus. Alors il s'est rasé, mais juste en partie.

— Comptant que nous supposerions qu'il avait commencé à se raser et y avait renoncé après s'être

271

coupé méchamment, dit Poirot. Ensuite, quand il m'a rendu visite à la pension, sa barbe avait disparu et son visage était couvert de coupures : pour me rappeler qu'il n'arrivait pas à se raser sans faire d'épouvantables dégâts. Je supposerais donc que toutes les meurtrissures de son visage étaient dues au feu du rasoir.

— Vous n'avez guère l'air enthousiaste, remarquai-je.

— C'est tellement évident. Je suis arrivé à cette conclusion il y a plus de deux heures.

— Ah, soupirai-je, découragé. Attendez un peu... Si Samuel Kidd s'est égratigné à une branche d'arbre devant la fenêtre de Richard Negus, cela signifie qu'il a bien grimpé jusqu'à la chambre et qu'il a récupéré les clefs 121 et 317, n'est-ce pas ?

— Nous n'avons plus le temps d'en discuter, répliqua Poirot d'un ton peu amène. Nous arrivons à la gare. Votre question me montre que vous ne m'avez pas bien écouté.

Le Dr Ambrose Flowerday nous avait donné rendez-vous au presbytère. L'endroit semblait lui avoir été dévolu pour qu'il en fasse temporairement un hôpital destiné à une seule patiente. En d'autres circonstances, ces dispositions m'auraient intrigué, mais cette pauvre Margaret Ernst occupait toutes mes pensées. Une infirmière en uniforme nous avait ouvert la porte, et nous nous trouvions dans un hall d'entrée glacial au haut plafond. Le décor était austère : pas de tapis, juste un plancher nu, mal raboté. Le Dr Flowerday nous accueillit. C'était un homme grand et corpulent, la cinquantaine environ, avec des cheveux noirs et drus, grisonnant sur les tempes. Sa chemise était froissée et il y manquait un bouton.

— Comment va-t-elle ? lui demandai-je, après les présentations d'usage.

Je vis l'angoisse déformer ses traits, mais le médecin se reprit.

— Elle réagit bien, étant donné les circonstances. C'est tout ce que je puis vous dire. Margaret ne tolérerait pas que je tienne des propos défaitistes. La plupart des gens ne survivraient pas longtemps à de telles violences. Mais elle est dotée d'une robuste constitution et d'une forte volonté. Bon sang, je vais tout tenter pour la sauver !

— Que lui est-il arrivé ?

— Deux sales types qui habitent en haut du village ont pénétré dans le cimetière au milieu de la nuit et... ils s'en sont pris à la tombe des Ive. Je ne m'étendrai pas sur ce qu'ils ont fait... c'est une telle honte. Margaret ne dort que d'une oreille, voyez-vous. Elle a entendu le bruit du métal frappant la pierre. Quand elle s'est précipitée pour les arrêter, ils l'ont attaquée avec la pelle dont ils s'étaient munis et ils l'ont battue à mort ! Le gendarme du village les a arrêtés quelques heures plus tard.

— Pardon, docteur, intervint Poirot. Vous savez donc qui a agressé Mme Ernst ? Ces sales types dont vous parlez... ils ont avoué ?

— Oui, et d'après le gendarme, ils en étaient fiers, répondit le Dr Flowerday en grinçant des dents.

— Qui sont-ils ? demandai-je.

— Les Clutton père et fils. Frederick et Tobias. Deux ivrognes qui ne valent pas mieux l'un que l'autre.

Le fils serait-il le jeune vaurien que j'avais vu au King's Head, assis à la table de Walter Stoakley ? me demandai-je alors, et cela me fut confirmé plus tard.

— Margaret n'aurait pas dû s'en mêler, c'est tout ce qu'ils ont trouvé à dire. Quant à la tombe des Ive..., commença le Dr Flowerday, puis il se tourna vers moi. Surtout n'allez pas croire que je vous en veux, mais votre visite a attisé la haine qui couvait depuis des années. On vous a vu vous rendre chez

Margaret. Or tous les villageois connaissent sa position. Ils savent que l'histoire que vous avez entendue dans cette maison peint Patrick Ive non comme un charlatan aux mœurs légères, mais comme la victime d'une infâme campagne de cruauté et de calomnie, menée par ces mêmes villageois avec tant d'acharnement. Cela leur a donné envie de punir Patrick à nouveau. Et comme ils ne pouvaient plus l'atteindre, ils ont profané sa tombe. Margaret a toujours su que cela arriverait un jour. C'est pourquoi elle restait assise à sa fenêtre à longueur de journée, en espérant pouvoir l'empêcher. Savez-vous qu'elle n'a jamais connu Patrick et Frances Ive ? C'étaient mes amis. Leur tragédie fut mon tourment, cette injustice, mon obsession. Margaret ne les a pas connus, et pourtant, dès son arrivée, elle a pris fait et cause pour eux. Cela l'horrifiait de penser qu'une telle chose avait pu se produire dans la nouvelle paroisse de son mari, et elle l'en a convaincu. Oui, ce fut une chance incroyable que Margaret et Charles soient venus s'installer à Great Holling. Je n'aurais pu rêver meilleurs alliés, dit le Dr Flowerday.

— Pouvons-nous lui parler ? demandai-je.

Si Margaret était mourante, comme j'en avais l'impression malgré la détermination du médecin, je voulais entendre ce qu'elle avait à dire tant qu'elle en était encore capable.

— Bien sûr, répondit Ambrose Flowerday. Elle serait furieuse contre moi si je vous empêchais de la voir.

Poirot, l'infirmière et moi-même montâmes à l'étage à sa suite, pour pénétrer dans l'une des chambres. Quand je vis les bandages, le sang, le visage ravagé de Margaret, je m'efforçai de ne pas trop accuser le coup, mais j'en eus les larmes aux yeux.

— Sont-ils là, Ambrose ? demanda-t-elle.

— Oui.

— Bonjour, madame Ernst. Je suis Hercule Poirot. Les mots me manquent pour vous exprimer combien je suis navré...

— Appelez-moi Margaret. Et M. Catchpool, est-il avec vous ?

— Oui, je suis là, dis-je à grand-peine, la gorge nouée.

Ceux qui avaient pu infliger ça à une femme ne méritaient pas le nom d'hommes. C'étaient des monstres, des brutes infâmes.

— Ne cherchez pas de jolies formules toutes faites pour me rassurer sur mon état, dit Margaret. Mes paupières sont si gonflées que je n'arrive pas à les ouvrir. Ambrose a dû vous dire que je n'en avais plus pour longtemps ?

— Non, madame. Il n'a pas dit ça.

— Ah bon ? Pourtant c'est ce qu'il croit.

— Margaret, ma chère...

— Il a tort. Je suis trop en colère pour mourir.

— Vous souhaitez nous dire quelque chose ? demanda Poirot.

Margaret émit un petit son guttural, ironique.

— Oui, mais je préférerais que vous ne montriez pas tant de hâte, comme si j'allais rendre mon dernier souffle d'une minute à l'autre. C'est peut-être ce que vous croyez d'après ce qu'Ambrose vous a dit, mais c'est une fausse impression. Pour l'heure, je dois me reposer. Non, je ne vais pas mourir. Combien de fois vais-je devoir m'en défendre aujourd'hui ! Ambrose, tu leur diras ce qu'ils ont besoin de savoir, tu veux bien ?

— Oui. Si telle est ta volonté... Margaret ? Margaret ! s'exclama-t-il, les yeux agrandis d'angoisse, en lui prenant la main.

— Laissez-la, dit l'infirmière, qui n'était pas encore intervenue. Laissez-la dormir.

— Dormir, répéta le Dr Flowerday d'un air hagard. Oui, bien sûr. Elle a besoin de sommeil.

— Que souhaite-t-elle que vous nous disiez, docteur ? demanda Poirot.

— Vous voulez bien emmener vos visiteurs au salon ? suggéra l'infirmière.

— Non, répondit le Dr Flowerday. Je ne veux pas la quitter. Et puis j'ai besoin de parler à ces messieurs en privé, aussi vous voudrez bien nous laisser seuls un moment, mademoiselle.

La jeune femme s'inclina et quitta la pièce. Flowerday s'adressa à moi :

— Margaret vous a pratiquement tout dit des tourments que ce maudit village a fait subir à Frances et Patrick, non ?

— En effet. Mais nous en savons peut-être plus que vous ne le pensez, répondit Poirot. J'ai parlé à Nancy Ducane et à Jennie Hobbs. D'après elles, l'enquête avait conclu que les morts de Patrick et Frances Ive étaient accidentelles. Pourtant Margaret Ernst a dit à Catchpool qu'ils avaient avalé du poison pour mettre fin à leurs jours : elle en premier, lui ensuite. Un poison nommé abrine.

— C'est la vérité, acquiesça Flowerday. Frances et Patrick ont chacun laissé un mot. C'est moi qui ai déclaré aux autorités que, selon mon opinion, leurs décès étaient accidentels. J'ai menti.

— Pourquoi ? s'enquit Poirot.

— Le suicide est un péché aux yeux de l'Église. Or la réputation de Patrick avait déjà été salie, je ne pouvais supporter qu'elle soit encore entachée. Et cette pauvre Frances, qui n'avait rien fait de mal et était une bonne chrétienne...

— Oui. Je comprends.

— Je connaissais plusieurs personnes qui se seraient délectées en apprenant que leurs agissements avaient poussé les Ive au suicide. Harriet Sippel en particulier. Je n'ai pas voulu leur donner cette satisfaction.

— Puis-je vous demander quelque chose, docteur Flowerday ? Si je vous disais qu'Harriet Sippel en est venue à regretter son abjecte conduite envers Patrick Ive, croiriez-vous cela possible ?

Ambrose Flowerday partit d'un rire sans joie.

— Elle, regretter ? Hé bien, je penserais que vous avez perdu la tête, monsieur Poirot. Harriet n'a rien regretté de ce qu'elle avait fait. Moi non plus, si vous voulez savoir. Je suis content d'avoir menti il y a seize ans. Je referais la même chose aujourd'hui. Laissez-moi vous dire ceci : la foule menée par Harriet Sippel et Ida Gransbury contre Patrick Ive était le mal incarné. Il n'y a pas d'autre mot. J'imagine que comme tout homme cultivé, vous connaissez *La Tempête*... « L'enfer est vide... »

— « ... Et tous les démons sont ici[1] », compléta Poirot.

— Exactement. C'est très vrai, remarqua le Dr Flowerday en se tournant vers moi. C'est pour cela que Margaret ne voulait pas que vous me parliez, monsieur Catchpool. Elle aussi est fière d'avoir menti pour le bien de Patrick et de Frances, mais elle est plus prudente que moi. Elle craignait que je vous avoue ce mensonge d'un air de défi, comme je viens de le faire. Je sais, ajouta-t-il en souriant tristement. Je vais devoir en assumer les conséquences, à présent. Renoncer à exercer mon métier, renoncer même à ma liberté, et peut-être que je le mérite. Mon mensonge a tué Charles.

— Le défunt mari de Margaret ? dis-je.

— Oui. Cela nous était bien égal, à Margaret et à moi, d'entendre les gens nous traiter par en-dessous de menteurs, quand ils nous croisaient dans la rue, mais

---

1. *La Tempête* de William Shakespeare, Acte I Scène 2.

Charles y était sensible, et sa santé s'est détériorée. Si j'avais combattu le mal dans le village moins farouchement, Charles serait peut-être encore en vie aujourd'hui.

— Où sont passées les lettres de suicide laissées par Patrick et Frances Ive ? demanda Poirot.

— Je l'ignore. Je les ai données à Margaret il y a seize ans. Et depuis, je ne l'ai pas questionnée à ce sujet.

— Je les ai brûlées.

— Margaret.

Ambrose Flowerday se précipita à son chevet.

— Tu t'es réveillée.

— Je me rappelle chaque mot, dit-elle. Il m'a semblé important de les garder en mémoire, alors je les ai appris par cœur.

— Margaret, tu dois te reposer. Dans ton état, c'est trop fatigant de parler.

— Dans sa lettre, Patrick demandait qu'on dise à Nancy qu'il l'aimait et qu'il l'aimerait toujours. Je n'ai pas répété ses paroles à Nancy. Comment l'aurais-je pu, sans révéler qu'Ambrose avait menti à l'enquête sur la cause de leurs morts ? Mais… maintenant que la vérité sort au grand jour, tu devrais le lui dire, Ambrose. Dis-lui ce que Patrick a écrit.

— Je le ferai. Ne t'inquiète pas, Margaret. Je m'occuperai de tout.

— Si, je m'inquiète. Tu n'as pas parlé à M. Poirot ni à M. Catchpool des menaces d'Harriet, après l'enterrement de Patrick et de Frances. Dis-leur, maintenant.

Presque aussitôt, elle sombra à nouveau dans le sommeil.

— Quelles étaient ces menaces, docteur ? demanda Poirot.

— Harriet Sippel arriva un jour au presbytère en traînant derrière elle une vingtaine d'excités, et elle parla au nom des habitants de Great Holling en déclarant leur intention d'exhumer les corps de Patrick et

Frances Ive. Selon la loi de Dieu, ces suicidés n'avaient pas le droit d'être enterrés en terre consacrée. Margaret sortit sur le perron. Elle leur rétorqua que cette coutume n'avait plus cours depuis les années 1880, et qu'on était en 1913. L'âme d'un défunt est remise entre les mains du Dieu de compassion, et n'est plus soumise au jugement terrestre, conclut-elle. Mais Ida Gransbury, en dévote et zélée partisane d'Harriet, fit valoir que s'il était mal avant 1880 d'enterrer un suicidé dans le cimetière d'une église, cela restait d'actualité. Dieu n'est pas une girouette qui varie au gré des modes, s'insurgea-t-elle. Ce qui fut jadis jugé inacceptable par l'Église l'est encore aujourd'hui. Quand Richard Negus apprit ce qu'avait dit cette harpie sans pitié, il rompit ses fiançailles avec elle et partit pour le Devon. C'est la meilleure décision qu'il ait prise de sa vie.

— Où Patrick et Frances Ive ont-ils trouvé l'abrine qu'ils ont avalé pour se tuer ? demanda Poirot.

— Pourquoi cette question ? s'étonna Ambrose Flowerday.

— Parce que je me suis demandé si ce produit était à vous, à l'origine ?

— En effet, reconnut le médecin en tressaillant. Frances l'a dérobé chez moi. J'ai passé quelques années à travailler sous les tropiques, et j'en ai rapporté deux fioles de ce poison. J'étais jeune, alors, mais je prévoyais de m'en servir plus tard au besoin, si jamais je souffrais d'une maladie douloureuse et incurable. Pour être le témoin des agonies endurées par certains de mes patients, je voulais pouvoir m'épargner cette sorte d'épreuve. Prévoyant déjà son geste, Frances avait dû fouiller dans mon armoire à pharmacie. J'ignorais qu'elle savait que j'y gardais deux fioles de poison mortel. Peut-être que je mérite d'être puni. Quoiqu'en dise Margaret, j'ai toujours eu la conviction que c'était moi qui avais tué Frances, et non elle-même.

— Non ! Il ne faut pas vous en vouloir, répliqua Poirot. Puisqu'elle était décidée à mettre fin à ses jours, elle aurait trouvé un moyen d'y parvenir, avec ou sans votre fiole d'abrine.

J'attendais qu'il enchaîne en interrogeant Ambrose Flowerday à propos du cyanure, car en tant que médecin, celui-ci avait pu également s'en procurer, mais son propos fut tout autre.

— Docteur Flowerday, je n'ai pas l'intention de révéler à quiconque que les morts de Patrick et Frances Ive ne furent pas accidentelles. Vous resterez en liberté et pourrez continuer à exercer, décréta-t-il, avec une certaine solennité.

Sidéré, le Dr Flowerday nous dévisagea tour à tour. J'exprimai mon consentement par un hochement de tête, mais j'en voulais un peu à Poirot de ne pas m'avoir consulté au préalable. Après tout, c'était à moi et non à lui que revenait la lourde tâche de faire respecter la loi dans ce pays. Pourtant j'étais tout à fait d'accord pour ne pas dévoiler le mensonge d'Ambrose Flowerday.

— Merci. Vous êtes un homme généreux et magnanime, dit Flowerday.

— Je vous en prie, répondit Poirot avec un petit geste désinvolte. J'ai encore une question à vous poser, docteur : êtes-vous marié ?

— Non.

— Permettez-moi de vous dire que c'est un tort, déclara-t-il, ce qui me laissa complètement ébahi. Vous êtes célibataire, n'est-ce pas ? Et Margaret Ernst est veuve depuis des années. Vous l'aimez, c'est évident, et je crois qu'elle vous aime en retour. Pourquoi ne pas la demander en mariage ?

Le Dr Flowerday resta un instant silencieux, à cligner des yeux d'un air hébété.

— Margaret et moi avons convenu il y a longtemps que jamais nous ne nous marierions, avoua-t-il enfin. Après ce que nous avions jugé bon de faire, et la mort de ce pauvre Charles... eh bien, cela nous semblait inconvenant de connaître ce bonheur-là. Il y avait eu assez de souffrances.

J'observai Margaret, et je vis ses paupières tuméfiées s'entrouvrir un peu.

— Assez de souffrances, répéta-t-elle faiblement.

— Oh ! Margaret, gémit Flowerday en se mordant le poing. À quoi bon continuer sans toi ?

Poirot se leva.

— Docteur, dit-il de son ton le plus impérieux. Mme Ernst est persuadée qu'elle survivra. En revanche, j'espère bien que votre absurde résolution de renoncer au bonheur ne survivra pas. Ce serait tellement dommage. Deux personnes qui s'aiment ne devraient pas rester séparées quand rien ne les y oblige.

Sur ce, il sortit de la chambre d'un pas martial.

J'avais envie de revenir à Londres au plus vite, mais Poirot voulut d'abord voir la tombe de Patrick et Frances Ive.

— J'aimerais y déposer quelques fleurs, mon ami, dit-il.

— On est en février, mon cher. Où comptez-vous trouver des fleurs ?

Cette remarque le fit ronchonner un moment à propos de l'exécrable climat anglais.

La pierre tombale était renversée sur le côté et couverte de traînées de boue. On distinguait plusieurs empreintes de pieds. Ces deux brutes épaisses de Frederick et Tobias Clutton avaient dû sauter dessus après l'avoir descellée avec une bêche.

Poirot ôta ses gants. Il se pencha et, de l'index de sa main droite, dessina les contours d'une grande fleur sur la terre, semblable à un dessin d'enfant.

— Voilà, dit-il. Une fleur éclose en février, malgré la rigueur du climat.

Puis il sortit un mouchoir de sa poche. Fasciné, je le vis alors s'en servir pour effacer les marques de pieds sur la pierre tombale. Le souffle court, il faillit une ou deux fois perdre l'équilibre.

— Voilà qui est mieux, non ?

— Oui. Bien mieux, confirmai-je, un peu ému, car pour une fois, malgré sa maniaquerie, Poirot s'était sali les mains et noirci les ongles.

— C'était un bien triste spectacle, comme on aimerait ne jamais en voir. Espérons que Patrick et Frances Ive reposent en paix et ensemble.

C'est le mot « ensemble » qui fit mouche dans mon esprit, en amenant son contraire, le mot « séparément ». Ce petit déclic dut se lire sur mon visage.

— Catchpool, que vous arrive-t-il ?

Ensemble, séparément...

Patrick Ive était amoureux de Nancy Ducane, mais dans la mort, il était enterré auprès de sa légitime épouse : Frances. Son âme avait-elle trouvé la paix, ou se languissait-elle de Nancy ? Et Nancy, s'était-elle posé la question ? Avait-elle souhaité que les morts puissent parler aux vivants ? Lorsqu'on perd comme elle son bien-aimé, on peut avoir envie de...

— Catchpool ! Qu'avez-vous donc en tête ?

— L'idée la plus grotesque qui soit. Je vais vous la confier, vous pourrez ainsi me traiter de fou.

Je la lui expliquai, passablement excité, en concluant que je me trompais sûrement.

— Oh non, mon ami, vous ne vous trompez pas, répondit Poirot, et ce fut à son tour de rester un instant ébahi. Mais bien sûr ! comment cela a-t-il pu m'échapper ? Mon Dieu ! Comprenez-vous ce que cela signifie ? Ce que nous devons en déduire ?

— Hélas non, je l'avoue.

— Ah. Dommage.

— Par pitié, Poirot, ce n'est pas juste ! Je vous ai exposé mon idée, et voilà que vous gardez la vôtre pour vous.

— Nous n'avons pas le temps d'en discuter maintenant. Nous devons nous dépêcher de rentrer à Londres. Vous irez derechef à l'hôtel Bloxham emballer les effets personnels d'Harriet Sippel et ceux d'Ida Gransbury.

— Quoi ? m'indignai-je, n'en croyant pas mes oreilles.

— Parfaitement. Les affaires de Richard Negus ont déjà été emportées par son frère, rappelez-vous !

— Je sais, mais...

— Ne discutez pas, Catchpool. Cela ne vous prendra pas longtemps de faire les valises de ces dames dans leurs chambres respectives. Ah, je comprends tout, enfin. Tous ces petits puzzles dispersés trouvent chacun leur solution et se mettent en place ! En fait, ça ressemble beaucoup à des mots croisés, savez-vous ?

— Je vous en prie, ne faites pas ce genre de comparaison. Vous allez finir par me dégoûter de mon passe-temps préféré.

— C'est lorsqu'on voit toutes les réponses ensemble que l'on sait pour de bon que chacune se vérifie, continua Poirot en m'ignorant superbement. Tant qu'il en manque, on peut encore découvrir qu'un détail qui semblait coller ne colle pas du tout.

— Dans ce cas, voyez-moi comme une grille de mots croisés complètement vide, dis-je.

— Plus pour longtemps, mon ami, plus pour longtemps. Poirot va devoir une dernière fois réquisitionner la salle à manger du Bloxham !

22

Meurtres en majuscules

L'après-midi de ce même jour, à 16 h 15, Poirot et moi attendions à une extrémité de la grande salle de restaurant du Bloxham que les gens aient fini de s'installer aux différentes tables. Les employés étaient arrivés à 16 heures pile, comme Luca Lazzari l'avait promis. Je souris en retrouvant les visages familiers de John Goode, Thomas Brignell, Rafal Bobak, et ils m'adressèrent en retour de petits saluts un peu crispés.

Sur le seuil de la salle, Lazzari parlait avec force gesticulations au constable Stanley Beer. J'étais trop loin pour saisir ce qu'il lui disait dans le brouhaha ambiant, mais je l'entendis distinctement faire plusieurs fois allusion à « ces meurtres au monogramme ». Or tout un chacun les nommait les meurtres de l'hôtel Bloxham, imitant en cela les titres des journaux.

Sans doute Lazzari espérait-il ainsi éviter que son établissement bien-aimé soit associé à cette sinistre affaire, et sa réputation ternie à jamais. La manœuvre était si évidente que sa naïveté m'irrita. Il faut dire que j'étais de fort méchante humeur, car je m'étais évertué en vain à caser les effets d'Ida Gransbury dans sa valise. J'avais eu beau peser dessus de tout mon poids, impossible de la refermer. À croire qu'Ida Gransbury avait enrichi sa garde-robe durant son bref séjour au Bloxham. Pour ma part, quand je pars en voyage, j'emporte toujours le strict minimum. Sans doute faut-il, pour régler ce genre de problème, une touche féminine dont un rustre comme moi est totalement dépourvu. Quel soulagement ce fut quand Poirot me conseilla de laisser tomber afin de me rendre sans plus tarder à la salle de restaurant de l'hôtel pour y être à 16 heures, comme convenu !

Samuel Kidd, vêtu d'un élégant complet en flanelle grise, était arrivé à 16 h 05 avec à son bras une Jennie Hobbs bien pâlotte. Ils furent suivis deux minutes plus tard par Henry Negus, le frère de Richard, et dix minutes plus tard par un groupe de quatre personnes, dont Nancy Ducane. Elle avait les paupières rougies à force d'avoir pleuré. En entrant dans la salle, elle essaya en vain de dissimuler son visage en le couvrant en partie d'un foulard en soie diaphane noué autour de sa tête.

— Elle ne veut pas que les gens voient qu'elle a pleuré, murmurai-je à l'oreille de Poirot.

— Mais non. Elle porte un foulard en espérant qu'ainsi on ne la reconnaîtra pas, et non parce qu'elle a honte d'avoir pleuré. Vous les Anglais, vous êtes terribles. Il n'y a rien de mal à extérioriser ses sentiments, contrairement à ce que vous semblez penser.

N'ayant aucune envie qu'on en vienne à parler de mon cas personnel alors que Nancy Ducane m'intéressait bien davantage, je retournai à mon sujet initial.

— C'est vrai que dans ces circonstances, elle ne doit guère avoir envie d'être assaillie par une horde d'admirateurs venus se prosterner à ses pieds.

En revanche Hercule Poirot, qui était lui-même une sorte de célébrité, aurait vu sans déplaisir un groupe de fans s'agglutiner à ses guêtres... Comme il semblait sur le point d'entamer une nouvelle polémique à ce sujet, je l'en détournai par une question :

— Quelles sont les trois personnes qui accompagnent Nancy Ducane ?

— Lord St John Wallace, lady Louisa Wallace et Dorcas, leur soubrette, répondit-il, puis il tiqua après avoir vérifié l'heure à sa montre. Nous avons un quart d'heure de retard sur l'horaire prévu ! Pourquoi les gens ne peuvent-ils jamais être ponctuels ?

Je remarquai que Thomas Brignell et Rafal Bobak s'étaient levés comme s'ils avaient envie de prendre la parole, alors que la séance n'avait pas encore officiellement commencé.

— Je vous en prie, messieurs, asseyez-vous ! dit Poirot... Non, non, pas de précipitation, leur fit-il en voyant qu'ils étaient impatients de s'exprimer. Ces choses dont vous avez hâte de m'informer, sachez que je les sais déjà, et que je m'apprête à les révéler à toute l'assistance. Soyez patients, je vous en prie.

Calmés, Bobak et Brignell se rassirent. Je fus surpris de voir la femme brune assise à côté de Brignell chercher sa main. Leurs doigts se nouèrent, et au regard qu'ils échangèrent, je compris qu'ils étaient amoureux. Pourtant cette femme n'était assurément pas celle que Brignell enlaçait tendrement dans les jardins de l'hôtel.

— La femme que Brignell embrassait dans le jardin, à côté de la brouette, la femme au manteau marron, elle était blonde, n'est-ce pas ? me chuchota Poirot à l'oreille, puis il me fit un sourire énigmatique, avant de se tourner vers l'assemblée. Mesdames et messieurs, à présent que tout le monde est enfin arrivé, je vais vous demander le silence et réclamer toute votre attention, c'est entendu ? Merci beaucoup.

Tandis que Poirot parlait, je parcourus l'assistance du regard. Mais oui, ma parole ! C'était bien Fee Spring, la serveuse du Pleasant's, assise au fond de la salle. Ça alors ! Comme Nancy Ducane, elle semblait vouloir dissimuler ses traits et portait un petit chapeau fantaisiste incliné bas sur le côté, sans mieux y réussir que Nancy. Elle me fit un clin d'œil, comme pour me dire, ah ah, je vous ai bien eus, hein ? car nous nous étions arrêtés pour boire un café au Pleasant's et, sans nous méfier, nous lui avions dit où nous allions ensuite. Pourquoi diable cette petite maligne avait-elle quitté son service ?

— Vous devrez faire preuve de patience, aujourd'hui, prévint Poirot. Car je m'en vais devoir vous exposer une foule de choses que vous ignorez et ne pouvez comprendre pour l'instant.

Tiens, me dis-je, voilà qui répond parfaitement à mon état d'esprit du moment. Car j'en savais à peine plus que les femmes de chambre et cuisiniers du Bloxham, et sans doute bien moins que cette futée de Fee Spring. Poirot avait dû l'inviter à ce grand événement. Je ne comprenais pas et ne comprendrai jamais pourquoi il avait besoin d'une assistance aussi nombreuse. Nous n'étions pas au théâtre, que diable ! Quant à moi, lorsque je résous un crime, ce qui par chance m'est arrivé plus d'une fois et sans l'aide de Poirot, je me contente d'exposer mes conclusions à mon chef, puis de procéder à l'arrestation du criminel en question.

Je me demandai, trop tard, si j'aurais dû exiger de Poirot qu'il m'informe en premier de ses déductions avant de mettre en scène ce spectacle. Et j'étais là, censément en charge de l'enquête, sans avoir la moindre idée de la solution qu'il allait présenter pour résoudre ce mystère.

Pourvu qu'il s'en tire brillamment, priai-je. S'il a raison et que je suis à ses côtés, personne ne soupçonnera la complète obscurité où j'errais encore juste avant son exposé.

— L'histoire est trop longue pour que moi seul je vous la raconte, au risque de perdre la voix, déclara Poirot à la salle. Je m'en vais donc solliciter l'intervention de deux autres orateurs. Tout d'abord, Mme Nancy Ducane, la célèbre portraitiste, qui nous a fait l'honneur de se joindre à nous aujourd'hui. Madame Ducane...

Ce fut une surprise pour tout le monde, sauf pour l'intéressée, qui en avait été avertie par Poirot, manifestement.

Des murmures respectueux remplirent la salle tandis que Nancy, son foulard toujours noué autour de la tête, venait se placer à côté de moi, face au public.

— Vous l'avez livrée sans vergogne à la foule de ses admirateurs, glissai-je à Poirot.

— Oui, convint-il en souriant. Pourtant, elle garde son foulard.

C'est un public captivé qui écouta Nancy Ducane raconter l'histoire de Patrick Ive : leur amour interdit, ses visites illicites au presbytère la nuit, l'affreuse calomnie répandue sur le compte de Patrick, prétendant qu'il soutirait de l'argent à ses paroissiens en échange de communications avec l'au-delà. Quand elle évoqua la rumeur qui avait déclenché toute l'affaire, elle ne mentionna pas nommément Jennie Hobbs.

Nancy expliqua comment elle avait fini par s'exprimer publiquement à l'auberge de Great Holling devant les villageois en avouant sa liaison avec Patrick Ive, qui n'était pas platonique, contrairement à ce qu'elle avait prétendu à l'époque. Quand elle raconta les fins tragiques de Patrick et Frances Ive par empoisonnement, sa voix trembla un peu. Je remarquai qu'elle ne s'étendait pas davantage sur la cause de leur mort, sans préciser s'il s'agissait d'un accident ou d'un suicide. Poirot l'avait-il priée de ne pas en parler, pour épargner Ambrose Flowerday et Margaret Ernst ?

— Je suis aussi attachée à Patrick que je l'étais jadis. Je ne cesserai jamais de l'aimer. Un jour, lui et moi, nous serons réunis, conclut Nancy Ducane avant de regagner sa place, mais Poirot l'arrêta au passage.

— Merci, madame Ducane, lui dit Poirot en s'inclinant, puis il baissa la voix. Je dois maintenant vous dire sans délai quelque chose que j'ai récemment découvert, car cela vous sera, je crois, d'un grand réconfort. Avant sa mort, Patrick écrivit... une lettre. Et dans cette lettre, il demandait qu'on vous dise qu'il vous aimait et vous aimerait toujours.

Nancy plaqua ses mains sur sa bouche pour étouffer un cri, et cligna plusieurs fois des paupières pour retenir les larmes qui lui montaient aux yeux.

— Monsieur Poirot, vous ne pouvez imaginer quel bonheur vous venez de m'apporter.

— Détrompez-vous, madame. Je l'imagine fort bien. Un message d'amour, transmis par l'être cher après sa mort... c'est comme un écho aux fausses rumeurs qui couraient sur Patrick Ive, l'accusant de transmettre des messages de l'au-delà. Qui ne souhaiterait recevoir de tels messages de l'être perdu et tant aimé ?

Lorsque Nancy Ducane eut regagné sa place, je vis son amie Louisa Wallace lui tapoter le bras.

— Et maintenant, reprit Poirot, une autre femme qui connaissait et aimait Patrick Ive va prendre la parole : son ancienne domestique, Jennie Hobbs. Mademoiselle Hobbs ?

Jennie se leva et alla se placer là où Nancy se trouvait l'instant d'avant. Elle non plus ne semblait pas surprise qu'on la prie d'intervenir.

— J'ai aimé Patrick autant que Nancy l'a aimé, déclara-t-elle d'une voix tremblante. Mais ce n'était pas réciproque. Pour lui, je n'étais qu'une fidèle servante et rien de plus. Je suis celle qui a lancé ces atroces rumeurs sur son compte. J'ai proféré un impardonnable mensonge. J'étais jalouse de son amour pour Nancy. Je n'ai pas tué Patrick de mes mains, mais je crois que c'est cette calomnie qui a entraîné sa mort. J'en suis donc responsable, ainsi que trois autres personnes : Harriet Sippel, Richard Negus et Ida Gransbury, ces mêmes personnes qui ont été assassinées dans cet hôtel. Tous les quatre, nous en vînmes avec le temps à regretter profondément ce que nous avions fait. Au point de vouloir réparer nos torts et payer pour nos fautes. Et c'est dans ce but que notre plan fut établi.

J'observai les visages stupéfaits des employés du Bloxham tandis que Jennie définissait le plan qu'elle nous avait déjà exposé, à Poirot et à moi, chez Samuel Kidd, et racontait comment il avait échoué. Lorsqu'elle en vint à parler de la partie qui concernait Nancy Ducane, et de leur intention de la faire accuser des trois meurtres pour qu'elle soit pendue, Louisa Wallace poussa un cri d'horreur.

— Faire pendre une innocente pour trois meurtres qu'elle n'a pas commis, je n'appelle pas ça réparer les torts qu'on a causés, s'indigna St John Wallace. C'est de la perversion !

Personne ne contesta sa remarque, du moins à haute voix. Je remarquai que Fee Spring ne semblait pas s'offusquer de ces nouvelles, contrairement à la plupart des gens. Pourtant elle écoutait avec une fervente attention.

— Croyez-le ou non, je n'ai jamais voulu faire accuser Nancy Ducane, protesta Jennie. Jamais !

— Monsieur Negus, intervint Poirot. Monsieur Henry Negus, croyez-vous vraisemblable que votre frère Richard ait conçu un tel plan ?

Henry Negus se leva.

— Je ne saurais dire, monsieur Poirot. Certes le Richard que j'ai connu n'aurait jamais envisagé de tuer quiconque, mais celui qui est venu habiter chez nous dans le Devon il y a seize ans n'était plus le Richard que je connaissais. Oh, physiquement, c'était le même, mais pas intérieurement. Je dois avouer que je n'ai jamais réussi à vraiment connaître l'homme qu'il était devenu. Par conséquent, je ne puis conjecturer sur sa conduite éventuelle.

— Merci, monsieur Negus. Et merci, mademoiselle Hobbs, ajouta Poirot avec un manque d'enthousiasme manifeste. Vous pouvez vous asseoir.

Il se tourna vers l'assemblée.

— Vous voyez donc, mesdames et messieurs, que l'histoire de Mlle Hobbs, si elle est vraie, nous laisse sans meurtrier à arrêter et à traduire en justice. Ida Gransbury tue Harriet Sippel avec son consentement. Richard Negus tue Ida Gransbury, cette fois encore avec le consentement de cette dernière, puis il se supprime lui-même, Jennie n'arrivant pas pour le tuer comme elle s'y était engagée. Il se supprime, et fait passer sa mort pour un meurtre en verrouillant sa porte, en cachant la clef derrière un carreau descellé du foyer, et en ouvrant la fenêtre. La police devrait en déduire que la meurtrière, à savoir Nancy Ducane, a emporté la clef et s'est échappée par la fenêtre ouverte en s'aidant d'un arbre. Mais selon Jennie Hobbs, il n'y a pas eu de meurtrier, puisque personne n'a tué quiconque sans la permission de la victime !

Poirot marqua une petite pause, le temps de considérer l'assemblée.

— Pas de meurtrier, répéta-t-il. Pourtant, en admettant que tout ceci soit vrai, il nous reste deux criminels en vie qui méritent d'être punis : Jennie Hobbs et Samuel Kidd, qui ont conspiré pour piéger Nancy Ducane et la faire accuser de meurtre.

— J'espère que vous allez les arrêter tous les deux, monsieur Poirot ! lança Louisa Wallace.

— Ce n'est pas moi qui détiens le pouvoir d'ouvrir ou de fermer les portes des prisons anglaises, madame. Cette tâche revient à mon ami Catchpool ici présent, et à ses collègues. La mienne consiste à percer les secrets et à démêler la vérité du mensonge. Monsieur Samuel Kidd, veuillez vous lever, je vous prie.

Kidd obtempéra, visiblement mal à l'aise.

— Votre participation au plan initial consistait à déposer un mot sur le comptoir de la réception de l'hôtel, n'est-ce pas ? Un mot disant : « PUISSENT-ILS NE JAMAIS REPOSER EN PAIX. 121. 238. 317. »

— Oui, monsieur. Comme l'a dit Jennie.

— C'est Jennie qui vous a donné ce mot ?

— Oui, elle me l'a donné plus tôt dans la journée. Dans la matinée.

— Et vous deviez le déposer à quelle heure, à la réception ?

— Peu après 20 heures, comme l'a dit Jennie. Dès que je le pouvais, en m'assurant qu'il n'y avait personne à proximité.

— Qui vous a donné ces instructions ?

— Jennie.

— Et c'est également Jennie qui vous a demandé de glisser les clefs des chambres dans la poche de Nancy Ducane ?

— En effet, répondit Kidd d'un ton maussade. Je me demande pourquoi vous me posez ces questions alors qu'elle vient juste d'y répondre.

— Je l'expliquerai en temps utile. Bon. Selon le plan initial, comme Jennie nous l'a déclaré tout à l'heure, les clefs des chambres, 121, 238 et 317 devaient être emportées de la chambre de Richard Negus par Jennie après qu'elle l'eut tué, et confiées ensuite à Samuel Kidd, qui les placerait dans un endroit incri-

292

minant Nancy Ducane. En l'occurrence, ce fut dans la poche de son manteau. Mais selon son récit, Jennie Hobbs ne se rendit pas à l'hôtel Bloxham le soir des meurtres. Le courage lui manqua. Par conséquent, je vous le demande, monsieur Kidd : comment vous êtes-vous procuré les clefs des chambres 121 et 317 ?

— Comment... comment je me suis procuré les deux clefs ?

— Oui. C'est bien la question que je vous ai posée. Veuillez y répondre.

— Eh bien je... si vous voulez savoir, je me suis débrouillé tout seul. J'ai glissé un mot à un employé de l'hôtel, qui a bien voulu me procurer un passe-partout. Je le lui ai rendu ensuite, après m'en être servi. Ni vu ni connu.

Je me tenais assez près de Poirot pour entendre son claquement de langue désapprobateur.

— Quel employé, monsieur ? Ils sont tous présents dans cette salle. Désignez-nous donc celui qui vous a prêté ce passe-partout, je vous prie.

— Je ne m'en souviens pas. Un homme, c'est tout ce que je puis vous dire. Je ne suis pas physionomiste.

En disant cela, Kidd frotta du pouce et de l'index les éraflures rouges qui lui zébraient le visage.

— Donc vous vous êtes introduit dans les trois chambres à l'aide de ce passe-partout ?

— Non, seulement dans la chambre 238. C'était dans celle-ci que Jennie devait récupérer les trois clefs, mais je n'en ai trouvé que deux. Comme vous l'avez dit, la troisième était cachée derrière un carreau de la cheminée. Je n'ai pas eu envie de m'attarder pour fouiller la chambre à la recherche de la troisième clef, avec le cadavre de M. Negus qui gisait là.

— Vous mentez, décréta Poirot. Qu'importe. En temps voulu, vous découvrirez que vous ne pourrez vous sortir de cette fâcheuse situation en mentant. Mais continuons. Non, ne vous asseyez pas. J'ai une autre question à vous poser, ainsi qu'à Jennie Hobbs. Le petit numéro que Jennie m'a fait en simulant une peur panique au Pleasant's Coffee House juste après 19 h 30 le soir des meurtres faisait bien partie du plan, n'est-ce pas ?

— Oui, confirma Jennie en rivant ses yeux à ceux de Samuel Kidd au lieu de regarder Poirot.

— Pardonnez-moi, mais une chose m'échappe, une chose essentielle, remarqua Poirot. Vous aviez trop peur pour mettre le plan à exécution, m'avez-vous dit, et donc vous n'êtes pas arrivée à l'hôtel à 18 heures. Pourtant le plan s'est déroulé sans vous, semble-t-il. À part que Richard Negus s'est supprimé en versant lui-même le poison dans son verre, à votre place. Tout ce que j'ai dit jusque-là est-il correct, mademoiselle ?

— Oui.

— Dans ce cas, si c'est là le seul manquement au plan initial, nous pouvons supposer que les morts ont eu lieu comme prévu : après le service de la collation, entre 19 h 15 et 20 heures. C'est cela, mademoiselle Hobbs ?

— En effet, confirma Jennie, quoique d'un ton moins assuré.

— Alors comment le plan a-t-il pu prévoir au départ que c'était à vous de tuer Richard Negus ? Vous nous avez dit que vous aviez l'intention de vous rendre au Pleasant's Coffee House peu après 19 h 30 ce même soir, sachant que j'y serais comme chaque jeudi soir pour dîner. Or quel que soit le moyen de transport, il est impossible de faire le trajet de l'hôtel Bloxham au Pleasant's Coffee House en moins d'une demi-heure. Donc, même si Ida Gransbury avait tué Harriet Sippel et que Richard Negus avait tué Ida Gransbury peu après 19 h 15, vous n'auriez pas eu le temps de tuer Richard Negus dans la chambre 238 dans la foulée pour arriver ensuite au Pleasant's comme vous l'avez fait jeudi soir dernier. Devons-nous croire que dans tout le programme établi par vos soins avec autant de précision, aucun de vous n'a songé à cette impossibilité pratique ?

Jennie avait blêmi. Et je sentis que moi aussi, j'avais dû changer de couleur.

La faille que Poirot venait de pointer dans le compte rendu de Jennie était évidente, pourtant je ne l'avais pas repérée. Cela ne m'avait tout simplement pas traversé l'esprit.

23

La vraie Ida Gransbury

Samuel Kidd partit d'un rire goguenard et se tourna vers l'assemblée comme pour la prendre à témoin.

— Monsieur Poirot, pour un homme qui se flatte d'être perspicace, vous n'êtes décidément pas très doué. J'ai entendu Jennie parler de tout cela bien plus souvent que vous. Le plan ne prévoyait pas que les meurtres aient lieu après 19 h 15. J'ignore d'où vous vient cette idée. Ils devaient advenir juste après 18 heures. Le service d'une collation à 19 h 15 n'en faisait pas non plus partie.

— C'est juste, renchérit Jennie en saisissant la perche que lui tendait son ex-fiancé, retrouvant du même coup un peu d'aplomb. Le fait que je n'étais pas là à 18 heures comme convenu a dû entraîner un certain retard. Les autres en auront sûrement discuté, comme je l'aurais fait à leur place, en essayant de trouver comment mettre le plan à exécution malgré tout. Cette discussion aura sans doute pris quelque temps.

— Bien sûr... Pourtant vous ne m'avez pas corrigé tout à l'heure, quand j'ai supposé que les morts étaient survenues comme prévu, entre 19 h 15 et 20 heures.

Et vous n'avez pas non plus souligné que cette collation ne faisait pas partie du plan.

— Désolée. J'aurais dû vous reprendre, s'excusa Jennie. Je... je m'y perds un peu. Tout cela est tellement accablant.

— Vous prétendez maintenant que selon le plan, les trois meurtres devaient avoir lieu à 18 heures ?

— Oui, et tout devait être terminé à 18 h 45 afin que je puisse arriver au Pleasant's à 19 h 30.

— Dans ce cas, j'ai une autre question à vous poser, mademoiselle. Pourquoi le plan initial exigeait-il de M. Kidd qu'il attende une heure, une fois que Harriet, d'Ida et Richard seraient morts et que vous auriez quitté l'hôtel, avant de déposer le mot sur le comptoir de la réception ? Pourquoi ne pas avoir convenu que M. Kidd le fasse à 19 h 15, ou même 19 h 30 ? Pourquoi 20 heures ?

Jennie tressaillit, puis releva le menton d'un air de défi.

— Pourquoi pas 20 heures ? rétorqua-t-elle. Quel mal y avait-il à attendre un peu ?

— Vous posez des questions saugrenues, monsieur Poirot, remarqua Sam Kidd.

— Il n'y a aucun mal à prendre son temps, mademoiselle... nous sommes bien d'accord. Ce qui nous amène à nous demander : pourquoi laisser un mot ? Quel intérêt ? Pourquoi ne pas attendre que les femmes de chambre découvrent les trois cadavres le lendemain matin ? Jennie ? Ne regardez pas Samuel Kidd. Regardez-moi donc quand je vous parle et répondez à la question.

— Je... Je ne sais pas ! Peut-être que Richard...

— Non ! Pas de peut-être que Richard ! la coupa Poirot en élevant la voix. Si vous ne voulez pas répondre à ma question, permettez-moi de le faire à votre place. Vous avez dit à M. Kidd de déposer le mot à la réception juste après 20 heures parce qu'il fallait absolument que les meurtres semblent avoir été commis entre 19 h 15 et 20 heures ! Cela fait depuis toujours partie du plan !

Poirot se tourna de nouveau pour s'adresser à la foule silencieuse et stupéfiée :

— Réfléchissons au sujet de cette collation qui fut commandée et servie à la chambre 317, celle d'Ida Gransbury. Imaginons nos trois victimes volontaires. Déconcertées par l'absence de Jennie Hobbs, elles ne savent que faire. Alors elles se réunissent dans la chambre d'Ida Gransbury pour aviser. Catchpool, si vous deviez vous faire tuer en paiement d'un ancien forfait, auriez-vous envie de manger des scones et des gâteaux juste avant votre exécution ?

— Non. Je serais bien trop nerveux pour manger ou boire quoi que ce soit.

— Peut-être que notre trio d'exécuteurs des hautes œuvres trouvait important de prendre des forces en vue de la tâche qui les attendait, avança Poirot. Ils auraient donc commandé cette collation, mais une fois les plateaux servis, auraient perdu tout appétit. Bon, mais alors, où est passée toute cette nourriture ?

— C'est à moi que vous posez la question ? s'étonna Jennie. Comment le saurais-je puisque je n'y étais pas ?

— Revenons au déroulement de ces meurtres, dit Poirot. Selon le médecin de la police, dans les trois cas, la mort est intervenue entre 16 heures et 20 h 30. Certaines preuves indirectes collectées plus tard ont réduit ce laps de temps entre 19 h 15 et 20 h 10. Eh bien examinons-les, ces preuves indirectes. Le serveur Rafal Bobak a vu les trois victimes en vie à 19 h 15, lorsqu'il a servi la collation commandée à la chambre 317 ; et Thomas Brignell a vu Richard Negus en vie à 19 h 30 dans le grand hall de l'hôtel, quand Negus, après l'avoir complimenté sur son efficacité, l'a prié de faire porter sur sa note le prix de la collation et lui a commandé un sherry. Apparemment, aucun des meurtres n'avait donc été perpétré avant 19 h 15, et celui de Richard Negus ne pouvait avoir été commis avant 19 h 30.

» Cependant, plusieurs détails ne collent pas avec l'ensemble. Tout d'abord, la disparition de la collation, dont nous savons qu'elle n'a été mangée par aucune des trois victimes. À mon humble avis, quelqu'un qui s'apprête à tuer pour la première fois de sa vie a autre chose en tête que de se sustenter. Alors pourquoi commander cette collation que personne n'a l'intention de manger, si ce n'est pour établir devant témoin que vous êtes en vie à 19 h 15 ? Et pourquoi fallait-il absolument que nos trois victimes soient vues encore en vie à cette heure précisément ? Je ne vois qu'une seule explication plausible correspondant à l'histoire de Jennie Hobbs : si nos conspirateurs avaient su de source sûre que Nancy Ducane n'avait pas d'alibi crédible entre 19 h 15 et 20 h 15, ils auraient pu vouloir faire croire que c'était à ce moment-là que les meurtres avaient été commis. Mais Nancy Ducane a justement un très solide alibi durant ce laps de temps, n'est-ce pas, lady Wallace ?

Louisa Wallace se leva.

— En effet, confirma-t-elle. Ce soir-là, elle dînait chez nous, et elle est restée en notre compagnie jusqu'à environ 22 heures.

— Merci beaucoup, madame. Alors, je ne vois qu'une seule raison pour laquelle il était d'une importance vitale de faire croire que ces trois morts avaient eu lieu entre 19 h 15 et 20 h 10 : cela fournissait à Jennie Hobbs un alibi irréfutable, et pour cause, puisqu'entre 19 h 35 et 19 h 50, elle était avec moi, au Pleasant's Coffee House. Elle ne pouvait donc se trouver entre 19 h 15 et 20 h 10 à l'hôtel Bloxham, étant donné la durée du trajet entre les deux établissements, que j'ai déjà évoquée.

» Je réunis tous ces éléments avec la conviction que les trois morts n'ont pas eu lieu entre 19 h 15 et 20 h 10, et je commence à m'interroger : pourquoi se donner autant de mal pour faire croire que Jennie Hobbs n'a pu commettre ces meurtres, si ce n'est parce qu'elle les a effectivement commis ?

Jennie se leva d'un bond.

— Je n'ai tué personne ! Je le jure ! Ils sont morts entre 19 h 15 et 20 heures et tout le monde en est persuadé, sauf vous !

— Asseyez-vous et gardez le silence, mademoiselle Hobbs. Contentez-vous dorénavant de répondre à mes questions, répliqua Poirot d'un ton sec.

— Cessez vos manigances, monsieur Poirot ! protesta Samuel Kidd en écumant de rage. Comment pouvez-vous affirmer qu'ils n'ont pas commandé cette collation ? Qu'en savez-vous ?

— Alors pourquoi n'ont-ils pas mangé ce qu'on leur a servi, monsieur Kidd ? demandai-je. Où sont donc passés tous ces sandwichs, ces scones, ces gâteaux ?

— Les meilleurs de Londres ! murmura Luca Lazzari.

— Je m'en vais vous le dire, Catchpool, dit Poirot. Concernant la collation, notre meurtrier a commis une erreur, une parmi tant d'autres. Si la nourriture servie avait été retrouvée par la police, il n'y aurait pas eu de mystère. On aurait supposé que le tueur avait interrompu cette joyeuse réunion avant que les agapes puissent commencer. Mais le tueur se dit que toute cette nourriture intacte risque d'éveiller les soupçons. Il souhaite que personne ne se pose la question suivante : pourquoi commander une collation pour ensuite n'y pas toucher ?

— Alors que sont devenus les sandwichs, les scones, les gâteaux ? répétai-je. Où sont-ils passés ?

— Les conspirateurs les ont débarrassés. Car il s'agit bien là de conspiration, mesdames et messieurs.

Il en fallait une pour commettre ces trois meurtres ! Au cas où je n'aurais pas été assez clair : Harriet Sippel, Ida Gransbury et Richard Negus étaient tous morts bien avant 19 h 15, le jeudi en question.

Luca Lazzari s'avança.

— Monsieur Poirot, veuillez m'excuser, mais je me permets d'affirmer que jamais Rafal Bobak, un employé modèle, ne mentirait. Or quand il a servi la collation à 19 h 15, il a vu les trois victimes en vie et en bonne forme. En vie et en bonne forme ! Donc vous devez vous tromper.

— Non, monsieur Lazzari, je ne me trompe pas. Mais vous avez raison sur un point : votre serveur Rafal Bobak est en vérité un témoin exemplaire. Certes il a vu trois personnes dans la chambre 317 quand il a servi la collation, mais ces trois personnes n'étaient pas Harriet Sippel, Ida Gransbury et Richard Negus.

Un frémissement parcourut l'assemblée, ponctué de cris de stupéfaction. Quant à moi, je me creusais désespérément la cervelle pour tenter de deviner quelles pouvaient être ces trois personnes. Pas Jennie Hobbs, puisqu'à ce moment-là elle était en chemin vers le Pleasant's. Alors qui ?

— Poirot, dis-je avec une certaine nervosité. Affirmez-vous que trois personnes ont usurpé l'identité des victimes afin de faire croire qu'elles étaient encore en vie quand la collation fut servie ?

— Presque, mais pas tout à fait. Elles furent deux à se faire passer pour deux des victimes. La troisième, Ida Gransbury... était malheureusement la vraie Ida Gransbury, j'ai le regret de le dire. Monsieur Bobak, vous rappelez-vous les propos que vous m'avez rapportés après les avoir entendus par mégarde dans la chambre 317 au moment où vous serviez la collation ? Je m'en rappelle très précisément, car vous m'en avez

301

par deux fois rendu compte. M'en voudriez-vous si je les répétais maintenant dans l'intérêt général ?

— Non, monsieur, nullement.

— Merci. À votre arrivée, vous avez trouvé les trois victimes apparemment en vie et discutant de connaissances communes. Vous avez entendu Harriet Sippel, ou la femme que l'homme présent dans la chambre appelait ainsi, dire « Elle n'avait pas le choix. Ce n'est plus à elle qu'il se confie. À présent elle ne l'intéresse plus, elle se laisse aller, et elle est assez vieille pour être sa mère. Non, si elle voulait découvrir ce qu'il avait dans le cœur, elle n'avait pas d'autre choix que de recevoir la femme qui reçoit à présent ses confidences, pour lui parler. »

» Sur ce, l'homme qui se trouvait dans la pièce s'est détourné de vous et du plateau que vous aviez apporté pour dire : "Voyons, Harriet, allez-y doucement. Vous savez qu'Ida se choque pour un rien." Ai-je été précis jusque-là, monsieur Bobak ?

— Tout à fait, monsieur.

— Vous m'avez dit alors qu'Ida ou Harriet avait dit quelque chose dont vous ne vous rappeliez pas, puis l'homme supposé être Richard Negus a répliqué : « Ce qu'il avait dans le cœur ? À mon avis, il n'a pas de cœur. Et quand vous dites qu'elle est assez vieille pour être sa mère, je ne suis pas du tout d'accord. Mais alors pas du tout. » Sur ce, la prétendue Harriet a ri, et elle a dit : « Eh bien, puisqu'aucun de nous ne peut prouver qu'il a raison, convenons au moins que nous ne sommes pas d'accord ! » Est-ce bien ça ?

Rafal Bobak confirma d'un hochement de tête.

— Bien. Puis-je vous suggérer, monsieur Bobak, que la remarque faite par Ida ou par Harriet et dont vous ne vous souvenez pas fut faite par Harriet ? Je suis convaincu, absolument convaincu, que vous n'avez pas entendu Ida Gransbury prononcer un seul mot pendant que vous étiez dans cette chambre, et que vous n'avez pas non plus vu son visage, car elle était assise dos à la porte.

Bobak réfléchit un instant, l'air très concentré.

— Vous avez raison, monsieur Poirot, reconnut-il. En effet, je n'ai pas vu le visage de Mlle Ida Gransbury. Et... je ne crois pas l'avoir entendue parler, maintenant que vous m'en faites la remarque.

— Vous ne l'avez pas entendue parler pour la simple raison qu'Ida Gransbury, installée dans un fauteuil dos à la porte, avait déjà été tuée à 19 h 15. Quand vous avez apporté cette collation dans la chambre 317, la troisième personne présente dans cette pièce était une morte !

24

La cuvette et le broc bleus

Quelques personnes ne purent réprimer un cri d'horreur, et je crois bien que j'en fis partie. Travaillant pour Scotland Yard, j'étais souvent amené à voir des cadavres, et il m'était arrivé d'en être perturbé, mais l'idée d'une femme morte calée dans un fauteuil comme pour prendre le thé entre amis était révoltante autant que monstrueuse.

Je vis à ses lèvres tremblantes que le pauvre Rafal Bobak accusait le coup, lui qui avait approché sans le savoir cette monstruosité.

— Voici pourquoi la collation devait être servie dans la chambre d'Ida Gransbury, poursuivit Poirot. Logiquement, la 238, celle de Richard Negus, aurait été le lieu de rendez-vous le plus commode pour les trois victimes, puisqu'elle se trouvait à l'étage intermédiaire. Les frais de cette collation auraient été portés sur la note de M. Negus sans qu'il ait eu besoin de le préciser. Mais il n'en était pas question, car pour que nos trois victimes y soient vues en vie par Rafal Bobak à 19 h 15, il aurait fallu transporter le corps d'Ida Gransbury de sa chambre, à savoir la 317, où elle avait été tuée quelques heures plus tôt, par les couloirs de l'hôtel, jusqu'à la chambre de Richard Negus. Le risque eût été trop grand.

En voyant la stupeur et l'horreur dans les yeux de tous ceux qui assistaient à cette séance, je me demandai si Luca Lazzari ne devrait pas bientôt renouveler son personnel. Quant à moi, une fois que cette sinistre affaire serait bouclée, j'étais bien décidé à ne jamais revenir à l'hôtel Bloxham, et j'imaginais que beaucoup dans la salle partageaient la même conviction.

Poirot poursuivit ses explications :

— Songez un peu, mesdames et messieurs, à la largesse dont a fait preuve M. Richard Negus. Ah, comme ce fut généreux de sa part d'insister pour régler le coût de la collation, ainsi que celui des trajets en voiture depuis la gare pour Harriet et Ida. Au fait, pourquoi ne sont-elles pas venues ensemble en train pour ensuite prendre la même voiture ? Et pourquoi Richard Negus tenait-il tant à ce que ces frais lui soient imputés, alors qu'il se savait, ainsi qu'Harriet Sippel et Ida Gransbury, sur le point de mourir ?

C'était une très bonne question. Tous les points soulevés par Poirot étaient très pertinents, et j'aurais dû y penser moi-même. Mais je n'avais pas remarqué que tant d'aspects de l'histoire de Jennie Hobbs ne collaient pas avec les faits. Comment des incohérences aussi flagrantes avaient-elles pu m'échapper ?

— L'homme qui a usurpé l'identité de Richard Negus à 19 h 15 pour tromper Rafal Bobak, et a réitéré à 19 h 30 pour abuser cette fois M. Thomas Brignell, se fichait bien des notes à payer ! Il savait pertinemment que ni lui ni ses complices n'auraient à les régler. Entretemps, il était sorti pour se débarrasser de la nourriture. Comment l'avait-il transportée ? Dans une valise, pardi ! Catchpool, vous rappelez-vous ce vagabond que vous avez repéré près de l'hôtel, durant notre trajet en bus ? Un clochard, qui puisait sa nourriture dans une valise. Ne m'avez-vous pas dit qu'il avait la bouche pleine de crème ?

— Bonté divine, mais oui ! Il mangeait... un gâteau fourré à la crème.

— Qu'il avait trouvé dans une valise déposée non loin de l'hôtel Bloxham, bourrée d'une collation prévue pour trois personnes ! Voici une autre occasion de tester votre mémoire, mon ami : lors de ma première visite au Bloxham, vous m'avez dit qu'Ida Gransbury avait apporté toute une garde-robe, vous rappelez-vous ? Pourtant elle n'avait qu'une valise dans sa chambre, tout comme Richard Negus et Harriet Sippel, qui avaient emporté beaucoup moins d'affaires qu'elle. Cet après-midi, je vous ai demandé d'emballer les affaires de Mlle Gransbury dans sa valise, et qu'avez-vous découvert ?

— Que la valise ne suffisait pas à les contenir, répondis-je, me sentant benêt au possible.

Décidément, cette histoire de valise me tapait sur les nerfs.

— Vous vous en êtes voulu, dit Poirot. C'est dans votre caractère de réagir ainsi, mais en réalité, il était impossible d'y ranger toutes les affaires, car elles avaient été apportées à l'hôtel dans deux valises. Hercule Poirot lui-même n'y serait pas parvenu !

Il s'adressa ensuite à l'ensemble du personnel :

— C'est en revenant, après avoir déposé la valise pleine de nourriture dans une rue, que notre usurpateur rencontra Thomas Brignell, assistant de la réception, près de la porte de cette salle où nous sommes tous réunis. Pourquoi a-t-il parlé à Brignell de cette histoire de note ? Pour une seule et unique raison : afin d'imprimer dans l'esprit de Thomas Brignell que Richard Negus était encore en vie à 19 h 30. En jouant le rôle de M. Negus, il a commis une erreur. Il a dit que Negus pouvait se permettre de régler les frais, alors que Harriet Sippel et Ida Gransbury n'en avaient pas les moyens. Or ce n'est pas vrai ! Henry Negus, le frère de Richard, peut confirmer que Richard n'avait pas de revenus et qu'il lui restait très peu d'argent de côté. Mais l'homme qui s'est fait passer pour lui l'ignorait, et il a supposé que Richard Negus étant autrefois un homme de loi, il devait être très à l'aise.

» Quand Henry Negus s'est entretenu avec nous pour la première fois, il nous a confié que depuis qu'il s'était installé dans le Devon, son frère Richard était d'humeur morose. Il vivait en reclus et avait perdu le goût de vivre. Est-ce vrai, monsieur Negus ?

— Hélas oui, répondit Henry Negus.

— En reclus ! Je vous demande un peu : est-ce le même homme qui s'offre un verre de sherry, puis des gâteaux, et échange des commérages avec deux femmes dans un grand hôtel de Londres ? Que nenni ! Celui qui a reçu Rafal Bobak quand ce dernier a apporté le thé et la collation, celui pour qui Thomas Brignell est allé chercher un verre de sherry, n'était pas Richard Negus. Cet homme-là a complimenté M. Brignell sur son efficacité, puis il lui a tenu à peu près ce langage : « Je sais que je peux compter sur vous pour arranger ça, faites donc porter les frais de cette collation sur ma note, Richard Negus, chambre 238. » Des propos savamment calculés, afin de faire croire à Thomas Brignell que si ce prétendu Richard Negus connaissait son efficacité, c'est donc qu'ils s'étaient déjà rencontrés. Ce qui a sans doute mis mal à l'aise M. Brignell, car il ne se rappelait pas avoir déjà eu affaire à M. Negus. Aussi, en homme consciencieux, a-t-il pris la résolution de ne plus l'oublier. Naturellement, les employés d'un grand hôtel londonien rencontrent des centaines de gens par jour ! Et fatalement, il peut arriver que dans la masse, ils oublient le visage et le nom de certains clients !

— Excusez-moi, monsieur Poirot, intervint Luca Lazzari en s'avançant. D'une façon générale, vous avez raison, mais pas dans le cas de Thomas Brignell. Car ce garçon a une mémoire exceptionnelle des noms et des visages. Exceptionnelle !

— C'est vrai ? Tant mieux. Cela confirme mon intuition, répondit Poirot en souriant d'un air approbateur.

— À quel sujet ? demandai-je.

— Soyez patient et écoutez, Catchpool. Je vais expliquer comment les événements se sont déroulés. L'homme se faisant passer pour Richard Negus se trouvait dans le hall de l'hôtel quand le vrai M. Negus a rempli sa fiche à son arrivée le mercredi, la veille des meurtres. Sans doute voulait-il repérer les lieux et le personnage à imiter en prévision du rôle qu'il devrait jouer plus tard. Bref, il a vu arriver Richard Negus. Comment savait-il que c'était lui ? Je reviendrai sur ce point. Donc il a vu Thomas Brignell se charger des démarches d'usage, et tendre à M. Negus la clef de sa chambre. Le lendemain soir, après s'être fait passer pour M. Negus quand Rafal Bobak a servi la collation, puis s'en être débarrassé à l'extérieur de l'hôtel, cet individu retourne à la chambre 317 et, en chemin, croise Thomas Brignell. Or notre imposteur a l'esprit vif et, pour lui, l'occasion est trop belle de fourvoyer encore la police. Il aborde Thomas Brignell et s'adresse à lui comme étant Richard Negus. Et il se rappelle à son bon souvenir en faisant allusion à leur précédente rencontre.

» En fait, Thomas Brignell n'a jamais rencontré cet homme, mais son nom lui est familier, puisque c'est lui qui a donné au vrai Richard Negus la clef de sa chambre. Voici donc un monsieur qui s'exprime bien, d'une façon amicale et courtoise, et qui lui déclare avec assurance s'appeler par ce nom. Thomas Brignell suppose donc que ce doit être Richard Negus. Il ne se souvient pas de son visage, mais n'en veut qu'à lui-même de cette défaillance.

Ce pauvre Thomas Brignell était rouge comme une pivoine.

— L'homme qui se fait passer pour Richard Negus lui commande un verre de sherry, poursuivit Poirot. Pourquoi ? Pour prolonger un peu sa rencontre avec Brignell afin d'imprimer plus fort cette idée dans son esprit ? Ou pour se calmer les nerfs en buvant un peu d'alcool ? Peut-être pour ces deux raisons.

» À présent, mesdames et messieurs, veuillez me permettre une petite digression : on a retrouvé du cyanure dans le fond du verre de sherry, ainsi que dans les tasses de thé d'Harriet et Ida ; mais ce ne fut pas le thé ni le sherry qui tuèrent les trois victimes. Impossible. Ces boissons arrivèrent trop tard, bien après que les meurtres furent commis. Mais le verre de sherry et les deux tasses de thé posés sur les tables d'appoint près des trois cadavres étaient essentiels dans l'élaboration des scènes de crime, pour donner la fausse impression que les meurtres étaient advenus après 19 h 15. En fait, le cyanure qui a tué Harriet Sippel, Ida Gransbury et Richard Negus leur fut donné bien plus tôt et par d'autres moyens. Il y a toujours un verre d'eau près du lavabo de chaque chambre, n'est-ce pas, signor Lazzari ?

— En effet, monsieur Poirot.

— Alors je pense que c'est ainsi que le poison fut administré : dans de l'eau. Chaque fois, le verre fut ensuite lavé avec soin et replacé près du lavabo. Monsieur Brignell, dit alors Poirot en s'adressant soudain à l'employé, qui se recroquevilla dans son siège comme s'il craignait de recevoir des coups. Vous n'aimez pas parler en public, mais vous avez trouvé le courage de le faire la première fois que nous nous sommes rassemblés dans cette salle. Vous nous avez raconté votre rencontre avec M. Negus dans le couloir, mais vous n'avez pas mentionné le sherry, alors que j'avais posé précisément la question à l'assistance. Plus tard, vous avez cherché à me contacter et vous avez complété votre récit en parlant du sherry. Quand je vous ai demandé pourquoi vous ne l'aviez pas mentionné au départ, vous ne m'avez pas répondu. Je n'ai pas compris pourquoi, mais Catchpool, mon ami ici présent, a fait une remarque extrêmement perspicace et éclairante à votre sujet. Il a dit que vous étiez quelqu'un de consciencieux, qui ne cacherait des informations dans une enquête criminelle que si elles l'embarrassaient personnellement et qu'à son avis, elles ne concernaient pas l'affaire. Il a visé juste en faisant cette supposition, n'est-ce pas ?

Brignell fit un petit hochement de tête.

— Permettez-moi d'expliquer la chose à votre place, monsieur Brignell, dit Poirot, puis il porta la voix, alors qu'on l'entendait déjà parfaitement. Quand nous nous sommes rencontrés dans cette salle, j'ai demandé si quelqu'un avait servi à M. Negus un verre de sherry dans sa chambre. Personne n'a répondu. Pourquoi Thomas Brignell n'a-t-il pas dit « Je ne l'ai pas monté à sa chambre, mais je suis allé le lui chercher » ? Il ne l'a pas fait parce qu'il avait des doutes, et qu'il ne voulait pas risquer de faire une fausse déclaration.

» M. Brignell était le seul employé de l'hôtel à avoir vu l'une des trois victimes plus d'une fois, ou plutôt, à qui l'on avait fait croire qu'il avait vu Richard Negus à deux reprises. Il savait qu'il avait servi un verre de sherry à un homme qui prétendait s'appeler Richard Negus et faisait comme s'il l'avait déjà rencontré, mais cet homme ne ressemblait pas au Richard Negus dont Thomas Brignell s'était occupé à son arrivée à l'hôtel. Or M. Lazzari nous a précisé que M. Brignell avait une excellente mémoire des noms et des visages. Voilà pourquoi il n'est pas intervenu quand j'ai questionné l'assemblée au sujet du sherry ! Il était désorienté, car en lui, deux voix se disputaient : c'est forcément le même homme, disait l'une, tandis que l'autre répliquait, mais non, je l'aurais reconnu.

» Peu de temps après, M. Brignell se dit "Mais quel idiot je suis ! bien sûr que c'était Richard Negus, puisqu'il s'est présenté à moi sous ce nom ! Pour une fois, ma mémoire m'a trahi. D'ailleurs cet homme s'exprimait parfaitement, dans un langage châtié, exactement comme M. Negus." Quelqu'un d'honnête et de scrupuleux comme Thomas Brignell a du mal à imaginer qu'on puisse vouloir le tromper en se faisant passer pour un autre.

» Après être parvenu à la conclusion qu'il s'agissait forcément de Richard Negus, M. Brignell décide d'intervenir pour me dire qu'il a rencontré M. Negus dans le couloir à 19 h 30 le soir des meurtres, mais il est trop gêné pour mentionner le sherry, car il craint de passer pour un imbécile de n'avoir pas répondu plus tôt à ma question concernant la boisson. Je n'aurais pas manqué de m'en étonner et de lui demander devant tout le monde pourquoi il ne m'en avait pas parlé avant. Et M. Brignell aurait été mortifié d'avoir à expliquer qu'il ne comprenait pas comment M. Negus avait pu changer de visage entre leur première et leur deuxième rencontre. Monsieur Brignell, pouvez-vous confirmer que ce que je dis est vrai ? Ne craignez pas de passer pour un idiot. Bien au contraire. C'était en effet un visage différent. Et un homme différent.

— Dieu merci, dit Brignell. Tout ce que vous avez dit est absolument vrai, monsieur Poirot.

— Évidemment, fit Poirot, sans modestie aucune. N'oubliez pas, mesdames et messieurs, que le même nom ne désigne pas nécessairement la même personne. Quand le signor Lazzari m'a décrit la femme qui avait pris une chambre dans cet hôtel sous le nom de Jennie Hobbs, j'ai cru qu'il s'agissait de celle que j'avais rencontrée au Pleasant's Coffee House. La description correspondait : cheveux blonds, chapeau marron foncé, manteau marron clair. Mais deux hommes qui n'ont vu chacun qu'une seule fois une femme correspondant à cette description ne peuvent être certains d'avoir vu la même.

» À partir de ce constat, je me mis à réfléchir. Je soupçonnais déjà que le Richard Negus dont j'avais vu le cadavre et le Richard Negus que Rafal Bobak et Thomas Brignell avaient vu en vie le soir des meurtres étaient deux hommes différents. Alors je me suis rappelé qu'on m'avait dit que c'était Thomas Brignell qui s'était occupé de Richard Negus à son arrivée au Bloxham, le mercredi. Si mes suppositions se vérifiaient, ce devait être un autre Richard Negus, le vrai, cctte fois ; soudain j'ai compris le problème qui s'était posé à Thomas Brignell. Comment pouvait-il déclarer publiquement que cet homme avait deux visages ? Tout le monde l'aurait pris pour un fou !

— C'est vous que l'on va prendre pour un fou, monsieur Poirot, lança Samuel Kidd d'un ton goguenard.

Poirot continua l'air de rien :

— Cet imposteur ne ressemblait peut-être pas physiquement à Richard Negus, mais je suis certain qu'il avait su imiter sa voix à merveille. Car vous êtes un excellent imitateur, n'est-ce pas, monsieur Kidd ?

— N'écoutez pas cet homme ! C'est un menteur !

— Non, monsieur Kidd. C'est vous le menteur. Vous m'avez singé plus d'une fois.

Au fond de la salle, Fee Spring se leva.

— Vous pouvez croire M. Poirot, déclara-t-elle à la ronde. Il dit la vérité vraie. J'ai entendu M. Samuel Kidd imiter son accent et sa voix. Parole, les yeux fermés, je m'y serais laissé prendre.

— Et Samuel Kidd ne ment pas qu'avec sa voix, reprit Poirot. La première fois que je l'ai rencontré, il s'est présenté à moi comme un individu négligé et mal dégrossi. Il ne s'était rasé qu'en partie le visage. Monsieur Kidd, veuillez je vous prie expliquer à l'assistance pourquoi vous vous êtes donné tout ce mal pour paraître si débraillé lors de notre première rencontre.

Le regard fixe et plein de haine, Samuel Kidd demeura muet.

— Très bien, puisque vous ne voulez pas le faire, je parlerai à votre place. M. Kidd s'est entaillé la joue en s'aidant d'un arbre pour descendre par la fenêtre de la chambre 238, celle de Richard Negus. Une entaille ressort sur le visage d'un homme à l'apparence soignée, ce qui amène forcément à se poser des questions. Quelqu'un de soigné ne se couperait pas ainsi en se rasant. Mais justement, M. Kidd ne voulait pas que je suive ce raisonnement. Il ne voulait pas que je puisse imaginer qu'il était récemment descendu d'une fenêtre ouverte en s'aidant d'un arbre ; aussi a-t-il adopté cette allure débraillée et ce visage mal rasé pour me donner le change. Je dois dire qu'au début, il y a réussi.

— Attendez un peu, Poirot, intervins-je. Si vous dites que Samuel Kidd est sorti de la chambre de Richard Negus par la fenêtre et qu'il est descendu par l'arbre...

— C'est que d'après moi, il a tué M. Negus ? Non. Il ne l'a pas tué. Il a aidé à perpétrer son assassinat. Quant à l'identité de la personne qui l'a tué... Je ne vous l'ai pas encore révélée, conclut-il avec un petit sourire.

— Non, en effet, répondis-je assez sèchement. Et vous ne m'avez pas révélé non plus quelles étaient les trois personnes présentes dans la chambre 317 quand Rafal Bobak y a servi la collation. Selon vous, les trois victimes étaient toutes mortes à ce moment-là...

— Effectivement, elles l'étaient. L'une des trois personnes présentes dans la chambre 317 était Ida Gransbury, morte, mais installée bien droite dans un fauteuil pour sembler vivante, tant qu'on ne voyait

313

pas son visage. Une autre était Samuel Kidd, jouant le rôle de Richard Negus.

— Oui, je comprends, mais quelle était la troisième ? m'enquis-je, désespérant d'avoir enfin une réponse. Quelle était cette commère malfaisante qui se faisait passer pour Harriet Sippel ? Ce ne pouvait être Jennie Hobbs. Comme vous l'avez établi, Jennie devait être à mi-chemin du Pleasant's, à ce moment-là.

— Cette commère malfaisante, mon ami, répondit Poirot, c'était Nancy Ducane.

Des cris de stupeur emplirent la salle.

— Oh non, monsieur Poirot, dit Luca Lazzari. La signora Ducane compte parmi les artistes les plus talentueux de ce pays. C'est aussi une habituée de notre établissement. Vous devez vous tromper !

— Non, mon cher, je ne me trompe pas.

Je regardai Nancy Ducane, qui restait assise avec un air de calme résignation, sans rien réfuter de ce que Poirot venait d'avancer.

La célèbre artiste Nancy Ducane, complotant avec Samuel Kidd, l'ex-fiancé de Jennie Hobbs ? Éberlué, je n'arrivais pas à y croire. Qu'est-ce que tout cela pouvait bien signifier ?

— Catchpool, ne vous ai-je pas dit que si Mme Ducane portait un foulard aujourd'hui, c'était parce qu'elle ne souhaitait pas être reconnue ? Vous avez supposé qu'elle voulait échapper aux pièges de la célébrité, mais ce n'était pas là sa motivation ! Elle ne voulait surtout pas être reconnue par Rafal Bobak comme étant la Harriet qu'il avait vue dans la chambre 317 le soir des meurtres ! Veuillez vous lever et ôter ce foulard, madame Ducane.

Nancy s'exécuta.

— Monsieur Bobak, est-ce la femme que vous avez vue ?

— Oui, c'est elle, monsieur Poirot.

Le silence qui s'abattit sur la salle fut aussi éloquent qu'un cri, c'était celui de toute l'assistance retenant son souffle.

— Vous ne l'avez pas reconnue comme étant la célèbre portraitiste Nancy Ducane ?

— Non, monsieur. Je ne connais rien à l'art, et je ne l'ai vue que de profil. Elle a gardé la tête tournée.

— Et pour cause, au cas où vous auriez été un amateur d'art éclairé capable de l'identifier.

— N'empêche que je l'ai reconnue dès qu'elle est entrée dans la salle aujourd'hui, ainsi que ce M. Kidd. J'ai essayé de vous prévenir, monsieur, mais vous ne m'avez pas laissé parler.

— Tout comme Thomas Brignell a tenté de m'informer qu'il avait reconnu Samuel Kidd, confirma Poirot.

— Voir deux des trois personnes que je croyais assassinées entrer dans cette salle en vie et en pleine forme ! s'exclama Rafal Bobak, qui n'était pas encore remis de ce choc, manifestement.

— Et que faites-vous de l'alibi de Nancy Ducane fourni par lord et lady Wallace ? demandai-je alors à Poirot.

— Il était faux, hélas, avoua Nancy. Et j'en suis la seule responsable. Je vous en prie, n'en veuillez pas à mes amis. Ils ont essayé de m'aider. Ni St John ni Louisa ne savaient que j'étais à l'hôtel Bloxham le soir des meurtres. Je leur ai juré que je n'y étais pas, et ils m'ont fait confiance. Ce sont de braves gens, des gens courageux, qui ne supportaient pas l'idée qu'on puisse m'accuser de trois meurtres que je n'avais pas commis. Monsieur Poirot, je vois que vous avez tout compris, aussi vous devez savoir que je n'ai tué personne.

— Il n'y a aucun courage à mentir à la police dans une enquête pour meurtre, madame. C'est inexcusable. Quand je suis parti de chez vous, lady Wallace, je savais que vous étiez une menteuse !

— Comment osez-vous parler ainsi à mon épouse ! s'indigna St John Wallace.

— Je suis désolé que la vérité ne soit pas à votre goût, lord Wallace.

— Comment l'avez-vous deviné, monsieur Poirot ? s'enquit sa femme.

— Vous aviez une nouvelle domestique : Dorcas. Elle vous a accompagnés aujourd'hui, et cela sur ma demande, car elle a joué malgré elle un rôle important dans cette affaire. Vous m'avez dit que Dorcas n'était entrée à votre service que depuis quelques jours, et j'ai pu constater qu'elle était assez maladroite. Quand elle m'a apporté une tasse de café, elle en a renversé la moitié. Heureusement, j'ai pu en boire une ou deux gorgées, et j'ai aussitôt reconnu le goût inimitable du café servi au Pleasant's Coffee House. On n'en trouve nulle part ailleurs d'aussi bon.

— Mince alors ! s'exclama Fee Spring.

— Hé oui, mademoiselle. L'effet de ce breuvage sur mon esprit fut intense et immédiat : je réunis aussitôt plusieurs éléments qui s'assemblèrent parfaitement tels les pièces d'un puzzle. Un café bien corsé est excellent pour le cerveau.

En disant cela, Poirot avait regardé avec insistance Fee Spring, qui lui répondit par une petite moue désapprobatrice. Mais il continua sa démonstration :

— Donc, cette soubrette un peu gauche (veuillez me pardonner mademoiselle Dorcas, je suis certain que vous vous améliorerez avec le temps) était nouvelle ! J'ai relié ce fait au café du Pleasant's, ce qui m'a donné une idée : et si Jennie Hobbs avait servi chez Louisa Wallace, avant Dorcas ? J'avais appris par les serveuses du Pleasant's que Jennie venait régulièrement y prendre livraison de pâtisseries et de boissons pour sa patronne, qui était une dame de la haute société, très en vue. Et si par un hasard extraordinaire, Jennie travaillait encore quelques jours plus tôt pour la femme qui avait fourni son alibi à Nancy Ducane ? Drôle de coïncidence, non ? Au départ, mon raisonnement a suivi un mauvais chemin, et j'ai d'abord pensé que Nancy Ducane et Louisa Wallace étaient amies, et qu'elles avaient comploté pour tuer la pauvre Jennie.

— Quelle idée ! s'indigna Louisa Wallace.

— Un mensonge révoltant ! renchérit St John.

— Non, pas un mensonge. Une erreur. Comme nous pouvons le constater, Jennie est bien vivante, répliqua Poirot. En revanche, j'avais eu raison de croire qu'elle avait servi chez St John et Louisa Wallace, pour être remplacée tout récemment par Mlle Dorcas. Après m'avoir parlé au Pleasant's le soir des meurtres, Jennie avait dû prestement rendre son tablier et quitter la maison des Wallace. Elle savait que j'y viendrais bientôt pour demander confirmation de l'alibi de Nancy Ducane. Si je l'y avais trouvée, au service de la femme ayant fourni cet alibi, cela aurait aussitôt éveillé mes soupçons. Catchpool, dites-moi, dites-nous, qu'aurais-je soupçonné au juste ?

Je pris une profonde inspiration en priant pour avoir la bonne réponse.

— Vous auriez suspecté que Jennie Hobbs et Nancy Ducane étaient de mèche pour nous tromper.

— Exactement, mon ami, dit Poirot en m'adressant un large sourire, puis il revint au public. Peu après avoir goûté au café et reconnu celui du Pleasant's, je contemplais un tableau de St John Wallace représentant un liseron bleu, dont il avait fait cadeau à sa femme pour leur anniversaire de mariage. Il était daté du 4 août de l'an passé, et lady Wallace m'en fit la remarque. C'est alors qu'une idée surgit dans mon esprit : le portrait de Louisa Wallace par Nancy Ducane, que je venais de contempler quelques minutes plus tôt, n'était pas daté. Or, en tant qu'amateur d'art, j'ai assisté à de nombreux vernissages à Londres, et j'ai déjà vu maintes fois les œuvres de Mme Ducane. Ses tableaux portent toujours la date dans le coin en bas à droite, avec ses initiales : NAED.

— Vous êtes plus attentif que la plupart des gens qui fréquentent les expositions, remarqua Nancy.

— Hé oui, rien n'échappe à Hercule Poirot, madame. Selon moi, votre portrait de Louisa Wallace était daté, jusqu'à ce que vous recouvriez la date. Pourquoi ? Parce qu'il n'était pas récent. Or il fallait me faire croire que vous aviez livré ce portrait à lady Wallace le soir des meurtres et que, par conséquent, il venait d'être achevé. Je me suis demandé pourquoi vous n'aviez pas peint une date récente sur l'ancienne, et la réponse s'est imposée à moi : si vos œuvres vous survivent les siècles à venir, et si des historiens d'art s'y intéressent, comme ils n'y manqueront pas, vous ne souhaitez pas qu'ils se fourvoient à partir de fausses informations. Non, cela, vous le réservez à Hercule Poirot et à la police !

— Comme vous êtes perspicace, monsieur Poirot. Vous comprenez bien des choses, n'est-ce pas ?

— Oui, madame. Je comprends que vous avez trouvé un emploi pour Jennie Hobbs chez votre amie Louisa Wallace pour l'aider à son arrivée à Londres. Je comprends que Jennie n'a jamais participé à aucun plan prévoyant de vous faire accuser de meurtre, même si elle l'a laissé croire à Richard Negus. En fait, mesdames et messieurs, Jennie Hobbs et Nancy Ducane étaient des amies et des alliées, du temps où elles vivaient toutes deux à Great Holling, et elles le sont restées ensuite. Ces deux femmes qui vouaient à Patrick Ive un amour sans réserve ont conçu un plan assez intelligent pour abuser Hercule Poirot en personne... Enfin presque !

— Ce ne sont que des mensonges, gémit Jennie.

Quant à Nancy, elle ne réagit pas.

— Revenons un moment chez les Wallace, proposa Poirot. Sur le portrait de lady Louisa fait par Nancy Ducane, que j'ai examiné longtemps et attentivement, il y a un broc et une cuvette bleus. J'ai arpenté la pièce en regardant le tableau sous différents angles, et j'ai alors observé que le bleu de la cuvette et du broc restait compact et sans relief, alors que chaque autre couleur de cette toile vibrait subtilement selon la lumière, à mesure que j'évoluais. Nancy Ducane est une artiste raffinée. Elle a un vrai génie de la couleur, sauf quand elle oublie ses exigences artistiques pour parer au plus pressé, à savoir se protéger ainsi que son amie Jennie Hobbs. Pour dissimuler des informations compromettantes, Nancy a peint en bleu cet ensemble de toilette qui n'était pas bleu à l'origine. Pourquoi ?

— Pour recouvrir la date ? suggérai-je.

— Non. La cuvette et le broc se trouvaient dans la moitié supérieure du tableau, et Nancy Ducane peint toujours la date en bas à droite, dit Poirot. Lady Wallace, vous n'escomptiez pas que je vous demanderais de me faire visiter votre maison. Une fois que nous nous serions entretenus et que j'aurais vu votre portrait, je serais satisfait et m'en irais, pensiez-vous. Mais cet ensemble de toilette bleu peint si grossièrement dans le décor du portrait m'intriguait. Je voulais tenter de le retrouver, et j'ai réussi ! Lady Wallace a fait mine de s'offusquer de sa disparition, mais c'était de la comédie. Mademoiselle Dorcas, votre patronne vous a même soupçonnée devant moi de les avoir cassés ou volés, cette cuvette et ce broc bleus !

— Jamais de la vie ! protesta Dorcas, outrée. Dans une chambre à l'étage, il y avait effectivement une cuvette et un broc blancs portant des armoiries. Mais ils n'étaient pas bleus, monsieur. Je n'ai jamais vu de cuvette ni de broc bleus dans cette maison !

— Pour la bonne raison qu'il n'y en a jamais eu, jeune fille ! s'exclama Poirot. Pourquoi Nancy Ducane s'est-elle empressée de recouvrir la cuvette et le broc blancs de peinture bleue ? me demandai-je alors. Qu'espérait-elle dissimuler ? Les armoiries, bien sûr. Les armoiries ne sont pas purement décoratives, elles représentent des lignées familiales, ou encore des collèges d'universités de renom.

Je ne pus m'empêcher d'intervenir.

— Le Saviour College de Cambridge, déclarai-je, en me rappelant que juste avant notre départ pour Great Holling, Stanley Beer avait parlé d'armoiries avec Poirot.

— Oui, Catchpool. Après avoir quitté la demeure des Wallace, je me suis empressé de dessiner ces armoiries afin de ne pas les oublier. Je ne suis pas un artiste, mais ma reproduction était assez fidèle, et j'ai prié le constable Beer de découvrir d'où elles venaient. Comme mon ami Catchpool vient de le dire, les armoiries figurant sur l'ensemble de toilette blanc sont celles du Saviour College de Cambridge, où Jennie Hobbs travaillait comme femme de chambre pour le révérend Patrick Ive. C'était un cadeau de départ, quand vous avez quitté le Saviour College pour vous installer à Great Holling avec Patrick et Frances Ive, n'est-ce pas, mademoiselle Hobbs ? Puis vous l'avez apporté chez lord et lady Wallace, lorsque vous êtes entrée à leur service. Et quand vous avez dû quitter cette maison en hâte pour aller vous cacher chez M. Kidd, vous n'avez pas emporté l'ensemble de toilette, car vous aviez bien autre chose en tête. Louisa Wallace a dû alors transférer la cuvette et le broc de la pièce où vous logiez dans les quartiers des domestiques, pour disposer ces objets de choix dans une chambre d'amis afin d'impressionner ses hôtes.

Le visage fermé, Jennie ne répondit pas.

— Nancy Ducane n'a pas voulu prendre le moindre risque, poursuivit Poirot. Elle savait qu'après les meurtres commis dans cet hôtel, Catchpool et moi irions interroger les villageois de Great Holling. Et si ce vieil ivrogne de Walter Stoakley, anciennement directeur du Saviour College, nous informait qu'il avait offert à Jennie Hobbs un ensemble de toilette armorié comme cadeau de départ ? Ces armoiries figurant sur le portrait de lady Louisa Wallace devaient donc disparaître, car sinon, nous risquions de faire le lien avec Jennie Hobbs, puis d'en déduire la relation qui unissait Nancy Ducane et Jennie Hobbs, une relation faite non pas de haine ni d'envie, comme elles l'ont prétendu, mais d'amitié et de connivence. Mme Ducane ne pouvait prendre ce risque, et donc, la cuvette et le broc blancs armoriés du portrait furent peints en bleu, dans la précipitation, et sans grand art.

— Un artiste n'est pas toujours à son summum, monsieur Poirot, remarqua Nancy.

Je fus troublé de voir combien cette femme qui avait trempé dans trois meurtres restait maîtresse d'elle-même et conservait une parfaite courtoisie.

— Peut-être serez-vous d'accord sur ce point avec Mme Ducane, lord Wallace ? dit Poirot. Car vous aussi êtes peintre, quoique d'un genre bien différent. Mesdames et messieurs, St John Wallace est un artiste-peintre botaniste. J'ai vu ses œuvres dans chaque pièce de sa maison quand je l'ai visitée, grâce à l'aimable concours de lady Louisa. Car voyez-vous, lady Louisa pèche par excès de bonté. Ce qui en fait quelqu'un d'extrêmement dangereux, malgré elle. Le mal lui est si étranger qu'elle ne le remarque pas, même quand il est juste sous son nez ! Elle s'est montrée assez généreuse pour fournir un faux alibi à Nancy Ducane, car elle a cru en son innocence et a voulu la protéger. Ah, comme la charmante et talentueuse Nancy sait se montrer convaincante ! Elle a persuadé St John Wallace qu'elle avait très envie de s'essayer au genre qu'il affectionnait. Lord Wallace est un peintre réputé, il a beaucoup de relations, par conséquent, il obtient facilement les plantes dont il a besoin pour son travail. Nancy Ducane lui a demandé de lui procurer des plantes de cassave, dont est extrait le cyanure !

— Comment diable pouvez-vous le savoir ? s'étonna St John Wallace d'un ton hargneux.

— J'ai dit ça au hasard, et je suis tombé juste, n'est-ce pas, monsieur ? Nancy Ducane vous a dit qu'elle avait besoin de ces plantes à des fins artistiques, et vous l'avez crue.

Poirot s'adressa alors à l'assistance médusée :

— À dire vrai, ni lady ni lord Wallace n'iraient jamais croire qu'une bonne amie à eux puisse être capable de meurtre. Pensez un peu ! Cela rejaillirait sur eux et ternirait leur image. Même à présent que tout ce que j'ai démontré colle parfaitement à ce qu'ils savent être la vérité, St John et Louisa Wallace se persuadent encore que ce détective du continent aux opinions si arrêtées doit forcément se tromper ! Telle est la perversité de l'esprit humain, en particulier quand s'en mêlent des préjugés de classe, doublés d'un snobisme certain !

— Monsieur Poirot, je n'ai tué personne, intervint Nancy Ducane. Vous savez que je dis la vérité. Veuillez je vous prie faire savoir à cette assistance que je ne suis pas une meurtrière.

— Hélas, madame, je ne le puis. Certes vous n'avez pas administré le poison vous-même, mais vous avez comploté pour mettre fin à trois vies.

— Oui, mais seulement pour en sauver une autre. Je ne suis coupable de rien ! dit Nancy avec ferveur. Allons, Jennie, donnons-lui le fin mot de l'histoire, la véritable histoire. Quand il l'aura entendue, il devra concéder que c'était pour sauver nos propres vies que nous avons dû agir ainsi.

La salle était figée dans un silence complet. À mon étonnement, je vis Jennie se lever lentement puis, serrant son sac contre elle à deux mains, traverser la salle.

— Nos vies ne méritaient pas d'être sauvées, dit-elle quand elle eut rejoint Nancy.

— Jennie ! s'écria Sam Kidd.

Il se leva d'un bond et courut pour la rattraper.

En l'observant, j'eus la curieuse impression que le temps avait ralenti. Pourquoi Kidd courait-il ? En vue de quelle menace ? Car visiblement, il pressentait un danger. Sans que je comprenne pourquoi, mon cœur se mit à battre vite et fort. Quelque chose de terrible allait se produire. Je me mis à courir vers Jennie.

Elle ouvrit son sac.

— Alors comme ça, tu voulais rejoindre Patrick, hein ? Que vous soyez enfin réunis ! dit-elle à Nancy.

Cette voix était la sienne, mais elle résonna autrement, chargée d'une noirceur si implacable que j'en frissonne encore aujourd'hui.

Poirot aussi s'était mis en mouvement, mais nous étions trop loin, lui et moi.

— Arrêtez-la ! lançai-je à la cantonade.

Je vis l'éclat du métal. Deux hommes assis à une table voisine de celle de Nancy se précipitèrent, mais ils ne furent pas assez prompts.

— Non ! m'écriai-je.

Il y eut un geste vif, la main de Jennie, puis du sang, un flot de sang jaillissant sur la robe de Nancy, qui s'écroula. Au fond de la salle, une femme se mit à hurler.

Poirot s'était figé sur place, et je l'entendis murmurer « Mon Dieu », en fermant les yeux.

Samuel Kidd rejoignit Nancy avant moi.

— C'est fini, me déclara-t-il en contemplant le corps qui gisait à terre.

— Oui, c'est fini, dit Jennie. Je l'ai frappée en plein cœur.

25

Si le mot crime commençait par un D

Je compris ce jour-là que je n'ai pas peur de la mort en tant que telle. Dans le cadre de mon travail, je suis fatalement amené à voir des cadavres, et cela ne m'a jamais troublé outre mesure. Non, ce que je crains par-dessus tout, c'est la mort lorsqu'elle côtoie les vivants de trop près : la voix de Jennie Hobbs, quand le désir de tuer s'était emparé d'elle, l'état d'esprit d'un meurtrier qui avait pu, avec une froide détermination, glisser trois boutons de manchette monogrammés dans les bouches de ses victimes et prendre la peine de les étendre bien à plat sur le sol, bras le long du corps.

Tiens-lui la main, Edward.

Comment serrer la main d'un défunt sans craindre qu'il vous entraîne vers la mort, surtout lorsqu'on est enfant ?

S'il n'en tenait qu'à moi, aucune personne en vie n'aurait de contact avec la mort. Je reconnais volontiers que ce n'est guère réaliste.

Après l'avoir vue poignarder Nancy, je ne souhaitais donc pas m'approcher de Jennie Hobbs, et le mobile de son acte m'importait peu. J'avais juste envie de rentrer chez moi, à la pension, m'asseoir au coin d'un bon feu ronflant, travailler sur mes mots croisés, et tout oublier des meurtres du Bloxham.

Cependant, Poirot avait de la curiosité pour deux, et sa volonté était plus forte que la mienne. Il insista pour que je reste en me disant qu'il s'agissait de mon affaire, et qu'il me fallait la boucler une bonne fois pour toutes, ceci avec un geste de la main, comme si une enquête pour meurtre était un cadeau exigeant un emballage soigné.

C'est pourquoi quelques heures plus tard, lui et moi étions assis dans une petite pièce carrée de Scotland Yard, avec Jennie Hobbs face à nous, de l'autre côté de la table. Samuel Kidd avait également été arrêté, et il était interrogé par Stanley Beer. J'aurais préféré de loin m'attaquer à Kidd, qui était certes un triste sire, mais chez qui je n'avais pas senti le noir désespoir dont la voix de Jennie Hobbs était empreinte.

En revanche, celle de Poirot m'étonna par sa douceur, lorsqu'il commença l'interrogatoire.

— Pourquoi avez-vous fait cela, mademoiselle ? Pourquoi avoir tué Nancy Ducane, alors que vous étiez amies et alliées depuis si longtemps ?

— Nancy et Patrick n'étaient pas seulement amoureux, comme je le croyais, mais aussi amants. Je l'ignorais jusqu'à aujourd'hui, quand Nancy l'a reconnu publiquement. J'avais toujours cru qu'elle et moi étions sur un pied d'égalité : nous aimions toutes les deux Patrick, en sachant que nous ne pourrions jamais nous unir à lui charnellement. Toutes ces années, j'ai cru que leur amour était chaste, mais c'était un mensonge ; si Nancy avait vraiment aimé Patrick, elle ne l'aurait pas poussé à l'adultère en le séduisant. En outre, vous l'avez entendue comme moi exprimer le désir de rejoindre Patrick afin d'être réunie à lui à jamais. En la tuant, je lui ai rendu ce service.

— Catchpool, dit Poirot. Vous rappelez-vous ce que je vous ai déclaré quand nous avons découvert le sang dans la chambre 402 du Bloxham ? Qu'il était trop tard pour que je puisse sauver Mlle Jennie ?

— Oui.

— Vous avez cru que j'annonçais sa mort probable, mais vous m'avez mal compris. Voyez-vous, j'ai su alors que personne ne pourrait plus aider Jennie. Elle avait déjà commis des actes si terribles que sa propre mort était inévitable. Tel était le sens de mes paroles, et ce qui inspirait mes craintes.

— Depuis la mort de Patrick, je suis moi-même comme morte, déclara Jennie d'un ton de morne désespoir.

L'unique façon pour moi de traverser cette épreuve, c'était de ne m'en tenir qu'à des questions de logique. Poirot avait-il résolu le mystère ? Lui semblait le croire, pourtant je demeurais dans une complète obscurité. Qui donc avait tué Harriet Sippel, Ida Gransbury et Richard Negus, et pourquoi ? Lorsque je posai ces questions à Poirot, il sourit tendrement, comme à l'évocation d'une plaisanterie déjà échangée par le passé.

— Ah, je comprends votre dilemme, mon ami. Vous m'écoutez discourir à loisir et puis, quelques instants avant la conclusion de ma brillante démonstration, voici qu'un autre meurtre survient, ce qui vous empêche d'obtenir les réponses tant désirées. Dommage.

— Laisser tombez les regrets et veuillez, je vous prie, me les donner sans plus attendre, répliquai-je avec vigueur.

— C'est très simple. Avec l'aide de Samuel Kidd, Jennie Hobbs et Nancy Ducane ont comploté pour tuer Harriet Sippel, Ida Gransbury et Richard Negus. Cependant, tout en collaborant avec Nancy, Jennie a fait mine de participer à une tout autre conspiration.

Elle a laissé croire à Richard Negus que c'était avec lui et lui seul qu'elle complotait.

— Très simple, dites-vous ! Hé bien, cela me semble au contraire alambiqué au possible.

— Non, non, mon ami. Je vous assure. Vous avez du mal à concilier les différentes versions de l'histoire que vous avez entendues, mais il vous faut oublier tout ce que Jennie Hobbs a dit quand nous lui avons rendu visite chez Samuel Kidd. Veuillez chasser tout cela de votre esprit, définitivement. C'était un mensonge du début à la fin, même s'il s'y mêlait quelques éléments de vérité, comme c'est toujours le cas pour les mensonges les plus habiles. À présent, Jennie n'a plus rien à perdre, et d'ici peu, elle nous racontera toute la vérité. Mais d'abord, mon ami, je me dois de vous féliciter. Car en fin de compte, ce fut l'une de vos suggestions qui m'aida à y voir plus clair.

Poirot se tourna vers Jennie.

— Le mensonge que vous avez dit à Harriet Sippel, à savoir que Patrick transmettait contre rétribution à ses paroissiens des messages de leurs chers disparus depuis l'au-delà ; et que Nancy Ducane lui rendait visite au presbytère la nuit pour cette raison, dans l'espoir de communiquer avec son défunt mari William. Ah, combien de fois ai-je entendu évoquer ce funeste mensonge ! L'autre jour encore, mademoiselle Hobbs, vous avez admis devant nous qu'il vous avait été inspiré par la jalousie, dans un moment de faiblesse. Mais c'était faux !

» Voici la suggestion que me fit Catchpool dans le cimetière de l'église des Saints-Innocents, près de la tombe de Patrick et Frances Ive : et si Jennie Hobbs avait menti au sujet de Patrick, non pour lui nuire, mais au contraire pour l'aider ? Catchpool avait compris toute la portée d'un fait que je tenais pour acquis, qui n'avait jamais été contesté, et que j'avais par conséquent omis d'examiner : l'amour passionné d'Harriet Sippel pour George, son défunt mari, mort dans sa prime jeunesse. Ne m'avait-on pas dit combien Harriet aimait George ? Et à quel point sa mort avait changé une femme épanouie et chaleureuse en une créature amère et malveillante ? On a du mal à imaginer combien la perte de l'être aimé, fauché si jeune alors qu'on a encore la vie devant soi, peut être dévastatrice, au point d'éteindre toute joie et de détruire tout ce qu'il y a de bon chez quelqu'un. Certes, je savais qu'Harriet Sippel était passée par là. Mais je n'ai pas cherché plus loin !

» Je savais aussi que Jennie Hobbs aimait assez Patrick Ive pour avoir abandonné Samuel Kidd, son fiancé, afin de demeurer au service du révérend Ive et de son épouse. C'est là un amour rempli d'abnégation : il se contente de servir, sans rien attendre en retour. Pourtant l'histoire racontée aussi bien par Jennie que par Nancy suggérait que la jalousie avait poussé Jennie à raconter ce funeste mensonge, parce qu'elle enviait l'amour que Patrick vouait à Nancy. Or cela ne tient pas debout ! Nous devons prendre en compte non seulement les faits concrets, mais aussi les facteurs psychologiques. Jennie n'avait rien fait pour punir Patrick Ive de son mariage avec Frances. Elle avait accepté de bonne grâce qu'il appartienne à une autre femme, en continuant à servir le couple avec dévouement. En retour, Patrick et son épouse lui étaient attachés. Alors pourquoi subitement, après tant d'années d'abnégation, l'amour de son patron pour Nancy aurait-il poussé Jennie à calomnier Patrick Ive, déclenchant ainsi une série d'événements qui finiraient par le détruire ? Non, décidément, cela n'a pas de sens, et ce n'est pas ce qui s'est passé.

» Ce ne fut pas l'irruption de l'envie et du désir réprimés depuis trop longtemps qui poussa Jennie à proférer ce mensonge. Mais quelque chose de bien différent, n'est-ce pas, mademoiselle Hobbs ? En fait, vous avez essayé d'aider l'homme que vous aimiez. De le sauver, même. Dès que j'ai entendu la lumineuse théorie de mon ami Catchpool, elle s'est imposée à moi. Cela tombait sous le sens ! Et moi, Hercule Poirot, j'avais été assez bête pour ne pas le voir !

— Quelle théorie ? demanda Jennie en s'adressant à moi.

J'allais répondre quand Poirot me devança.

— Lorsqu'Harriet Sippel vous a confié qu'elle avait vu Nancy Ducane se rendre au presbytère tard la nuit, vous vous êtes aussitôt rendue compte du danger. Vivant sous le même toit que les Ive, vous étiez évidemment au courant de ces rendez-vous galants. Aussitôt, vous avez eu le souci de protéger la réputation de Patrick. Mais comment faire ? Dès qu'elle aurait reniflé l'odeur du scandale, Harriet Sippel saisirait l'occasion de couvrir d'opprobre ce pécheur. Comment expliquer la présence de Nancy Ducane au presbytère les nuits où Frances Ive en était absente, sans dire la vérité ? Là, comme par miracle, alors que vous aviez abandonné tout espoir, une idée vous est venue, qui pourrait marcher. Vous avez décidé d'induire Harriet en tentation en lui donnant de faux espoirs, pour éliminer la menace qu'elle représentait.

Jennie demeurait silencieuse, le regard fixé au loin.

— Harriet Sippel et Nancy Ducane avaient un point commun, poursuivit Poirot. Elles avaient toutes deux perdu leur mari prématurément. Vous avez dit à Harriet qu'avec l'aide de Patrick Ive et en échange d'argent, Nancy avait pu communiquer avec le défunt William Ducane. Évidemment, cela devait être tenu secret, et de l'Église et du village, mais vous avez suggéré à Harriet que si elle le souhaitait, Patrick pourrait faire de même pour elle. George et elle seraient... eh bien, sinon à nouveau réunis, du moins pourraient-ils avoir une sorte d'échange. Dites-moi, comment Harriet a-t-elle réagi à cette proposition ?

Suivit un long silence.

— Si vous l'aviez vue ! dit enfin Jennie. Elle était prête à tout, quel qu'en soit le prix. Vous ne pouvez imaginer combien elle aimait cet homme, monsieur Poirot. À mesure que je parlais... c'était comme voir une morte revenir à la vie. J'ai essayé d'expliquer la situation à Patrick en lui exposant le problème et la solution que j'avais imaginée. Car j'avais fait cette offre à Harriet avant de lui en parler. Oh, je savais au fond que Patrick n'accepterait jamais de se prêter à cette mascarade, mais j'étais désespérée ! Et je n'ai pas voulu lui permettre de m'en empêcher. Pouvez-vous le comprendre ?

— Oui, mademoiselle.

— J'espérais le persuader d'accepter. C'était un homme qui avait des principes, mais je savais qu'il voudrait protéger du scandale aussi bien Frances que Nancy, et c'était là un sûr moyen de garantir le silence d'Harriet. Le seul et unique moyen ! Tout ce que Patrick aurait à faire, ce serait d'apporter de temps à autre quelques paroles de consolation à Harriet en faisant comme si elles venaient de George Sippel. Il n'avait même pas besoin d'accepter son argent en échange. Je lui ai expliqué tout cela, mais il n'a rien voulu entendre. Il était horrifié.

— À bon droit, commenta posément Poirot. Continuez, je vous prie.

— Il a dit qu'il serait immoral et injuste de faire à Harriet ce que je proposais, qu'il préférait encore affronter le scandale et la vindicte populaire. Je l'ai supplié d'y réfléchir à deux fois. Quel mal y aurait-il à rendre Harriet heureuse ? Mais Patrick était déterminé. Il m'a demandé d'informer Harriet que ce que j'avais proposé n'était finalement pas possible, et de m'en tenir là. « Ne lui dites pas que vous avez menti, Jennie, sinon elle finira par suspecter la vérité », m'a-t-il précisé.

— Aussi n'avez-vous pas eu d'autre choix que de le lui dire, conclus-je.

— En effet, confirma Jennie, et elle se mit à pleurer. Dès que j'ai eu déclaré à Harriet que Patrick refusait de satisfaire à sa demande, elle en a fait son ennemi en répétant mon mensonge à tout le village. Patrick aurait pu en retour ruiner sa réputation en faisant savoir qu'elle avait désiré elle-même faire appel à ses services, et n'avait commencé à les qualifier de blasphématoires et d'impies qu'une fois qu'elle se les était vus refuser, mais il n'a pas voulu. Il a dit qu'Harriet aurait beau le traîner dans la boue, lui ne salirait pas son nom. Quel idiot ! Il aurait pu facilement lui clouer le bec, mais c'eût été trop vil pour une âme aussi noble !

— Alors vous êtes allée trouver Nancy pour lui demander conseil, n'est-ce pas ? demanda Poirot.

— Oui. Je ne voyais pas pourquoi Patrick et moi serions les seuls à nous tourmenter. Nancy était directement concernée. Je lui ai demandé si je devais avouer publiquement mon mensonge, mais elle m'en a dissuadée. « Que ce soit Patrick ou moi, nous aurons du mal à éviter la tempête qui s'annonce. Vous feriez mieux de vous retirer dans l'ombre et de vous faire la plus discrète possible, Jennie. N'allez pas vous sacrifier. Je ne suis pas certaine que vous soyez de taille à résister aux diffamations d'Harriet. Elle me sous-estimait, remarqua Jennie. Certes j'étais désemparée et j'avais peur pour Patrick, face à une Harriet décidée à le détruire, mais je ne suis pas quelqu'un de faible, monsieur Poirot.

— Je constate que même maintenant, vous n'avez pas peur.

— Non. Cela me donne de la force de savoir que cette maudite Harriet Sippel est morte. Son assassin a rendu un grand service à l'humanité.

— Ce qui nous amène à la question de l'identité de cet assassin, mademoiselle. Qui a tué Harriet Sippel ? Vous avez prétendu que c'était Ida Gransbury, mais c'est faux.

— Je n'ai pas besoin de vous dire la vérité à ce sujet, monsieur Poirot. Vous la connaissez déjà.

— Certes, mais faites-le par égard pour ce pauvre M. Catchpool ici présent. Lui ne connaît pas encore le fin mot de l'histoire.

— Vous feriez mieux de le lui raconter vous-même, dans ce cas, répondit Jennie en souriant d'un air absent, et j'eus soudain l'impression qu'elle n'était déjà plus tout à fait là.

— Très bien, convint Poirot. Je commencerai par Harriet Sippel et Ida Gransbury : deux femmes intraitables, si convaincues de leur bon droit qu'elles ont voulu harceler un homme de bien jusqu'à le pousser aux dernières extrémités. Ont-elles exprimé des remords après son décès ? Non, bien au contraire, elles se sont opposées à ce qu'on enfouisse sa dépouille en terre consacrée. Ces deux femmes-là en sont-elles venues à regretter ce qu'elles avaient fait subir à Patrick Ive, grâce au don de persuasion de Richard Negus ? Oh que non. C'est tout à fait improbable. Et c'est cette invraisemblance qui me fit douter de vous, mademoiselle Jennie, ainsi que de la véracité de votre histoire.

— Tout est possible, répondit Jennie en haussant les épaules.

— Non. Seule la vérité est possible. Sachant qu'Harriet Sippel et Ida Gransbury n'auraient jamais adhéré au plan d'exécution volontaire que vous m'avez exposé, j'en déduisis qu'elles avaient été assassinées. Comme ce fut commode et bien trouvé, de faire passer leurs meurtres pour une sorte de suicide par procuration ! Une occasion rêvée pour nos trois défunts d'expier leurs péchés ! Vous espériez ainsi qu'après avoir appris que ces trois morts étaient volontaires, Hercule Poirot se désengagerait de cette enquête et mettrait au repos ses petites cellules grises. Cette histoire de rédemption était si insolite qu'elle devait forcément être vraie. Qui irait inventer pareille fiction ?

— C'était ma garantie, à utiliser en cas de besoin, dit Jennie. J'espérais que vous ne me retrouveriez jamais, mais je craignais que vous y parveniez.

— Dans ce cas, vous comptiez sur votre alibi concernant l'intervalle de temps entre 19 h 15 et 20 h 10, et sur celui de Nancy Ducane. Samuel Kidd et vous seriez inculpés pour avoir tenté de faire accuser une innocente, mais pas pour meurtre ni complicité de meurtre. C'était finement joué, de confesser un méfait afin d'éviter d'être puni pour des crimes autrement plus graves. Grâce à votre fable, vos ennemis devaient être éliminés, et personne n'aurait fini la corde au cou : Ida Gransbury aurait tué Harriet Sippel, Richard Negus aurait supprimé Ida Gransbury, puis il se serait suicidé. Un plan ingénieux, mademoiselle, mais pas assez pour tromper Hercule Poirot !

— Richard voulait mourir, répliqua Jennie avec colère. Il n'a pas été assassiné. Il était décidé à en finir.

— Oui, reconnut Poirot. C'était la part de vérité dans le mensonge.

— Tout cet horrible gâchis est sa faute. Sans Richard, je n'aurais jamais tué personne.

— Mais vous avez tué... et plusieurs fois. C'est Catchpool qui, cette fois encore, me mit sur la bonne piste en prononçant quelques mots innocents.

— Lesquels ? s'enquit Jennie.

— Si le mot crime commençait par un D...

Ce fut fort déconcertant d'entendre Poirot me remercier pour mon aide. Je ne comprenais pas comment ces quelques mots anodins pouvaient avoir eu une telle importance.

Poirot continua sur sa lancée :

— Après avoir entendu votre histoire, mademoiselle, nous avons quitté la maison de Samuel Kidd, et en chemin, nous avons évidemment discuté de ce que vous nous aviez déclaré : ce prétendu plan que vous aviez établi avec Richard Negus... Si je puis me permettre, cette idée était fascinante. Il en émanait une sorte de belle ordonnance, comme celle d'une suite de dominos qu'une seule poussée fait tomber successivement. Sauf qu'en y réfléchissant, l'ordre n'était pas le bon. Au lieu que D tombe, suivi de C puis de B, puis de A, cela faisait B frappe A, puis C frappe B... mais ceci est hors sujet.

De quoi diable parlait-il ? Jennie avait l'air aussi perplexe que moi.

— Ah, il me faut être plus clair dans mes explications, remarqua Poirot. Afin d'imaginer plus facilement l'enchaînement des faits, mademoiselle, j'ai substitué des lettres aux noms des protagonistes de ce drame. Votre plan, tel que vous nous en avez fait part chez Samuel Kidd, était le suivant : B tue A, puis C tue B, puis D tue C. Ensuite, D attend que E soit condamnée et pendue pour les meurtres de A, B et C, puis D se supprime. Mademoiselle Hobbs, avez-vous saisi que vous êtes D dans cet agencement, suivant l'histoire que vous nous avez racontée ?

Jennie acquiesça d'un hochement de tête.

— Bien. Maintenant, par chance, Catchpool est amateur de mots croisés, et c'est en rapport avec ce hobby qu'il me demanda de trouver un mot de cinq lettres signifiant « mort ». J'ai suggéré le mot « crime ». Mais Catchpool a rejeté cette suggestion en me disant qu'elle marcherait seulement si, dans sa grille, le mot crime commençait par un D. Je me suis rappelé ses paroles quelque temps plus tard, et me suis livré à cette vaine spéculation : et si le crime commençait par D ? Si la première à avoir tué n'était pas Ida Gransbury, mais vous, mademoiselle Hobbs ?

» Avec le temps, cette spéculation s'est muée en certitude. J'ai compris pourquoi c'était forcément vous qui aviez tué Harriet Sippel. Ida Gransbury et elle n'avaient partagé ni train ni voiture pour aller de Great Holling à l'hôtel Bloxham. Par conséquent, aucune n'était au courant de la venue de l'autre, et il n'existait aucun plan accepté par tous prévoyant que l'une tue l'autre. C'était un mensonge.

— Et la vérité dans tout ça ? m'enquis-je avec désespoir.

— Harriet Sippel crut, tout comme Ida Gransbury, qu'elle seule allait à Londres, et ce pour une raison très personnelle. Harriet avait été contactée par Jennie, qui lui avait dit qu'elle avait un besoin urgent de la voir, en lui recommandant la plus grande discrétion. Jennie informa Harriet qu'une chambre était payée et réservée à son nom, et qu'elle-même viendrait à l'hôtel le jeudi après-midi, aux alentours de 15 h 30, 16 heures, afin de mener à bien leur entreprise. Harriet accepta son invitation, car Jennie lui avait proposé dans sa lettre une chose à laquelle Harriet ne pouvait résister.

» Vous lui avez offert ce que Patrick Ive lui avait refusé jadis, n'est-ce pas, mademoiselle ? De communiquer avec son défunt et bien-aimé mari. Vous lui avez dit que George Sippel avait cherché à la joindre par votre intermédiaire, vous qui aviez déjà, seize ans plus tôt, tenté en vain de l'aider à entrer en contact avec sa femme. Et voilà que George essayait à nouveau d'envoyer un message à sa chère et tendre épouse, à travers vous. Oh, je suis certain que vous avez su vous montrer on ne peut plus convaincante ! Harriet fut incapable de résister. Elle souhaitait si ardemment croire que c'était vrai. Le mensonge que vous lui aviez raconté il y a longtemps, sur les âmes des bien-aimés entrant en contact avec les vivants... elle y avait cru alors, et n'avait cessé d'y croire.

— Vingt sur vingt, monsieur Poirot, ironisa Jennie. Vous êtes un fin limier.

— Catchpool, dites-moi, comprenez-vous maintenant cette histoire de femme âgée amoureuse d'un homme assez jeune pour être son fils ? Ce couple dont vous êtes devenu obsédé, et dont Nancy Ducane et Samuel Kidd médisaient dans la chambre 317 ?

— Je n'irais pas jusqu'à dire que j'en suis obsédé. Et non, je ne comprends toujours pas.

— Rappelons-nous précisément ce que Rafal Bobak nous a rapporté. Il a entendu Nancy Ducane, jouant le rôle d'Harriet Sippel, dire « Ce n'est plus à elle qu'il se confie. À présent elle ne l'intéresse plus, elle se laisse aller, et elle est assez vieille pour être sa mère. » Réfléchissez bien à ces mots : « À présent elle ne l'intéresse plus. » C'est ce qui vient en premier, avant les deux raisons invoquées pour expliquer son manque d'intérêt. L'une est que la femme dont il est question est assez vieille pour être sa mère. Assez vieille *à présent*, Catchpool, vous ne comprenez pas ? Si elle est assez âgée pour être sa mère aujourd'hui, logiquement, elle l'a toujours été !

— Ce n'est pas un peu tiré par les cheveux ? dis-je. À part ce « à présent », tout le reste est parfaitement logique.

— Voyons, mon ami, vous dites n'importe quoi ! protesta Poirot, rouge d'indignation. Nous ne pouvons faire comme si ce « à présent » ne figurait pas dans la phrase, alors qu'il y est bel et bien.

— Je crains de ne pas être d'accord, répliquai-je avec quelque inquiétude. Si je devais deviner, je dirais que le sens général de ces propos était à peu près celui-ci : avant que la femme se laisse aller, le gars ne remarquait pas particulièrement leur différence d'âge. Peut-être n'était-elle pas frappante. Mais à présent qu'elle a pris un coup de vieux, comme on dit, le gars l'a laissée choir pour une partenaire plus jeune et plus attirante, celle à qui il se confie désormais...

Poirot m'interrompit avec impatience :

— À quoi bon jouer aux devinettes, alors que moi, je sais ! Catchpool, mais écoutez donc ! Écoutez une fois de plus ce qui est dit précisément, et dans quel ordre : *À présent elle ne l'intéresse plus, elle se laisse aller, et elle est assez vieille pour être sa mère.* La construction de la phrase souligne bien que tel n'a pas toujours été le cas !

— Inutile de me crier dessus, Poirot. J'ai saisi votre point de vue, et je ne suis toujours pas d'accord. Vous pinaillez trop, or les gens ne sont pas tous aussi précis que vous dans leurs propos. Mon interprétation doit être juste, contrairement à la vôtre, car sinon, comme vous l'avez souligné, cela n'a pas de sens. Vous l'avez dit vous-même : si à présent elle est assez vieille pour être sa mère, logiquement, elle l'a toujours été.

— Catchpool, Catchpool. Je commence à désespérer de vous ! Réfléchissez à ce qui vient ensuite dans la conversation. Rafal Bobak entend Samuel Kidd déclarer, dans le rôle de Richard Negus : « Quand vous dites qu'elle est assez vieille pour être sa mère, je ne suis pas du tout d'accord. Mais alors pas du tout. » À quoi Nancy, jouant le rôle d'Harriet, réplique : « Eh bien, puisqu'aucun de nous ne peut prouver qu'il a raison, convenons au moins que nous ne sommes pas d'accord ! » Pourquoi aucun des deux ne peut prouver qu'il a raison ? Pourtant il n'y a pas à tortiller : selon qu'elle a vingt ans de plus, ou seulement quatre, une femme est, ou n'est pas, assez vieille pour être la mère d'un homme. Ce sont des données biologiques que personne n'irait contester !

— En l'occurrence, cela n'entre pas en ligne de compte, intervint Jennie Hobbs, qui avait fermé les yeux.

Donc elle savait où Poirot voulait en venir, et j'étais le seul dans la pièce à rester en rade.

— Avez-vous oublié l'autre déclaration pour le moins insolite faite par Samuel Kidd, concernant ce supposé jeune homme ? reprit Poirot à mon adresse. *À mon avis, il n'a pas de cœur.* Vous vous êtes dit que M. Kidd signifiait par là que le jeune homme en question manquait de générosité, je parie.

— En effet, reconnus-je d'un air maussade. Mais pourquoi ne pas me révéler ce qui m'échappe, puisque vous êtes tellement plus intelligent que moi ?

Poirot fit un claquement de langue désapprobateur.

— Le fameux couple dont il était question dans la chambre 317 était Harriet Sippel et son mari George, pardi ! s'exclama-t-il. Le ton général de cette conversation n'était pas sérieux, mais ironique. George Sippel est mort alors qu'Harriet et lui étaient encore très jeunes. Samuel Kidd fait valoir que George n'a pas de cœur, car s'il existe après sa mort, ce n'est pas sous forme humaine. Or un fantôme ne possède pas d'organes, n'est-ce pas ? Par conséquent, George Sippel le fantôme ne peut avoir de cœur.

— Grands dieux. Oui, je comprends maintenant.

— Samuel Kidd présente son point de vue en disant « à mon avis », parce qu'il se doute que Nancy Ducane ne sera pas d'accord avec lui. Peut-être lui a-t-elle rétorqué : « Bien sûr qu'un fantôme doit avoir un cœur. Les fantômes éprouvent des sentiments, non ? Donc, même s'il ne s'agit pas de l'organe biologique en tant que tel, on peut dire qu'ils ont un cœur. »

Du point de vue métaphysique, c'était intéressant, et en d'autres circonstances, j'aurais pu avoir envie d'exprimer ma propre opinion sur le sujet. Mais j'avais hâte d'entendre Poirot poursuivre sa démonstration.

— La remarque de Nancy, « elle est assez vieille pour être sa mère », se fonde sur sa conviction que l'âge d'un homme est fixé à jamais à l'instant où il passe de vie à trépas. Une fois dans l'au-delà, il ne vieillit pas. Donc, si George Sippel devait revenir sous forme d'esprit pour rendre visite à sa veuve, il aurait l'âge qu'il avait en mourant, à savoir guère plus d'une vingtaine d'années. Tandis qu'Harriet aurait passé la quarantaine, d'où le « elle est assez vieille pour être sa mère ».

— Bravo, commenta Jennie d'un ton blasé. Je n'y étais pas, mais cette conversation s'est poursuivie plus tard en ma présence. Monsieur Poirot est d'une incroyable perspicacité, monsieur Catchpool. J'espère que vous l'appréciez à sa juste valeur… Ils en ont discuté à n'en plus finir, ajouta-t-elle à l'adresse de Poirot. Nancy ne voulait pas en démordre, mais Sam lui rétorquait que les fantômes n'évoluent pas dans les mêmes dimensions que nous, que le temps n'a pas de prise sur eux, et que donc il est infondé de dire qu'une femme, quelle qu'elle soit, puisse être assez vieille pour être la mère d'un fantôme.

— Imaginez la scène, Catchpool. Macabre à souhait, et d'un goût plus que douteux, non ? Quand Rafal Bobak a servi la collation, Nancy Ducane était assise près du cadavre d'Ida Gransbury installé dans un fauteuil à côté d'elle, et elle tournait en dérision la femme qui venait d'être tuée le jour même, avec sa complicité. Pauvre Harriet, que son chagrin rendait stupide : son mari ne souhaite pas lui parler directement depuis l'au-delà. Non, il ne veut parler qu'à Jennie Hobbs, et donc Harriet n'a pas le choix : si elle veut recevoir son message, il lui faut rencontrer Jennie au Bloxham et, ce faisant, aller vers une mort certaine.

— Elle l'avait bien mérité, plus que n'importe qui au monde, dit Jennie. Certes j'ai des regrets. Mais tuer Harriet n'en fait pas partie.

— Et Ida Gransbury dans tout ça ? demandai-je. Pourquoi s'est-elle rendue à l'hôtel Bloxham ?

— Ah ! dit Poirot, toujours disposé à prodiguer aux autres l'infini savoir dont il semblait le détenteur exclusif. Ida ne put résister à l'invitation que lui adressa Richard Negus. Cette fois, ce n'était pas pour communiquer avec un être cher disparu, mais pour retrouver, après seize ans de séparation, son fiancé d'autrefois. Comment imaginer meilleur appât ! Richard Negus avait abandonné Ida, sans doute en lui brisant le cœur. Elle ne s'est jamais mariée. Je suppose qu'il lui aura fait miroiter dans une lettre une possible réconciliation, peut-être même un vague projet de mariage. Après toutes ces années d'amère solitude, une deuxième chance s'offrait à Ida de retrouver l'amour de sa vie, avec en perspective une fin heureuse à leur histoire. Richard lui a dit qu'il la rejoindrait dans sa chambre d'hôtel vers 15 h 30, 16 heures, le jeudi. Vous rappelez-vous votre remarque, Catchpool, sur une invitation libellée comme suit : « Veuillez arriver la veille afin que la journée du jeudi soit entièrement consacrée à votre assassinat. » Cette idée prend maintenant tout son sens, n'est-ce pas ?

— En effet. Negus savait que le programme du jeudi serait chargé : il devrait commettre un meurtre, et se faire tuer. Il aura sûrement préféré arriver un jour plus tôt pour se préparer mentalement à cette double épreuve.

— Et pour éviter tout empêchement de dernière minute tel qu'un retard de train, par exemple, qui aurait pu entraver la bonne marche de ses projets, renchérit Poirot.

— Donc Jennie Hobbs a tué Harriet Sippel, et Richard Negus s'est chargé d'Ida Gransbury ?

— Oui, mon ami, confirma Poirot, puis il regarda Jennie Hobbs, qui le confirma elle-même d'un hochement de tête. Simultanément, dans les chambres 121 et 317, et selon la même méthode. Jennie et Richard proposèrent obligeamment et respectivement à Harriet et Ida d'aller leur chercher un verre d'eau dans la salle de bains, où un verre se trouvait à disposition près du lavabo. Ils y glissèrent le poison et tendirent leur verre à chacune des victimes, qui expirèrent peu après.

— Et Richard Negus, comment est-il mort ? m'enquis-je.

— Jennie l'a tué, selon le plan qu'ils avaient établi ensemble.

— Vous voyez que tout ce que je vous ai raconté chez Sam était vrai ou presque, constata Jennie. Richard m'a bien écrit une lettre après des années de silence. Il était rongé de culpabilité à cause de ce qu'il avait fait subir à Patrick et à Frances. À force de réfléchir, il n'avait trouvé aucun moyen de rendre justice pour retrouver la paix de l'esprit, à part celui-ci : les quatre personnes responsables de ce drame devaient le payer de leur vie. Mais il fallait que nous y passions tous les quatre sans exception, sinon cela n'avait pas de sens, insistait-il. Richard ne se considérait pas comme un assassin, mais comme un exécuteur, d'ailleurs ce mot revenait sans cesse dans ses propos. Cela signifiait que ni lui ni moi ne pouvions éviter le châtiment.

Jennie s'arrêta et resta pensive un instant.

— Et donc, il a fait appel à vous ? dis-je pour l'encourager à poursuivre.

— Oui. J'étais d'accord avec lui quant au fait qu'Harriet et Ida devaient mourir ; elles le méritaient amplement. Mais moi, je n'avais pas envie de mourir, et je trouvais injuste que Richard fasse partie du lot. Il regrettait sincèrement le rôle qu'il avait joué dans la mort de Patrick, et je... j'étais sûre que cela aurait suffi à Patrick, ainsi qu'à toute autorité supérieure, s'il en existe. Mais je compris aussitôt que rien n'en persuaderait Richard, et qu'il était même vain d'essayer. Il avait conservé toute son intelligence, pourtant ces années passées à ruminer et à se ronger les sangs lui avaient troublé l'esprit. Il s'y ajoutait une sorte de fanatisme qui lui inspirait d'étranges idées. Je sus sans l'ombre d'un doute qu'il me tuerait, si je n'acceptais pas sans réserve sa proposition. Il ne me l'a pas dit explicitement, car il ne voulait pas user de menaces. Il était gentil avec moi et me ménageait. Il avait besoin d'une alliée, comprenez-vous ? Et il a cru sincèrement la trouver en moi, car contrairement à Harriet et Ida, on pouvait faire appel à ma raison et à mon sens de la justice. Or il était convaincu d'avoir trouvé la seule solution possible et viable pour chacun de nous. Je comprenais son point de vue et le partageais, en partie. Mais j'avais peur. Plus maintenant. J'ignore ce qui m'a changée. Peut-être qu'alors, même dans mon malheur, j'entretenais toujours l'idée que ma vie irait s'améliorant. La tristesse est différente du désespoir.

— Vous saviez qu'il vous fallait jouer le jeu pour sauver votre vie, dit Poirot. Vous ne pourriez échapper à la mort qu'en mentant de façon convaincante à Richard Negus. Et comme vous ignoriez comment faire, vous êtes allée demander conseil à Nancy Ducane.

— Oui. Et elle a résolu mon problème, du moins l'ai-je cru, sur le moment. Son plan était vraiment génial. Suivant son conseil, j'ai suggéré à Richard de ne modifier que très peu le plan qu'il proposait et qu'on peut résumer ainsi : une fois Harriet et Ida éliminées, il me tuerait, puis se supprimerait. C'était un homme habitué à diriger et, en tant que maître d'œuvre, il voulait garder le contrôle des opérations jusqu'à la toute fin.

» "Il faut persuader Richard que c'est à toi de le tuer en premier", m'a dit Nancy. Et comme je lui rétorquais que c'était tout bonnement impossible, elle m'a conseillé de faire preuve de zèle, de montrer combien notre but commun à Richard et à moi me tenait à cœur. Présentée sous cet angle, ma proposition pouvait marcher. Et elle avait raison. Ça a marché. Je suis allée trouver Richard en disant que nos morts ne suffisaient pas, qu'il fallait que Nancy soit punie elle aussi, et que je mourrais heureuse seulement une fois qu'elle serait morte. Car Nancy était encore plus mauvaise qu'Harriet, ai-je poursuivi, et elle avait tout fait pour éloigner Richard de sa femme avec un cynisme éhonté. J'ai encore raconté à Richard ce que Nancy m'avait prétendument confessé : ce n'était pas pour aider Patrick qu'elle avait pris la parole en public au King's Head, mais pour faire du mal à Frances. Elle espérait ainsi pousser Frances au suicide, ou du moins l'obliger à quitter Patrick pour aller vivre chez son père à Cambridge, en lui laissant la voie libre.

— Des mensonges, encore des mensonges, dit Poirot.

— Hé oui, mais ceux-ci me furent soufflés par Nancy, et ils firent mouche ! Richard accepta de mourir avant moi.

— Quant à la participation de Samuel Kidd, Richard l'a toujours ignorée, n'est-ce pas ? dit Poirot.

— Oui. Seules Nancy et moi avons requis l'aide de Sam. Cela faisait partie de notre plan. Aucune de nous n'avait envie de descendre par cette fenêtre en s'agrippant à des branches d'arbre, nous avions bien trop peur de nous casser le cou. Or après avoir verrouillé la porte de l'intérieur et caché la clef derrière le carreau, c'était la seule façon de quitter la chambre

238. C'est pourquoi nous avions besoin de Sam ; pour cela, et pour jouer le rôle de Richard.

— Oui, la clef devait être cachée derrière le carreau, dis-je à mi-voix, tout en faisant le tri dans mes pensées. Car il fallait que tout semble concorder, quand vous nous avez raconté votre version des faits, chez M. Kidd : Richard Negus avait caché la clef pour faire croire que le meurtrier l'avait emportée, suivant en cela le plan établi par ses soins et avec votre complicité, afin d'incriminer Nancy Ducane.

— Et lui-même y a cru jusqu'au bout, renchérit Poirot. Quand Jennie lui a tendu comme convenu le verre d'eau empoisonnée, il a cru qu'elle resterait en vie pour faire accuser Nancy des trois meurtres de l'hôtel Bloxham. Il était persuadé que Jennie saurait manipuler la police de façon à ce que les soupçons se portent sur Nancy. Il ignorait que Nancy avait convenu d'un alibi inattaquable avec lord et lady St John Wallace ! Et qu'après sa propre mort, le bouton de manchette serait enfoncé dans sa bouche, la clef cachée derrière le carreau, la fenêtre laissée ouverte... Oui, il ignorait totalement que Jennie Hobbs, Nancy Ducane et Samuel Kidd combineraient tout cela pour faire croire à la police que les meurtres avaient dû avoir lieu entre 19 h 15 et 20 h 10 !

— En effet, Richard n'était pas au courant de ces détails, convint Jennie. Vous comprenez maintenant pourquoi j'ai qualifié de génial le plan de Nancy, monsieur Poirot.

— C'est une artiste de talent, mademoiselle. Les meilleurs artistes ont le souci, et du détail, et de l'ensemble.

Jennie se tourna vers moi.

— Ni Nancy ni moi n'avons voulu ça. Vous devez me croire, monsieur Catchpool. Richard m'aurait tuée, si je lui avais résisté... Nous avions tout prévu, soupira-t-elle. Nancy était censée s'en tirer à bon compte, et Sam et moi devions juste être punis pour avoir tenté de faire inculper Nancy, ce qui ne nous vaudrait qu'une courte peine de prison, espérions-nous. Après quoi, nous avions l'intention de nous marier... Oh, je n'aime pas Sam comme j'aimais Patrick, ajouta-t-elle en voyant la surprise se peindre sur nos visages, mais je lui suis très attachée. Il aurait fait un bon compagnon, si je n'avais pas tout gâché en frappant Nancy d'un coup de couteau.

— C'était perdu d'avance, mademoiselle. Car moi, je savais que vous aviez tué Harriet Sippel et Richard Negus.

— Je n'ai pas tué Richard, monsieur Poirot. Là, vous vous trompez lourdement. Richard voulait mourir. C'est avec son plein consentement que je lui ai administré le poison.

— Oui, mais sous de faux prétextes. Richard Negus avait accepté de mourir dans le cadre de son plan initial, qui supposait que vous mouriez tous les quatre. Tous les cinq, puisque vous y aviez ajouté Nancy Ducane. En réalité, vous l'avez trahi en complotant derrière son dos. Qui sait si Richard Negus aurait choisi de mourir à cet instant et de cette façon, si vous lui aviez révélé votre pacte secret avec Nancy Ducane.

Les traits de Jennie se durcirent.

— Je n'ai pas tué Richard Negus. C'était un acte de légitime défense. Autrement, il m'aurait tuée.

— Il ne vous en avait pas menacée explicitement, vous l'avez dit vous-même.

— Non... mais je le savais. Qu'en pensez-vous, monsieur Catchpool ? Ai-je tué Richard Negus, oui ou non ?

— Je l'ignore, répondis-je, troublé.

— Catchpool, mon ami, ne soyez pas absurde, me tança Poirot.

— Il n'est pas absurde, répliqua Jennie. Il veut bien y réfléchir quand vous-même restez borné, monsieur Poirot. Faites un effort, je vous en supplie. Avant que l'on me pende, j'espère vous entendre reconnaître que je n'ai pas tué Richard Negus.

— Allons-y, Poirot, dis-je en me levant.

Je préférais mettre fin à l'interrogatoire tant que le verbe « espérer » résonnait encore dans la pièce.

Épilogue

Quatre jours plus tard, assis au coin d'un bon feu, je sirotais un verre de cognac tout en travaillant sur mes mots croisés lorsque Poirot entra dans le salon. Il resta un bon moment planté à côté de moi en silence, mais je gardai les yeux baissés en faisant mine de me concentrer sur ma feuille.

— Alors, Catchpool, me dit-il après s'être raclé la gorge. Vous refusez toujours de discuter de la fin de Richard Negus, visiblement. Jennie l'a-t-elle tout bonnement assassiné, l'a-t-elle aidé à mettre fin à ses jours avec son consentement, ou l'a-t-elle tué en état de légitime défense ?

— Je ne vois vraiment pas l'intérêt d'un tel débat, répliquai-je en sentant mon estomac se nouer.

Je ne voulais plus jamais reparler des meurtres du Bloxham. En revanche, je ressentais la nécessité impérieuse de coucher sur le papier tout ce qui était arrivé, et ceci dans les moindres détails. D'ailleurs, ce paradoxe ne laissait pas de m'étonner. Pourquoi relater des événements par écrit était-il si différent que de le faire oralement ? Pourquoi éprouvais-je tant d'ardeur dans un cas, et tant de répugnance dans l'autre ?

— Ne vous inquiétez pas, mon ami, je n'insisterai pas davantage, dit Poirot. Parlons d'autre chose. Tenez, ce matin, je me suis rendu au Pleasant's Coffee House. Fee Spring m'a chargé de vous transmettre ce message : elle aimerait vous parler dès que possible. Elle n'est pas contente.

— Y suis-je pour quelque chose ?

— Oui. Disons qu'elle est restée sur sa faim. La voici assise dans la salle de restaurant de l'hôtel Bloxham, attendant qu'on lui explique toute l'histoire, or voilà qu'un meurtre se déroule devant nos yeux et que l'histoire reste inachevée, du moins pour notre public. Mlle Fee souhaite que vous lui en fassiez le récit complet.

— Est-ce ma faute s'il y a eu un nouveau meurtre ? maugréai-je. Pourquoi ne lit-elle pas l'histoire dans les journaux, comme tout le monde ?

— Elle souhaite en discuter avec vous personnellement. Vous savez, Catchpool, cette jeune femme est d'une remarquable intelligence. Elle mériterait qu'on s'intéresse à elle.

— Je vois clair dans votre petit jeu, Poirot, répliquai-je avec lassitude. Vous perdez votre temps, et Fee Spring également si elle s'imagine que... Bref, laissez tomber, vous voulez bien ?

— Vous êtes en colère contre moi.

— Un peu, oui, admis-je. Henry Negus et la valise, Rafal Bobak et le chariot de linge, Thomas Brignell dans les jardins de l'hôtel avec sa bonne amie, qui se trouvait porter un manteau marron clair comme la moitié des femmes de ce pays. La brouette...

— Ah !

— Ah ! comme vous dites. Vous saviez parfaitement que Jennie Hobbs n'était pas morte, alors pourquoi m'avez-vous mené en bateau en me faisant supposer que son cadavre avait peut-être été enlevé de la chambre 402 par trois moyens des plus improbables ?

— Parce que je voulais vous encourager à vous servir de votre imagination, mon ami. Si vous ne prenez pas en compte la possibilité même la plus saugrenue, vous ne serez pas l'excellent inspecteur que vous pouvez devenir. C'est ainsi qu'on éduque ses petites cellules grises, en les forçant à suivre des chemins de traverse. De là surgit l'inspiration.

— Si vous le dites, répondis-je d'un air sceptique.

— Vous pensez que je vais trop loin... plus qu'il n'est nécessaire, c'est ça ?

— Tout ce tapage que vous avez fait au sujet de la traînée de sang dans la chambre 402, qui allait de la mare de sang du centre de la pièce vers la porte, ces remarques intempestives sur la largeur de cette porte... À quoi tout cela rimait-il ? Vous saviez que Jennie Hobbs n'avait pas été tuée, et que son cadavre n'avait été traîné nulle part !

— Moi, oui, mais pas vous, me rétorqua Poirot. Vous croyiez, comme notre ami le signor Lazzari, que Mlle Jennie était morte, et que le sang répandu par terre était le sien. J'ai simplement voulu que vous alliez jusqu'au bout de votre raisonnement, pour mieux vous en dissuader : une valise, un chariot sur roulettes, voici deux objets qui auraient pu être apportés dans la chambre 402 jusqu'à l'endroit où se trouvait le cadavre. Alors pourquoi le tueur aurait-il pris la peine de traîner le corps jusqu'à la porte ? Cela ne tenait pas debout ! La traînée de sang en direction de la porte était une feinte, destinée à nous faire croire que le corps avait été emporté hors de la chambre. C'était le petit détail essentiel, celui qui conférait à la scène de crime toute sa crédibilité.

» Mais c'est ce détail qui confirma à Hercule Poirot ce qu'il suspectait déjà : ni Jennie ni personne n'avait été tué dans cette chambre. Aucun assassin n'irait traîner le cadavre de sa victime dans le couloir d'un hôtel sans le cacher d'abord dans un réceptacle qui n'attire pas l'attention ; tel qu'un chariot ou une valise, par exemple, objets qui pouvaient facilement être introduits dans la chambre pour aller jusqu'au corps, plutôt que l'inverse. C'était de la simple logique, Catchpool. Et je fus surpris que vous ne fassiez pas aussitôt cette déduction.

— Un petit conseil, Poirot. La prochaine fois que vous voudrez me faire comprendre quelque chose, faites-m'en part sur-le-champ, franchement et sans détour. Vous verrez que cela nous épargnera pas mal de tracas.

— Très bien, répondit-il en souriant. Eh bien, mon cher, puisque vous y tenez, je vais m'y mettre sur-le-champ, franchement et sans détour ! Ceci est arrivé pour moi il y a une heure, m'annonça-t-il en sortant une enveloppe de sa poche. Vous n'appréciez pas que je me mêle de votre vie privée, Catchpool... Selon vous, elle ne me regarde pas, et je n'ai pas à y mettre mon grain de sel. Pourtant voilà une lettre qui me remercie avec gratitude d'avoir cédé à ce vilain penchant que j'ai, et qui vous est si insupportable.

— Si vous faites allusion à Fee Spring, elle ne fait pas, et ne fera jamais partie de ma vie privée, dis-je en fixant la missive qu'il tenait à la main. Alors, quel est le pauvre diable dont vous avez encore violé l'intimité ? Et pourquoi vous exprime-t-il sa gratitude ?

— Pour avoir réuni deux êtres qui s'aiment.

— Bon, mais cette lettre, de qui est-elle ?

— De M. et Mme Ambrose Flowerday, répondit-il en me la tendant.

Remerciements

Je suis extrêmement reconnaissante envers les personnes suivantes : l'inimitable Peter Straus, un agent littéraire aussi doué dans son domaine que l'est Poirot pour résoudre les énigmes ; Mathew et James Prichard, qui se sont montrés tout du long si inspirants, gentils, dévoués et solidaires ; la brillante Hilary Strong, avec qui c'est un plaisir de travailler et de plaisanter ; les merveilleuses équipes anglaises et américaines de HarperCollins, en particulier Kate Elton et Natasha Hughes (pour leurs idées éditoriales enthousiastes et incisives), David Brawn (pour la même raison, mais aussi pour de nombreuses conversations sur les chiens, et pour avoir répondu à ce coup de téléphone pour le moins étrange et quasi hystérique ! Étant donné que David gère les droits de propriété littéraire, il est rare qu'un auteur encore en vie soit amené à travailler avec lui, et croyez-moi, cela vaut vraiment le coup). Merci à Lou Swannell, Jennifer Hart, Anne O'Brien, Heike Schüssler, Danielle Bartlett, Damon Greeney, Margaux Weisman, Kaitlin Harri, Josh Marwell, Charlie Redmayne, Virginia Stanley, Laura Di Giuseppe, Liate Stehlik, Kathryn

Gordon, et toutes les autres personnes fantastiques qui ont participé à cette expérience. Grâce à vous, ce fut une merveilleuse aventure. (Jamais on ne trouve autant de superlatifs que dans une page de remerciements !) Et merci à Four Colman Getty, qui a su avec brio commercialiser ce livre.

Des remerciements en fanfare dans ce paragraphe dédié tout spécialement à Dan Mallory, qui m'a rappelé tout ce que j'aime dans l'écriture et les livres.

Merci à Tamsen Harward pour m'avoir soufflé juste à temps une suggestion cruciale pour l'intrigue.

Hodder & Stoughton, qui publient mes thrillers psychologiques, ont suivi avec un joyeux intérêt ma brève escapade avec Poirot, et m'ont juste demandé de revenir si possible aux Hodder Towers sans grosse moustache. Je leur suis immensément reconnaissante.

Merci à tous ceux qui ont fait de chaleureux commentaires à propos du livre sur Twitter et dans le monde réel... Je pense en particulier à Jamie Bernthal et Scott Wallace Baker. Toute ma gratitude pour m'avoir accueillie dans le monde des fans d'Agatha.

Table des matières

Composition et mise en pages
Nord Compo à Villeneuve-d'Ascq

Impression réalisée par
CPI BRODARD ET TAUPIN
La Flèche
en septembre 2014

LE MASQUE
s'engage pour l'environnement
en réduisant l'empreinte carbone
de ses livres.
Celle de cet exemplaire est de :
800 g éq. CO$_2$
Rendez-vous sur
www.lemasque-durable.fr

PAPIER À BASE DE
FIBRES CERTIFIÉES

N° d'édition : 02 – N° d'impression : 3007487
Dépôt légal : septembre 2014
Imprimé en France